Jo Piazza est une journaliste récompensée qui a fait ses preuves dans le domaine du divertissement aux États-Unis : elle a commencé comme pigiste au *New York Daily News*, puis a rédigé des articles pour le *New York Times*, *Glamour* et le *Huffington Post*. Diplômée de l'université de Pennsylvanie et de l'école de journalisme de Columbia, Jo a été directrice en chef des magazines *In Touch Weekly* et *Life & Style Weekly*. Elle a aussi fait des interventions en tant que commentatrice sur CNN et Fox News. Elle vit actuellement à Philadelphie avec son mari et leurs deux enfants.

Ce livre est également disponible
au format numérique

www.editions-hauteville.fr

Jo Piazza

VOTEZ CHARLOTTE WALSH

Traduit de l'anglais (États-Unis) par Joëlle Touati

Hauteville

Hauteville est un label des éditions Bragelonne

Titre original : *Charlotte Walsh Likes To Win*

ISBN : 978-2-38122-330-8

Bragelonne – Hauteville
60-62, rue d'Hauteville – 75010 Paris

E-mail : info@editions-hauteville.fr
Site Internet : www.editions-hauteville.fr

À Charlie – quand tu seras grand, j'espère que tu seras de ceux qui veulent que les femmes gagnent.

Et à Bea – tu es déjà de ces femmes-là.

« En politique, si vous voulez des discours, demandez à un homme. Si vous voulez des actes, demandez à une femme. »

Margaret Thatcher

« Si je ne m'étais pas définie moi-même, les images que les autres projettent sur moi m'auraient réduite en miettes et on m'aurait dévorée vivante. »

Audre Lorde

Chapitre premier

15 juillet 2017
J - 479 avant les élections

« Avant de mentir, dis quelque chose de vrai. On gobera ton mensonge plus facilement. »

Ce n'était pas le meilleur conseil que Marty Walsh ait donné à sa fille Charlotte, mais, quarante ans plus tard, elle s'en souvenait encore. Marty était éboueur, même s'il tenait à l'appellation plus reluisante d'« agent de propreté urbaine ». Ce n'était pas quelqu'un qui avait réussi, au sens où on l'entend couramment. Il s'était éteint ivre dans son lit, avant son cinquantième anniversaire. Aujourd'hui, sa fille se présentait au Sénat des États-Unis d'Amérique, et les paroles de son père revêtaient soudain une nouvelle dimension.

Charlotte ne s'était pas attendue à ce que la campagne démarre par un interrogatoire – de surcroît agressif –, mais les questions ne cessaient de pleuvoir.

— Avez-vous consommé des drogues autres que de l'herbe ?

— Non.

— Employé des sans-papiers au black ?

— Non.

— Tué quelqu'un ?

— Pas encore.

— Subi un avortement ?

— Non.

— Commis des infidélités conjugales ? Entretenu des liaisons clandestines ? Dissimulez-vous un ex-mariage ?

— J'aime mon mari. Nous n'avons rien à nous cacher.

L'une de ces deux phrases est vraie.

Charlotte ponctua sa réponse d'un petit rire, espérant se détendre et paraître convaincante. Si tout se passait bien, à l'issue de cet entretien, Josh Pratt serait son directeur de campagne. Il tordit la bouche d'une manière indiquant qu'il n'était pas sûr de la croire. Charlotte avait du mal à détacher le regard de la petite tache jaune au coin de ses lèvres – de la moutarde ?

J'aspire à des responsabilités politiques, avait-elle envie de rétorquer. *Demandez-moi ce que je pense de l'immigration, de l'impôt à taux unique, du chèque scolaire, du droit à l'avortement. À quel montant je fixerai le salaire minimum. Si je peux créer des emplois en Pennsylvanie. Si je me battrai pour que tous les jeunes aient accès aux meilleures universités. Ce que je pense des relations commerciales avec la Chine. Que vient faire mon couple là-dedans ?*

— Vous vous demandez ce que votre couple vient faire là-dedans ? lança Josh, comme s'il lisait dans ses pensées. Votre couple a son importance. Votre mari a son importance. Vous êtes une femme ; il vous incombe de paraître charismatique, intelligente, élégante, charmante – quoique pas trop. Si vous êtes mariée, vous devez donner l'impression d'être heureuse en ménage. Si vous avez des enfants, vous devez incarner la mère de l'année.

— Punaise… On est en 2017. De nombreuses femmes siègent au Congrès. Une femme s'est présentée à la présidentielle. Peu importe que je n'aie pas de pénis. (Charlotte leva les yeux au ciel.) C'est incroyable d'entendre encore ce genre de conneries.

Josh soutint son regard.

— Je suis désolé, mais c'est important, très important. Vous serez confrontée à ce genre de conneries. Personne n'aime le dire à voix haute, mais c'est la réalité. Vous voulez représenter un État qui n'a jamais élu de femme sénatrice ni de gouverneuse. Vous devriez en tirer certaines conclusions.

— Tug Slaughter est un coureur invétéré, répliqua Charlotte.

Ted « Tug » Slaughter, l'indéboulonnable sénateur de Pennsylvanie, avait été marié trois fois. Son épouse actuelle avait vingt ans de moins que lui. Ce type était un cliché ambulant. Il siégeait au Sénat depuis plus de quarante ans. La plupart des représentants du Congrès ressemblaient à M. Tout-le-Monde. Pas Slaughter. À près de quatre-vingts ans, il était encore bouffi d'orgueil. Lors des meetings politiques, il n'était pas rare qu'il tombe la chemise et fasse des pompes sur scène. Le mois précédent, avec une bande d'ados, il avait escaladé la structure d'un pont et s'était jeté dans les eaux glaciales du Delaware. Une semaine plus tôt, il avait annoncé qu'il faisait don d'un rein à un parfait inconnu rencontré lors d'un match des Eagles.

— Certes, Tug se fait plus de serveuses de bar qu'il ne fait de lois, mais ce n'est pas lui qui a besoin de légitimer sa candidature. C'est vous.

Josh avait réponse à tout.

— Et merde.

Charlotte se mit à pianoter des ongles sur son bureau, une onéreuse table de verre au travers de laquelle elle voyait sa bottine tapoter le plancher de bois. C'était elle qui avait payé à ses frais le vol de Josh, de Philadelphie à Palo Alto, afin de le convaincre de diriger sa campagne. Il avait tenu à voyager en première classe, parce qu'il savait qu'elle pouvait se le permettre, ce que Charlotte avait interprété comme le signe qu'il ne jugeait pas nécessaire de faire bonne impression. Toutes les personnes en qui Charlotte avait confiance affirmaient qu'elle avait tout intérêt à faire appel à Josh, le jeune prodige qui avait contribué à quatre victoires consécutives au Congrès. Elle avait besoin de lui davantage qu'il n'avait besoin d'argent. Cela dit, s'il acceptait de collaborer avec elle, elle lui verserait un salaire à six chiffres, et un gros, pour à peine plus d'un an de travail.

Josh la dévisageait en souriant.

— Vous jurez comme un docker. Vous n'avez pourtant pas l'air rustre, avec votre tailleur en lin de grand luxe, dans ce bureau vitré au cœur de la Silicon Valley.

Soudain, elle prit conscience de l'image qu'elle renvoyait. À quarante-sept ans, Charlotte était fière d'entendre régulièrement qu'elle ne faisait pas son âge. Sa mère disait qu'elle avait un visage ordinaire et une constitution robuste, pour décrire ses épaules carrées et sa poitrine restée plate même à l'âge adulte. Son principal attrait, c'étaient ses cheveux, d'un brun tirant sur le châtain avec des reflets cuivrés, et à peine quelques fils d'argent qu'elle parvenait sans peine à extraire à la racine. Jusqu'à l'âge de trente ans, elle avait douté de son physique, puis elle avait appris à tirer le meilleur parti de ses atouts et à se trouver jolie – non pas belle –, une distinction, elle le savait, qui avait facilité sa réussite dans un secteur dominé par les hommes.

Quant à Josh, elle lui aurait donné dix ans de moins que son âge. Avec son visage poupin, son ventre grassouillet et ses joues criblées d'acné, il n'avait pas le profil du joueur d'échecs tridimensionnel qu'il fallait être pour asseoir ses clients au gouvernement. Il portait un jean sombre, un blazer bleu, des Stan Smith immaculées à lacets noirs et un tee-shirt des Phillies chiffonné. Il fallait une bonne dose d'aplomb pour se présenter en baskets et tee-shirt d'ado à un rendez-vous d'affaires. Charlotte était consciente qu'il se sentait en position de force.

— Je jure comme un éboueur, rectifia-t-elle. J'ai passé trop de soirées aux réunions syndicales de mon père.

Marty Walsh était peut-être alcoolique, mais il avait l'alcool joyeux, et, les alcooliques heureux exerçant sur les enfants le même magnétisme que le Père Noël ou les marionnettes, Charlotte était toujours pendue aux basques de son père. Les soirs, quand sa mère était incapable de s'arracher à son lit, il l'emmenait au syndicat et l'asseyait sur le plancher, dans une salle pleine d'hommes blancs profondément en colère – il n'y avait toujours que des hommes, toujours que des Blancs – qui pestaient et désespéraient de n'être pas traités à leur juste valeur. Des années plus tard, à l'enterrement de Marty, elle avait constaté que les mêmes hommes avaient toujours les mêmes conversations. À l'époque, ils étaient encore démocrates progressistes. Charlotte avait grandi dans le bain de leur défiance envers l'autorité et de leurs vaines espérances. Lorsqu'elle fermait les yeux, elle sentait encore l'odeur des cigarillos et de la bière bon marché, et elle entendait son père lui expliquer : *« Ces gars bossent dur, Charlie. Ils méritent un minimum de reconnaissance. »* Marty avait de nombreux défauts mais, par-dessus tout, il était travailleur, et Charlotte préférait se rappeler cette qualité avant le reste.

— Ça plaira au fin fond de la Pennsylvanie – les jurons, le père éboueur, déclara Josh. Mais mollo sur les syndicats. Seulement 10,7 % des Américains s'identifient à une organisation syndicale.

En revanche, n'hésitez pas à jouer la carte de la population blanche défavorisée. Quand vous faites de la politique, votre histoire se résume à ses grandes lignes… « Fille d'éboueur, elle fait carrière dans la Silicon Valley et revient au bercail pour aider les braves gens à décrocher un job aussi lucratif que le sien. » Voilà qui vous êtes, désormais. C'est mieux que « millionnaire californienne qui cultive des tomates anciennes, sponsorise les disques d'argent de la radio publique, pratique le yoga et milite pour la sauvegarde de la chouette tachetée. »

— On se préoccupe davantage du saumon royal, ces temps-ci.

Charlotte aurait eu plein de choses à raconter à Josh. Sa mère Annemarie faisait parfois des ménages dans une maison de retraite de Scranton. Les mains gantées de latex jaune, elle lavait le vomi sur le carrelage des sanitaires. Comme elle n'avait pas les moyens de faire garder sa fille, elle l'emmenait et l'asseyait sur un tabouret, avec un livre, dans un coin de la salle de bains. Annemarie avait perdu ce job lorsqu'on avait découvert qu'elle subtilisait les médicaments des résidents. À peu près au même moment, Marty avait été parmi les premiers remerciés, quand Elk Hollow avait mutualisé ses services municipaux avec ceux d'Abington. Il avait ensuite été pompiste à la station d'essence, avant qu'elle passe en libre-service. Puis concierge au restaurant universitaire de Scranton. Parfois, les Walsh recevaient des coupons alimentaires, mais Annemarie, trop fière, ne les avait jamais utilisés, pas même le mois où on leur avait coupé l'électricité pendant cinq jours. Ces souvenirs-là, Charlotte les avait rangés dans des cases poussiéreuses au fond de sa mémoire. Quand elle les déballait, elle n'en revenait pas d'être devenue le genre de femme qui faisait ses courses à la coopérative *True Food* de Menlo Park, capable de débourser 15 dollars pour du kale bio et 30 pour des graines de chia sans OGM. Sa trajectoire lui donnait le vertige.

Elle se tourna vers son assistante, Leila Kelly, installée sur le canapé de l'autre côté de la pièce. Celle-ci arqua ses épais sourcils comme pour demander : « On a vraiment besoin de ce mec ? »

Josh consulta ses notes avant de poursuivre :

— Vous êtes mariée avec Max Tanner depuis douze ans et vous avez trois filles de moins de six ans. Vous êtes directrice des opérations chez Humanity, lui est responsable produit et ingénierie. Comment comptez-vous vous organiser pendant la campagne électorale ? Que fera votre famille si vous partez vous installer en Pennsylvanie ?

— Max prend un congé sabbatique pour s'occuper de nos filles.

— Évitez de parler de congé sabbatique. Ça fait très élitiste. Un peu comme les gens qui « partent en vacances » au lieu de « prendre des congés ».

Dans son fauteuil de directrice au sein d'une entreprise de la tech qui à elle seule avait révolutionné les pratiques commerciales du monde entier, Charlotte n'avait pas l'ombre d'un doute quant à l'usage de son vocabulaire.

— Chez Humanity, nous appelons ça un congé sabbatique. Max et moi avons choisi d'en prendre un tous les deux, quand j'ai décidé de présenter ma candidature – quand nous avons décidé tous les deux que je présenterais ma candidature. Ensemble, nous sommes convenus que Max s'occuperait des enfants, afin que je puisse me concentrer sur la campagne.

Charlotte gardait un goût amer des négociations acharnées qu'elle avait dû mener pour faire entendre à Max combien il serait enrichissant pour les filles d'avoir un papa disponible et une maman candidate aux élections. Elle comprenait tout ce à quoi il renonçait pour elle, mais elle estimait qu'elle méritait ces sacrifices, voire plus, après ce qu'il lui avait fait.

—Nous verrons plus tard comment exploiter le « congé sabbatique » de votre mari, dit Josh en mimant des guillemets exagérés. Max pourrait peut-être travailler à domicile sur un projet top secret. Un truc de réalité virtuelle. Les gens adorent le concept de réalité virtuelle. Ils n'ont pas la moindre idée de ce dont il s'agit mais ils s'imaginent que la réalité virtuelle changera leur vie de merde. Au fait, dites toujours « Silicon Valley », jamais « San Francisco ». San Francisco évoque les fringues tie-dye, la marijuana, l'amour libre et les transgenres qui ne savent pas s'ils doivent pisser dans les toilettes des hommes ou celles des femmes. En ce moment, les cadres de la Silicon Valley font plus rêver que les stars de la télé-réalité, et vous avez tous les deux moins de casseroles – enfin, j'espère.

Là-dessus, Max embraya sur sa question indélicate suivante.

—À propos de casseroles... Max a la réputation d'être un séducteur. Certaines de ses collègues se plaignent d'avoir essuyé des remarques déplacées.

Bien qu'en proie à une montée d'adrénaline, Charlotte demeura impassible, un talent peaufiné au fil des ans, à force de réunions avec des mâles pédants qui déboursaient des sommes astronomiques chez leur coiffeur.

Elle but une gorgée de café tiède ; sa tasse heurta ses dents. Son époux était en effet un séducteur. Charmer était une seconde nature et il savait se faire aimer autant des femmes que des hommes. Il avait le chic pour sortir des plaisanteries un peu vulgaires au mauvais endroit au mauvais moment. Il était tactile. Il se permettait de masser les épaules de ses collaborateurs et collaboratrices, en guise d'encouragement, avant que ce genre de geste ne soit regardé d'un mauvais œil dans les entreprises américaines.

— Tous les hommes sont des séducteurs. (Charlotte retint son souffle et jeta un coup d'œil à Leila.) Avez-vous la preuve qu'il ait commis des fautes ? demanda-t-elle, sa voix grimpant malgré elle d'une octave. Aucun employé de Humanity ne dira du mal de Max ni de moi. Tout le monde a signé des accords de confidentialité en béton.

— Qui vous dit que le béton ne risque pas de se fissurer ?

— Je les ai rédigés moi-même. Je suis directrice des opérations.

Elle croisa et décroisa les jambes. Un sourire étira les fines lèvres gercées de Josh.

— On m'a raconté certaines choses. Si on m'en raconte à moi, on en racontera à la presse, et à votre rival. Mais vous avez soulevé un point intéressant. Vous aviez un poste plus haut placé que Max. Il n'était que responsable produit et ingénierie. Vous étiez numéro deux. Vous teniez les rênes de cette entreprise…

D'un ample mouvement du bras, il désigna ce qui se trouvait au-delà de la pièce : le bâtiment de quarante-cinq mille mètres carrés conçu par Zaha Hadid, sa dernière réalisation avant sa mort. Les baies vitrées du bureau de Charlotte donnaient sur les quatre hectares de parc aménagés sur le toit, avec ses cascades artificielles et son mur d'escalade dans le plus pur style brutaliste.

— Ce n'était pas évident pour Max, j'imagine, ajouta Josh, d'avoir son épouse pour supérieure hiérarchique, le gros poisson à la tête de l'une des compagnies les plus puissantes du monde.

— Mon mari est un homme évolué, pas un dinosaure.

Josh leva les yeux au ciel.

— Ce serait une belle repartie si on était en Suède, mais évitez pendant la campagne. Vos filles…, enchaîna-t-il. Les jumelles, qui ont maintenant cinq ans, ont été conçues par PMA…

À l'évidence, Josh avait un petit côté sadique. On aurait dit un gamin agitant une côtelette sous le nez d'un chien affamé. Charlotte fronça les sourcils, s'autorisant pour la première fois depuis le début de l'entrevue à laisser paraître son agacement.

— Oui.

— Des bébés sur mesure…

Ne parle pas comme ça de mes enfants ou je t'étrangle.

— Mon Dieu ! Comme des centaines de milliers de femmes, je n'arrivais pas à tomber enceinte. Alors j'ai eu recours à la médecine moderne.

Cette grossesse était ce qu'elle avait accompli de plus difficile dans sa vie, et la dernière des choses auxquelles elle avait envie de penser.

— Parce que vous étiez déjà vieille ? Quarante et un ans ?

— Entre autres, oui, répondit-elle avec un regard noir. J'ose espérer que vous êtes au courant qu'il est indélicat de qualifier une femme de « vieille ».

— « Entre autres »… C'est-à-dire ? insista Josh sans se démonter.

— Mon utérus est mal orienté. Sans assistance, les spermatozoïdes ne peuvent pas atteindre mes ovules. J'ai des échographies, si vous voulez. Croyez-vous que nous devrions les publier sur Instagram avant que j'annonce ma candidature ? À moins que nous ne les fassions imprimer sur nos cartes de Noël…

Josh ignora le sarcasme.

— La fécondation *in vitro* est une procédure onéreuse.

— Elle a été payée par l'entreprise.

Il s'agissait de l'une des plus grandes fiertés de Charlotte – non pas que l'on ait financé ses FIV, mais que Humanity prenne en charge les traitements de fertilité des salariés. Afin d'inciter les femmes à rester dans l'entreprise, elle avait instauré une politique de planning familial couvrant les FIV, la congélation et le don d'ovules, ainsi que l'adoption. À l'époque, elle n'imaginait pas bénéficier elle-même de ces avantages. Les femmes étant largement sous-représentées chez Humanity, elle avait vu là une problématique et y avait trouvé une solution. Résoudre les problèmes et réparer les dégâts constituait la plus grande de ses compétences, ce qui lui avait valu le surnom de Madame Solution, dans certains cercles de la tech. Elle ne comptait pas parmi les esprits les plus créatifs ni les plus analytiques, mais quand on lui présentait un problème, Charlotte Walsh avait toujours une solution.

Elle ne s'était pas vantée de son initiative, mais quand la presse l'avait interrogée, en 2014 – car en 2014, financer un planning familial était encore considéré comme culotté –, elle avait expliqué, comme si elle s'adressait à un très jeune enfant pas très intelligent, qu'il s'agissait du meilleur moyen pour garder les femmes prometteuses au sein de ses équipes. Cette interview avait attiré l'attention de certaines organisations féministes puissantes – NOW, la Liste EMILY et un mouvement nommé la Pink Pussy Brigade —, qui avaient lancé des tee-shirts roses imprimés sur le devant du slogan « Le meilleur moyen » et « Charlotte Walsh présidente » dans le dos. Puis un éditeur lui avait réclamé un livre, ce qui l'avait flattée autant qu'intimidée. Elle s'y était attelée chaque soir, une fois les filles endormies. Son éditeur lui avait proposé un prête-plume, mais ç'aurait été trop facile, et malhonnête. Elle avait terminé en quatre mois, avec soixante jours d'avance sur le délai initial, de crainte que quelqu'un se rende compte tout d'un coup qu'on n'aurait jamais dû lui demander d'écrire un livre. *Trouvons des solutions* resta trente-deux semaines dans la liste des meilleures ventes.

Malgré elle, elle devint un modèle pour les femmes actives, si bien que les gens qui débattent de ces choses-là – les chroniqueurs politiques, les journalistes des chaînes d'info, les stratèges politiques et les oisifs squattant dans le sous-sol de leurs parents et passant vingt heures par jour sur Twitter – commencèrent à débattre des mérites de sa candidature au Sénat. Flatté, l'ego ne tarda pas à s'emballer, et l'idée de se présenter ne la quitta plus.

—Je n'ai pas honte d'avoir eu recours à la FIV, Josh, ni de l'argent avec lequel les procédures ont été payées.

Ponctuer ses phrases d'un prénom lui donnait toujours l'impression d'être une jeune institutrice débutante.

—La politique de planning familial que j'ai mise en place chez Humanity a pavé le chemin d'un avenir meilleur pour les femmes employées dans les grandes entreprises de notre pays.

—Gardez ça pour un tweet, dit Josh en roulant les yeux. Il faudra en parler, mais pas trop. Vous avez le droit d'être une candidate forte, mais pas une candidate féministe. Il y a une différence. Subtilité, avant toute chose. Tout est dans la nuance. Et dans le brushing.

Charlotte réprima un haut-le-cœur lorsqu'il lui prit une mèche et l'enroula autour de ses doigts potelés.

—Dieu merci, vous ne vous êtes pas fait couper les cheveux quand vous avez eu des mômes. 73 % des électeurs masculins préfèrent les femmes aux cheveux longs. Trop de femmes libérées ont des coupes au carré. On dirait des nonnes, ou des gouines. Les mecs n'aiment pas cette coiffure de mémère, même s'ils ne l'avoueraient pas dans un sondage.

La sémantique faisait partie du personnage – de la provoc' digne d'un talk-show sur le câble, à l'époque où il était encore de bon ton pour les présentateurs de ce genre d'émissions d'être grossiers et hargneux. Charlotte avait du mal à accepter qu'elle n'ait guère d'autre choix que d'engager ce type qu'elle trouvait déjà insupportable. Cela dit, elle n'était pas obligée de l'apprécier. Elle appréciait ce qu'il pouvait faire pour elle.

Josh revint au sujet précédent.

— C'est cool que Humanity vous ait payé ces procédures coûteuses, mais vous auriez pu vous les payer vous-même, non ? Avec un salaire… Voyons voir… (Il s'interrompit un instant pour feuilleter ses notes.) Un salaire annuel de 1,7 million de dollars. Sans compter vos stock-options, qui s'élèvent à plus de cinquante millions. En en vendant la moitié, vous savez que vous pourriez sans doute acheter les élections ?

Charlotte grimaça intérieurement à la pensée de ce que ces chiffres disaient d'elle et de son mode de vie. Avec un petit rire, Josh ajouta que s'il consentait à travailler pour elle, au moins, il serait grassement rétribué.

— Ne craignez-vous pas d'être trop riche et trop sophistiquée pour les travailleurs de Pennsylvanie ?

— Je me suis enrichie à la sueur de mon front, en contrepartie de services rendus à une entreprise qui a connu un développement parmi les plus fulgurants au monde.

Avec une moue suffisante, Josh tendit une paume ouverte.

— Ne vous énervez pas. Personne n'aime les femmes qui s'énervent.

Charlotte avait envie de le mordre, mais elle se contenta d'une claque sur sa main boudinée, assez forte pour lui faire un peu mal.

— Je suis en colère, bordel. C'est pour ça que je me présente au Sénat.

— Focalisez-vous sur les raisons de votre colère, que les gens sachent que vous ne vous présentez pas seulement parce que vous avez les moyens de le faire. Mais pensez à vous exprimer avec calme et douceur, quand vous abordez ces sujets.

Sentant peut-être le dédain de Charlotte, Josh s'interrompit, et, lorsqu'il la regarda de nouveau, son air vindicatif s'était radouci, si bien qu'il paraissait presque sympathique, disposé à la considérer comme un être humain et non comme un projet.

— Écoutez, ça ne m'amuse pas de jouer au con, mais vous avez besoin de quelqu'un comme moi. Ce ne sera pas facile. Vous n'aurez plus de vie privée. La presse déterrera des trucs que vous avez dits ou faits il y a vingt ans, trente ans. Vous ne vous en souviendrez peut-être même pas. Oubliez toute liberté personnelle. Vous serez peut-être amenée à faire des choses qui vous gêneront, à tenir des propos auxquels vous n'adhérez pas, voire à mentir. Très certainement à mentir. Pour être honnête, vous mentirez beaucoup. Personne n'aime le formuler ainsi mais je préfère être franc. Votre rival ment comme il respire.

Les mensonges. S'il savait. Charlotte inspira profondément par le ventre et s'essuya les paumes sur son pantalon de lin noir. Elle avait les mains moites. Elle ne mesurait pas encore vraiment ce que cette campagne exigerait de sa part, mais elle était prête à tout. Prête à se donner à fond, quoi qu'il en coûte. Cela faisait des années que rien ne l'avait autant enthousiasmée, terrifiée et stimulée.

— Nous sommes d'honnêtes gens, Josh.

Elle ne se rendit compte que trop tard de la naïveté de cette phrase.

— Tout le monde se dit honnête. Mais tout le monde ne l'est pas.

— En effet. Je suis consciente que ce sera difficile.

Elle observa la tête de Josh, en forme de citrouille, tout en se remémorant la stratégie de Rosalind Waters quand elle avait affaire à d'odieux personnages. L'épisode remontait à plus de vingt ans. Charlotte venait tout juste d'être embauchée au cabinet de la gouverneuse du Maryland lorsqu'un journaliste d'une radio de droite ultra conservatrice avait provoqué Rosalind en insinuant que certaines femmes, au fond, ne demandaient qu'à être sexuellement harcelées.

— Comment faites-vous pour supporter ce genre de choses ? avait demandé Charlotte, écœurée, curieuse et folle de rage pour Rosalind. Comment faites-vous pour rester zen quand vous entendez des remarques aussi immondes ?

Rosalind, Roz pour les intimes, avait répondu avec son ironie caustique :

— Je visualise le type avec une moustache ridicule. Quand un homme vous traite par le mépris, ou avec condescendance, collez-lui une moustache grotesque. À la Tom Selleck, à la Fu Manchu ou à la Hitler. S'il en a déjà une, déformez-la, rendez-la plus risible, avait-elle expliqué avec un petit sourire espiègle. Ses paroles vous vexeront moins et ça vous laissera le temps de réfléchir à votre repartie. C'est mieux que de l'imaginer à poil. Personne n'a envie de voir ces connards à poil, même pas leur femme. Surtout pas leur femme.

Charlotte repensa également au conseil que Roz lui avait donné en l'encourageant à présenter sa candidature : *« Ne montre que la moitié de tes ambitions. Une personne sur deux ne supporterait pas de les voir toutes. »*

— Peu importe que je sois une femme, dit-elle à Josh en l'imaginant avec une moustache en guidon de vélo à la Salvador Dali, couvrant sa tache de moutarde. Peu importe le mode de conception de mes enfants, peu importe mon mari. L'important, ce sont les électeurs de Pennsylvanie. L'important, c'est d'arrêter de leur faire payer les pots cassés.

Josh la regarda droit dans les yeux, en arquant un sourcil.

— Vous êtes bonne.

— Vous avez un truc sur la figure, dit Leila en se levant pour aller essuyer du pouce la tache jaune qu'il avait sur la lèvre.

Charlotte adorait ce côté de Leila, ses interventions pile poil au bon moment pour la sauver, sans qu'elle ait à le lui demander. Elle-même n'aurait jamais osé se lécher le doigt pour le passer sur la bouche d'un inconnu.

— C'est tout ce que vous avez dégotté ? Charlie a eu recours à la PMA parce qu'elle ne pouvait pas procréer. Max est maintenant père au foyer et il faisait les yeux doux à ses collègues... Et alors ? Max est un atout. Il ressemble à Jon Hamm. Il maîtrise à la perfection l'art de ne pas se raser pour paraître plus sexy. Il porte la chemise écossaise comme un gars qui travaille de ses mains, il a des fossettes craquantes et il est capable de changer une couche-culotte en public en trente secondes chrono. Oui, il plaît aux femmes. Les électrices seront dingues de lui. Vous n'avez pas à vous faire de souci de ce côté-là.

D'une démarche confiante, Leila regagna le canapé et continua de prendre des notes.

— Vous êtes quoi ? lui demanda Josh en l'observant avec curiosité, la tête inclinée sur le côté.

— Ce que je suis ? rétorqua la jeune femme avec un sourire indiquant qu'elle avait parfaitement compris ce qu'il voulait savoir.

Charlotte savait qu'on lui posait cette question au moins une fois par semaine – ses collègues, ses associés, des inconnus dans la rue. Quiconque cherchait à la mettre dans une case était dérouté par ses traits hérités d'une mère soudanaise et d'un père irlandais, un couple improbable qui s'était séparé peu après la naissance de leur fille unique. Brève mais intense, leur relation avait produit une enfant à la peau cannelle constellée de taches de rousseur, aux yeux verts aussi perçants que ceux d'un chat de gouttière, coiffée d'une épaisse tresse noire enroulée comme un cobra sur le dessus de son crâne. Charlotte connaissait toute sa panoplie de réponses au « vous êtes quoi », de la plus polie – « une bâtarde américaine » – à la plus cynique – « une expérience de labo pour créer la femme du futur » –, en passant par la plus vindicative – « Et vous, vous êtes quoi ? »

Charlotte avait recruté Leila neuf ans plus tôt, fraîchement diplômée de l'université de San Jose. Elles avaient en commun d'avoir pu faire des études supérieures grâce aux bourses. Leila s'était présentée au premier entretien d'embauche en escarpins à talon bleu canard dénichés au Secours populaire, et pendant une heure, PowerPoint à l'appui, elle avait exposé à Charlotte en quoi elle pouvait lui faciliter la vie. Leila était aimable parce qu'elle n'avait pas besoin qu'on l'aime ; elle voulait simplement prouver de quoi elle était capable. Conquise par son ambition et sa confiance, Charlotte l'avait engagée le jour même comme assistante personnelle.

Leila s'adossa à son canapé et ajusta sa jupe crayon rubis à gros boutons cuivrés et taille haute, dans laquelle elle avait rentré une chemise d'homme qu'elle portait sous un boléro noir. Elle s'inspirait du look d'Anjelica Huston dans les années 1970, sa muse, disait-elle, et elle charriait souvent Charlotte pour ses tenues trop classiques. « Charlie, disait-elle, on vit dans une société où les milliardaires s'habillent comme des clochards. C'est notre devoir d'amener le style dans la Valley. »

Josh eut droit à la réponse honnête :

— Je suis moitié soudanaise, moitié irlandaise. Je suis née et j'ai grandi à Oakland. Ma mère avait seize ans quand elle est venue demander l'asile politique aux États-Unis, parce qu'elle était chrétienne et qu'à Khartoum, on peut se faire tuer pour ça. Mon père jouait du violon et il avait de beaux yeux. Alors qu'elle était une gentille fille qui croyait en Jésus, il l'a initiée un soir à la beauté de la voiture irlandaise piégée, dans un pub nommé le McGlinchey, et c'est comme ça qu'ils m'ont conçue. Vous êtes content ?

Josh changea nerveusement de position. Leila le mettait mal à l'aise.

— Il faudra enlever votre boucle de nez. Enfin, si vous participez à la campagne.

Il avait toujours été entendu que Leila accompagnerait Charlotte en Pennsylvanie, et elle avait été prévenue : pendant plus d'un an, elle devrait mettre sa vie personnelle entre parenthèses.

— J'y réfléchirai, dit-elle avec un haussement d'épaules, en tripotant l'anneau noir qu'elle portait au septum.

Josh se tourna vers Charlotte.

— En parlant de famille… Votre frère… J'ai ouï dire qu'il était… Attendez, que je trouve les bons mots… Alcoolique, comme son père, et friand de cachetons. Vous confirmez ?

Charlotte ne savait que dire. Son frère Paul, de deux ans son aîné, avait toujours abusé de toutes les substances sur lesquelles il pouvait mettre la main. Ses vices n'étaient tempérés que par sa femme, la stoïque Kara, et leurs maigres ressources, qui ne lui permettaient pas d'entretenir une addiction sérieuse. Mais Charlotte ne lui avait pas adressé la parole depuis cinq ans. La dernière fois qu'ils s'étaient parlé, il lui avait demandé de lui prêter 100 000 dollars pour monter un business de marijuana hydroponique dans son sous-sol. Elle avait refusé. Il avait cessé de répondre à ses textos.

— Je n'en sais rien.

— Débrouillez-vous pour savoir. Passez du temps avec lui. Discutez avec sa femme. Il faut qu'on sache à qui on a affaire. Vous devez impérativement avoir gardé des liens étroits avec votre famille en Pennsylvanie, vu que vous avez quitté l'État il y a si longtemps. Vous avez l'intention de retourner à Elk Hollow, c'est ça ?

Elk Hollow, au nord-est de la Pennsylvanie, n'était qu'à quarante-cinq minutes de Scranton et à trois heures de Philadelphie, quand il n'y avait pas trop de circulation sur l'autoroute.

— Oui, nous nous installerons dans la maison où j'ai grandi.

Charlotte jeta un coup d'œil à son téléphone qui vibrait, sur ses genoux. C'était la troisième fois que Max essayait de la joindre.

— Je dois rappeler mon mari.

Josh fronça les sourcils et secoua la tête.

— Votre mari attendra. Vous êtes avec moi, pour le moment.

Personne ne donnait d'ordres à Charlotte. Tout du moins, cela n'était pas arrivé depuis longtemps.

— OK. Je lui envoie juste un message.

Max l'avait devancée :

Charlie Bird ?? Alors il est comment, le jeune prodige ? Réponds !

Josh se dévissa le cou pour voir l'écran.

— « Jeune prodige »… Ça me plaît, approuva-t-il en hochant la tête, sans éprouver l'ombre d'un scrupule pour son indiscrétion. C'est plus sympa que ce qu'on dit de moi en général. Mais, Charlie, j'ai besoin de toute votre attention, s'il vous plaît.

Arborant un petit sourire quand il employa ce surnom, il lui prit gentiment le téléphone des mains et le glissa dans la poche arrière de son jean, avant de reprendre le fil de la conversation. Charlotte s'étonna elle-même de ne pas protester.

— Elk Hollow…, dit Josh d'une voix traînante. C'est bien. Vous êtes maligne. Le chemin du Congrès passe par les petites villes. Je vous aurais moi-même recommandé de retourner dans le bled où vous êtes née, si vous m'aviez engagé trois mois plus tôt, mais vous m'avez contacté tard. Vous avez déjà pris du retard. Quelle somme avez-vous collectée ?

Charlotte était prête à avancer personnellement 500 000 dollars, pour lancer la campagne. Et comme certaines personnes richissimes voyaient en elle un membre de ce que l'on se plaisait à appeler la Résistance avec un grand « R », on lui avait promis une poignée de chèques à six chiffres, et quelques-uns à sept.

— Deux millions.

Josh émit un sifflement admiratif.

— Il vous faudra au moins dix fois plus, dit-il en se calant contre le dossier de son siège, jambes écartées, avant de marmonner une espèce de monologue intérieur. Je le sens bien… Selon les premières études des panels, les électeurs apprécient votre attitude franche et directe. Ils vous trouvent jolie. Ça compte plus que vos opinions. Ils n'ont aucune idée de ce que vous faites réellement chez Humanity, mais ils pensent que vous occupez un poste important. Les électeurs se souviennent des gens qu'ils estiment importants. (Josh marqua un instant de silence, en regardant Charlotte droit dans les yeux.) Mais, une dernière question… Soyez honnête, pourquoi vous ? Pourquoi maintenant ?

— Dois-je en déduire que vous êtes disposé à travailler pour moi ?

Au lieu de se sentir soulagée, Charlotte éprouvait le sentiment électrisant d'avoir réussi une première épreuve, et cette victoire la remplissait de confiance pour la suite.

Josh tenait son téléphone à la main, comme s'il hésitait à le lui rendre.

—Je vous appellerai demain pour vous donner ma réponse, dit-il en posant l'appareil face contre le bureau. Si nous collaborons, ce sera toujours moi qui vous appellerai. Vous répondrez toujours. Je n'envoie jamais de textos. Les SMS, c'est bon pour les adolescentes et les profs qui veulent se taper des étudiantes. Si nous travaillons ensemble, je serai la première personne à qui vous parlerez le matin et la dernière dont vous entendrez la voix le soir avant de vous coucher. Si vous êtes constipée, je serai certainement au courant.

Demain serait bientôt là. Demain était parfait. Elle retourna le téléphone. Cinq nouveaux messages de son mari, qu'elle ne prit pas la peine de consulter.

—Mais répondez à ma question, répéta Josh. Pourquoi vous ? Pourquoi maintenant ?

Parce que je suis persuadée d'être capable de faire mieux que le gars qui occupe le poste. Ça ne pourrait pas être aussi simple ? Charlotte passa rapidement en revue les réponses qu'elle était susceptible de fournir. La plus sérieuse : les politiciens décevaient les Américains. Les grandes entreprises décevaient les Américains. Elle détestait la haine qui lui sautait au visage chaque fois qu'elle parcourait son fil Twitter. Les Américains se comportaient entre eux comme des bêtes sauvages, d'une manière écœurante. Elle était terrifiée à l'idée d'élever ses filles dans ce pays. Elle souhaitait contribuer à rendre meilleure la vie des gens avec qui elle avait grandi. Après les dernières élections, elle s'était sérieusement remise en question et avait passé des nuits entières à se demander si ce qu'elle faisait avait du sens ou si son job ne rimait à rien.

Tout cela était vrai.

Mais il y avait aussi la réponse honnête : sa décision de se présenter au Sénat était motivée par l'idéalisme, la culpabilité et l'ego. Plus elle y réfléchissait – en général la nuit, quand elle ne parvenait pas à trouver le sommeil et qu'une voix dans sa tête lui soufflait qu'elle était cinglée de seulement penser qu'elle avait l'étoffe d'une politique –, plus ses motivations lui semblaient claires. Depuis vingt ans qu'elle travaillait pour Humanity, les innovations de l'entreprise en matière de productivité avaient mis des centaines de milliers d'Américains au chômage. Entrer au gouvernement lui donnerait peut-être accès aux outils qui lui permettraient de réparer ce qu'elle avait cassé.

Et il y avait encore autre chose, quelque chose qu'elle avait mis des années à s'avouer. Et c'était cette réponse que Josh apprécierait. Pour la première fois, elle s'autorisa à l'admettre à voix haute, avec un sourire assuré et un petit haussement d'épaules :

— J'aime gagner.

Transcription partielle de l'interview entre Charlotte Walsh et la journaliste Erika Cabot à l'occasion de la conférence «Les femmes sont l'avenir», le 1er août 2017 à New York. Des extraits de cet entretien ont été diffusés sur MSNBC.

Erika Cabot : Depuis cinq ans, grâce à vous, les femmes aux postes de management sont deux fois plus nombreuses chez Humanity. Certains salariés de l'entreprise ont affirmé, en public et sur les réseaux sociaux, que vous privilégiez les femmes au détriment des hommes et que votre objectif était de marginaliser les employés masculins. Que répondez-vous à cela ?

Charlotte Walsh : J'ai envie de dire que c'est ridicule. Sachez que j'aime les hommes. La plupart de ceux que je connais sont des personnes formidables, que j'adore. Je suis heureuse de voir des salariés s'insurger contre ce qu'ils perçoivent comme de la discrimination de genre, bien que j'aie répété maintes fois que je n'accorde jamais de promotion sur des critères de sexe ou de couleur de peau. La seule chose que j'aie faite, c'est permettre à des femmes hautement qualifiées et très compétentes d'avoir des enfants tout en continuant à travailler. Voilà pourquoi nous avons deux fois plus de femmes aux postes de direction chez Humanity.

Erika Cabot : Vous consacrez un chapitre entier de votre livre *Trouvons des solutions* à suggérer que le gouvernement devrait s'inspirer de Humanity et instaurer des politiques similaires afin de favoriser l'emploi des femmes. Vous avez été attaquée par deux représentants du Congrès, Tom Broadbent et Jim Sanders, respectivement sénateur du Wyoming et sénateur de Floride, qui vous ont traitée d'hystérique, de bonne samaritaine et de gauchiste de la côte Ouest. Comment avez-vous réagi ?

Charlotte Walsh : Il arrive un moment où il faut cesser de se préoccuper de ce qu'on pense de vous. Ce genre de discours ne fait que me conforter dans l'idée que nous sommes gouvernés par des mâles odieux ayant une bien haute opinion d'eux-mêmes.

Erika Cabot : Ce qui m'amène au vif du sujet… Êtes-vous celle par qui le changement arrivera ? Envisagez-vous de vous présenter au Sénat ?

Charlotte Walsh : Et là, je suis censée vous répondre que je suis flattée mais que, non, je n'ai pas l'intention de me mêler de politique, c'est ça ?

Erika Cabot : En général, oui, c'est peu ou prou ce qu'on me répond.

Charlotte Walsh : Je suis incapable de garder un secret, donc je ne vois pas l'intérêt de vous mener en bateau. Oui. J'envisage sérieusement de me porter candidate aux sénatoriales.

Erika Cabot : Voilà la réponse la plus honnête, je crois, que j'aie jamais reçue d'un futur politicien. Vous avez déjà le soutien d'un grand nombre d'organisations féminines. Pour ainsi dire, vous avez toute la tribu derrière vous. Pensez-vous que l'avenir soit féminin ? L'avenir de la politique ?

Charlotte Walsh : J'espère pour la politique un avenir compétent, optimiste, apte à résoudre les problèmes des Américains. Le fait que je sois une femme n'est qu'un détail.

Chapitre 2

21 août 2017
J - 442 avant les élections

Charlotte se réveilla en sursaut, moite et ankylosée, le cou endolori, et il lui fallut un moment pour se rappeler où elle était : sur le siège avant de leur minivan. Un immense parking s'étendait derrière la vitre. La douleur provenait de la ceinture de sécurité qui lui cisaillait l'omoplate. Moins désagréable toutefois que les images du cauchemar qu'elle venait de faire, s'attardant dans son esprit avec une clarté aussi oppressante que l'air confiné de la voiture.

Elle avait rêvé qu'elle faisait de l'escalade avec Max, dans un magnifique parc naturel de l'Ouest, aux vastes plaines hérissées de montagnes rouges. Max grimpait devant elle, ses larges mains explorant le relief en quête de prises, les muscles de son dos se contractant et s'étirant tandis qu'il s'élevait le long de la paroi. Soudain, la roche s'effritait sous les doigts de Charlotte et elle se retrouvait suspendue au-dessus du vide, les pieds ballants dans le néant. Sa corde s'effilochait. Elle ouvrait la bouche pour appeler Max à l'aide mais aucun son ne franchissait ses lèvres. Au bout d'un moment, il finissait néanmoins par tourner la tête et elle lui criait : « J'ai besoin de toi ! » Mais elle avait beau s'égosiller, il la regardait d'un air absent, comme s'il ne la reconnaissait pas. Elle rassemblait alors ce qui lui restait de forces et tentait de se hisser jusqu'à lui. En tendant le bras, il aurait pu lui saisir le poignet, mais il se retournait et poursuivait son ascension.

Elle tombait alors.

Ce cauchemar récurrent survenait en général quand elle s'y attendait le moins, dans les périodes où elle se sentait plutôt bien, enfin heureuse et maîtresse de sa destinée. La première fois remontait à près de deux ans, une semaine après qu'elle avait découvert l'infidélité de Max.

Revisiter cet épisode était comme gratter une cicatrice, douloureux et désagréablement agréable. Elle regardait distraitement une série policière à la télé, dans leur chambre, en Californie, tout en prodiguant des petites caresses circulaires sur le ventre d'Annie, qui avait alors quatre mois, pour essayer de l'apaiser et de l'endormir. Dans la salle de bains au fond du couloir, Max riait en baignant les jumelles. La petite Annie avait un sourire bienheureux, et Charlotte avait pris l'iPad de Max pour filmer le bébé et lui montrer la vidéo quand il viendrait se coucher. Elle était tombée sur un mail inachevé qu'il avait laissé ouvert à l'écran. Lorsqu'elle se remémorait cet instant, elle entendait Max le lire à voix haute, comme si le son provenait de la télévision :

> Ne recommençons plus jamais. Désolé si je t'ai donné de faux espoirs. Nous n'aurions jamais dû coucher ensemble.
> C'était une erreur.
> Restons-en là.

La main tremblante, elle avait lâché la tablette, qui était tombée sur le plancher de chêne massif. Le bruit avait effrayé Annie, qui s'était mise à pleurer.

— Ça va ? avait demandé Max depuis la salle de bains.

Comme elle ne répondait pas, il était accouru dans la chambre, en boxer, le torse et les bras tout mouillés. Comme dans son rêve, Charlotte avait eu l'impression que le monde se dérobait sous ses pieds. Elle avait cherché quelque chose de solide à quoi se raccrocher, un point d'ancrage pour se maintenir dans la réalité, et son regard s'était posé sur le visage de son bébé, rouge et fripé, réclamant désespérément sa maman.

La discussion devait attendre que les filles soient au lit. Étonnamment, elle avait réussi à refouler sa rage, le temps de mettre les pyjamas, raconter des histoires du soir et souhaiter de beaux rêves, à grand renfort de câlins et de bisous. En voyant le sourire de Max, penché au-dessus du berceau d'Annie, embrassant la fillette sur une joue puis sur l'autre, à la lueur de la veilleuse, Charlotte avait songé à faire comme si de rien n'était, à poursuivre le cours de leur vie idyllique comme si elle n'avait jamais vu ce mail.

Sauf que ce n'était pas son genre.

Une fois les filles endormies et ronflant paisiblement dans leurs chambres respectives, elle s'était redressée, puis elle s'était postée devant le lit, où Max était allongé, le dominant de toute sa hauteur.

— Parle-moi de la nana que tu as baisée, lui avait-elle demandé posément, sachant qu'il détestait qu'elle emploie ce genre de langage.

En larmes, il avait confessé quelques détails, autant que Charlotte pouvait en entendre : la fille travaillait chez Humanity, il l'avait connue lors d'un séminaire pour les développeurs, à Boulder, et ils s'étaient revus seulement deux fois. Tout était fini. Il avait juré que c'était terminé.

— C'était une salariée. Quelqu'un qui travaille pour nous. Tu te rends compte de ce que ça implique ? Des conséquences pour la boîte si elle te balance ? Comment peut-on être aussi con ?

— Je suis désolé.

Max avait assuré que Margaret – un prénom qui résonnait à l'infini dans le cerveau de Charlotte, chuchoté, gémi, hurlé par Max – n'avait aucun intérêt à leur chercher des ennuis.

— Je ne veux pas en savoir plus, avait-elle dit en se bouchant les oreilles.

Puis elle avait déplacé une main devant elle en signe de capitulation.

— Charlie, je t'en supplie, écoute-moi. Avec toi, ce n'est pas pareil. Entre nous, ce n'est pas pareil, avait plaidé Max.

Depuis quelques années, ils se disputaient plus souvent qu'ils ne faisaient l'amour. Charlotte avait l'impression que son corps avait été ravagé par des bêtes sauvages, qui lui avaient déchiqueté les tétons. Les filles voulaient sans cesse dormir entre eux dans le lit. Et ils travaillaient tellement, toujours plus.

Quelques mois plus tard, ils avaient consulté une psy, Carol, qui leur avait donné des consignes et des stratégies pour surmonter la situation.

Au bout d'un an de thérapie, il était clair que Max était prêt à tout pour reconquérir Charlotte, y compris à retourner dans un bled qu'il détestait, et à quitter un job qu'il adorait pour s'occuper de leurs trois enfants en bas âge. Parce qu'il avait une dette envers elle, tous deux le savaient.

Alors elle lui avait annoncé qu'elle voulait devenir sénatrice. Après le désastre sans précédent des dernières élections présidentielles, les deux camps happés dans une spirale de la mort presque comique, les démocrates, sidérés, épuisés, étaient en quête de candidats atypiques susceptibles d'impulser un nouvel élan populiste. Pour reprendre le contrôle du Sénat, ils devaient gagner cinq sièges aux élections de mi-mandat. Le parti avait donc prié Rosalind de demander à Charlotte si elle ne voulait pas se présenter pour la Pennsylvanie, où elle avait grandi.

Quand Roz était venue voir Charlotte, la trahison de Max remontait à presque un an, mais elle était encore ébranlée. Chaque jour, des femmes étaient trompées par leur mari. Ce qu'elle vivait n'avait rien d'extraordinaire, elle en était consciente, et pourtant, elle avait le sentiment de traverser une épreuve totalement unique et injuste. Elle s'était donné tant de mal pour se construire une vie qui, sur le papier, lui semblait parfaite, à mille lieues de ce que son enfance augurait. L'incartade de Max réduisait ses efforts à néant et lui laissait un arrière-goût d'échec.

— Tu dois absolument te présenter, avait déclaré Roz après deux bouteilles de son cabernet préféré.

Charlotte n'avait pas envie de révéler l'infidélité de Max, mais elle ne pouvait rien cacher à celle qu'elle considérait depuis toujours comme son mentor. Et Roz lui avait dit exactement ce qu'elle avait besoin d'entendre, des mots que Leila était incapable de prononcer, parce qu'une jeune femme ayant la vingtaine ne savait rien des vrais chagrins d'amour ni de la réalité de la vie à deux. Richard, le mari de Roz, professeur de linguistique à l'université de Georgetown, avait un faible pour les étudiantes en sanscrit dotées d'une poitrine opulente. Charlotte ne se rappelait que trop bien ce qu'elle pensait de Roz, à vingt-six ans, parce qu'elle tolérait les aventures de son mari. Elle la trouvait débile de rester avec lui.

— Ton entrée en politique mettra un coup de projecteur sur tout ce qui cloche dans cet État corrompu qui n'a jamais élu une femme sénatrice, avait dit Roz. Pourquoi tu ne retournerais pas en Pennsylvanie ? C'est bien la moindre des choses que Max te doit.

Le défi n'en était que plus excitant, et le fait d'avoir un nouvel objectif atténuait quelque peu la tristesse qui rongeait Charlotte depuis l'affaire Margaret. Une impulsion, c'était exactement ce qui lui manquait. Toujours être en mouvement, pour ne pas s'enfoncer.

En guise de préparatifs de campagne, elle avait donc commencé par rencontrer Josh Pratt. Elle se sentait coupable de lui avoir menti sur sa relation de couple. Elle ne voulait surtout pas que les élections virent au jeu du chat et de la souris avec la presse à sensation, mais c'était Roz qui lui avait recommandé de garder pour elle la liaison de Max.

— Pratt ne prend que des candidats irréprochables, avait-elle expliqué, et tu as besoin de lui. Tu t'excuseras en temps voulu, éventuellement. Tu joues avec le feu, mais tu ne le regretteras pas, si tu gagnes.

Du reste, Max et Charlotte s'entendaient plutôt bien, ces derniers temps, tout du moins aussi bien que possible en tant que parents de trois petites filles. Il leur avait fallu du temps avant d'en arriver là, mais c'était normal. Tous les couples connaissaient des hauts et des bas, et les bas pouvaient durer des mois, voire des années. Parfois, vous n'éprouviez plus d'amour, ni même de tendresse. Eux avaient réussi à s'en sortir.

Charlotte s'était assuré, lors de sa seule et unique rencontre avec Margaret – un souvenir enterré encore plus profondément que les autres, qu'elle s'interdisait strictement d'exhumer, même en rêve –, que celle-ci ne soufflerait jamais le moindre mot de ce qui s'était passé.

Afin de baisser la vitre et d'aérer le nouveau minivan familial, elle tâtonna à la recherche de ses clés. Puis elle regarda autour d'elle en essayant de se rappeler où ils étaient. Avant qu'elle s'endorme, ils roulaient dans le Wyoming. À présent, elle avait vue sur un bosquet de pins Ponderosa se dressant juste devant le nez aquilin d'un George Washington de granit. Elle se trouvait sur le parking du mont Rushmore.

La traversée des États-Unis en minivan, de la Californie jusqu'en Pennsylvanie, était une idée de Josh. Une technique commerciale.

— Environ 67 % des Américains et 53 % des Pennsylvaniens font un road trip une fois par an, l'avait-il informée. (Elle ignorait d'où il tenait ces statistiques.) Ça montrera que vous êtes une Américaine comme les autres, une vraie, qui voyage en camionnette, s'arrête dans des motels bon marché, qui conduit un tracteur et bavarde avec les serveuses de restau. Vous prendrez des photos et des vidéos pour les réseaux sociaux.

Josh avait accepté de travailler pour Charlotte trois jours après leur entrevue, et posé deux conditions : qu'elle réponde à ses appels téléphoniques chaque matin à 6 h 30, et qu'elle lui verse une prime de 300 000 dollars s'ils gagnaient. Si la pratique des primes était courante, le montant de celle-ci battrait tous les records, pour des sénatoriales. Charlotte avait consenti. En seulement quelques semaines de collaboration, il lui avait déjà fait renvoyer la nounou.

— Ça fait mauvais effet de payer quelqu'un pour s'occuper de vos gosses, surtout une Mexicaine, même si elle est en règle. Vous devez être capable d'élever vos gamines vous-même. L'argent ne vous a pas changée.

Il lui avait également conseillé l'achat de deux monospaces modestes, pour remplacer leur Prius et leur Tesla, histoire de renvoyer une image classe moyenne sur les choses essentielles.

Le road trip n'était pas l'aventure romantique qu'elle avait espérée. Au bout de cinq jours, Charlotte avait l'impression d'être sur la route depuis cinq mois, et elle avait déjà regardé deux fois s'il n'y avait pas moyen de prendre un avion à Sioux Falls et de payer quelqu'un pour convoyer le minivan jusqu'à leur destination, avec le chien, un bulldog répondant au nom de Bob, à moitié aveugle et adopté dans un refuge, le dragon barbu des jumelles, George Washington, et le maine coon obèse Jack the Fat. Braillements et hurlements à vous glacer le sang résonnaient dans l'habitacle depuis qu'ils avaient franchi le pont de San Francisco. Ella, en particulier, savait pousser un cri qui donnait l'impression qu'on tentait de l'assassiner. Un gamin avait toujours besoin de quelque chose. Ella avait un appétit insatiable, Rose une vessie de la taille d'un dé à coudre, et Annie ne pouvait s'endormir que si on lui tenait le pied gauche.

Bob poussa un jappement grave et désespéré annonçant qu'il n'en pouvait plus de partager un espace aussi exigu avec le chat et le lézard, signifiant aussi très probablement qu'il avait besoin de sortir, s'il n'était pas déjà trop tard. Finalement, Charlotte ouvrit la portière, plutôt que la fenêtre, et fit pivoter ses jambes afin de poser les pieds sur le bitume. Les paumes pressées sur les yeux, comme pour expulser le rêve de son cerveau, elle inspira de grandes bouffées de l'air chaud et sec du Dakota du Sud.

Puis, en redressant la tête, elle aperçut toute la famille dans le rétroviseur poussiéreux. Max tenait la main de chacune des jumelles, qui léchaient des sucettes aux couleurs de l'arc-en-ciel aussi grosses que leur tête. Annie, la plus petite, trônait fièrement sur les épaules de son père, vêtue en tout et pour tout d'une couche-culotte et d'un chapeau de safari trop grand pour elle.

— Pourquoi vous ne m'avez pas réveillée ? demanda Charlotte en descendant de la voiture, les mains sur les hanches, la tête penchée sur le côté, feignant d'être terriblement déçue.

Ella et Rose, les jumelles, lâchèrent la main de Max pour se précipiter vers elle.

— Attention aux voitures ! cria Charlotte en s'élançant à leur rencontre, afin de les protéger d'un véhicule qui aurait pu surgir inopinément.

— Je me suis dit que tu avais besoin de te reposer, plus que de visiter le monument public le plus vaniteux de toute l'histoire de notre grande nation. De toute façon, on a passé beaucoup de temps à la boutique de souvenirs.

Charlotte ferma les yeux et respira profondément, en s'enjoignant de se montrer agréable. Le cauchemar lui laissait souvent un arrière-goût de ressentiment, comme si l'affaire s'était produite la veille. Sa mâchoire craqua quand elle bâilla.

— Très bien. Merci, chéri.

— Tu as vu la photo que je t'ai envoyée ?

— Pas encore.

Elle prit son téléphone dans le compartiment de rangement de l'accoudoir central et consulta le MMS de Max. Il avait photographié leurs trois filles dans l'alignement des présidents Washington, Jefferson, Lincoln et Roosevelt.

— Comment as-tu réussi à les faire poser ?

— Beaucoup de sucre.

Max sortit Bob de sa caisse et le déposa près de l'une des roues arrière. Le chien arrosa le pneu brûlant d'un jet urgent.

—Trop, peut-être, ajouta Max. Je peux t'incruster sur la photo, si tu veux la mettre sur ton Instagram. Le jeune prodige adorera, tu ne crois pas ?

Ils avaient repris la route depuis moins de cinq minutes lorsque l'enfer se déchaîna. Rose se mit à pleurnicher, et ses sanglots se muèrent peu à peu en hurlements.

—Annie m'a mordue, gémit-elle en tendant vers le siège avant l'un de ses petits doigts qui saignait.

Charlotte se retourna. La cadette de ses filles affichait un adorable sourire carnassier, une goutte de sang au coin des lèvres. Ella, la jumelle de Rose, sévit aussitôt en tirant les cheveux de sa petite sœur, si violemment qu'une mèche brune lui resta dans les doigts. Deux fillettes hurlaient à présent comme des banshees. Charlotte enjamba le dossier de la banquette pour passer à l'arrière du minivan, détacher Annie de son siège-auto et la prendre sur ses genoux, assise par terre, tout en auscultant le doigt de Rose afin de vérifier qu'elle n'avait rien de plus qu'une plaie superficielle. Le sol du véhicule était jonché de miettes de biscuit, les vitres étaient couvertes de traces de beurre de cacahuète, de morve et maintenant de sang. Charlotte avait les fesses dans quelque chose d'humide.

Elle embrassa Annie sur la tête, en savourant cette odeur aigre-douce de bébé que la fillette exhalait encore, puis elle frotta sa joue contre sa nuque duveteuse, tout en la réprimandant. Elle sentait ses côtes fragiles frémir contre sa poitrine. Annie, le parfait accident, était un clone de Max, avec ses boucles brunes, sa bouche boudeuse et ses yeux bleus malicieux. Comme son père, elle riait de tout son visage, la tête rejetée en arrière.

Après s'être donné tant de mal pour concevoir les jumelles, Charlotte n'aurait jamais imaginé qu'elle puisse tomber enceinte naturellement. Du coup, Max et elle ne s'étaient pas souciés de contraception.

— Vous voulez un stérilet ? lui avait demandé le gynéco deux mois après la naissance des jumelles.

— Je suis presque une vieillarde, avait-elle répondu en riant. Mes hormones ne m'inquiètent pas trop.

L'effet de surprise et la détermination avec laquelle Annie était venue au monde, prématurée, n'en rendaient que plus farouche l'amour de Charlotte pour la dernière de leurs filles. Ce n'était pas bien d'avoir des préférés. « Préférée » n'était d'ailleurs pas le mot juste. Les jumelles étaient là l'une pour l'autre, et Max en était gaga parce qu'elles étaient les premières. Charlotte avait le sentiment qu'Annie était toute à elle.

La fillette lui adressa un sourire, les yeux brillants de larmes, puis elle se pencha vers sa maman, comme si elle voulait l'embrasser, et lui mordit le lobe de l'oreille.

— Aïïïïe !

Max jeta un coup d'œil par-dessus son épaule, puis il se gara prudemment sur le bas-côté, descendit de la voiture, ouvrit la portière arrière et prit Annie des bras de Charlotte. Sans un mot, il l'emmena dans le bois qui bordait la route, vouant chaque fibre de son être à calmer et à sermonner la fillette afin que Charlotte puisse consacrer son attention aux jumelles. Annie empoigna les cheveux de son père, secouant la tête comme une créature sauvage.

« Merci », murmura Charlotte, même si Max ne l'entendait pas. C'était dans ces petits moments qu'elle se rappelait combien elle avait besoin de lui. Au fil des semaines et des mois qui avaient suivi l'épisode Margaret, Leila lui avait maintes fois répété : « Pourquoi rester avec lui ? Quitte-le. Tu peux te débrouiller seule. Tu as de l'argent. Tu embaucheras des gens pour t'aider. Balance-le. »

Hélas, ce n'était pas aussi simple. Elle aimait Max. Même si, depuis qu'il l'avait trompée, elle devait constamment se remémorer ce qui l'avait attirée et les raisons pour lesquelles elle était tombée amoureuse de lui. En outre, elle s'appliquait à déceler dans son physique des petites imperfections dont elle se délectait parce qu'elles détonaient dans l'image de bel homme qu'il renvoyait au reste du monde. Une semaine, c'était son nez. Légèrement écrasé, un peu tordu, comme s'il avait reçu un coup de poing dans un bar ou dans une mêlée de rugby. Quand on remarquait ce détail, ses traits paraissaient soudain plus grossiers. En vérité, il était tombé face contre terre, à dix ans, en faisant du roller. Charlotte s'était prise d'affection pour le nez de Max, pour ses omoplates couvertes d'acné, pour ses immenses panards d'homme des cavernes, évasés à la base, en forme de palmes. Les ongles de ses deux gros orteils étaient irrémédiablement abîmés par des accidents d'escalade. Max avait les pieds les plus moches que Charlotte avait jamais vus mais elle les adorait.

Et puis ils avaient un vécu commun : le décès des parents de Charlotte, la menace d'un cancer de la peau chez Max, la FIV, un enfant prématuré. Mais l'une des raisons les plus difficiles à expliquer à quelqu'un comme Leila, qui n'avait jamais été mariée et n'avait jamais eu d'enfant, c'était que Charlotte n'aurait pas supporté de se retrouver seule. Et même si, certains jours, elle aurait mis le plombier dans son lit, pour peu qu'il veuille bien partager le fardeau de l'éducation de ses enfants, elle n'avait pas envie de repartir de zéro avec un inconnu. Elle voulait vivre la vie qu'elle s'était durement construite.

Soixante-dix kilomètres plus loin, ils trouvèrent un motel avec une piscine en bordure du parc national des Badlands. L'enseigne au néon représentait un chien de prairie borgne.

Pour 60 dollars, ils prirent une chambre à deux grands lits, un pour eux, l'autre pour les filles, qui s'endormirent comme des masses, bras et jambes emmêlés, toute hargne oubliée. Charlotte enviait cette capacité qu'avaient les enfants de si vite oublier les coups et les humiliations. Elle voulait embrasser leurs six minuscules pieds. Elle adorait quand toute la famille dormait dans la même pièce, ses filles si près d'elle qu'elle pouvait les toucher de son lit.

La silhouette de Max se découpait dans la salle de bains, grand et mince, en boxer, la brosse à dents au coin de la bouche, pianotant d'une main sur son téléphone.

À qui envoie-t-il des messages ? Charlotte sentit les poils de sa nuque et de ses bras se hérisser. Chaque fois que Max échangeait des textos, elle se demandait s'il avait une nouvelle maîtresse. Séquelle de l'infidélité, qui après vous avoir broyé l'âme vous fait douter de tout, peut-être pour le restant de votre vie. Et comme après une fracture ressoudée, même si l'on s'en remet, on garde toujours une petite gêne et une certaine raideur.

En voyant qu'elle l'observait, Max lui sourit.

— Je regarde la météo pour demain.

L'index sur les lèvres, elle lui fit signe de baisser la voix, le rejoignit dans la salle de bains et ferma doucement la porte derrière elle. Puis elle lui enlaça la taille, en s'émerveillant, comme souvent, de la forme physique qu'il parvenait à conserver, à l'approche de la cinquantaine. Au lieu de s'en réjouir, elle n'en était que plus consciente des sept kilos de ventre qu'elle n'avait jamais reperdus après ses grossesses.

Max délaissa son téléphone, laissant retomber sa main le long de son corps. Charlotte plaça le front contre son torse.

— Que vas-tu me lire ce soir ?

Depuis douze ans qu'ils étaient mariés, ils étaient attachés à certains rituels, dont celui de la lecture du soir. Max lisait à voix haute pour Charlotte depuis leur première nuit d'amour, qui n'était pas censée en être une. Max était avec une autre, à ce moment-là, une jolie fille chargée des relations publiques chez Apple. Comme elle ne pouvait pas, ou ne voulait pas, partir camper avec lui à Yosemite, il avait invité Charlotte, la vieille copine sur qui il savait qu'il pouvait compter. Roz l'avait vivement encouragée : « Amuse-toi un peu, bon sang ! Tu ne peux pas passer ta vie devant un écran d'ordinateur ! Et mets du mascara ! »

Au bord d'un petit lac miraculeusement désert alors que le reste du parc national était bondé, Max s'était déshabillé pour courir en hurlant dans l'eau glaciale, l'écho de sa hardiesse se réverbérant entre les séquoias et les falaises de granit. *Ose*. Pour une fois dans sa vie, Charlotte avait osé se jeter à l'eau.

Puis ils avaient poursuivi leur randonnée et Max lui avait recommandé de ne toucher aucune plante qu'elle ne connaissait pas. Mais elle n'avait pas fait attention, elle avait laissé ses mains se promener sur des feuilles, erreur qu'elle avait amèrement regrettée, le soir, après s'être touché le visage et les yeux. Max lui avait passé de la lotion à la calamine, pour apaiser la brûlure du sumac, puis il l'avait enveloppée dans son propre sac de couchage et lui avait lu un passage d'une vieille édition de *Sur la route*.

— Quel cliché, avait-elle commenté en riant.

— Moi ? avait-il feint de s'offenser. Tu n'aimes pas Kerouac ?

— Puis-je me permettre de dire à voix haute que la Beat Generation était un ramassis d'immatures et de misogynes ?

— Je ne te lirai plus jamais Kerouac, avait-il chuchoté en refermant le livre. J'aime quand tu es contente. J'aime te faire plaisir.

Avec l'eau de leur jerrycan, elle avait lavé la poudre rose qui avait séché sur ses lèvres, et c'était elle qui avait fait le premier pas. Elle l'avait embrassé, d'abord timidement, puis à pleine bouche, les doigts enfouis dans ses cheveux bouclés. Jusqu'à ce week-end, elle n'avait jamais pris de risques. Avec Max, chaque jour s'annonçait comme une nouvelle aventure. À leur retour, il avait continué à voir la fille de chez Apple pendant six mois, avant de sortir exclusivement avec Charlotte, mais ils ne racontaient jamais ce chapitre de leur histoire. Tous les couples ont une tendance révisionniste. Charlotte se demandait souvent ce qui se serait passé si elle n'avait pas pris l'initiative de ce premier baiser. Seraient-ils là aujourd'hui ?

Dans la lumière crue de la salle de bains du motel, elle regarda le sourire s'estomper sur les lèvres de Max.

— Tu n'as pas de boulot ce soir ? demanda-t-il.

Elle s'efforça de ne pas se retourner vers son ordinateur, où l'attendait un rapport de Leila, cent pages sur le sujet délicat du contrôle des armes en Pennsylvanie.

— Rien d'urgent, répondit-elle en glissant un doigt dans l'élastique du boxer de Max, pour suivre la ligne de son ventre et la courbe de sa hanche, en évitant le point sensible sous son nombril, qui lui faisait pousser des cris de midinette.

Elle embrassa le duvet de son torse, en savourant le goût de sa peau et en essayant de se rappeler la dernière fois qu'ils avaient fait l'amour. Ils avaient souvent des conversations érotiques, ils échangeaient même des textos et des mails explicites. Mais à quand remontaient leurs derniers ébats ? Il y avait eu le 4 juillet, mais Max avait trop bu et il ne bandait pas. Il y avait eu l'anniversaire de Charlotte, mais elle s'était endormie pendant qu'il était en elle. Faire l'amour quand on avait des enfants était comme être nommé juré. On essayait d'y échapper, on essayait de ne pas s'en faire un monde, on allait même jusqu'à diaboliser l'acte ; et puis après coup, on se disait que, finalement, ce n'était pas si mal.

Max entrouvrit la porte de la salle de bains et ils regardèrent les filles.

— Tu les aimes, aujourd'hui ? chuchota-t-il.

— Non.

— Tu les adores ?

— Plus que jamais.

Ils avaient ce dialogue presque tous les soirs.

— On pourrait prendre une autre chambre…, murmura-t-il dans le cou de Charlotte.

— On passerait pour des parents indignes.

— Je ne dirai rien à personne si tu ne dis rien non plus.

Elle aimait quand il était comme ça.

Bien sûr, ils ne prirent pas d'autre chambre. Elle se brossa les dents, elle fit pipi, et dix minutes plus tard, Max ronflait à ses côtés pendant qu'elle se plongeait dans la législation des armes à feu. Elle observa un instant son profil à la lueur de l'écran. La ressemblance avec Annie était encore plus frappante quand il dormait, la bouche entrouverte, ses lèvres parfaites légèrement pincées.

Puis elle se concentra et passa les quatre heures suivantes à envoyer des mails à de potentiels généreux donateurs, la hanche contre la cuisse de Max, parce que c'était agréable de sentir son contact en travaillant. Et quand elle éteignit enfin son ordinateur, elle se blottit tout près de lui, la tête entre ses omoplates. Ils partageaient leurs nuits depuis douze ans, à dormir, à parler, baiser, rire ou pleurer, déconner ou s'engueuler, et pourtant, elle avait parfois l'impression qu'il lui était complètement étranger. Dans ces moments-là, sa trahison lui était particulièrement douloureuse. Puis elle se souvenait qu'elle l'avait elle aussi trahi.

Avant de sombrer dans le sommeil, des images du cauchemar l'assaillirent, la sensation que le monde se dérobait sous ses pieds. Alors elle se lova contre Max, afin de se rassurer. Mais sa propre voix résonnait dans sa tête, vicieuse et répétant en boucle : *Je dois lui dire ce que j'ai fait. Mais si je lui dis, tout s'effondre. Je dois lui dire…*

Recherche Google : « Première femme élue au Sénat des États-Unis d'Amérique »
Source : womeninpolitics.org

Hattie Wyatt Caraway (1er février 1878-21 décembre 1950) fut la première femme à siéger au Sénat des États-Unis, initialement nommée pour remplacer son mari, Thaddeus Caraway, sénateur de l'Arkansas, décédé d'une embolie coronarienne.

Tout le monde était persuadé qu'elle se contenterait d'assurer l'intérim de son époux et se retirerait ensuite. À l'époque, les conventions voulaient que les femmes laissent les hommes gouverner le pays. Hattie, qui ne se remaria jamais, n'avait jamais nourri d'ambition politique, avant de succéder à Thaddeus. Elle n'avait même jamais montré d'intérêt pour le droit de vote des femmes. Voter, disait-elle, n'aurait été qu'une corvée supplémentaire, au même titre que la cuisine ou le raccommodage. En d'autres termes, une tâche ingrate.

Mais quand vint le moment de quitter son siège au Sénat, à la surprise générale, elle décida de se présenter aux élections. « Il est grand temps que l'on cesse de confier des postes à des femmes juste pour avoir le temps de former quelqu'un d'autre », déclara-t-elle. Et elle écrivit dans son journal qu'elle avait l'intention de mener sa campagne à sa manière.

Notamment, elle engagea un bataillon de recrues masculines pour occuper les enfants en leur distribuant des sucettes, de façon que les mères de famille puissent écouter ses discours sans être dérangées par les cris et les pleurs de leurs bambins.

Après avoir été réélue, en 1932, Hattie se fit la championne des politiques du New Deal de Franklin D. Roosevelt, des pensions pour les vétérans et des subventions agricoles. Parce qu'elle était en général plutôt effacée lors des assemblées, les journalistes la surnommèrent « Hattie la taiseuse », ou « la discrète mamie ». Elle répondait aux moqueries par un sourire entendu et expliquait qu'elle ne voulait pas priver ses homologues masculins d'une seule minute de temps de parole, car « les pauvres chéris aiment tellement pontifier ».

Chapitre 3

28 août 2017
J - 435 avant les élections

Une ville pourrie où tu n'auras qu'une vie de merde. Voilà ce que Charlotte pensait de Elk Hollow quand elle était partie de chez ses parents, à dix-sept ans. Si vous lui aviez dit qu'elle reviendrait s'installer trente ans plus tard dans la maison où elle avait grandi, elle vous aurait ri au nez.

Les lieux lui paraissaient à la fois familiers et étrangers ; on aurait dit qu'elle avait fait un bond dans le passé. La grand-rue lui évoqua un photomontage de souvenirs, certains aussi nets que s'ils dataient de la veille, d'autres plus flous, distordus par le temps et l'instinct de conservation. À l'époque de son grand-père, Elk Hollow était un faubourg ouvrier de Scranton, la réalité des tableaux de Rockwell, avec ses maisons aux couleurs vives. Mais, comme dans la plupart des cités nouvelles bâties à la périphérie des villes minières et industrielles, l'artère principale était aujourd'hui sale et glauque, bordée de magasins aux devantures barricadées de barbelés rouillés, couvertes de graffitis phalliques. Charlotte savait par les réseaux sociaux que ses anciens camarades de classe restés là étaient au chômage ou vivotaient de petits boulots, les entreprises des Poconos fermant les unes après les autres pour être relocalisées. Ted Slaughter avait beau promettre des législations pour revitaliser les forges et les aciéries, il n'y aurait plus jamais d'emplois dans la région. Selon les statistiques rassemblées par Leila, la délinquance avait augmenté de 70 %, depuis cinq ans. Les plaintes pour violences conjugales avaient doublé et la toxicomanie battait des records. Les habitants du comté étaient deux fois plus nombreux qu'ailleurs à envisager le suicide. Le revenu familial était inférieur de 20 000 dollars à la moyenne du reste de la Pennsylvanie et 30 % des logements étaient vacants. À midi, dans les deux pubs de Elk Hollow, tous les tabourets de bar étaient occupés par des types seuls et déjà ivres, le ventre plein de Coors Light à 1,50 dollar la demi-pinte et de *pickled eggs* aux betteraves, se lamentant d'avoir été relégués au ban de la société. Le minivan passa devant le *O'Puddy's*, le pub des anciens, qui mourrait certainement avec les anciens. L'établissement tirait sa renommée de ses shots mystères à 2 dollars et de ses « saucisses du feu » à 25 cents, marinées à la vodka et au Tabasco, qui fermentaient dans des bocaux alignés sur la caisse enregistreuse, une curiosité. Quand Charlotte était petite et que son père était censé s'occuper d'elle, il l'emmenait là et la laissait au fond de la salle, avec un coca agrémenté d'une cerise et un rouleau de pièces de 25 cents pour jouer au flipper, pendant qu'il picolait avec ses copains de bistrot et sa serveuse préférée, Linda. Au retour, parfois, il la hissait à l'arrière du camion-poubelle et elle s'agrippait à la benne pour remonter chez eux, en haut de la colline que le minivan gravissait à présent.

Tout en déchargeant le coffre, dans l'allée de la maison de ses parents, Charlotte jeta un coup d'œil aux jardins des voisins.

Presque partout, des vieilles voitures piquées de rouille, des pelouses jaunes et pelées, délimitées par des chaînes et gardées par des chiens faméliques attachés à des piquets. Le genre d'endroits que les amis et collègues de Charlotte n'avaient jamais vus qu'à la télé, dans les documentaires sur l'Amérique déshéritée.

Le quartier lui paraissait moins sordide quand elle était enfant et qu'il y avait des gamins de son âge partout. Les parents laissaient les portes ouvertes jusque bien après l'heure du dîner et des hordes de mômes circulaient librement entre les jardins et les cuisines – rien à voir avec les goûters soigneusement organisés que Charlotte fréquentait en Californie, où les mamans bavardaient poliment et sans la moindre ironie de leurs difficultés à élever des enfants privilégiés.

La maison était plus petite que dans son souvenir, la façade défraîchie par le soleil et le mauvais temps. Sous le toit, la peinture s'écaillait par grands lambeaux.

Max emmena le chien se soulager dans le bosquet derrière la maison. Les jumelles restaient plantées près de la voiture, en se tenant par la taille, se demandant sans doute s'ils étaient arrivés à destination ou s'il s'agissait d'un énième arrêt sur la route.

— C'est qui, la dame ? demanda Rose en désignant du doigt quelqu'un qui se trouvait derrière Charlotte.

Celle-ci se retourna. Sa belle-sœur l'interpella, par la vitre ouverte de son pick-up, tout en se garant derrière le minivan, puis elle descendit de sa vieille camionnette en claquant la portière et enveloppa Charlotte dans une étreinte suffocante. Costaude, elle portait fièrement ses rondeurs dans un jean serré et un tee-shirt moulant proclamant : « Laissez-moi boire du pinot et caresser mon basset. » En faisant preuve d'un peu de bonne volonté, Charlotte revoyait presque l'adolescente rebelle coiffée d'une fausse iroquoise rouge, Bon Jovi tatoué sur le biceps gauche, qui allait au lycée avec des bouteilles de Dr Pepper remplies de rhum et vendait de l'herbe aux fils à papa en prépa à Scranton.

— J'aime bien ton tee-shirt, dit-elle en s'écartant de Kara pour l'observer.

Le visage de sa belle-sœur s'éclaira et des fossettes se creusèrent dans ses joues.

— C'est moi qui l'ai fait. Je les vends sur Etsy, 19 dollars. Ça me paie mon pinard. Paul ne le sait pas. Il arrêterait de chercher du taf.

— Je commande souvent des trucs sur Etsy, déclara Charlotte avec un sourire.

Elle avait acheté une fois une mangeoire à oiseaux en bois recyclé, pour une pendaison de crémaillère, mais elle était loin d'être une fidèle du site. Elle entendait la voix de Josh dans sa tête : *« Dites aux gens ce qu'ils veulent entendre. Boostez leur confiance en eux avant de chercher à leur inspirer confiance. »*

— J'y crois pas de vous voir enfin là, vous autres !

Pleine d'entrain, Kara aida sa belle-sœur à décharger ses valises. Charlotte vit ses filles tiquer en entendant la façon de parler de Kara. Elle-même n'avait pas entendu l'accent du nord-est de la Pennsylvanie depuis des années. Charlotte et Max avaient tous les deux fait de gros efforts pour s'en débarrasser, quand ils étaient entrés à l'université.

— Salut les petits bouts ! s'exclama Kara en s'agenouillant dans le gravier. Je suis tatie Kara. Vous pouvez m'appeler Kiki, comme mes petiots, dit-elle à Ella et à Rose, qui étaient assez grandes pour savoir que leur maman avait un frère qui habitait très loin, qu'elles n'avaient encore jamais vu.

Avec un sourire poli, les jumelles tendirent la main, comme on le leur avait appris pour saluer des étrangers. Mais Kara n'avait que faire de leurs bonnes manières. Elle les attira à elle et les serra contre sa poitrine.

— Mmm, que c'est bon de vous faire des bisous !

— Merci de nous laisser la maison, dit Charlotte quand Kara eut lâché les enfants.

— Le marché de la location est pas au beau fixe, en ce moment.

— Tu sais qu'on vous paiera.

— Ne t'en fais pas pour ça, je te l'ai dit.

Le grand-père de Charlotte et de Paul avait acheté ce pavillon en préfabriqué grâce à une indemnité de 15 000 dollars touchée en 1955 après qu'il avait perdu deux doigts dans un accident minier. À l'époque, il avait fait une bonne affaire. L'avenir semblait alors radieux, à Elk Hollow, durant cette période optimiste du boom industriel. Puis, à la mort du grand-père de Charlotte, Marty et Annemarie avaient hérité de la maison. Et lorsque Annemarie était décédée, sept ans plus tôt, elle l'avait laissée à Charlotte, avec deux hypothèques. Charlotte avait remboursé les dettes de sa mère, puis elle avait offert la maison à son frère et à sa belle-sœur, gracieusement, sans contrepartie. Paul, toutefois, n'avait pas vu ce geste comme un cadeau mais comme la partie visible de l'iceberg de ce que sa richarde de sœur lui devait. Il avait baptisé les lieux Le Filon, convaincu qu'on le paierait un jour pour extraire du gaz naturel sous les fondations, alors que plusieurs géomètres lui avaient affirmé qu'il n'y avait pas de gisement à quinze kilomètres à la ronde. Pendant ce temps-là, la belle-sœur de Charlotte avait retapé la maison, elle l'avait meublée de bric et de broc, et elle essayait d'en tirer un revenu locatif.

Le soleil fit scintiller le bracelet de la mère de Charlotte, au poignet de Kara. Charlotte le lui avait donné, sachant qu'Annemarie aurait apprécié ce geste. « La seule bonne chose que mon fils m'ait apportée, c'est Kara », disait-elle. Le bijou était composé de petites breloques représentant des monuments qu'elle n'aurait jamais vus : la tour Eiffel, la tour de Pise, la statue de la Liberté. « La liste des endroits où j'aimerais aller ; plus facile que de la mettre par écrit », avait-elle dit avec ironie, dans l'un de ses bons jours. Charlotte porta la main à l'alliance de sa mère, accrochée à une fine chaîne d'or autour de son cou. Le légiste la lui avait remise dans un sachet en plastique, quand elle était venue reconnaître le corps à la morgue, suite à « un épisode dépressif aigu ». En d'autres termes, Annemarie s'était suicidée avec un cocktail d'oxycodone, de clonazépam, de Xanax et de Demerol, le tout prescrit par son médecin traitant pour les douleurs, l'anxiété et la dépression, des mots que personne ne prononçait jamais lorsque Charlotte était enfant. Kara l'avait appelée une semaine plus tôt, inquiète : « Annemarie ne répond plus au téléphone. Je suis passée chez elle ; j'ai l'impression qu'elle ne mange plus rien. » Charlotte avait assuré à sa belle-sœur qu'il n'y avait pas lieu de s'affoler. Elle viendrait voir sa mère la semaine suivante. « Elle sera toujours aussi cinglée la semaine prochaine », avait-elle dit. Sauf qu'une semaine plus tard, sa mère n'était plus cinglée. Elle était morte.

Charlotte avait vendu une partie de ses actions Humanity et versé un million de dollars pour la construction d'une clinique psychiatrique dans le nord-est de la Pennsylvanie. Elle avait également fait pression pour que le gouvernement fédéral subventionne la structure à la même hauteur. S'investir dans ce projet l'avait aidée à occulter la pensée qu'elle aurait pu revoir sa mère en vie une dernière fois.

Elle en parlait rarement, même avec Max. Annie, le prénom de la dernière de leurs filles, était une sorte d'hommage à sa mère – il ressemblait assez à celui d'Annemarie pour la décharger d'une part de sa culpabilité, tout en étant différent afin qu'elle ne reporte jamais son ressentiment sur sa fille. Charlotte n'était pas revenue à Elk Hollow depuis les funérailles de sa mère. En quittant le cimetière, ce jour-là, Paul lui avait demandé s'il pouvait prendre ce qui restait de l'oxycodone de sa mère. « Maintenant qu'elle est morte… Elle serait contente que ça me serve. Pour mes calculs rénaux. » Une pathologie totalement imaginaire pour tenter de se justifier. « Ne me prends pas pour une conne, avait rétorqué Charlotte. Si tu veux te défoncer avec les cachets de maman, demande-moi si tu peux te défoncer avec les cachets de maman. »

Elle avait néanmoins regretté de ne pas les avoir balancés dans les toilettes. Kara n'était pas au courant de cet épisode, mais Charlotte y repensa en s'éclaircissant la voix avant de demander des nouvelles de son frère :

— Comment va Paul ?

— Toujours pareil. Il croit qu'on le persécute.

Kara leva les yeux au ciel, mais, avant que Charlotte puisse poser davantage de questions, Max apparut à l'angle de la maison, un sachet de déjections canines dans une main, Annie dans l'autre.

— Oh, Charlie, que cette gosse est belle ! s'écria Kara.

Il ne se passait pas un jour sans que l'on s'extasie devant la beauté d'Annie. On souriait gentiment aux jumelles, qui tenaient de leur maman, avec leurs cheveux châtains et leur joli sourire, mais tout le monde était époustouflé par leur petite sœur. Charlotte se demandait souvent comment sa beauté façonnerait sa cadette. Elle était à la fois ravie et inquiète à l'idée qu'Annie puisse devenir ce genre de femmes dont le physique constituait une caractéristique prédominante, pour le meilleur comme pour le pire.

—Elle tient de Max, dit-elle en prenant la fillette dans ses bras.

Ondulant des hanches, Kara s'avança vers Max et lui donna une claque sur les fesses.

—Je parie que t'aurais jamais pensé revenir là, hein, Maxie ?

—Ah ça, c'est sûr ! répondit-il en lui passant un bras autour des épaules.

Max adorait Kara, mais il n'avait pas un brin de nostalgie pour Elk Hollow. D'une manière générale, la nostalgie l'excédait et il avait horreur des romans et des films où le héros retournait dans son bled perdu au fin fond de l'Amérique pour expier les péchés de la grande métropole.

L'un derrière l'autre, ils gravirent les marches de béton et franchirent la porte grillagée de la maison, repeinte d'un vert pisseux, toujours le même, aussi loin que Charlotte se souvenait. Les déménageurs les avaient devancés. Des cartons de vêtements, de jouets et de matériel informatique étaient empilés dans le séjour. Charlotte effleura le mur gris clair du couloir. Kara avait enlevé la tapisserie à fleurs et éliminé les traces de moisissure brune dans les angles du plafond. Autrefois, le mur au-dessus du canapé était couvert de photos de famille : Charlotte à qui il manquait les deux dents de devant, Paul à onze ans brandissant une truite grosse comme sa cuisse, eux deux dans la cabane perchée entre les branches de l'arbre du jardin, que Paul avait construite pour Charlotte avec des pneus et des chutes de contreplaqué, quand il avait huit ans et elle six, le sanctuaire où ils venaient se réfugier lorsque Annemarie pétait un câble et déversait tout son fiel sur sa fille. À cette époque, Charlotte et Paul étaient encore alliés, deux petits êtres déboussolés s'efforçant tant bien que mal de naviguer dans les méandres de leur enfance dysfonctionnelle. Ces techniques de survie, Charlotte les avait ensuite exploitées pour se bâtir une existence loin de Elk Hollow. *Pourquoi ai-je réussi à m'en sortir et pas lui ?* La question la taraudait depuis qu'elle avait terminé ses études, une forme de culpabilité du survivant qui la rendait à la fois furieuse, triste et consciente de sa chance – quand elle s'autorisait à y penser. Revenir lui donnait un peu l'impression de n'être jamais partie.

En contemplant le mur de photos au-dessus du canapé, n'importe qui aurait imaginé la mère de Charlotte faisant amoureusement développer ses clichés et choisissant des cadres au supermarché. En vérité, c'était l'œuvre de Charlotte, inspirée par ce qu'elle voyait chez ses camarades. Composer une telle mosaïque de photos exigeait une concentration et une énergie dont Annemarie aurait été incapable.

Charlotte et Max s'installeraient dans l'ancienne chambre de Charlotte, les filles dans celle de Paul, et la troisième ferait office de bureau. Personne ne dormirait dans celle où sa mère était morte, Charlotte ne pouvait pas supporter cette idée. En entrant dans la pièce, elle vit que Kara avait conservé les gros rideaux qu'Annemarie fermait presque toujours pour rester dans le noir. Charlotte palpa l'épais tissu, en retenant sa respiration.

— On pourra les enlever ?

La question s'adressait autant à elle-même qu'à Kara. Ces rideaux venaient d'éveiller en elle une tristesse et un désespoir auxquels elle ne s'attendait pas. Furtivement, elle se revit quarante ans plus tôt, petite fille nerveuse pensant rendre service à sa mère en ouvrant une fenêtre.

« Il fait beau aujourd'hui, maman. Il faut que tu voies le soleil. Ça te fera du bien. »

« Où est ton connard de père ? Pas foutu de s'occuper de toi ? Je lui avais dit que je voulais la paix », avait grommelé Annemarie en frottant ses yeux rougis, ses cheveux sales collés à son front moite.

— J'aurais dû le faire, répondit Kara, postée derrière Charlotte, en posant le menton au creux de son épaule. Je les décrocherai. Venez voir le reste de la maison. J'ai mis des jouets de mes petiots dans la chambre des filles. Et des bons produits pour les cheveux dans la salle de bains. Je veux que vous vous sentiez comme chez vous.

— C'est super. Ne te dérange pas davantage. Je commanderai des stores, déclara Charlotte, une boule dans la gorge.

— T'en fais pas, ma belle, ça va aller ! Prenez le temps de vous poser et, ce soir, vous viendrez dîner à la baraque. Voir ton frangin. Va bien falloir que vous vous rabibochiez, tous les deux. Il serait temps, non ? insista Kara en faisant pivoter Charlotte pour lui faire face.

« Parler à Paul » était l'un des quarante-sept points figurant sur la liste de tâches de Charlotte – mais elle n'était pas pressée de rayer cette ligne. Dans les six mois qu'elle avait devant elle avant d'annoncer officiellement sa candidature, se réconcilier avec son frère n'était pas une priorité. Elle devait d'abord trouver un local de campagne, organiser des meetings, recruter une équipe de trente personnes et lécher les bottes des élus locaux susceptibles de lui refiler leurs listes de diffusion et de cautionner une Californienne que personne ne connaissait.

— Tu crois que Paul a envie que je vienne chez lui ?

— C'est aussi chez moi.

— Kara ?

— Tu connais ton frère. Depuis qu'il a appris que tu te présentais, il s'est mis en tête que tu l'embaucherais et que tu lui verserais un salaire de ministre.

— On n'a pas d'argent. Je commence juste à lever des fonds.

— Combien tu espères récolter ?

Charlotte préféra s'abstenir de révéler un chiffre hallucinant.

— Plus d'un million, dit-elle, la somme qu'elle devait rassembler d'ici à la fin de septembre. On a une grosse équipe, des démarcheurs au porte-à-porte, des mailings, des spots télé, des panneaux, beaucoup de frais que je n'aurais jamais imaginés. Le tout cumulé…

Kara siffla.

— Eh ben… Ça va pas être facile de demander autant de pognon aux gens.

— C'est l'aspect qui me rebute le plus. Mais bref, je suis sûre que Paul pourra se rendre utile.

Charlotte choisissait ses mots avec soin. Il n'était pas nécessaire que Paul aille raconter partout, voire à la presse, que sa sœur pleine aux as refusait de l'engager.

— Il sera déçu que tu puisses pas le payer grassement. Il ne parle plus que de ça. (Le rire de Kara résonna dans la pièce vide.) Venez dîner ce soir. Tu lui diras que tu l'aimes, qu'il t'a manqué mais que tu lui fileras pas un rond.

— Je ne sais pas… On est tous crevés… On a fait beaucoup de route… Plutôt une autre fois.

— Tu seras pas moins crevée si tu prépares le repas. Allez, venez, ne discute pas. Eh, Max ! cria Kara en se penchant au-dessus de l'escalier. Vous venez manger à la maison ce soir !

Charlotte entendit Max se racler la gorge.

— Je voulais aller courir.

Avant de quitter la Californie, il avait annoncé son intention de s'inscrire à un Ironman qui aurait lieu en décembre. Une idée pour le moins saugrenue, quand votre femme se présentait au Sénat et que vous alliez avoir la responsabilité de trois enfants en bas âge, mais Charlotte mettait le poing dans sa poche et se gardait de faire des commentaires.

Kara lui prit la main et l'entraîna au rez-de-chaussée.

— Les courses, c'est pour les chevaux, décréta-t-elle en se campant face à Max. Venez vers 18 heures. Apportez des buns. J'ai de la bidoche.

Charlotte et Max échangèrent un regard. Il esquissa un sourire circonspect. Elle haussa les épaules.

— Ce sera marrant…

— Je suis content que toute ma famille soit partie en Caroline du Nord, dit Max en traversant la pelouse de Kara, avec un plateau de brownies et un bouquet de fleurs du supermarché, emballé dans du film plastique.

— Tu as payé pour que ta mère et tes oncles aillent s'installer au bord de la mer, répliqua Charlotte.

La famille de Max était un sujet aussi douloureux que celle de Charlotte, un point commun qui avait contribué à les rapprocher. Le père de Max s'était volatilisé une semaine après le troisième anniversaire de son fils, en embarquant toutes les maigres économies du ménage. Fauchée, sa mère avait dû emménager chez son frère aîné. Puis elle avait fréquenté toute une série de bons à rien et, finalement, elle était revenue chez son frère. Max avait douze ans quand on lui avait appris que son père s'était tué dans un accident de voiture près de Tampa. Ne se doutant pas qu'il était si jeune, la morgue du comté de Pasco lui avait envoyé un carton contenant les effets retrouvés dans la voiture : une Timex digitale en plastique, un jeu de cartes avec des photos de femmes en bikini et un Walther P99 semi-automatique, dont sa mère avait tiré 200 dollars chez un prêteur. De la même manière que Charlotte n'aimait pas parler d'Annemarie, Max n'aimait pas parler de son père. Il ne l'avait évoqué qu'une seule et unique fois, à la maternité, le lendemain de la naissance des jumelles. Charlotte s'était assoupie, après quarante-sept heures de travail éprouvantes. Quand elle s'était réveillée, les deux minuscules bébés dormaient sur le torse nu de Max, leurs corps à peine plus gros que ses mains. « Comment a-t-il pu partir ? » avait-il murmuré, les yeux noyés de larmes. Il n'avait pas eu besoin de préciser qu'il parlait de ce père qu'il n'avait jamais connu.

La réussite et la volonté de Max, Charlotte en était persuadée, traduisaient une sorte de message à son père absent : « Je t'emmerde, je n'ai pas eu besoin de toi. »

— C'était un bon investissement, dit Max en haussant les épaules. Ils sont heureux et ils me fichent la paix. Tout le monde est content. En plus, j'aime bien les Outer Banks et aucun d'eux ne m'a plus jamais réclamé de fric. Tu aurais dû faire pareil avec Paul.

— Il aurait continué à me demander toujours plus.

Charlotte appuya sur le bouton de la sonnette.

— C'est ouvert ! cria Kara.

Son intérieur était propre et chaleureux, décoré à son goût. La pagaille ne choquait pas ; le désordre avait un côté vivant, confortable. Des photos d'enfants couvraient chaque surface disponible. La moquette bordeaux présentait l'avantage d'absorber les taches. Le canapé en tissu était strié de griffures de chat.

Ils trouvèrent Kara à la cuisine. Elle s'était changée et portait un pull rose et argent à col boule. Deux bassets grassouillets haletaient joyeusement à ses pieds. À travers la porte-moustiquaire, on voyait ses petits-enfants sauter sur un trampoline, dans le jardin – deux petits garçons et deux petites filles avec les cheveux châtains de Charlotte.

— J'ai les petiots plus souvent que je ne les ai pas, déclara Kara en incitant les jumelles à aller jouer dehors avec leurs cousins.

Max les suivit et les aida à grimper sur le trampoline.

— Mais j'aime bien les avoir. Ça me rajeunit.

Charlotte se retint de répliquer : « Mais on est jeunes, on n'a même pas cinquante ans ! »

— Quel âge ont-ils maintenant ? demanda-t-elle.

Elle songea que, depuis trente ans, sa belle-sœur n'avait jamais cessé de s'occuper d'enfants. Après avoir élevé les siens, elle gardait maintenant les leurs.

Charlotte avait quinze ans quand Kara était tombée enceinte de Paul. Fervente catholique, la mère de Kara avait accueilli cette grossesse comme une bénédiction du ciel et elle avait insisté pour que Paul s'installe chez eux, afin que son mari et elle puissent aider le jeune couple. Kara et Paul avaient vécu trente ans dans cette maison et avaient eu deux autres enfants. Charlotte se demandait souvent quel aurait été le destin de Kara si, à seize ans, sa mère ne l'avait pas aussi vivement encouragée à garder ce bébé. Charlotte avait été perturbée de voir ces deux adolescents confrontés à des responsabilités si précoces, contraints de se muer du jour au lendemain en adultes paumés. Kara avait grandi. Paul s'était mis à faire n'importe quoi.

— Mattie douze, Bella dix, Mikey sept, Petit Marty cinq, Hailey et Jada quatre, répondit Kara en énumérant ses petits-enfants sur ses doigts. Six ! Tu te rends compte ? J'ai les quatre plus petits, aujourd'hui. Tu vas envoyer les filles à l'école de Elk Hollow ? Ce serait chouette qu'elles soient avec leurs cousins.

Josh avait déjà annoncé que Charlotte Walsh inscrirait ses enfants à l'école publique qu'elle avait elle-même fréquentée quarante ans plus tôt. Max redoutait que le niveau ne soit pas le même que dans leur ancienne école d'Atherton, mais

Charlotte avait une opinion mitigée sur l'établissement privé à 50 000 dollars l'année où les jumelles étaient scolarisées depuis l'âge de deux ans. La Wonder School comptait parmi ces institutions alternatives réservées à la progéniture des titans de la Silicon Valley, où l'on enseignait la mythologie grecque, la poterie indo-africaine et la cueillette des champignons sauvages à des mômes qui faisaient encore caca dans leur culotte. Deux mois plus tôt, Charlotte avait assisté au spectacle de fin d'année, une représentation d'*Antigone* dans une mise en scène de trente minutes adaptée pour le jeune public. Au moins une fois par mois, Charlotte était assaillie par l'angoisse que ses filles soient incapables de se comporter normalement s'il leur arrivait un jour d'être lâchées dans la dure réalité du monde au-delà de la Valley.

— Elles commencent la semaine prochaine, dit-elle. Je ne suis pas inquiète pour Ella. Elle se trouve des copines partout. En revanche, je me fais un peu plus de souci pour Rose.

Par la fenêtre, Kara désigna le plus jeune de ses petits-fils, un marmot au visage barbouillé de chocolat.

— Petit Marty sera dans leur classe. Il veillera sur elles. Je les adore tous mais lui, c'est mon chouchou, ce petit voyou. Il dit beaucoup de gros mots mais c'est le plus gentil.

Kara hissa un carton sur le comptoir de la cuisine, qu'elle casa entre une peluche Elmo manchote et élimée, un pichet rempli de vieilles pièces jaunes et un tas de prospectus de supermarché, catalogues d'articles de chasse et pêche, et factures à payer.

— J'ai un cadeau pour toi, dit-elle en retirant une pile de tee-shirts du carton. Choisis celui qui te plaît.

Elle en déplia un, noir à large décolleté, portant l'inscription « Netflix, Nachos et Siesta. »

— Je ne crois pas que ça colle à l'image que je dois renvoyer pour la campagne…

Kara réfléchit un instant avant d'en exhiber un autre : « Rouge, Blanc, Gnôle. »

— Non plus… OK…, concéda-t-elle.

Le troisième affirmait : « C'est fatigant de toujours déchirer. Je sais de quoi je parle. » Charlotte essaya de l'imaginer sur elle. Pour faire du jogging, peut-être.

— J'adore. Merci.

Kara entreprit de préparer du café. Charlotte s'installa sur un tabouret, Annie sur ses genoux.

— En fait… tu peux me dire pourquoi tu te présentes ? lui demanda Kara en vidant un fond de cafetière dans l'évier. Ça craint, quand même, la politique. J'ai regardé les sept saisons d'*À la Maison Blanche*. Je sais comment ça marche.

Charlotte éclata de rire, sincèrement amusée. En vérité, Kara lui avait manqué.

— Je te promets que dans la vraie vie, la politique, ce n'est pas seulement des dialogues effrénés entre adorables idéalistes de gauche au brushing parfait.

— Qu'est-ce que j'en sais, moi ? De toute façon, les politicards ne feront jamais rien pour les gens comme moi, alors je m'en bats les couilles.

— Tu as voté pour qui aux dernières élections ?

— Si je ne m'abuse, tu n'as pas le droit de me poser cette question.

Charlotte sentit ses joues s'empourprer.

— Oh, tu n'es pas obligée de me répondre.

— Bah, je disais juste ça pour rigoler. J'ai voté pour Tom Hanks. Je te jure. J'ai marqué son nom sur un bulletin. Mais franchement, de ce que je vois de ma fenêtre, tu avais une vie peinarde en Californie, un super job, une superbe baraque, le soleil, les palmiers, la plage, les stars de cinéma.

— Ça, c'est Los Angeles, pas San Francisco.

— Encore mieux. Pourquoi tout plaquer pour un taf qui paraît carrément pas cool ?

— On finit par s'emmerder sous le soleil, répondit Charlotte sur le ton de la plaisanterie. Non, je veux que mes filles soient fières de moi. Je ne veux pas qu'on grave sur ma tombe : « Elle a gagné plein de pognon à enrichir une grosse boîte et elle est morte. »

— On attend toujours la première femme présidente, dit Kara en riant. Moi, j'ai de la chance, je n'ai pas besoin de faire grand-chose pour que les gosses me prennent pour une reine.

Et elle tira une révérence avec une grâce toute rubenesque.

— Où est Paul ? demanda Charlotte en acceptant une tasse de café.

Kara posa une boîte de lait en poudre et des sucrettes sur le comptoir.

— Il pionce. Il a passé la moitié de la nuit sur Netflix et sur sa PS2. Je ne vais pas tarder à le réveiller.

Charlotte soupira d'un air affligé.

— Il ne savait pas qu'on venait ?

— Bien sûr que si, répondit Kara, levant les yeux au ciel. Ça fait des semaines que je lui répète que vous revenez vous installer à Elk Hollow. Il s'en branle, Charlie. Il ne t'en veut pas. C'est juste que ça fait trop longtemps que vous vous êtes pas parlé. Il sera content de te voir.

— Il travaille, en ce moment ?

— À ton avis ?

En se documentant sur la population du nord-est de la Pennsylvanie, Charlotte avait vu que Kara n'était pas la seule à tirer des revenus complémentaires d'Etsy. Depuis dix ans, le chômage affectait autant les femmes que les hommes, voire davantage. À lui seul, le système d'automatisation Humanity était responsable de la suppression de centaines de milliers de postes de caissières, guichetières et autres emplois de service client typiquement féminins. Mais les femmes ne faisaient pas les gros titres des journaux. Elles trouvaient des petits boulots ou devenaient autoentrepreneuses et vendaient des tee-shirts, des bijoux et des animaux en crochet sur Etsy. Elles trimaient pour Noël dans les centres de distribution Amazon ou Stitch Fix installés dans les entrepôts abandonnés de la Lehigh Valley, arpentant chaque jour des kilomètres et des kilomètres pour à peine 20 cents de plus que le salaire horaire minimal. Et elles étaient sept fois plus nombreuses que les hommes à postuler aux stages de reconversion professionnelle instaurés par le gouvernement précédent. Lorsque Charlotte était allée à la rencontre des électeurs, au printemps dernier, avant de décider si elle se présenterait ou non, elle avait eu affaire à des ribambelles d'ouvriers croyant encore que leurs anciens jobs pouvaient réapparaître comme par magie et rêvant de la réouverture des mines de charbon. Les femmes ne se plaignaient jamais. Elles trouvaient des moyens de s'en sortir. Charlotte n'en pouvait plus de s'entendre répéter qu'elle devait compatir avec les hommes de la classe ouvrière blanche. *Ce n'est pas parce que vous êtes un pauvre type blanc que vous méritez une couronne, un emploi gratifiant, et d'avoir les femmes à vos pieds. Ne comptez pas sur le Père Noël.* Évidemment, elle se gardait d'exprimer ce genre d'opinion à voix haute.

Soudain, elle sentit le duvet de sa nuque se hérisser, et elle sut sans se retourner que son frère était là.

— Vous parliez de moi ?

Max revint dans la cuisine et salua son beau-frère d'une claque amicale dans le dos.

— Salut, mec.

— Salut, trouduc' ! répliqua Paul affectueusement.

Charlotte observait le quinquagénaire qui se tenait devant elle. Que lui était-il arrivé ? Paul avait toujours été petit, il faisait une tête de moins que Kara, mais il semblait comme rétréci. Il avait pris un coup de vieux depuis la dernière fois que Charlotte l'avait vu. Alors qu'il avait à peu près le même âge que Max, il paraissait dix ans plus âgé, avec son nez couperosé, sa petite moustache noire, son bouc négligé et ses joues mal rasées. Il était habillé comme un adolescent attardé : tee-shirt des Eagles deux tailles trop grand pour lui, bermuda en jean noir et baskets montantes. Quand il s'assit, son short remonta sur ses cuisses blanches marbrées de veines bleues.

— Charlie Mary Grace…, dit-il en se tournant vers sa sœur.

Plus personne n'appelait Charlotte ainsi depuis que son père n'était plus de ce monde. Mary Grace était le prénom de la mère de Marty Walsh. En fait, Charlotte n'était pas censée s'appeler Charlotte mais Scarlett, comme Scarlett O'Hara d'*Autant en emporte le vent*, le film fétiche d'Annemarie. Mais la sage-femme avait entendu Charlotte, et c'était le prénom qu'elle avait inscrit sur l'acte de naissance. Épuisée, Annemarie n'avait pas osé la corriger. Marty était déjà au bar.

— File-moi une binouze, ordonna Paul à sa femme en conduisant tout le monde dehors et en s'installant à une table de jardin en plastique blanc.

— Va te la chercher toi-même, rétorqua Kara en s'asseyant à côté de lui, pieds sur la table, la plante noircie à force de marcher pieds nus. T'as déjà bu combien de bières aujourd'hui ?

— Deux. Ou trois.

— Tu me serviras un verre de vin, tant que tu y es. Y a un BIB dans le frigo. Tu veux du vin, Charlie ? Un bon petit blanc.

Ils font des BIB pas dégueu maintenant. C'est pas les cubis de l'époque.

Kara adressa un clin d'œil à Charlotte, qui lui répondit par un sourire triste et s'installa à côté d'elle. Annemarie parvenait à écluser la moitié d'un cubi avant que ses enfants rentrent de l'école. Ne sachant jamais dans quel état elle trouverait sa mère, Charlotte n'invitait jamais ses copines. Un jour, Annemarie regardait la télé, souriante, bien lunée, comme la plus normale des mères de famille. Le lendemain, elle était couchée sur le linoléum de la cuisine, en culotte et tee-shirt déchiré, à 15 heures.

— Je te remercie, il me reste du café.

Sur le trampoline, les jumelles essayaient de faire des saltos et le cœur de Charlotte palpitait chaque fois qu'elles s'élevaient dans les airs. Sur ses genoux, Annie tendit le bras en direction de ses sœurs.

— Moi aussi veux jouer, maman.

— Tu es trop petite. J'irai avec toi, peut-être, tout à l'heure, quand les grands auront fini.

Paul revint avec trois bières et un grand verre à jus de fruits rempli de vin. Le fusillant du regard, Kara se leva pour aller chercher un verre à pied.

— C'est sympa d'avoir levé ton derche avant l'heure du dîner.

Charlotte étouffa un petit rire. Il y avait des années qu'elle n'avait pas entendu le mot « derche ».

— J'ai le droit d'être fatigué, non ? J'ai maté les sept parties d'un documentaire sur les surdoués, hier soir, sur Discovery Chanel.

Paul avait les yeux vitreux et Charlotte était certaine qu'il avait pris un truc avant de les honorer de sa présence.

— M'man et P'pa m'ont jamais fait tester pour savoir si j'étais pas surdoué, poursuivit-il. Je parie que toi, ils t'ont fait tester, dit-il à sa sœur avec un regard accusateur.

— Je ne sais pas.

— J'en suis sûr. T'étais toujours dans la classe des intelligents. Mais je m'en fiche, je les ai trouvés sur Internet, les tests. Et vous savez quoi ? J'ai explosé les scores. J'en suis un, de prodigue.

— Un prodige ? rectifia Max gentiment, en se décapsulant une bière à l'aide de la précieuse corne d'antilope polie accrochée pour cet usage à son porte-clés.

Puis il but une longue goulée, vidant presque la moitié de la canette.

— Un prodige, ouais, comme tu dis. Depuis toutes ces années, et personne s'en doutait.

— Oh, j'ai toujours su que t'étais pas la moitié d'un con, marmonna Kara, habituée à ce genre de discours.

— Du coup, je me suis dit qu'il fallait que je l'exploite, tout ce génie que j'ai dans la caboche, et je me verrais bien diriger ta campagne, frangine.

De l'index droit, Paul fourrageait dans l'une de ses narines. Étant donné la haute opinion qu'il avait de lui-même, Charlotte n'avait jamais compris qu'il ne soit pas parvenu à devenir autre chose qu'un glandeur professionnel. Elle jeta un coup d'œil à son mari. Ils avaient parié sur le laps de temps qui s'écoulerait avant que Paul réclame de l'argent à sa sœur.

— Tu as gagné, articula Max en silence, sa bouche dissimulée derrière sa bière.

Charlotte avait gagé que Paul aborderait le sujet avant qu'ils passent à table. Elle avait préparé sa réponse.

— On a déjà un directeur de campagne. Dommage. J'ignorais que ça aurait pu t'intéresser, dit-elle en s'efforçant de prendre un ton sincère.

— C'est con. J'aurais été bon.

Évidemment. Monsieur ne se doute pas que ce genre de fonction nécessite des années d'expérience, une capacité de réflexion avancée, et la faculté de formuler des phrases complètes et structurées sans se curer le nez.

Il retira enfin ce qu'il cherchait au fond de sa narine et s'essuya le doigt sous la table, puis il se le fourra dans l'oreille. Charlotte détourna le regard, refoulant une grimace de dégoût.

— Mais je pourrais peut-être quand même faire conseiller. Tu sais que je pourrais te donner pas mal de conseils… Tu te rappelles la poésie que papa nous racontait tout le temps ? Celle de l'oiseau et du ver de terre.

Paul ôta le doigt de son oreille, couronné de jaune caca d'oie, puis il décapsula une deuxième bière, sur le bord de la table, et jeta le bouchon dans l'herbe. Charlotte se souvenait très bien de ce poème de Shel Silverstein. Il figurait dans le recueil *Là où se termine le trottoir*, qu'elle lisait parfois à ses filles.

Si tu es un oiseau, sois matinal et attrape des vers pour ton petit déjeuner. Mais si tu es un ver, fais la grasse matinée.

— Tu es l'oiseau, Charlie, je suis le ver, et tu as besoin d'un ver. Je dors tard, et je pense à des trucs, dans mon sommeil.

Paul se tapota la tempe de l'index. Charlotte avait envie de lui dire qu'il pouvait se mettre ses conseils où elle pensait, de prendre ses enfants par la main et de s'en aller. Mais elle se contenta d'adopter sa voix la plus douce, pour désarmer son frère.

— OK. Cool. On t'appellera, le cas échéant.

Kara lui lança un regard interrogateur.

— Et vous me paierez, le cas échéant ?

— L'équipe est en grande partie composée de bénévoles.

— P'tain… mais pourquoi les gens bossent gratos ? Ils savent pas que t'es bourrée de thunes ?

— Ils veulent s'investir pour la collectivité, je suppose, répondit Charlotte, d'un ton toujours très posé.

Paul se leva et contourna la table, puis il coinça la tête de sa sœur sous son épaule et lui frictionna le crâne.

— Tu te rappelles quand je te faisais des shampoings ? Tu détestes, hein ? On était différents, mais je t'ai toujours soutenue. Tu peux compter sur moi, tu le sais.

Pour vendre de l'herbe et des cachets à mes collaborateurs ? Tu me dégoûtes. Je ne comprends pas comment on peut être issus de la même mère.

Charlotte avait honte d'avoir honte de son frère. Du regard, elle appela Max à la rescousse. Mais il pianotait sur son téléphone, indifférent à sa détresse. Charlotte se tourna vers Kara.

— Alors qu'est-ce que tu nous as préparé de bon ?

— Oh, on se fera des burgers au barbecue, et j'ai une grande pizza que je peux mettre au micro-ondes.

Là-dessus, Kara se leva et rentra dans la cuisine. Charlotte lui emboîta le pas.

— Je vais t'aider, dit-elle en hissant Annie sur ses épaules, qui se tortillait de rire.

— Je suis sûr qu'on trouvera un arrangement, Charlie, lui lança son frère. « Je te gratte le dos, tu me grattes le mien. »

Il s'agissait de l'une de ses citations favorites, une réplique des *Soprano*.

— Ici, tu sais, je peux te faciliter les choses, ajouta-t-il. Ou bien je peux les compliquer…

Il me menace ?

— Je verrai.

Quel prix était-elle prête à payer pour qu'il ne fasse pas de vagues ? Cinq mille, 10 000 dollars pour que son frère se tienne à carreau ?

— Ignore-le, chuchota Kara. Tu sais comment il est.

Du réfrigérateur, elle retira une salade de pâtes dans une barquette de taille industrielle, qui aurait pu rassasier une famille de huit personnes.

— Elle était en promo, précisa-t-elle.

De l'ongle, Charlotte décolla un résidu alimentaire collé sur le comptoir.

— Il me provoque. La presse va parler de moi. C'était une menace ?

— Il est inoffensif. C'est sa façon de parler. Il se prend pour un gangster mais c'est qu'un bon à rien qui s'est fait virer de la déchetterie le mois dernier parce qu'il était même pas fichu de garder un tas d'ordures.

— Ted Slaughter va chercher à me démonter. Tous les prétextes seront bons. Si Paul fait un faux pas…

— T'inquiète, je le tiendrai à l'œil, et à la moindre connerie, ce sera mon pied au derche.

Kara s'avança vers Charlotte et, d'une main rugueuse, lui écarta une mèche du visage, avec tendresse. Charlotte en eut les larmes aux yeux. Elle ne pleurait pas facilement, mais moins de cinq heures après son arrivée à Elk Hollow, elle avait les nerfs en pelote. La moindre contrariété provoquait des ondes de terreur qui se réverbéraient dans tout son corps.

— Il pourrait tout ficher en l'air… Paul.

Les paroles de son frère résonnaient en boucle dans sa tête. *« Ou bien je peux les compliquer… »*

Paul était un danger, clairement. Et ce n'était pas le seul.

La liste EMILY soutient la candidature au Sénat de Charlotte Walsh

Washington, 3 janvier 2018

La liste EMILY, le plus gros comité d'action pour les candidates progressistes, a officiellement annoncé aujourd'hui son soutien à Charlotte Walsh, directrice des opérations de Humanity, qui se présente aux élections sénatoriales pour la Pennsylvanie.

Stephanie Schriock, présidente de la liste EMILY, a fait la déclaration suivante :

« En tant que cadre d'une grande entreprise et militante active pour les causes féminines, Charlotte Walsh a consacré sa carrière à améliorer la condition des travailleurs. Désormais, elle entend poursuive cette mission au Sénat. Alors que l'aile républicaine antichoix et antiféministe du Congrès ne cesse d'écorner les droits des femmes, tant dans la sphère privée que dans le monde du travail, nous avons plus que jamais besoin à Washington des valeurs d'une Charlotte Walsh, qui a su instaurer les mesures nécessaires pour protéger la place des femmes dans une entreprise multimillionnaire. La liste EMILY est fière de lui apporter son appui. Les enjeux sont majeurs. Charlotte Walsh est la seule candidate à posséder les qualités pour remporter ce siège. »

Entrée en 1999 chez le géant du cloud computing, Charlotte Walsh a rapidement gravi les échelons pour devenir, en cinq ans, la première femme directrice des opérations de la Silicon Valley. Connue pour son habileté à gérer les personnalités difficiles, elle a su redresser la barre d'une compagnie au bord du naufrage et hisser Humanity au rang des entreprises les plus dynamiques du monde, « le groupe de la tech le plus important dont on ait jamais entendu parler », selon les termes de Mark Zuckerberg.

On ne compte plus celles qui s'engagent à défendre les femmes mais dont les promesses demeurent lettre morte. Charlotte Walsh ne se contente pas de paroles en l'air. Elle s'investit financièrement et personnellement, si bien que ses actions ont non seulement permis de booster la carrière de nombreuses salariées de Humanity mais aussi de contribuer à des avancées concrètes dans la Silicon Valley.

« J'ai adoré chaque instant consacré à faire de Humanity ce qu'elle est aujourd'hui, a confié Charlotte Walsh à la Liste EMILY. Je désire maintenant utiliser les compétences acquises dans le secteur privé pour me mettre au service de la collectivité et améliorer la vie des Américains comme j'ai amélioré celle de centaines de milliers de salariés et de clients de Humanity à travers le monde. »

« Charlotte est tout simplement brillante, je ne vois pas d'autre mot, témoigne Kumail Chatterjee, l'un des cofondateurs de Humanity. Elle possède cette rare combinaison de bon sens, de compassion et d'énergie motrice. Dans ce monde qui tremble violemment sous nos pieds, elle est notre planche de salut. »

Depuis les élections présidentielles de 2016, la Liste EMILY a soutenu plus de vingt mille femmes souhaitant s'engager en politique, grâce au programme Run to Win, une action sans précédent visant à encourager les femmes à s'investir dans la vie publique au niveau local, fédéral et national.

Plus d'infos sur www.EmilysList.org

Chapitre 4

2 mars 2018
J - 249 avant les élections

Walsh (D)	**Slaughter (R)**	**Écart**
34	47	Slaughter + 13

Les nouvelles mamans et les candidats électoraux se rendent vite compte des vertus de la caféine et de l'adrénaline. Depuis six mois que Charlotte était revenue à Elk Hollow, elle n'avait pas dormi plus de quatre heures par nuit. Ce matin-là, elle en était déjà à son cinquième café. Ce n'était peut-être pas la meilleure méthode pour réduire sa tension nerveuse mais, sans ça, elle aurait été à plat. Elle avait envie de café avant même de fermer les yeux, le soir dans son lit, anticipant la fatigue du lendemain alors que celle du jour ne s'était pas encore dissipée.

La courbe d'apprentissage de la campagne n'était pas seulement raide, elle était traître. Charlotte avait l'impression de skier sur du verglas.

— Le discours est trop long d'au moins dix minutes, indiqua-t-elle à Alex, l'un de ses rédacteurs, et à Leila, qui écrivait mieux que n'importe lequel des jeunes qu'ils avaient recrutés. Personne ne m'écoutera. Inutile que je déblatère pendant une heure.

—Absolument, approuva Josh, qui s'était approché sans bruit derrière eux. Amputez-le de onze minutes, pour faire bonne mesure. Les électeurs ne se posent que trois questions : « Est-ce que grâce à vous j'aurai plus de fric ? » « Est-ce que grâce à vous ma famille sera à l'abri de tout danger ? » Et, ma préférée : « En quoi me ressemblez-vous ? » Vous n'aurez jamais aucune autre réponse à fournir.

Tout ce que Charlotte avait entendu à propos de Josh était vrai. Il s'était jeté à corps perdu dans la campagne, déterminé à gagner coûte que coûte, et concentré sur ce seul objectif. Il était capable de lire des centaines de C.V. intitulés « Je suis la nouvelle Olivia Pope ». Il avait fait refaire treize fois un panneau « Charlotte Walsh a des solutions pour la Pennsylvanie », à un imprimeur qui avait réussi à présenter le slogan de treize manières différentes. Ils avaient déjà sillonné l'État ensemble vingt fois, organisant barbecues et soirées spaghettis en compagnie de petits groupes d'électeurs et d'acteurs clés de l'économie locale, dans l'espoir que ces buffets gratuits marqueraient les esprits et que l'on se souviendrait de Charlotte Walsh un an plus tard.

Néanmoins, même au bout de six mois, elle découvrait encore les bizarreries de son directeur de campagne. À l'intérieur, par exemple, il ne portait presque jamais de chaussures ni de chaussettes. « J'ai passé quelque temps au Tibet », lui avait-il dit pour toute explication quand elle l'avait interrogé à ce sujet.

De ce fait, il se déplaçait en silence, tel un chat sauvage à l'affût de sa proie, ce qui lui permettait de se mêler discrètement de tout ce que faisait Charlotte. Quand elle se retournait, il était juste dans son dos.

— Qu'est-ce que vous avez aux yeux ? lui demanda-t-il, d'un ton ni insultant ni curieux, mais indiquant seulement qu'il avait repéré un problème.

Lorsqu'il se pencha afin d'examiner ses cernes, son pull remonta et révéla le haut de ses fesses. Il dégageait une odeur de Doritos.

— Hmmm ? marmonna Charlotte, levant à peine la tête de son ordinateur.

— Vos yeux. On dirait un panda. Vous avez l'air fatiguée. On aurait dû vous faire botoxer, la semaine dernière.

— Vous a-t-on déjà dit que vous étiez aussi aimable et délicat qu'un entraîneur de gymnastique russe ?

Leila se leva et s'étira le dos en allongeant les bras au-dessus de la tête, son chignon tressé la faisant paraître encore plus grande qu'elle ne l'était déjà. Elle arqua les sourcils en deux paraboles symétriques.

— *Khvatit nyt', souka.*

— Ça veut dire quoi ? Vous parlez russe ?

— Ça veut dire : « Arrête de la ramener, peste. » Ce que je ne voulais pas dire, naturellement. Je ne me permettrais pas de parler de la sorte à une dame. C'est juste l'une des cinq phrases que j'ai apprises quand j'étais directeur de campagne en Ukraine.

— C'est cela…, maugréa Leila. En tout cas, aux États-Unis, on ne dit pas à une femme qu'elle devrait se faire botoxer.

— La faute à Hollywood. Il n'y a plus de célébrités entre vingt-cinq et cinquante-cinq ans. On passe direct de Miley Cyrus à Helen Mirren. Dans le monde des écrans HD comme celui que vous avez à la main, tout le monde se fait botoxer. Si Nixon avait pu se faire injecter un produit pour ne pas transpirer pendant le débat télévisé avec Kennedy, il aurait supplié qu'on le pique.

Josh se posta devant Charlotte et lui plaça les index sur les tempes, comme pour lui faire un massage, mais il lui tira la peau en direction des oreilles. Elle lui donna une tape sur les mains.

— Je ne ferai pas de Botox, dit-elle sans regarder Leila.

— Comme vous voudrez.

Haussant les épaules, Josh repartit à pas de velours sur le linoléum du local de campagne qu'ils avaient trouvé à Scranton en janvier. Le propriétaire avait désespérément besoin d'argent, après le départ inopiné de l'agence de location de voitures qui occupait précédemment les lieux. Il s'agissait d'une surface commerciale aux murs de béton, vitres teintées et moquette verte usée, éclairée par des tubes de néon. L'endroit avait connu des jours meilleurs, mais, une fois tapissé d'affiches « Charlotte Walsh a des solutions » et meublé de bureaux, d'ordinateurs et de téléphones, il se parait d'une patine d'authenticité.

Ils avaient punaisé au mur une immense carte de la Pennsylvanie découpée en soixante-sept comtés, eux-mêmes sous-divisés en cantons électoraux. Charlotte avait vite cerné l'éclectisme de la population. Il y avait l'élite de la côte, issue des universités de l'Ivy League et des nombreuses écoles de droit implantées dans l'État. Il y avait les anciens des mines de charbon et les anciens des aciéries, plus jeunes que ceux des mines. Il y avait les camionneurs, les hippies, les paysans, les féministes cisgenres, les queers, les Blancs défavorisés, les quakers, les amish, les travailleurs pauvres, les syndicalistes, les péquenauds autoproclamés à la frontière de la Virginie-Occidentale, les immigrés clandestins, les Latinos de seconde génération qui avaient su prendre l'ascenseur social. Certaines régions étaient devenues le fief des anarchistes de gauche et des néofascistes. L'État était un microcosme de l'Amérique, ce qui expliquait en partie pourquoi aucune femme n'y avait jamais été élue gouverneure ou sénatrice.

Charlotte avait chargé une ancienne directrice des ressources humaines chez Humanity, Arlene Atlas, d'aider Josh à recruter une équipe de trente personnes, composée de cinq responsables de comté, deux collecteurs de fonds, deux data analysts et un media buyer. Il y avait aussi trois attachés de presse, qui avaient été tous les trois journalistes pour les grands quotidiens de Pennsylvanie, l'un de l'est, l'un de l'ouest, l'autre du centre de l'État.

—Ce n'est pas normal de tout le temps se balader pieds nus, chuchota Leila.

—Il prétend que ça l'aide à rester zen, dit Charlotte en le suivant du regard. Imagine ce que ce serait s'il gardait ses chaussures toute la journée…

—Au moins, il a des orteils présentables. Je t'ai dit que je l'avais vu lire *Mange, prie, aime*, l'autre jour ?

Levant les yeux au ciel, Leila libéra une mèche de son chignon tressé et l'enroula autour de son doigt. Avant que Charlotte puisse répondre, son téléphone bipa. Un texto de Max.

Dîner à 18 heures ?

Il était déjà presque 17 h 30. Elle en avait pour au moins quarante-cinq minutes de route et il lui restait du travail. Alors qu'elle hésitait à répondre, les doigts au-dessus de l'écran, une notification lui signala la réception d'un MMS.

Gremlins affamés.

Max avait photographié Annie toute nue, couverte de paillettes. Elle était entrée dans la crise des deux ans, où elle adorait se déshabiller et s'enduire de diverses substances. Ne sachant quelle attitude adopter, Max feignait l'indifférence.

Comme chaque fois qu'elle regardait ses enfants, Charlotte éprouva une bouffée de satisfaction et d'admiration – *C'est moi qui les ai faites* – à laquelle succédait immanquablement un pincement d'angoisse – *En quoi suis-je en train de les corrompre ? Car je suis en train de les corrompre, non ?*

Elle jeta un coup d'œil à ses collaborateurs, tous concentrés sur trois écrans à la fois. Passer ses journées entourée de jeunes diplômés brillants, convaincus que leur prochain tweet changerait le monde, n'était guère différent de l'ambiance d'un grand groupe de la Silicon Valley. Le local bourdonnait d'enthousiasme courtois, les uns et les autres pendus au téléphone pour vanter les mérites de Charlotte Walsh. Elle avait officiellement annoncé sa candidature six mois plus tôt, sans passer par la case « primaires » puisque aucun autre candidat démocrate n'avait émergé cette année pour rivaliser avec Ted Slaughter. Avant que Charlotte se manifeste, le parti n'avait pas jugé utile d'envoyer quelqu'un au casse-pipe. Parfois, elle se disait que si le parti la soutenait, c'est qu'elle avait au moins une chance.

Le lundi suivant, elle ferait son premier discours télévisé en tant que candidate officielle, ce qui la stimulait et la terrifiait tout autant. Son équipe travaillerait encore quelques heures, ce soir, et ils avaient encore le samedi et le dimanche pour peaufiner le texte. Elle culpabilisait de les abandonner. Mais elle culpabilisait encore plus de ne pas manger avec son mari et ses filles.

— Je n'ai pas dîné avec les enfants une seule fois cette semaine, dit-elle tout haut sans s'adresser à personne en particulier, bien que Leila fût la seule à pouvoir l'entendre.

En Californie, Max et Charlotte travaillaient chacun quarante-huit heures par semaine, mais ils se débrouillaient pour être à la maison à l'heure du dîner et ne touchaient plus leur ordinateur ni leur téléphone tant que les filles n'étaient pas couchées.

— Tu n'y seras jamais avant 18 heures, souligna Leila, ce dont Charlotte avait parfaitement conscience.

— On a terminé pour aujourd'hui ?

— Non. Il faut que tu voies une créatrice de contenu Instagram.

— Pourquoi faut-il que je la voie ?

— Tu seras en contact plus étroit avec elle qu'avec les autres community managers, répondit Leila, avant de résumer brièvement le C.V. de la jeune femme. Elle travaillait jusqu'à présent pour un site de lifestyle ciblé célébrités, promouvant des chaussettes à 500 dollars et des lotions à base de placenta de dauphin. Josh dit que c'est la reine de l'aspirational marketing. Ça m'étonnerait qu'elle te plaise, mais tu la supporteras. Elle déborde d'énergie. Je vais la chercher.

— De bonnes énergies ?

— Juste d'énergie.

Charlotte s'efforça de rester impassible lorsqu'une petite rousse extrêmement jolie la salua de deux bises chaleureuses puis lui posa les mains sur les épaules et l'observa en souriant, comme elle l'aurait fait avec une vieille grand-tante, sa chevelure flamboyante dissimulant une partie de son visage blanc comme du lait.

— Enchantée de faire votre connaissance. Sincèrement.

Elle s'exprimait avec ces manières de jeune fille de bonne famille qui ont fait de grandes études et portait juste ce qu'il faut de rouge à lèvres.

— Enchantée.

— Charlotte, je te présente Lulu, intervint Josh.

— Lulu n'est pas un prénom banal. D'où vient-il ?

À l'évidence, elle avait l'habitude qu'on lui pose la question.

— C'est le diminutif du prénom de mon arrière-grand-mère, Lulabelle. Elle était polonaise mais elle a été adoptée par une famille allemande pendant la Seconde Guerre mondiale. Après sa mort, mon père a fait des recherches et a découvert que ses parents biologiques avaient été déportés à Bergen-Belsen. C'est comme ça qu'on est devenus juifs.

Il était clair pour Charlotte que Lulu se servait de cette histoire pour montrer qu'elle était intéressante, en plus d'être belle.

— Lulu est une magicienne en matière d'aspirations accessibles, déclara Josh, d'ordinaire pourtant avare de compliments.

— Pardon ? dit Charlotte, pas sûre de comprendre comment ces mots pouvaient former une phrase. J'ai déjà une page Instagram.

Lulu lui tapota la main. Elle avait les ongles vernis en bleu marine, un seul strié de lignes blanches.

— Ne vous en faites pas, ma chère, dit-elle en affectant un ton bienveillant. Vous devez donner l'impression de mener une vie juste 30 % plus fabuleuse, plus merveilleuse, plus belle que celle du consommateur de contenu – l'utilisateur Instagram, Snapchat, etc. Autrement dit, on bannit les photos de famille sur la plage à Sainte-Lucie, inaccessible pour la plupart des gens. Et on crée des aspirations en montrant des enfants bien habillés, en tenues coordonnées, au jardin public. Ça crée des aspirations parce que personne ne coordonne les couleurs des fringues de ses gamins. Souvent, c'est déjà difficile de trouver un tee-shirt propre. Autre exemple : je ne veux plus vous voir bras dessus bras dessous avec Jay-Z et Beyoncé. J'ai vu une photo de vous trois au gala de charité pour les victimes de l'ouragan Alfred. C'est mignon. J'adore Beyoncé. Mais ça peut paraître inaccessible. Ce que je veux voir, c'est des tartes au citron en forme de la Pennsylvanie pour la vente de gâteaux des parents d'élèves.

Charlotte posa son autre paume sur celle de Lulu, comme dans ce jeu d'enfant où l'on se superpose les mains le plus vite possible.

—Au risque de vous décevoir, je n'ai pas vraiment le temps de faire des tartes au citron ni d'alimenter mon Instagram en aspirations accessibles.

—Vous n'aurez rien à faire, affirma Lulu sans sourciller. Juste à sourire et vous coiffer. Je ferai le reste. Je me sers beaucoup de Photoshop, pour lisser les imperfections. Les personnalités publiques sont obligées d'exposer une partie de leur vie privée, aujourd'hui. Mais ça paie. Ça paie vraiment. C'est l'une des raisons pour lesquelles Gwyneth a autant de succès.

Charlotte se retint de rire.

—C'est un peu différent. Gwyneth Paltrow ne fait pas de politique.

—Oh, elle pourrait si elle voulait. Croyez-moi.

—Ted Slaughter est sur Instagram ?

—C'est sa petite-fille qui s'occupe de ce genre de choses, répondit Leila. Elle poste surtout des photos de famille. Jamais de lui.

Ted Slaughter avait huit filles issues de trois mariages différents, âgées de neuf à cinquante ans, toutes très belles, excepté la quatrième, qui compensait sa physionomie ordinaire par sa minceur. Elles avaient produit une meute de seize petits-enfants, bien propres sur eux, et six arrière-petits-enfants. Tous étaient présents à chaque apparition publique de Ted Slaughter, souvent alignés en rangs de huit, et il leur arrivait de chanter, comme les von Trapp.

— Heureusement ! s'exclama Lulu. Il n'est carrément pas photogénique. Au meilleur de sa forme, on dirait le gardien de la Crypte. De toute façon, la vie privée des hommes intéresse moins le grand public que celle des femmes. Tout le monde se fiche de la tête qu'ils ont le matin au réveil. Si vous permettez, j'aimerais vous expliquer comment je vois les choses. On programmera une journée de shooting, voire deux, pour faire toutes les photos dont on aura besoin sur un an. Ensuite, je m'occuperai des réseaux sociaux de votre mari. Il a le profil de l'emploi, il me semble. On exploitera son image pour séduire les électrices. Non qu'il ait besoin de nous, il est déjà très bel homme. Mais je le rendrai plus attendrissant. Des photos de lui avec les enfants. Je le verrais bien couvert d'enfants, un délicieux sundae au chocolat nappé d'adorables fillettes à la place du caramel.

— Vous devrez partir avec nous en tournée, prévint Leila. Il ne s'agit pas d'un travail de bureau. Le poste est alléchant mais la réalité est moins glamour. On ne dort pas dans des cinq étoiles. On a des horaires complètement décalés, on bosse énormément.

— Ça ne me dérange pas, déclara Lulu avec conviction. J'ai l'habitude de vivre à la dure. J'ai passé six mois en mer sur un voilier.

Cette réponse sembla amuser Josh.

— Ça devait être rude, dit-il avec un soupçon de sarcasme. Mais vous faites du bon boulot. On en discute entre nous et on vous recontacte d'ici à lundi.

Une assistante apparut et raccompagna Lulu à la porte du local, où elle lui indiqua la direction de l'arrêt de bus pour New York.

— Si elle survit au voyage en Greyhound, elle a le job, ricana Josh. La dernière fois que j'ai pris le bus, un mec m'a pissé dessus.

En bâillant, Charlotte se renversa contre le dossier de sa chaise.

— Si tu donnais rendez-vous à Max et aux filles dans un restau à mi-chemin entre ici et chez toi ? suggéra Leila.

— Excellente idée. Tu es formidable.

— Je suis pratique.

Charlotte envoya un message :

On se retrouve au *Fridays* sur la route 6 ?

Trois points clignotants indiquèrent que Max répondait. *Pourquoi je retiens mon souffle ?*

J'ai préparé du pain de viande.

De temps en temps, Max se lançait dans de grandes performances culinaires. Se massant les tempes, Charlotte l'imagina en train d'émincer les oignons avec ses lunettes de piscine, pour ne pas pleurer, ce qui faisait toujours rire aux éclats les filles, si grincheuses fussent-elles avant l'heure du dîner.

Ce serait cool, un restau. Et plus simple. Pas de vaisselle.

OK.

Elle avait horreur de ces textos laconiques, qui pouvaient être chargés d'agressivité.

Habille peut-être Annie ?

Ce sera tout, chef ?

Il ne l'appelait « chef » que depuis un mois ou deux, alors que, techniquement, elle n'était plus sa chef. Elle détestait ça. Ils s'étaient tous les deux efforcés de se convaincre que le retour à Elk Hollow serait une palpitante aventure et, au début, ils avaient trouvé un certain piquant à faire du neuf avec du vieux, comme lorsqu'on retrouve son pull préféré, caché depuis cinq ans au fond de l'armoire. Jusqu'à la fin décembre, Max semblait presque apprécier leur nouvelle vie. Il y avait de la neige, il allait skier plusieurs fois par semaine. Mais un bref redoux suivi d'une vague de froid avait tout verglacé et il était devenu difficile ne fût-ce que de se promener sur les chemins derrière la maison. Max ne pouvait plus s'entraîner pour l'Ironman que sur un tapis de course au sous-sol, et le week-end, il devait trouver des occupations d'intérieur pour leurs filles. Il y avait toujours au moins l'une des trois qui avait mal à la gorge et le nez qui coulait.

— Des fois, j'ai l'impression d'être pris en otage, disait-il. Un prisonnier séquestré avec trois mômes.

Il n'aurait pas été judicieux de lui signaler qu'il traversait la crise que connaissent tôt ou tard quasiment toutes les femmes qui cessent de travailler pour élever leurs enfants.

Max avait en outre caressé l'idée de s'investir dans la campagne.

— Je pourrais mettre au point un outil digital qui identifierait et reciblerait les électeurs selon un contenu unique et hyperpersonnalisé, avait-il annoncé un soir avant de se coucher.

Enthousiasmée par l'enthousiasme de son mari, Charlotte avait soumis la proposition à Josh, qui avait été catégorique :

— Aucun conjoint ne bosse sur mes campagnes. Ce serait la cata assurée. Chaque jour serait un épisode de *Dingue de toi*.

Max s'était senti profondément humilié.

Manger au *Fridays* ne serait pas une partie de plaisir, Charlotte le savait pertinemment. Le temps qu'elle arrive, Max serait d'une humeur massacrante. Le restaurant avec une gamine de deux ans et deux de cinq n'avait rien de facile, mais ce serait toujours mieux que de louper encore un repas en famille.

— Tu viens avec nous ? demanda-t-elle à Leila.

— Tu as besoin d'un médiateur.

Ce n'était pas une question.

— Tu dois avoir la dalle. (*Bien sûr que j'ai besoin de toi. On ne s'engueule pas, quand tu es là.*) Et je ne veux pas que tu passes encore la nuit au local. Tu vas te bousiller la santé.

« Reconnaissance » n'était pas un mot assez fort pour décrire ce que Charlotte éprouvait chaque jour envers Leila, qui avait quitté la Californie pour s'installer dans une chambre de l'*Embassy Suites*, à deux rues du local, afin de continuer à être son bras droit.

— OK. Mais je prendrai ma voiture et je vous rejoindrai. Je veux relire encore une fois le discours à voix haute avec Alex.

— Imprime-le et apporte-le. Je le relirai aussi, ce soir. Il faut qu'il soit parfait.

Plus que parfait. Il faut que ce soit le putain de meilleur discours que j'aie jamais fait de ma vie.

— Josh t'a dit que Slaughter faisait son meeting ce dimanche ?

Charlotte avait regardé plus de cinquante heures de vidéos de son adversaire. La voix de Slaughter hantait ses rêves. Elle avait noirci des pages de notes manuscrites, en s'efforçant de cerner ses forces et ses faiblesses. Il en imposait, il incarnait à la perfection le rôle du politicien à l'ancienne, avec ses épaules carrées et ses cheveux permanentés. On s'apercevait très vite qu'il était un caméléon davantage qu'un militant convaincu. Slaughter affectionnait les superlatifs et retournait sa veste suivant le public à qui il avait affaire. Pour les ouvriers au chômage, il avait commencé à travailler à l'âge de quinze ans, sur le chantier de construction de l'un des plus hauts gratte-ciel de Pittsburgh. Il promettait sans cesse de nouveaux emplois dans la métallurgie et bien sûr ne les créait jamais, mais c'était la faute de ces fainéants du gouvernement. Aux patrons, il faisait miroiter la réduction des taxes, la fin de l'interventionnisme et l'abolition du salaire minimum. Dans les régions rurales, son laxisme vis-à-vis de l'extraction du gaz de schiste lui valait d'être adulé comme un dieu. Et, en dépit de ses positions ultra conservatrices sur l'avortement et du fait qu'il soit monté au créneau pour couper les vivres au planning familial, il passait aux yeux des jeunes femmes pour un gentil papy, juste un peu gâteux et raciste sur les bords. Personne ne voulait gaspiller d'argent pour partir en campagne contre un type doté du rare talent de galvaniser les foules et la frange radicale des démocrates pro-armes et pro-avortement. Cet étrange capital sympathie n'était que l'une des raisons pour lesquelles il parvenait à démolir quiconque osait se présenter contre lui et, depuis longtemps, plus personne ne s'y risquait. On chuchotait en outre qu'il signait des chèques à six chiffres afin de persuader ses adversaires de se retirer de la course. En Pennsylvanie, si on voulait faire de la politique, on ne pouvait prétendre qu'à la Chambre des représentants.

— J'envoie trois mouchards au meeting de Slaughter, déclara Josh, qui manifestement écoutait la conversation.

Charlotte n'était au courant que depuis peu de l'existence des mouchards, une petite armée de jeunes ambitieux qui suivaient les campagnes de l'opposition et consignaient ses moindres faits et gestes. Ils en employaient dix au total. Un bout de vidéo d'un candidat s'écartant de son script ou prononçant une parole malheureuse pouvait devenir viral et lui causer autant de tort ou de profit qu'une campagne publicitaire à des millions de dollars.

— L'un d'eux filmera, au cas où il dirait une connerie, ce qui est fort probable. Ça nous permettra aussi de bavarder un peu avec les journalistes qui le couvrent. On parlera plus de vous que de lui, la semaine prochaine. Ça fait des lustres qu'il n'a pas eu de concurrence, en tout cas sûrement pas quelqu'un d'aussi télégénique que vous. On le fera passer pour le candidat de l'inertie, un opportuniste à qui on ne peut pas faire confiance, un mec beaucoup trop vieux pour faire bouger les choses. Concrètement, qu'a-t-il fait pour la Pennsylvanie ? Rien. Absolument rien. Vous êtes un vecteur de changement. Vous êtes jeune, dynamique, vous agissez. On répète ça encore et encore, jusqu'à satiété, jusqu'à ce que vous ne supportiez plus de l'entendre. On maîtrise la situation.

Ces paroles réconfortèrent Charlotte, même si elle savait que Josh disait « On maîtrise la situation » chaque fois qu'il essayait de la rassurer quand elle doutait.

— Sinon, j'ai aussi réglé le problème Google.

— Lequel ? soupira-t-elle.

Facebook et Google étaient les bêtes noires du candidat politique moderne.

— On a acheté des annonces qui apparaîtront en haut de page pour toute recherche où figurera votre nom et qui renverront l'internaute vers des articles positifs sur vos accomplissements chez Humanity. Et on a acheté des annonces qui amèneront, quand on tapera le nom de Slaughter, sur un site recensant toutes les promesses qu'il n'a pas tenues, depuis dix ans. Maintenant, c'est la course à celui qui pourra injecter le plus de pognon là-dedans.

— On injecte combien ?

— Deux cent cinquante mille dollars, ce mois-ci.

— Oh punaise…

— C'est efficace. Au fait, il nous faudrait un million de plus d'ici à la fin du mois.

À 18 h 30, Charlotte s'installait au volant de sa voiture et savourait enfin un peu de solitude. Pour une dizaine de minutes bénies, elle ne serait ni le boss ni la mère de personne. Elle avait l'impression d'avoir porté toute la semaine des chaussures trop petites sans penser une seule seconde à les enlever.

Elle envoya un message à Max.

Je pars.

On vient de commander.

Je fais au plus vite.

On n'envoie pas de textos en conduisant. Ce n'est pas un des messages de ta campagne ?

Et une minute plus tard :

Tu sais que tu es la plus belle femme du monde ?

Le rouge lui monta aux joues et aussitôt, son subconscient l'entraîna en terrain dangereux. *Ce message m'était-il adressé ? À qui pourrait-il s'adresser ? Stop. Arrête ces délires.*

Dans son enfance, le *TGI Fridays* était réservé aux grandes occasions – les anniversaires, l'obtention de diplômes, la fois où l'équipe de base-ball de son frère avait remporté le championnat junior de Pennsylvanie – mais, depuis que Charlotte était partie vivre sur la côte Ouest, elle n'avait pas remis les pieds dans un restaurant franchisé. Elle ne fréquentait que les établissements où le slogan « de la ferme à l'assiette » avait depuis longtemps été supplanté par « épicurien de la queue au groin » et autres flagorneries permettant de multiplier les prix par cinq. Depuis six mois qu'ils étaient revenus en Pennsylvanie, elle avait réappris à aimer les pommes de terre farcies, les onion rings et les gressins qui faisaient le charme des *TGI Fridays*, *Outback Steakhouse*, *Olive Garden* et compagnie.

Une hôtesse enjouée et deux ratons laveurs empaillés sur un canoë l'accueillirent à l'entrée. Elle traversa la salle les épaules droites et la démarche assurée. *Qui cherches-tu à impressionner ?* lui chuchota la voix de sa mère dans sa tête.

Dans un box, Max et les filles se partageaient une assiette de quesadillas qui aurait pu nourrir toute une équipe de foot. En les regardant, elle songea que personne n'aurait deviné que leur famille venait d'être déracinée et transplantée dans une nouvelle vie. Max et elle avaient tenté diverses approches pour expliquer aux jumelles le déménagement et le nouveau travail de maman mais jusque-là, c'était Leila qui avait su le mieux leur parler : « Imaginez que Voldemort soit président... Vous ne voudriez pas que votre maman parte à Poudlard aider Harry à le renverser ? » Les enfants avaient ardemment approuvé.

Toutes trois étaient penchées au-dessus de leur iPad respectif. Max pianotait sur son téléphone. S'ils avaient autrefois des règles concernant le temps d'écran, notamment à table, Max les ignorait depuis qu'il était le principal représentant de l'autorité parentale. Charlotte aurait pu lui en faire la remarque, mais le reproche aurait entraîné des récriminations quant à son retard et la soirée aurait tourné au vinaigre. Elle retira son téléphone de sa poche afin de voir si c'était à elle que Max envoyait des messages. Non.

— Salut les chouchous !

Elle se pencha pour embrasser Max, mais elle loupa ses lèvres et lui fit un bisou sur le menton. Malgré son anxiété, elle s'efforça de sourire et de paraître de bonne humeur. Annie tendit vers elle un index potelé.

— Maman est en retard !

— Tu ne sais pas lire l'heure, ma chérie, répliqua-t-elle en déposant un baiser dans ses cheveux bouclés.

Puis elle la souleva de sa chaise haute et l'installa sur ses genoux. La fillette ne savait pas encore s'habiller seule mais c'était clairement elle qui avait choisi sa tenue : tiare, tutu mauve à sequins et maillot bébé des Philadelphia Eagles. Quand Charlotte s'aperçut que Max et les jumelles portaient aussi des tutus à sequins, son cœur fondit.

— Qu'est-ce que vous m'avez commandé ?

— Rien, grommela Max, la bouche pleine. Je ne savais pas ce que tu voudrais.

Elle cligna des paupières plusieurs fois avant de réagir.

— C'est lequel, notre serveur ?

Son mari retira un menu de sous son assiette.

— Je l'ai gardé exprès pour toi.

Sa mâchoire tressaillit, comme s'il voulait dire autre chose, mais il lui tendit juste un morceau de quesadilla. Charlotte arrosa le triangle graisseux de Tabasco et déplia le menu.

— Charlie Walsh ? C'est bien toi ?

Elle releva les yeux. L'un de ses anciens petits copains se tenait devant la table, en polo vert au logo du restaurant, son nom épinglé sur la poche, et pantalon noir au pli bien marqué, une taille trop grand pour lui. Le cerveau de Charlotte avait du mal à intégrer la situation. Comment Max avait-il pu omettre de lui préciser que leur serveur était le premier mec avec qui elle avait couché ? Elle se passa la langue sur les dents, au cas où de la nourriture s'y serait logée.

— Jack ? Tu travailles ici ? C'est super ! s'exclama-t-elle avec un enthousiasme excessif.

Jack avait les yeux cernés et il semblait avoir perdu récemment cinq ou six kilos qu'il n'avait pas besoin de perdre. Charlotte aurait voulu se lever et lui faire la bise, mais elle avait sa fille sur les genoux, et une poignée de main lui paraissait trop solennelle pour quelqu'un qui l'avait vue nue.

Elle était tombée amoureuse de Jack Seligson en cours de chimie. Ils étaient partenaires de labo et formaient un binôme parfaitement imparfait de mal-aimés. Il bégayait. Elle souffrait d'une timidité maladive. Il leur avait fallu un semestre pour parler d'autre chose que de thermodynamique. Mais dès lors qu'il avait osé lui proposer un rendez-vous – si tant est que rouler en voiture en chantant des morceaux de Queen puis regarder *Retour vers le futur* dans le sous-sol de ses parents puisse être considéré comme un rendez-vous –, ils étaient devenus inséparables.

Son père était dentiste, sa famille relativement aisée. Ses parents avaient deux voitures et des skis. À côté d'eux, Charlotte avait l'impression d'être la protagoniste d'un film de John Hugues, même s'il n'y avait pas de voie ferrée à Elk Hollow. Un soir, elle avait entendu la sœur de Jack parler d'elle à sa mère, alors qu'elles la croyaient partie. « Cette fille est adorable, bien qu'elle vienne d'une famille de dégénérés », avait dit l'adolescente. Ce souvenir était encore cuisant.

Presque tous les soirs, Charlotte et Jack faisaient leurs devoirs ensemble en mangeant des pizzas surgelées. Elle partait de chez lui à la tombée de la nuit et, trois fois par semaine, il la rejoignait ensuite chez elle, par la fenêtre de sa chambre, et ils se pelotaient dans le lit de princesse à baldaquin que Marty avait trouvé dans la rue. Puis, à partir du moment où ils avaient couché ensemble, ils s'étaient mis à parler de l'avenir, de la façon abstraite dont on imagine l'avenir à seize ans.

Après le lycée, Jack avait poursuivi ses études à Kurtztown, Charlotte à l'université de Pennsylvanie, choisie dans les classeurs de la conseillère d'orientation, qui lui avait indiqué qu'il s'agissait de l'une des meilleures de l'État, où personne de Elk Hollow n'était jamais allé. Charlotte avait eu envie d'être la première. Un soir, tard, après un pack de bières et avant le journal télévisé de 23 heures, Marty lui avait dit qu'il se débrouillerait pour lui payer l'Ivy League, si elle était admise. Ce n'était que le bobard bien intentionné d'un ivrogne bien intentionné lui aussi, mais elle l'avait cru. Elle avait travaillé d'arrache-pied, s'était inscrite à toutes les activités extrascolaires susceptibles de lui rapporter des points, y compris au volley, ce qui lui avait valu une fracture du nez la veille du bal de fin d'année. Elle avait terminé major de sa promo et avait été acceptée à Penn, avec une petite bourse. Elle n'en revenait pas d'avoir réussi par la pure force de sa volonté. Marty s'était excusé mille fois de ne pas pouvoir honorer sa promesse. Elle avait souscrit un prêt étudiant de 100 000 dollars et travaillé le soir dans un fast-food.

À Penn, elle était entourée de la progéniture des grands noms de Wall Street, de l'industrie des médias ou de dirigeants de petits pays. Ses camarades considéraient que tout leur était dû. Issue d'un milieu moins privilégié, elle était beaucoup plus débrouillarde et beaucoup plus conciliante que la plupart d'entre eux. Pour elle, ce n'était pas la fin du monde s'il n'y avait pas d'eau chaude dans les douches ou si un prof lui reprochait des idées trop convenues.

Fascinée par les prétentions des uns et des autres, Charlotte avait décidé qu'elle ferait elle aussi quelque chose d'Important et d'Intéressant, avec des « I » majuscules. Dès le premier semestre de la première année, elle s'était fait le serment de ne plus jamais retourner vivre à Elk Hollow. Elle rejoindrait l'élite des parents de ses camarades, la classe supérieure de ceux qui régnaient sur le monde : les gagnants.

Elle partageait sa chambre avec deux filles, dont une prénommée Blair, passionnée de bonsaïs et très fière d'avoir eu la cousine du chanteur Simon Le Bon pour baby-sitter, qui avait offert à Charlotte un sac à main Calvin Klein vieux de six mois, parce qu'elle trouvait sa besace marron un peu « tristoune ». La deuxième, Anne Stranton, avait plus d'argent que tous les étudiants de la fac réunis, mais personne ne l'aurait deviné, à la voir dans ses pantalons de pyjama en flanelle, ses pulls mités et ses vieilles Doc Martens. Elle ne parlait jamais de son grand-père, la onzième plus grosse fortune de la planète, pas plus que de son père, ambassadeur au Japon. L'argent de sa famille faisait des petits qui à leur tour faisaient des petits. Elle avait donné à Charlotte sa première leçon sur l'argent : quand on en a beaucoup, on ne le montre pas.

— Ma mère aussi s'appelle Anne… Enfin, Annemarie…, avait bredouillé Charlotte quand elle l'avait rencontrée, frappée par sa beauté sans chichi.

— Tu l'aimes ? Ta mère ? avait demandé Anne en étendant une vieille couverture de laine sur son lit superposé, sous une affiche de concert de la Mano Negra à Mexico.

Charlotte avait tourné sa langue sept fois dans sa bouche, consciente que sa réponse déterminerait la nature de leur relation.

— Des fois, c'est une vraie garce. Elle est addict aux médocs.

En souriant, Anne avait allumé une Parliament, sans prendre la peine d'ouvrir une fenêtre.

— On va bien s'entendre, toi et moi.

C'était Anne qui avait emmené Charlotte se faire poser un stérilet et se faire épiler le maillot, et c'était Anne qui l'avait convaincue qu'il était ridicule de sortir avec un mec se trouvant à deux cents kilomètres d'elle. C'était Anne aussi qui avait pris sa voiture pour la conduire à Elk Hollow le jour de l'enterrement de Marty Walsh, et elle avait chanté *Danny Boy* avec des syndicalistes soûls. Et c'était grâce à Anne, encore, que Charlotte avait pu travailler pour Rosalind Waters, quelques années après la fac, parce que Tante Roz jouait au poker avec le père d'Anne. Et puis six mois plus tard, Anne était morte en percutant un camion sur une route verglacée. Charlotte avait refoulé son chagrin, de crainte qu'il l'anéantisse. Elle s'était réfugiée dans le travail, la voix de son amie résonnant en permanence dans sa tête : *Tu vas y arriver, connasse !* Comme si elle avait perdu un bras ou une jambe, elle était à chaque instant consciente de son absence. Pendant des années, elle était restée en deuil de cette amitié si étroite et si parfaite. Elle comparait toute nouvelle connaissance à Anne et, bien sûr, personne ne lui arrivait à la cheville. Sans Marty et sans Anne, Charlotte se sentait orpheline. Plus personne ne se souciait sincèrement d'elle.

Le sourire de Jack réveilla une vieille culpabilité, celle de n'avoir jamais rompu franchement. Elle avait simplement cessé de répondre à ses appels téléphoniques.

Elle savait par Facebook qu'il s'était marié avec une fille du lycée et avait trois enfants, trois garçons, aujourd'hui ados. Il était prof de gym au lycée d'Elk Hollow, jouait au softball dans l'équipe des Elk Hollow Buglers, majoritairement composée d'enseignants de son âge, et vivait dans la maison de ses parents, dont il avait hérité.

L'année précédente, dégoûtée d'elle-même et de son couple, elle lui avait envoyé un message sur Facebook, un simple « coucou » auquel il n'avait pas répondu. Ne l'avait-il pas reçu ? Ou lui en voulait-il encore, vingt ans plus tard ? Une assiette à la main, un sourire sincère éclairant son visage, il ne lui donnait aucun indice.

Pourquoi travaillait-il au *Fridays* ?

Max s'éclaircit la voix.

— Il y a du monde. Charlotte voudrait commander rapidement. Les filles commencent à avoir sommeil.

Naturellement, il méprisait Jack, alors qu'au lycée, Charlotte avait à peine côtoyé Max, puisqu'il avait deux ans de plus qu'elle. Maxwell était un garçon timide et effacé. Il préférait la compagnie des ordinateurs à celle des humains et dessinait des dragons sur ses classeurs. Il avait un cheveu sur la langue et une dent grise. Il avait obtenu une bourse complète pour étudier à Penn State, où il était devenu un génie de l'informatique, puis il avait quitté la côte Est pour la baie de San Francisco. Et de grand benêt, il s'était mué en beau gosse, bien que le manque d'assurance d'un adolescent puisse être aussi tenace qu'une mauvaise odeur. *Ai-je tenu compte du fait que je le forçais à revenir quelque part où il se sentait minable et insignifiant ? Est-ce que je cherche toujours à le punir ?*

— Je parie que vous vous demandez ce que je fais là…, dit Jack avec un petit rire gêné. Je suis toujours prof. Emily aussi. Mais elle est malade, depuis l'an dernier. Un cancer. L'assurance maladie des enseignants ne rembourse qu'une infime partie des traitements, alors je bosse ici, entre autres petits boulots.

Il esquissa un sourire, et Charlotte se revit lui mordiller la lèvre inférieure, avec un pincement de jalousie envers Emily, qui avait un mari prêt à tout pour qu'elle guérisse et dont les yeux brillaient encore quand il parlait d'elle.

— On ne peut pas donner son sang tous les jours.

L'humour de Max tomba à plat.

— Et c'est moins stressant que dealer de la meth, répliqua Jack, ce qui fit rire Charlotte.

Mais son cœur se serra à la pensée que deux enseignants n'aient pas les moyens de se faire soigner. Elle ne savait que dire et se sentait coupable d'avoir la Rolls des assurances santé et un généraliste privé qui, pour 80 000 dollars par an, lui assurait un rendez-vous rapide avec n'importe quel spécialiste. Elle espérait que son sourire ne trahissait pas sa pitié.

— Ce n'est pas évident de trouver de la bonne meth, ici, dit-elle. (Elle se détestait quand elle essayait d'être drôle.) Tu veux t'asseoir un moment avec nous ? Le système de santé a toujours été défaillant, ici ? demanda-t-elle en fouillant dans son sac à la recherche d'un stylo pour prendre des notes.

Max la fusilla du regard. Elle l'ignora. Elle regardait les mains de Jack, plus grandes que la moyenne, en pensant à sa bite, longue et fine. Puis elle eut honte de cette pensée.

— Tu veux de la limonade ? demanda Rose à son père en lui tendant son verre.

Les jumelles apprenaient la notion de partage, à l'école, ce que Charlotte trouvait beaucoup plus adapté que la danse extatique et la tragédie grecque. L'offre était en général suivie d'un : « Tiens. Prends. »

— Charlie, tu devrais commander.

Max but une gorgée de limonade et fit tourner son téléphone comme une toupie, qui heurta les verres. Charlotte se replongea dans le menu, se rappelant que Jack était au travail.

—Je vais prendre une salade… La Cobb. Tu peux me l'apporter assez vite, s'il te plaît ? Pour que je puisse manger avec mes enfants. (Son estomac gargouilla.) Chuuut. Non, attends… Je vais prendre les fajitas au bœuf plutôt. Ça m'intéresserait de discuter avec toi du système de santé de Pennsylvanie.

Jack hocha la tête.

—Oh, il y a de quoi dire, sur la couverture maladie des enseignants. C'est de pire en pire. Ils ont réduit les allocations, l'an dernier. Je vous apporte tous les plats en même temps. Ça me fait plaisir de te revoir, Charlie. J'ai vu sur Facebook que tu te présentais au Sénat… C'est une bonne chose.

Il avait donc dû recevoir son « Coucou ». À la fois gênée et flattée par le compliment, Charlotte sentit le rouge lui monter aux joues. Elle était fière d'être celle qui pouvait résoudre les problèmes de son ancien petit ami.

—On a besoin de gens comme toi, ajouta-t-il. Des gens d'ici qui sont partis et qui ont réussi. Je voterai pour toi.

Il lui avait adressé davantage de sourires en cinq minutes que Max depuis une semaine.

—Merci. J'aimerais qu'on se revoie et que tu m'expliques mieux ton souci.

Aussitôt, elle regretta d'avoir employé le mot « souci ». *Mince. Jack ne s'est pas remarié avec une femme qui pourrait être sa fille. Sa situation est dramatique.*

—Leila, mon assistante, pourrait t'appeler. On fixerait un rendez-vous pour discuter de ce qu'il est possible de faire pour les enseignants.

—Avec plaisir. Je reviens tout de suite avec les fajitas.

De sa poche arrière, il retira des crayons de couleur qu'il déposa devant les filles.

— Vous avez vu que la nappe est en papier ? Faites un joli dessin pour votre maman.

Par chance, Leila arriva sur ces entrefaites. Et la moue hautaine de Max se mua en sourire. Il n'était jamais désagréable en sa présence. Il tentait toujours de l'impressionner et de s'attirer ses bonnes grâces, d'une façon que Charlotte trouvait plus touchante qu'agaçante, tant elle avait d'amitié pour Leila.

Max changea complètement de sujet.

— On avait une discussion très sérieuse, avec les filles, avant que vous arriviez, toutes les deux. Leila, tu préférerais être un lapin géant ou un tout petit éléphant ?

— Un tout petit éléphant, sans hésitation.

— Réfléchis bien. Pense au complexe d'infériorité dont pourrait souffrir un tout petit éléphant.

— Mais ce serait trop mignon.

— Ah bon ? s'écria Ella. Tu trouves ?

Leila souleva Annie des genoux de sa mère et lui remonta son tee-shirt pour lui couvrir le ventre de bisous, puis elle s'installa à côté de Max, qui lui passa un bras autour des épaules.

— Dis-moi, tu as choisi ce restau parce que tu savais que l'ex de Charlotte était serveur ici ?

Leila ne manquait jamais de repartie.

— Non. Je l'ai choisi pour ses margaritas XXL et ses animaux empaillés. Quel ex ?

— Mon petit copain du lycée. Je n'ai jamais dû t'en parler.

Charlotte s'assura que Jack ne risquait pas de l'entendre, avant de résumer sa situation.

— Vous vous rendez compte ? conclut-elle.

— Que ton ancien petit ami a un début de calvitie ? railla Max. Ouais, je m'en suis rendu compte.

Instinctivement, il se toucha l'arrière de la tête, où ses épais cheveux se clairsemaient, où son crâne commençait peut-être même à se dégarnir.

— Non, qu'il soit obligé de travailler ici.

— Il l'a dit lui-même, c'est mieux que dealer de la came. Le monde part en vrille. Ce n'est pas pour cette raison que tu veux entrer au gouvernement ? Pour changer le monde et améliorer le quotidien de la classe moyenne ? dit-il sur le ton moqueur et légèrement condescendant que prenaient leurs amis et collègues de la Silicon Valley lorsqu'ils parlaient de la population générale des États-Unis.

Max était beaucoup plus à l'aise que Charlotte dans la bulle de la tech, cette utopie idyllique en marge du reste du pays, où les rêves se réalisaient encore, et où, s'il vous arrivait une tuile, si votre moteur de recherche tombait en panne ou si votre start-up coulait, P.-D.G et entrepreneurs quittaient le navire avec des millions et la possibilité d'investir dès le lendemain dans un nouveau projet. Max avait oublié à quoi pouvait ressembler la vraie détresse, et Charlotte était peinée de voir à quel point il s'était détaché de ses racines.

— Racontez-moi ce que vous avez fait aujourd'hui, dit-elle aux filles.

Annie se déboîta le cou pour se tourner vers elle.

— J'ai fait caca aux toilettes.

Charlotte interrogea Max du regard, qui lui fit signe que non. La fillette se tordit de rire, à en devenir écarlate.

Lorsque Max quitta la table pour aller aux toilettes, Charlotte interpella Jack en agitant les deux mains avec un enthousiasme exagéré.

— Tu me donnes ton numéro ?

— Je te l'enverrai sur Facebook, répondit-il en souriant.

Allusion à son message ridicule ?

— Il est mignon, chuchota Leila quand il repartit. Un croisement entre Eric Taylors de *Friday Night Lights* et Keanu Reeves post-*Matrix*.

Charlotte leva les yeux au ciel, comme pour dire qu'elle ne prêtait pas attention à ce genre de choses, alors qu'elle s'était fait exactement la même remarque. Leila jeta un coup d'œil derrière elle afin de s'assurer que Max n'était pas là.

— Ce Jack m'a donné une idée pour ton discours.

— Ah…

Charlotte prit sa serviette et la tortilla nerveusement. La simple évocation de ce discours lui donnait des palpitations. Leila lui adressa un clin d'œil rassurant.

— Pas de panique. L'idée est bonne. Mais elle risque de mettre Max en rogne.

Chapitre 5

4 mars 2018
J - 247 avant les élections

— Rappelez-moi pourquoi j'ai quitté Manhattan un dimanche matin aux aurores pour faire deux heures de route et vous rejoindre dans ce motel pourri ?

— Je ne voulais pas que Max vous voie.

— Que dirait-il s'il savait que vous m'avez donné rendez-vous ici ?

Langston Kade, la plastique parfaite d'une poupée Ken, posa ses mains aux doigts de pianiste sur les épaules de Charlotte et l'invita à s'asseoir sur le lit. Puis, de ses beaux yeux bleus, il examina son visage. La chambre sentait le linge sale et le sexe. Quelqu'un s'était coupé les ongles et avait laissé les rognures dans le lavabo. Le genre d'endroits où la famille de Charlotte dormait quand ils partaient en vacances au Baseball Hall of Fame à Cooperstown ou bien à Atlantic City, où son père essayait de les faire entrer en douce à des matchs de boxe.

Charlotte regarda Kade et se frotta les mains sur le dessus-de-lit beige, aussi doux qu'un sac en papier kraft.

— Il se moquerait de moi. Il me dirait de ne pas faire ça.

Elle avait commencé à voir Langston dans le dos de son mari peu avant son quarantième anniversaire, en général quand des raisons professionnelles l'emmenaient à New York.

— Même chose que d'habitude ?

— Peut-être un peu plus. Mais je ne voudrais pas que ça enfle trop.

— Plus ? Vous êtes sûre ?

— J'en ai besoin.

Langston ouvrit une mallette en cuir de crocodile et en retira deux flacons d'une mini-glacière, l'un de Botox, l'autre de Juvéderm.

Résidu de son éducation protestante, Charlotte considérait la vanité comme un vilain défaut, mais elle ne supportait pas de se voir vieillir. Après la naissance d'Annie, elle avait franchi un cap en développant un début de double menton. Et là, on allait la photographier chaque jour sous les angles impitoyables d'iPhone équipés d'objectifs HD. Elle pensait pouvoir attendre le mois suivant pour se rendre chez son chirurgien esthétique à l'occasion de la réunion du conseil d'administration de Humanity à New York, mais la remarque de Josh l'avait angoissée, si bien qu'elle avait payé Kade le triple de son tarif habituel afin qu'il se déplace en urgence.

— Comment êtes-vous venue ? demanda-t-il en remplissant sa seringue. Vous êtes en nage, ajouta-t-il en regardant sa tenue de jogging avec dégoût.

— En courant. J'ai dit à Max que j'allais faire un jogging.

— Vous ne pourrez pas repartir en courant. Vous transpireriez tout le produit.

— Je marcherai, pas de problème.

— Vous avez l'air épuisée.

— Je sais. C'est pour ça que j'ai besoin de vous.

— Tout va bien ?

C'était la première fois qu'ils avaient une conversation aussi longue. Charlotte entrevit son reflet dans le miroir fendillé de l'armoire. Elle était pâle, les yeux rouges. Leila était venue chez eux, après le restaurant, et elles avaient passé presque toute la nuit à écrire et réécrire le discours, dans la cuisine.

— Mes filles me fatiguent, mon mari me fatigue, la campagne me fatigue, dit-elle en essayant de sourire.

— Mmmm-hmm.

Kade ne l'écoutait déjà plus. Dix petites injections plus tard, sur le front, au coin des yeux et autour de la bouche, il avait terminé et lui tendit un sachet de glace.

— Gardez-le cinq ou six minutes. Ce soir, vous serez aussi fraîche que des fesses de bébé.

Le parking du motel était désert, à l'exception du cabriolet BMW rouge cerise de Kade, d'un semi-remorque et d'une famille de chats de gouttière efflanqués. Charlotte prit une profonde inspiration et savoura le contact de l'air frais sur sa peau à vif.

Cinq minutes plus tard, elle s'arrêta devant ce qui était autrefois le Regent's Drugstore. Une pharmacie de la chaîne Walgreens s'était implantée cinq ans plus tôt à la lisière de la ville, et la petite officine familiale avait fermé. Sa façade se fissurait, le « G » de l'enseigne avait disparu, sans doute chipé par un ado nommé Gavin ou Gabe pour décorer le mur de sa chambre universitaire. Charlotte effleura la peinture écaillée de la porte et, en fermant les yeux, elle revit Max, dix-huit ans plus tôt, appuyé dans l'encadrement, arrogant, se fichant totalement de bloquer l'entrée de la pharmacie. C'était la première fois qu'elle le revoyait depuis le lycée.

C'était en 1999. Elle avait vingt-neuf ans et travaillait dans la fonction publique, au cabinet de la gouverneure du Maryland, Rosalind Waters, après avoir été consultante en systèmes d'information. Depuis qu'elle avait entendu Roz déclarer qu'un gouvernement fédéral se gérait comme une entreprise, elle lui était dévouée corps et âme. Elle revenait rarement à Elk Hollow mais elle était là exceptionnellement pour le week-end, qui coïncidait avec le 4 juillet. Elle était un peu éméchée, mais pas soûle. Charlotte n'aimait pas l'ivresse et se limitait en général à deux verres, histoire d'être gaie sans perdre le contrôle. Si elle avait bu – la journée, de surcroît –, c'était à cause de Paul. Ils étaient tous les deux rapidement retombés dans leurs rôles attitrés de grand frère rebelle et de petite sœur soucieuse de lui plaire. C'était presque amusant, jusqu'à ce que ce ne soit plus drôle du tout. Jusqu'à ce que la bière et le gin tiède ne suffisent plus à Paul et qu'il s'énerve contre sa sœur parce qu'elle ne voulait pas lui prêter 1 000 dollars à parier sur Evander Holyfield le week-end suivant à Atlantic City. Elle avait tenté de lui expliquer qu'elle gagnait moins de 30 000 dollars par an et qu'elle avait plus de 100 000 dollars de son prêt étudiant à rembourser.

— T'avais qu'à pas aller dans ces écoles de rupins, avait-il craché.

Et il était parti.

Elle n'avait pas cherché à le rattraper. Elle avait besoin d'Advil et peut-être d'un donut pour éponger l'alcool. Mais Max bloquait l'entrée de la pharmacie, un PalmPilot dans une main, une barbe à papa dans l'autre. Elle ne l'avait pas revu depuis plus de dix ans. Il ne se tenait plus la tête rentrée dans les épaules et n'avait plus sa dent grise. Dans son visage adulte, son nez paraissait moins grand. Il irradiait la confiance, aussi sûr de lui qu'une star de Hollywood.

— Tu es devenu mignon.

Charlotte s'étonna elle-même de cette audace qui ne lui était pas coutumière. Dans sa bouche, toutefois, la phrase sonnait davantage comme un constat que comme une avance. Une expression amusée s'alluma dans le regard de Max.

— Eh, salut Charlie, dit-il en riant.

Il avait un rire chaleureux.

— Salut Max.

De sa poche arrière, il retira une bouteille d'eau et la lui tendit. Elle la but d'un trait, reconnaissante, des gouttes ruisselant sur son menton, qu'il essuya du doigt. Puis ils regardèrent passer la fin de la parade : le maire, sa femme et leur caniche aux yeux tristes dans une Buick ; des lycéennes en short à paillettes faisant tournoyer des bâtons dans les airs.

Charlotte s'empressa de raconter à Max qu'elle travaillait pour la gouverneure du Maryland, dont elle était quasiment devenue le bras droit. Elle espérait l'impressionner.

Il la laissa terminer avant de se vanter à son tour de son super job dans la Silicon Valley, pour une start-up dont il affirmait qu'elle allait révolutionner le monde, Humanity.

— Qu'est-ce que vous faites exactement ? demanda-t-elle en lui piquant un bout de barbe à papa qu'elle laissa fondre sur sa langue.

Que faisaient exactement ces boîtes de la tech ?

Sourire aux lèvres, il ferma les yeux, comme s'il s'apprêtait à lui révéler une information extraordinaire.

— Tout. Nous rendons les entreprises plus productives. Nos logiciels, nos systèmes d'opération et nos applications rationalisent tout, des ressources humaines aux salaires en passant par les bénéfices, la gestion client, la communication interne et externe. Nous utilisons l'intelligence artificielle pour prédire les désirs des clients avant même qu'ils ne sachent eux-mêmes ce qu'ils désirent.

Humanity, dont les fondateurs vouaient une admiration naïve et insolente à John Maynard Keynes, avait commencé comme la plupart des start-up de la Silicon Valley avec un noble objectif, celui d'améliorer les logiciels de productivité pour que, à terme, l'automatisation permette de ne plus travailler que trois jours par semaine. Les Américains auraient ainsi plus de temps à consacrer à leur famille, à leurs passions et leurs loisirs. Les fondateurs, Kevin Rogers et Kumail Chatterjee, rêvaient d'un monde où chacun pourrait apprendre l'italien le jeudi sur une planche de surf.

Max pérorait dans le jargon de la tech : avantage pionnier, extensibilité, cœur de compétence, développement du potentiel humain. Ironiquement, une compagnie nommée Humanity s'appliquait à rendre les humains obsolètes. Et immanquablement, quelques années plus tard, en partie grâce aux compétences organisationnelles de Charlotte, une fois rationalisés les logiciels de productivité nécessaires à l'accomplissement de sa destinée, Humanity n'avait pas œuvré à l'avènement de la semaine de trois jours, mais seulement provoqué une explosion cambrienne qui avait éliminé des millions d'emplois par le monde. L'altruisme avait été vaincu par la devise de la Silicon Valley : aller vite et tout détruire. En l'occurrence, on avait détruit le travailleur américain.

Mais ce jour-là, devant la pharmacie, Max ne le savait pas encore et ses patrons non plus. À l'époque, ils s'apprêtaient à sauver le monde en rallongeant les week-ends, et c'était mignon.

— Tu es vraiment très imbu de ta personne, lui avait-elle dit.

— Ça t'excite ?

Il paraissait amusé.

— Pas pour le moment.

En vérité, personne ne l'avait autant attirée depuis Jack. Les choix étaient limités à Annapolis, et travailler quarante-huit heures par semaine ne lui laissait guère le loisir de rencontrer les rares célibataires de la ville, dont la plupart relevaient le col de leur chemise et portaient des chaussures bateau même s'ils ne mettaient jamais les pieds sur un bateau – non qu'aucun l'ait jamais invitée à sortir. Même en se remémorant le Max Tanner du lycée, celui qu'il était devenu lui semblait totalement inaccessible.

Son orgueil et sa métamorphose l'intimidaient. Avait-elle changé, elle aussi ? s'interrogeait-elle. Était-elle devenue une fille susceptible d'intéresser Max ?

Une fois la parade passée, ils décidèrent de faire un tour en ville, effleurant parfois d'une main une hanche ou une cuisse, sans jamais se toucher explicitement. La conversation revint sur des sujets superficiels : le grand bug informatique du passage à l'an 2000, ce qu'étaient devenus les gens du lycée qu'ils détestaient l'un et l'autre. Mais avant de la quitter, Max se posta face à Charlotte et la regarda droit dans les yeux, la mettant au défi de détourner le regard.

— On aurait besoin de gens comme toi chez Humanity, lui dit-il.

À ce moment-là, elle sut qu'elle avait réussi à l'impressionner, et elle se délecta de la satisfaction que cela lui procurait. Il prononça alors trois phrases qui se révéleraient déterminantes pour leur avenir à tous deux :

— C'est chiant, la politique. Viens en Californie. Ça te changera la vie.

Il lui sourit, elle fut conquise.

Pour avoir été témoin du mariage malheureux de ses parents, Charlotte n'était pas pressée de se caser, pas même avec un homme aussi fascinant que Max. En revanche, elle était à l'affût d'un nouveau challenge. Roz se présenterait au Congrès, à la fin de son mandat de gouverneure, et Charlotte n'était que moyennement tentée par l'inertie et la léthargie de Washington. La Silicon Valley était le vivier de l'innovation, où elle pourrait se distinguer. La possibilité d'une aventure avec Max l'intriguait davantage qu'elle ne l'aurait avoué.

Neuf mois plus tard, elle quittait la côte Est avec pour tout bagage une valise remplie de tailleurs Ann Taylor qu'elle ne remettrait jamais, quelques bouquins et son vieux répondeur téléphonique qui ne marchait plus mais contenait quelque chose de précieux : le dernier message de sa meilleure amie Anne avant l'accident qui lui avait été fatal : « Tu me manques. J'espère que t'es en train de changer le monde si t'as pas le temps de me répondre. Bisous, Moo. »

Max s'était porté garant de Charlotte. Dans un verbiage grandiose, il avait assuré à Kevin et à Kumail que Charlotte Walsh était ce qu'il pouvait arriver de meilleur dans le monde de la tech depuis que Google avait entrepris d'indexer le World Wide Web. La Silicon Valley accueillait les nouveaux venus sans pedigree. Quand Charlotte intégra Humanity, dans l'équipe Management Projets et Opérations, l'éthique professionnelle acquise au sein de l'establishment de la côte Est l'aida à exceller. Elle prenait un malin plaisir à superviser des gamins arrogants dont le métier consistait à bousculer les secteurs industriels du monde entier. Elle se répétait sans cesse qu'elle n'était pas venue là pour Max. À cette époque, elle avait moins de mal à se mentir à elle-même qu'à mentir aux autres.

En Californie, elle était aux premières loges pour regarder Max courtiser une cohorte incessante de filles toutes plus belles

les unes que les autres, tandis qu'il la traitait comme une petite sœur bien-aimée.

—Je rattrape le temps perdu, plaisantait-il. Je suis resté puceau jusqu'après la fac.

Quand elle se remémorait ces années, Charlotte avait l'impression de voir une comédie romantique, du genre où l'on s'apitoie sur la coupe de cheveux ringarde et les jupes démodées de l'héroïne. Lorsque Max était trop bourré pour regagner son minuscule studio à Palo Alto, il dormait chez Charlotte, sur un futon, dans son petit appartement du Mission District, ou bien il s'écroulait à côté d'elle dans son lit, sans jamais la toucher. Le lendemain matin, ils partaient ensemble au travail, mangeaient des burritos pour le petit déjeuner en se moquant de leurs patrons qui faisaient de la méditation transcendantale et du yoga dans la forêt. Max se rasait pendant que Charlotte conduisait.

Dès le début, il avait cerné ses ambitions, et il les entretenait. Il l'encourageait à prendre la parole dans les réunions, la mettait au défi d'être créative. Elle avait l'impression qu'une partie de son charisme et de son charme se reflétait sur elle.

Une question la hantait, bien sûr : deux amis pouvaient-ils devenir amants ?

Il était toutefois plus simple de rester secrètement amoureuse que de jongler entre une relation de couple et le travail. Elle craqua brièvement pour la conservatrice du De Young Museum, en plein cœur du parc du Golden Gate, mais il ne se passa jamais rien car Charlotte était trop complexée pour draguer sérieusement une femme. Elle sortit un temps avec un hippie, plus âgé qu'elle, qui gagnait de l'argent mystérieusement et n'en manquait jamais, même s'il prêchait que le fric était la mère de tous les maux. Il habitait sur une péniche à Sausalito, où elle essayait d'oublier Max. C'était cool de s'endormir sur l'eau et de se rappeler que le monde tanguait sous vos pieds, parfois violemment, parfois tout doucement, quoi que vous fassiez ou ne fassiez pas. Quelques amies de fac vivaient dans la baie de San Francisco. Une fois par mois, Charlotte les retrouvait pour boire des bières hors de prix ou pour aller chez la manucure. Mais elles partirent toutes s'installer dans le comté de Marin dès qu'elles eurent des enfants. Pour Charlotte, qui habitait en ville et travaillait dans la Valley, l'éloignement aurait été le même si elles étaient parties à l'autre bout du monde. Puis il y eut le week-end à Yosemite, le sumac, l'étreinte tendre et attentionnée de la nuit, les ébats furieux du matin, puis à nouveau l'attente, patiente.

Max était bizarre. Toujours débordé.

— J'ai bien envie d'aller à Washington, lui avait-elle dit un soir au bar, après le travail, six mois plus tard. Roz m'a appelée, la semaine dernière. Elle aimerait me reprendre dans son cabinet. Je réfléchis.

— Mais je t'aime ! s'était-il écrié.

— OK, avait-elle acquiescé, aussi calmement que possible malgré les battements effrénés de son cœur.

— On se marie ?

Elle n'avait jamais été romantique, mais ce n'était pas ainsi qu'elle imaginait une demande en mariage.

— Trop tard, articula-t-elle faiblement.

Elle partit une semaine à Washington, prétextant être convoquée à des entretiens d'embauche, mais elle passa la plus grande partie de son temps à flâner. Le quadrillage anonyme des rues était ce qu'elle préférait de la capitale. Elle visitait les musées, prenait des cafés avec Roz. De retour à San Francisco, elle donna rendez-vous à Max dans l'un de ces pièges à touristes du Fisherman's Wharf qu'il méprisait.

— On devrait peut-être d'abord sortir ensemble, suggéra-t-elle quand ils eurent commandé une soupe de palourdes dans un bol de pain.

Elle était contente d'être en position de force.

— Si tu veux.

Ils passèrent quatre mois à baiser comme des ados aux quatre coins de la ville et dans les placards de Humanity, avant que Max réitère sa demande sérieusement, lors d'un week-end au Grand Canyon.

Enfin, elle se sentait choisie, élue, et bien dans sa peau. Elle avait le sentiment d'avoir remporté une victoire, d'autant plus délicieuse qu'elle ne s'y attendait pas.

Chapitre 6

5 mars 2018
J - 246 avant les élections

Charlotte se réveilla au son inimitable des vomissements de ses enfants.

— Les jumelles sont malades.

Max se tenait près du lit, torse nu, un paquet de draps tachés dans les bras, les cheveux en bataille. Ils commençaient à être un peu trop longs, et Charlotte nota mentalement de lui prendre rendez-vous chez le coiffeur.

Il faisait encore nuit. Elle tâtonna à la recherche de son téléphone. Quatre heures trente. Elle avait fini par s'endormir vers 2 heures. Combien de fois avait-elle modifié son discours ? Combien de commentaires masochistes avait-elle griffonnés dans les marges, vieux doutes enfouis et ramenés à la vie sur la page ? *Tu crois que tu vas y arriver ? Tu peux mieux faire !* À un moment, elle s'était relevée et, dans la cuisine, elle s'était enregistrée, puis écoutée, allongée sur le carrelage froid, horripilée du début à la fin par le timbre de sa voix.

L'écran de son ordinateur portable diffusait une lueur bleutée près de son oreiller.

— Malades ?

Elle se leva en se frottant les yeux. Normalement, c'était toujours elle qui réagissait, la nuit. Depuis la naissance des jumelles, elle avait l'ouïe si fine qu'elle entendait une sucette tomber de leur bouche depuis l'autre bout de la maison. Max avait le sommeil lourd mais, cette fois, c'était elle qui n'avait rien entendu.

Son mari avait un regard de zombie.

— Je les ai recouchées. Elles ont vomi toutes les deux. J'ai changé les draps. Je vais les mettre à la machine.

Le cerveau de Charlotte percuta enfin.

— Et Annie ? Ça va ?

— Elle n'a pas bougé. Rendors-toi. Il faut que tu dormes au moins quelques heures avant le grand discours.

Parfois, quand elle s'y attendait le moins, son mari était le plus prévenant des hommes.

— Toi aussi.

Il alla remplir un verre d'eau dans la salle de bains et le posa sur sa table de chevet.

— Ça ira. Je ne suis que la boniche. Je n'en mourrai pas si je n'ai pas dormi.

Et voilà qu'aussi sec, il redevenait sarcastique et blessant.

— Merci, chuchota-t-elle sans se formaliser.

Et elle se rendormit.

Quand elle se réveilla, deux heures plus tard, les jumelles dormaient à poings fermés entre elle et Max, Ella lovée comme un escargot au creux du ventre de sa mère, ses petits ronflements faisant vibrer les bourrelets de Charlotte.

Aujourd'hui, j'entre en politique. Les mots clignotaient dans sa tête comme un gros titre ou une notification Facebook.

Aujourd'hui, je présente officiellement ma candidature au Sénat. Moi, mère de famille stressée et presque quinqua. Comment en suis-je arrivée là ?

Ella changea de position et lâcha un adorable rototo qui sentait encore le vomi. Charlotte referma les bras autour du petit corps chaud de sa fille et la serra contre elle, en prenant garde à ne pas la réveiller. Puis elle quitta doucement le lit pour répondre à l'appel matinal de Josh.

Annie entra dans la cuisine à quatre pattes, toute nue, et mordit le mollet de Charlotte qui étalait du beurre sur des toasts aux raisins pour les jumelles.

— Maman, t'ai 'porté ta chaussure.

— Merci, mon bébé. J'en avais justement besoin. C'est très gentil.

Charlotte souleva la fillette et la cala sur sa hanche. Puis, en lui prenant la ballerine noire en peau de serpent, elle s'aperçut que le chien l'avait mâchouillée.

— Putain…, soupira-t-elle.

— Putain, répéta Annie.

Et merde. Max et elle s'appliquaient à ne pas jurer devant leur cadette, qui absorbait tout nouvel élément de vocabulaire comme une éponge, en particulier les gros mots. Tenant la chaussure déchiquetée entre deux doigts, comme une couche sale, elle envoya un texto à Leila.

Le chien a bouffé ma godasse.

C'est mieux que s'il avait bouffé ton discours… Tu as d'autres paires de chaussures. On a un autre problème.

Ne me dis pas ça.

Ta maquilleuse s'est décommandée. Elle est malade.

Y a une épidémie ou quoi? Les jumelles aussi sont malades. Elles ont vomi, cette nuit.

Quelle horreur. Tu peux te coiffer et te maquiller seule?

Charlotte n'avait jamais été douée pour se farder ou se coiffer. S'il n'avait tenu qu'à elle, elle se serait habillée dans le noir et aurait évité les miroirs toute la journée. Quand elle avait commencé à travailler pour Roz, elle avait consenti l'effort de mettre du rouge à lèvres et de l'ombre à paupières, puis, à partir de la trentaine, elle avait pris l'habitude d'aller se faire coiffer chez le coiffeur, pour dompter ses frisettes qui la désespéraient. À présent, quand elle tentait de souligner elle-même son regard d'un trait d'eye-liner, elle ressemblait à une drag-queen déguisée en Marilyn Manson. Partant du principe que le maquillage ne lui allait pas, elle s'en abstenait, autant que possible. Elle répondit à Leila:

Ce sera pas terrible.

OK, je vais trouver quelqu'un d'autre.

—Joe Biden n'a jamais eu besoin d'en passer par là, dit-elle tout haut.

—Putain! babilla Annie.

—Salut la compagnie! lança Max gaiement, en faisant claquer un bisou sur les lèvres de sa fille.

—Je suis une mauvaise mère.

— Indigne, je te l'ai dit la semaine dernière. La protection de l'enfance va venir chercher tes gamines.

Le rire dissipa quelque peu la tension qui nouait les épaules et les cervicales de Charlotte. Elle déposa Annie au sol.

— Dix pompes, petit monstre !

Max se mit lestement en position à côté de sa fille et exécuta une série de pompes parfaites. Coudes pliés, fesses en l'air, Annie baissait et remontait la tête.

— Sais-tu quel est le secret de l'efficacité d'une série de dix pompes ? demanda Max en se redressant.

Charlotte secoua la tête, les sourcils interrogateurs.

— C'est d'en faire onze ! Tu veux que je monte ces tartines aux filles ?

Où puisait-il cette énergie ?

— Oui, s'il te plaît, dit-elle en le gratifiant d'un sourire reconnaissant. Au fait, la femme qui devait me maquiller est malade, elle aussi. Elle ne peut pas venir.

Déjà dans l'escalier, Max se retourna.

— Tu es superbe sans maquillage. Appelle Kara. C'est son métier, non ?

Charlotte applaudit, ravie tant par le compliment que par la suggestion. Une lueur d'étonnement se peignit sur les traits de Max quand elle accourut pour le remercier d'un baiser.

Kara répondit au message de sa belle-sœur presque instantanément. Elle serait là dans une vingtaine de minutes. Que Charlotte se lave les cheveux et les garde mouillés. Voulaient-ils des bagels ? Elle pouvait apporter des bagels. Les filles les mangeraient-elles avec du scrapple ? (Une spécialité de Pennsylvanie et du New Jersey, préparée avec des bas morceaux de porc dont même les fabricants de saucisses à hot-dog ne voulaient pas.) Ses petits-enfants en raffolaient.

— Problème résolu, commenta Max gaiement.

— Comment se fait-il que tu sois d'aussi bonne humeur ce matin ?

— J'ai hâte d'entendre ton discours.

Charlotte ne prit pas la peine d'étouffer un petit rire sceptique.

— Ah ouais ?

— Et j'ai reçu un mail de Travis, hier soir. Il voudrait que j'entre au conseil d'administration d'ePay.

Travis Coot était l'un de leurs voisins, à Atherton, l'un des cinq milliardaires de leur cercle social. Trois ans plus tôt, il avait créé l'appli permettant de se faire des virements par texto entre amis et ainsi de se passer totalement d'espèces. Grâce à ce nouveau bond technologique, les utilisateurs pouvaient désormais « payer avec leur tronche », un logiciel de reconnaissance de l'iris activant le transfert d'argent. Max appréciait, enviait et méprisait Travis. Max et Charlotte s'étaient liés d'amitié avec lui et son épouse Lucinda, qui travaillait chez Google, parce qu'ils avaient des enfants à peu près du même âge que les leurs, deux garçons, Bear et Magellan. Mais l'été précédent, Lucinda avait trompé Travis avec un brillant stagiaire franco-canadien moitié moins âgé, suite à quoi ils ne les avaient quasiment pas revus ni l'un ni l'autre. Charlotte avait entendu dire que Lucinda s'était installée à San Francisco avec leurs deux fils, dans un grand appartement avec vue sur la baie, laissant Travis tout seul dans leur immense maison de la Valley.

En tout cas, elle n'avait aucune envie d'avoir cette conversation maintenant.

— Tu ne peux pas bosser pour Travis. J'ai besoin de toi ici. Et techniquement, tu travailles toujours chez Humanity. De toute façon, on est trop loin de la Californie.

— Je ne bosserai pas pour lui. Je serai au CA.

— Il faudra que tu assistes aux réunions. À quelle fréquence ? Une fois, deux fois par mois ? Qui s'occupera des filles ?

Max se détourna et se concentra sur la préparation de son café, dans sa Chemex en verre. Charlotte détestait cet ustensile qui leur avait coûté un bras et mettait un temps fou à lui filtrer sa dose de caféine, comparé à sa cafetière électrique à 10 dollars.

— J'en sais rien, grommela Max, soudain beaucoup moins enjoué. On trouvera bien une solution.

Irritée pour des raisons qu'elle n'avait pas le temps de formuler, Charlotte regardait sombrement le liquide brun s'écouler lentement, trop lentement.

— On pourra en discuter plus tard ? Il faut que je me douche.

— Bien, chef.

Arrête de m'appeler « chef ».

Charlotte embarqua Annie dans la douche, pour gagner du temps, qu'elle consacra à hurler *Libérée, délivrée* à pleins poumons, tandis que sa fille savonneuse lui glissait entre les mains et essayait par tous les moyens de goûter le shampoing.

Ella fit irruption dans la salle de bains et tira le rideau de douche, éclaboussant le carrelage.

— Rosie a de nouveau vomi.

— Oh, mince. Papa a nettoyé ?

— C'est Bob qui a nettoyé, répondit la fillette sérieusement, comme s'il n'y avait rien de plus normal qu'un bulldog lapant le vomi d'un enfant.

Charlotte n'en éprouva aucun dégoût, juste de la gratitude.

Cinq minutes plus tard, Kara installait un mini salon de beauté dans le séjour.

— Pose ton derche ici et mange au moins un bout de bagel si tu ne veux pas te trouver mal sur scène. Tu as le front enflé, dit-elle en pinçant l'arête du nez de sa belle-sœur.

L'œdème aurait dû disparaître, depuis la veille. Furtivement, Charlotte envisagea de parler à Kara de Langston Kade et de leur rendez-vous clandestin. Outre Leila et Roz, elle aurait tellement aimé avoir quelqu'un à qui se confier, avec qui partager ses angoisses et ses secrets. Les jours où elle était particulièrement dure avec elle-même, elle trouvait pathétique que ses plus proches amis soient son mari, son ancienne employeuse et son assistante. Elle déplorait de ne pas être capable de nouer de nouvelles amitiés. Mais, après le décès d'Anne, elle avait eu du mal à se rapprocher de jeunes femmes de son âge, et depuis qu'elle avait gravi les échelons, chez Humanity, elle ne savait jamais qui était réellement sympathique ou simplement intéressé.

— Je n'ai pas beaucoup dormi.

Kara fronça les sourcils.

— Je vais commencer par te coiffer. Tu as de si beaux cheveux. J'ai toujours adoré cette couleur. Elle n'existe pas en teinture. (Elle entreprit de diviser la chevelure de Charlotte en différentes sections, à l'aide de petites pinces.) J'ai entendu ce vieux schnock de Slaughter ce matin à la radio. Il a parlé de toi.

— Qu'est-ce qu'il a dit ?

— Qu'il te souhaitait la bienvenue en Pennsylvanie et qu'il espérait que tu t'y plairais.

— C'est cela…

— Et il t'a traitée de gentille fille.

— C'est condescendant.

— Ted Slaughter tout craché. Toujours des compliments empoisonnés. Il a dit aussi qu'il n'était pas sûr que les citoyens de Pennsylvanie partagent tes valeurs, vu que ta compagnie paie les salariées pour se faire avorter.

Les joues de Charlotte s'enflammèrent sous le coup de l'humiliation. Comme si on l'avait giflée. Et elle se demanda, comme elle se l'était déjà demandé un certain nombre de fois, quel genre d'homme adulte tenait à se faire appeler Tug.

— C'est vrai ? Vous payez les femmes pour qu'elles se fassent avorter ?

— Mais non ! Seigneur… N'importe quoi. Du pur délire. Personne ne ferait jamais ça.

— D'après lui, ça fait partie des prestations offertes par votre planning familial. Parce que vous ne voulez pas que les femmes qui bossent chez vous s'encombrent de gosses. Il a dit que tu les encourageais à se débarrasser de leurs bébés, si elles voulaient une promotion.

Kara répétait ce qu'elle avait entendu sur un ton monocorde, comme si elle lisait le texte d'un téléprompteur. L'actualité était si violente et si choquante, particulièrement l'actualité politique, depuis deux ans, que plus personne ne montrait d'émotion, pour rapporter une info écœurante.

Charlotte ferma les yeux, avant de rétablir la vérité.

— Nous offrons des avantages aux femmes qui désirent des enfants. Nous finançons par exemple des traitements de fertilité et des adoptions. Comment peut-il sortir des inepties pareilles ?

Sa question était un réflexe d'un autre temps, un temps où les politiciens et ceux qui détenaient le pouvoir faisaient au moins semblant d'être intègres et honnêtes.

— Tout le monde l'a entendu. C'est sur Facebook maintenant. Mes amis ont posté à ce sujet.

— Et merde. Je vais être obligée de me justifier, dans mon discours. Exactement ce qu'il cherchait. À me braquer.

Charlotte arracha une peau près de l'ongle de son pouce, puis elle lécha le sang.

— Arrête ! ordonna Kara en lui ôtant la main de la bouche. Tu veux avoir l'air d'une accro à la meth avec les doigts en sang ? Ne t'en fais pas. J'ai répondu à tous mes amis Facebook que je voterais pour toi, parce qu'on a besoin de quelqu'un de ton genre, qui nous ramène des jobs et qui aide les gens comme nous à devenir comme toi.

— Je ne suis pas vraiment différente de toi.

— Ma chérie, c'est comme si tu disais que Tahiti n'est pas si différent de Haïti.

Toute nue et encore mouillée, Annie se rua vers sa tante tel un bébé phoque ruisselant.

— Oufff. Seigneur, Charlie, cette môme est de plus en plus belle de jour en jour !

Kara souleva Annie et la cala sur sa hanche, tout en séchant les cheveux de Charlotte.

— Je sais, acquiesça celle-ci, saisie d'une puissante bouffée d'amour et de fierté.

— Bon... Avant que je te maquille, va te passer la figure sous l'eau froide. Je ne veux plus voir ces bouffissures de Botox.

Charlotte ouvrit la bouche, mais Kara l'empêcha de dire quoi que ce soit.

— Laisse tomber, ma belle, pas la peine de me raconter des craques.

Charlotte venait de regagner sa chaise quand on sonna à la porte.

— Entrez ! cria sa belle-sœur.

Charlotte aurait senti la présence de Roz entre mille. Dès les premiers jours, quand elle travaillait pour Rosalind Waters, elle savait avant de la voir qu'elle venait d'entrer dans la pièce. Parfois, elle se demandait si Leila ressentait elle aussi ces picotements et ce frisson d'anticipation lorsqu'elle arrivait. Autrefois sa supérieure, à présent une fidèle amie, Roz était une force de la nature, une politicienne-née. Dès qu'elle franchissait une porte, l'atmosphère changeait, comme à l'apparition d'une célébrité. Elle en était consciente, et elle en jouait, comme si sa simple présence était un cadeau merveilleux. Souvent, c'en était un.

Avant d'embrasser les unes et les autres, elle se rendit à la cuisine et prit un bagel dégoulinant de graisse et de scrapple.

—Je fais le régime dinosaure, le paléo, mais un jour par semaine, je mange ce que je veux, en général le dimanche, le jour du Seigneur. On dira qu'aujourd'hui est le jour du Seigneur. (Roz fit un clin d'œil, à personne en particulier.) Bonjour mesdames. Quelle belle journée pour un spectacle politique.

Leila entra dans le salon derrière Roz, un téléphone à l'oreille, un autre dans la main. Elle interrompit sa conversation un instant pour examiner Charlotte depuis ses pieds nus jusqu'à ses yeux fatigués.

—Il faut qu'on fasse un livestream de cinq minutes, de toi en train de te pomponner et de préparer tes enfants. On a accepté de faire des directs sur Facebook tout au long de la journée. Mark a dit qu'il posterait les vidéos à ses quatre-vingt-dix millions de followers. Pas besoin de s'embarrasser d'authenticité. On peut faire ça vite fait. J'attends que tu aies de l'eyeliner. Lulu arrive.

Kara posa le sèche-cheveux et tendit la main à Roz.

—Enchantée, m'dame.

Roz lui saisit les deux mains.

—Vous devez être Kara…

À l'intérieur, elle parlait toujours très fort, au cas où toute l'attention ne serait pas déjà focalisée sur elle. Après avoir été huit ans gouverneure du Maryland, quatre au Congrès, puis quatre ans leader de la majorité démocrate, et encore quatre ambassadrice aux Nations Unies, Rosalind Waters était enfin en semi-retraite. Retraite toute relative car elle avait récemment fondé une organisation à but non lucratif visant à promouvoir la ratification de l'amendement pour l'égalité des droits, et elle était devenue une actrice majeure des coulisses du parti démocrate, qui cherchait encore à élucider ce qui s'était passé aux dernières élections.

— Ça ne vous manque pas, de ne plus travailler dans la politique ? s'enquit Kara avec un mélange d'innocence et de curiosité sincères.

Le rire de Roz provenait du fond de ses entrailles.

— Pas le moins du monde ! Les gens m'apprécient davantage quand je ne me mêle pas de politique.

C'était vrai. Rosalind la politicienne ne pouvait pas faire un pas, tant en privé que dans sa vie professionnelle, sans que les médias critiquent sa coupe de cheveux, l'ourlet de sa jupe et le moindre de ses tweets. En revanche, la citoyenne Roz Waters attirait instantanément la sympathie. Elle était une icône féministe, une héroïne malgré elle ; on l'appelait Tatie Roz et on lui réclamait des selfies dans la rue.

— Je cartonne chez les millenials. Ils ont un faible pour les femmes mûres. J'ai une théorie là-dessus. C'est parce que *Les Craquantes* et *Femmes d'affaires et Dames de cœur* passaient à la télé quand leur cerveau était en phase de développement. En plus, maintenant, je peux faire la grasse matinée et boire du vin au déjeuner tous les jours.

Leila posa une main sur son téléphone.

— J'ai toujours Julia Sugarbaker en fond d'écran.

— Et apparemment, tu peux te permettre de porter du cuir...

Roz était en jean noir et veste de cuir très élégante. Charlotte ne l'avait jamais vue qu'en tailleur droit, de laine en hiver, de lin en été, jamais d'épaulettes. Une chose était certaine, c'était la première fois qu'elle la voyait en jean.

— J'appelle ça le style mamie-biker-chic. Ne me regarde pas comme ça, j'ai soixante-sept ans. J'ai le droit de me laisser pousser les cheveux.

Roz secoua sa coupe au carré très classique, et Charlotte remarqua qu'elle avait cessé de dissimuler ses cheveux blancs sous des mèches blondes. Roz était grande, elle mesurait un mètre quatre-vingts sans talons, mais elle en portait toujours. Elle avait perdu du poids depuis la dernière fois qu'elles s'étaient vues, à l'automne. Ses pommettes étaient plus saillantes et son visage semblait plus anguleux.

Elle massa les épaules de Charlotte, en pressant les pouces dans la partie charnue des trapèzes.

— Comment vas-tu, ma belle ? Tu es prête ? Slaughter est sur le sentier de la guerre. Twitter ne parle que de ça. Tu as touché un point sensible, c'est bien.

Elle approcha une chaise de celle de Charlotte, qui hocha la tête, à nouveau tendue. Leila arpentait le couloir, en téléphonant à voix basse. Sa silhouette élancée paraissait plus mature dans une robe droite très classique à motifs asymétriques. Elle capta le regard de Charlotte et articula en silence :

— Tu lui as dit ?

Charlotte fit « non » de la tête.

Elle s'efforçait de se convaincre qu'elle n'avait pas eu le temps de parler à Max de la brillante idée de Leila. Initialement, c'était Roz qui devait la présenter, avant le discours. Selon Josh, sa personnalité conférerait du poids à la campagne. Mais un mois plus tôt, il était revenu sur cette décision.

— On traite Slaughter de vieux croûton, et il vous dépeint comme une femme en colère avide de pouvoir. Vous ne pouvez pas vous afficher avec une vieille croûte en colère.

C'était Leila qui avait suggéré l'option Jack, après le dîner au *Fridays*. Et, à la grande surprise de Charlotte, Josh avait approuvé avec enthousiasme.

— Jack le prof de gym ! s'était-il exclamé. Encore mieux que Joe le plombier. Excellent !

Max ne serait pas de cet avis, et Charlotte n'avait pas trouvé le temps de se prendre la tête à ce sujet avec lui, car elle n'avait pas du tout envie d'avoir cette discussion.

— Tiens, un cadeau.

Roz lui tendit un sac en papier glacé orné d'un logo noir indiquant qu'il s'agissait de quelque chose d'aussi cher qu'inutile.

— Il ne fallait pas, dit Charlotte en regardant à l'intérieur. Des collants ? Il ne fallait vraiment pas.

— Princesses européennes et politiciennes, répliqua Roz en parvenant à garder son sérieux. Tu n'as pas le choix. S'exposer au regard public quand on est une femme implique une interminable série d'humiliations. Les collants ne sont qu'un début.

— Quelle horreur.

Charlotte n'avait pas porté de collants depuis sa première communion. Elle les retira de leur pochette en carton. Le nylon beige se déroula entre ses doigts comme un lambeau de peau morte.

— Mets-les, dit Roz. Je te promets que quelqu'un s'en apercevra si tu as les jambes nues. Moi aussi, je déteste. C'est le meilleur moyen de choper une mycose. Trouve des ciseaux et découpe l'entrejambe, que tes parties féminines puissent respirer. J'ai essayé les bas, mais ça saucissonne trop les cuisses.

Max descendit l'escalier, les cheveux mouillés et peignés en arrière, au sortir de la douche. Rasé de frais, il paraissait plus jeune. Roz le salua d'un petit coup de poing dans les côtes, comme elle l'aurait fait avec un enfant.

— Tu y crois, que tout ça est réel ? lui dit-elle. J'ai acheté deux Don Arturo. On se les fumera tout à l'heure.

Il dodelina de la tête en regardant Charlotte.

— J'ai toujours dit que j'avais épousé une femme au-dessus de ma condition. Je vais chercher ma cravate.

Il afficha un sourire forcé, qui ne se reflétait pas dans ses yeux. Roz se tourna vers Charlotte, la prit par le coude et l'entraîna dans le couloir. Avec un calme maternel, elle lui enlaça le cou et posa le front contre celui de son amie. Roz avait trois fils, tous les trois banquiers, tous les trois célibataires, à plus de quarante ans, et tous les trois friands de jeunes femmes à peine sorties de la fac. Roz disait souvent, devant eux, qu'elle en aurait volontiers troqué deux pour avoir une fille comme Charlotte. Roz aurait voulu avoir une fille, et Charlotte aurait aimé avoir une mère. C'était aussi pour ça qu'elles étaient devenues si proches et qu'elles l'étaient restées.

— Vous en êtes où, Max et toi ?

« Toutes les femmes mariées avec des enfants rêvent de divorce, ou de se retrouver veuves après la mort rapide et indolore de leur mari. C'est normal. Sinon, c'est qu'elles sont trop heureuses, ce qui cache probablement le fait qu'elles ont épousé leur meilleur copain gay », avait dit Roz à Charlotte un soir où elle avait bu trop de vin.

Charlotte sentait les effluves de son parfum, Chanel n°5, et de son savon à la cardamome, que Richard lui rapportait par dizaines de ses voyages d'études en Jordanie à une époque.

— Statu quo, répondit-elle. Ni mieux ni pire.

Roz lui saisit les deux mains.

— Si j'ai appris quelque chose à propos des hommes, c'est qu'ils ont besoin qu'on ait besoin d'eux. Ils ont besoin de se sentir indispensables. Ménage ton couple, pour le moment. Tu as besoin de Max. Tu sais ce qu'on dit : « Derrière chaque grand homme se cache une femme. » Eh bien, derrière chaque grande femme se cache un homme, quel qu'il soit, médiocre ou parfaitement acceptable. Mais c'est plus facile quand on a un homme. Maintenant, habille-toi et que la fête commence. Je m'occupe de mettre des vêtements sur le dos de cette petite beauté toute nue.

Elk Hollow High School, l'ancien lycée de Charlotte, était l'un de ces vieux édifices pompeux, érigés à une époque où les établissements scolaires et les hôpitaux psychiatriques étaient conçus avec panache et fierté civique. Avec ses deux étages et sa majestueuse tour d'horloge, qui ne donnait plus l'heure désormais, l'institution publique avait plutôt bien résisté au temps. Comme la plupart des anciens élèves n'avaient pas fait de grandes études, Charlotte était une célébrité et il n'avait pas été difficile de convaincre la direction de lui prêter l'auditorium pour sa campagne.

— Par qui êtes-vous habillée ? lui lança une superbe jeune femme en jupe noire et pull rouge, la première journaliste à l'aborder alors qu'elle arrivait au lycée.

— Pardon ?

— Par qui êtes-vous habillée ? Quel couturier ?

Josh s'interposa entre elles deux.

— Charlotte, je vous présente la charmante Carly Meeks, de *Teen Vogue*. Comment s'est passé votre voyage à Milan, Carly ? J'ai adoré vos posts Insta sur la Fashion Week.

Alors qu'il avait souvent un comportement bizarre et gênant en privé, Josh se muait devant la presse en un showman charismatique, aimable, plein d'autodérision, voire charmeur. Avant que Charlotte puisse s'enquérir de l'intérêt des sénatoriales pour *Teen Vogue*, il répondit à sa place.

— Tailleur J. Crew, chemisier Theory, et je ne suis pas sûr pour les chaussures.

Comment le savait-il ?

— Mes ballerines sont des Tory Burch, précisa Charlotte avec un sourire circonspect, en essayant de se rappeler leur prix.

— Je peux en faire un Snap vite fait ?

Josh secoua la tête aussi vigoureusement qu'un chien mouillé.

— Nous répondrons aux questions après le discours. Merci d'être là, Carly. Vous allez faire un livestream ?

Mais la jeune reporter avait de la suite dans les idées.

— Quel est le coloris de votre vernis à ongles ?

Dieu merci, je me suis fait les ongles.

La teinte s'appelait Russian Red, ce que, évidemment, Charlotte ne pouvait pas dire.

— Ruby Judy. Ravie de faire votre connaissance, Carly.

— Tout le plaisir est pour moi, Charlotte.

Elle fut un peu choquée que la jeune femme se permette de l'appeler par son prénom.

— Une dernière question : selon vous, le projet de loi pour les femmes enceintes que le Congrès est en train d'examiner offre-t-il une protection suffisante aux salariées ?

Carly affichait un air mettant quiconque au défi de la sous-estimer. Et Charlotte était mieux préparée à cette question qu'à parler chiffons et vernis à ongles.

— Non, clairement. Il faut aller plus loin pour protéger à la fois les jeunes mamans et les femmes au troisième trimestre de leur grossesse, notamment celles qui sont payées au taux horaire. J'espère que ce projet de loi sera revu avant d'être soumis au vote. Si vous le souhaitez, je vous enverrai le détail des mesures instaurées chez Humanity, que j'espère faire intégrer dans un texte de loi plus progressiste quand je serai élue. Merci pour cette question pertinente.

Carly observa Charlotte de la tête aux pieds, avec un regard d'une intensité qui la mit mal à l'aise.

— Avec plaisir. Nous mettons un point d'honneur à couvrir l'intégralité de la campagne de toutes les candidates. Vous êtes top.

La fausse familiarité de la jeune femme donnait envie à Charlotte de lui faire la bise, mais elle se contenta de lui serrer la main fermement.

— Alors on se reverra.

Puis elle attendit que Carly soit hors de portée de voix.

— Les ados ne votent pas, Josh.

— Ne faites pas la fine bouche. *Teen Vogue* produit davantage de résultats de recherche que *The Hill*. Personne ne sait plus d'où proviennent les infos, aujourd'hui. Leur site Web a des millions de followers qui ne sont pas des gamines.

— Des pédophiles ? intervint Leila avec le plus grand sérieux.

Josh leva les yeux au ciel.

— Les pédophiles ont le droit de vote.

— Coucou, Charlie !

Jack Seligson s'avança vers eux, accompagné de deux adolescents qui avaient les mêmes yeux que lui et la même façon de rentrer la tête dans leurs épaules.

— Merci d'avoir accepté, lui dit Charlotte.

Et elle sentit le rouge lui monter du sternum jusqu'au cou, quand elle se pencha vers lui pour lui faire la bise.

— Pas de quoi. J'espère que je vais assurer. Je te présente mes fils, Aaron et Caleb. Les garçons, mon amie Charlie Walsh, qui sera bientôt sénatrice de Pennsylvanie.

Les deux grands gaillards lui tendirent des mains démesurées.

— Enchanté de faire votre connaissance, madame.

Ce « madame » lui insuffla de l'assurance.

— Vous êtes encore plus beaux que votre papa, dit-elle.

Puis elle ajouta, à l'intention de Jack :

— Leila va brancher ton micro et te préparer.

Jack Seligson n'était pas un orateur-né. Mais c'était l'effet recherché. Il souriait timidement, en ajustant son microphone. Ceux qui le connaissaient lui adressaient des signes d'encouragement et échangeaient des coups de coude avec leur voisin. La presse était clairement intriguée. Qui était ce bel inconnu ? Un gars du coin en chinos bon marché ?

— La plupart d'entre vous me connaissent. Je suis prof ici et entraîneur de base-ball. Charlotte tenait à être présentée par quelqu'un qui l'a connue quand elle était jeune. Voilà pourquoi je suis là aujourd'hui. Je vous avoue que vous êtes moins effrayants que certains de mes élèves. Surtout, vous paraissez plus intéressés par ce que j'ai à vous dire.

Des rires s'élevèrent de la foule.

Trente ans plus tôt, Charlotte avait prononcé son discours de remise de diplôme dans ce même auditorium. Elle avait appréhendé ce moment autant qu'aujourd'hui, retouché son texte maintes et maintes fois, pendant des semaines, et elle avait fini par trouver la parfaite conclusion, une citation de Mohamed Ali que son père adorait :

« Celui qui n'a pas assez de courage pour prendre des risques n'accomplira rien dans la vie. »

Jack attendit que le silence revienne, avant de poursuivre :

— La semaine dernière, j'ai revu Charlie – Charlotte – pour la première fois depuis des années, au *Fridays*, où elle dînait avec sa famille, Max et leurs trois adorables petites filles.

Depuis les coulisses, Charlotte jeta un coup d'œil à son mari, dans le public. Un rictus inconfortable déformait le visage de Max.

J'aurais dû te prévenir. Désolée.

— Charlotte et sa famille passaient la soirée au *TGI Fridays*, et moi je travaillais. J'y fais quelques heures le soir pendant la semaine. Mon épouse Emily, qui est là aujourd'hui… (Il envoya un baiser à une jolie brune en fauteuil roulant.) Emily a subi ce mois-ci un traitement contre le cancer que notre assurance ne prend pas totalement en charge. Voilà pourquoi j'ai besoin d'argent. Comme beaucoup d'entre vous. Et c'est pour cette raison que je suis heureux de vous présenter Charlotte Walsh. Je la connais bien. Vous la connaissez tous. Elle se soucie de nous. Elle tient à nous aider et je lui fais confiance. Mais je vais la laisser se présenter elle-même.

Cette entrée en scène marque le début de quelque chose. Retiens ce moment.

Les cameramen de CNN, MSNBC, Facebook, YouTube, Cheddar et quelques chaînes locales se massèrent devant le podium. Quelqu'un lança un drone qui survola la salle avec la paresse et l'indifférence d'un nuage. Charlotte jeta un coup d'œil à son directeur de campagne. Josh lui décocha un sourire de chacal.

— Il a été parfait. N'oubliez pas, ne parlez pas de Slaughter. Ça ne servirait à rien. Ne lui offrez pas cette satisfaction. N'oubliez pas non plus de remercier Jésus. Juste une fois. Ne prononcez pas le nom de Jésus plus d'une fois.

Et sur ces mots, il la poussa en direction de la scène. Le public brandit des banderoles : « Walsh a des solutions », « Le bon choix », « Des emplois pour la Pennsylvanie » – raccourcis racoleurs de concepts vagues et simplistes. La cacophonie des acclamations et des applaudissements résonnait dans le corps tout entier de Charlotte. Aux deux premiers rangs, les membres de son équipe et leurs amis – jeunes, radieux, bouillonnants – agitaient leurs fanions et leurs téléphones.

— Ça passera bien à la télé, avait dit Josh pour justifier ce choix stratégique.

Les rangs suivants étaient occupés par les anciens camarades de Charlotte, plus vieux, moins beaux, plus gros, des gens ordinaires qui l'accueillirent comme un héros de guerre de retour au pays. M. Thayer, son ancien prof de sciences politiques, devenu un vieillard, toussait dans un mouchoir, le visage ridé et maussade. Kara était là avec Paul, dans son plus beau jean, en chemise boutonnée. Derrière eux, les membres de la Pussy Brigade formaient un rang entièrement rose, avec leurs tee-shirts assortis clamant « Le meilleur moyen ». Le fond de la salle était rempli par les résidents de deux maisons de retraite que l'on avait amenés en bus, avec arrêt café-donut et, en cadeau, une casquette « Walsh au Sénat » pour masquer les têtes grises sur les plans aériens de la foule. Ironiquement, avait expliqué Josh, les seniors étaient les forces vives de toute manifestation politique. « Ce sera toujours comme dans le film *Cocoon*. Vous serez en général la plus jeune personne de la salle. Souriez et dites à papy que vous adorez son chapeau. »

Charlotte échangea une poignée de main avec Jack, puis elle prit la pose pour les caméras, comme on le lui avait recommandé.

— Ne cessez jamais de sourire, avait dit Josh. Souriez jusqu'à ce que les lèvres vous en tombent. Une femme qui ne sourit pas est une femme en colère. Vous ne pouvez pas être une femme en colère, à aucun moment.

C'était dur, de garder toujours la bouche incurvée, les yeux grands ouverts, et d'afficher une expression à la fois heureuse, enthousiaste, reconnaissante et posée. *Merci Botox.* Charlotte redoutait néanmoins que son visage ne s'avachisse complètement si elle relâchait sa concentration une seule seconde. Elle s'avança vers le micro.

— Bonjour, je m'appelle Charlotte Walsh et je me présente au Sénat.

Son corps se crispa quelque peu au son de sa voix filtrée par la sono. C'était la première fois qu'elle prononçait ces mots à voix haute et ils avaient une consonance étrange, comme s'ils appartenaient à une langue étrangère dont elle venait de commencer l'apprentissage.

— J'ai quitté Elk Hollow voilà presque trente ans, à un âge où je me cherchais. J'ai compris bien plus tard que mes racines étaient ici, et que notre personnalité, nous la devons à nos racines.

Elle marqua une pause, selon la consigne du consultant en discours à 500 dollars de l'heure, afin de permettre les applaudissements et les acclamations.

Quinze minutes passèrent aussi vite que quinze secondes. Elle remercia Jack ; évoqua la faillite d'un État où les enseignants n'avaient pas les moyens de se payer des prestations de soin ; elle aborda le sujet des emplois, des vrais emplois qui permettaient de vivre bien ; elle raconta qu'elle avait grandi sur les hauteurs de la ville avec un père éboueur et une mère qui passait la serpillière chez les autres.

Elle savait que Josh allait la tuer pour avoir dit ça. *Mais je me maudirai si je ne le dis pas.*

— Ted Slaughter est un menteur. Il vous a menti, ce matin. Je n'ai jamais payé mes salariées pour qu'elles avortent. Je n'ai jamais demandé à personne de se faire avorter. En tant que directrice des opérations chez Humanity, j'ai instauré un programme destiné à aider les hommes comme les femmes à mener une vie de famille épanouie et saine, et j'ai fait en sorte que l'entreprise leur en donne les moyens. Je ne suis pas là pour faire de la démagogie. Si l'on vous ment à mon sujet, je vous dirai la vérité. À quel moment est-il devenu acceptable que les politiciens se permettent de mentir ? Pourquoi ne paient-ils plus les conséquences lorsqu'ils osent déformer la réalité d'une manière aussi abjecte ? Vous méritez la vérité. Je vous la dois.

Les membres de la Pussy Brigade se levèrent et jetèrent leur casquette « Walsh au Sénat » en l'air, telles des Mary Tyler Moore des temps modernes. Charlotte figea le sourire sur son visage afin de permettre au public de tweeter ses paroles exactes. Celles-ci firent leur chemin au travers des différents réseaux et défilèrent quelques secondes plus tard au bas de millions d'écrans, dans des millions de foyers, par un lundi matin que seul cet événement distinguait d'un autre lundi matin.

— Le combat pour le retour de l'honnêteté en politique commence aujourd'hui.

Ce n'était pas ce qu'elle avait l'intention de dire. Elle s'était laissé emporter par l'enthousiasme de la foule. Mais elle avait suffisamment hésité pour qu'une arrière-pensée s'immisce dans son esprit. *Qui suis-je pour brandir l'étendard de l'honnêteté ?*

Depuis des semaines, Roz et Josh lui répétaient que le plus important, dans un discours, c'était la fin, ce dont on se souvenait, ce qui suscitait la ferveur et l'adhésion de complets inconnus. Elle avait préparé une demi-douzaine de conclusions différentes. Au dernier moment, elle en improvisa une autre.

— Notre pays souffre d'une profonde fracture. Depuis deux ans, les politiciens incarnent le meilleur et le pire de la nature humaine. Vous pouvez tous dire, je crois, que votre situation se dégrade de jour en jour. Rien ne va plus. J'ai quitté Elk Hollow afin de revenir prête à changer les choses. Cela me semblait le meilleur moyen d'aider. Je suis là pour vous. J'ai confiance en l'avenir. Ensemble, nous trouverons des solutions.

Et elle termina par une autre citation de Mohamed Ali que Marty affectionnait particulièrement.

— Que Dieu bénisse Ted Slaughter, mais, comme le disait le grand Mohamed Ali : « Si jamais tu rêves de me battre, il vaut mieux pour toi que tu te réveilles et que tu viennes t'excuser. »

La foule l'ovationna en tapant des pieds. Les personnes âgées frappaient le sol de leur canne. Le cœur de Charlotte tambourinait de fierté et d'exaltation. Toute cette énergie touchait en elle un nerf primitif, quelque chose de presque sexuel. Elle leva les bras en V au-dessus de la tête. *Tu peux gagner.* Cette pensée s'accompagna d'une bouffée de confiance et d'excitation.

Selon le script, Max devait la rejoindre sur scène avec les filles. L'embrasser. Chastement. Josh avait déniché sur YouTube une vieille vidéo d'Al Gore galochant Tipper, à la Convention nationale du parti démocrate, en 2000. « Ne faites surtout pas ça », leur avait-il ordonné. Ensuite, la petite famille avait pour consigne de sourire et de prendre la pose.

Or au lieu de Max, c'était Josh qui se tenait auprès de Charlotte et qui lui colla Annie dans les bras. (« C'est elle la plus photogénique », avait-il décrété.) Roz monta sur l'estrade avec les jumelles, dont les troubles digestifs n'étaient plus qu'un lointain souvenir. Rosie se trémoussait fièrement en remuant les bras au rythme de la fanfare qui jouait à l'arrière de la scène.

Ella se plaça à côté du tambour et ondula des épaules d'une manière étrangement provocante, un mouvement qu'elle avait sans doute vu à la télé dans un concert de Justin Timberlake. La foule ne s'arrêtait plus d'applaudir. Charlotte ne s'arrêtait plus de sourire.

Mais où diable était son mari ?

Chapitre 7

— Vous n'avez pas respecté le script.

Charlotte affrontait le courroux de Josh grâce à l'adrénaline, grâce au souvenir des applaudissements et des ovations, du regard de la foule, comme si elle était le nouveau messie de la Pennsylvanie. L'équipe était rassemblée dans le vestiaire des garçons, seul endroit où débriefer tranquillement. Ils avaient trente minutes avant que la prochaine classe débarque. Charlotte était euphorique, malgré les odeurs corporelles qu'aucune quantité de javel ne pouvait effacer.

Roz les interrompit, d'une voix sonore et remplie de fierté.

— Charlotte a assuré. Slaughter ne devait pas s'attendre à ce genre d'attaque de la part d'une femme. Tout du moins pas d'entrée de jeu. C'était parfait.

Au lieu de s'emporter, comme Charlotte l'avait prédit, Josh posa le front contre un casier de métal vert et demeura ainsi une minute, puis il se retourna et déclara :

— Vous avez assuré.

Au compliment succéda toutefois une leçon de stratégie politique.

— Ériger Slaughter en ennemi est une bonne chose. Le fait d'avoir un ennemi polarisera les énergies de vos supporters. Une campagne acharnée mobilise les électeurs. Elle suscite l'intérêt. Et les dons financiers. La plupart des politiques voudraient que tout le monde les aime, mais il y a du bon à être haï, les plus malins le savent. Prévenez-moi, juste, la prochaine fois que vous aurez l'intention d'improviser. Et soyez prudente. Votre audace ne plaira que dans l'hypercentre de Philadelphie.

Charlotte buvait un citron pressé chaud.

— Merci, croassa-t-elle d'une voix éraillée. Toujours pas de signe de Max ?

Elle n'avait pas encore totalement assimilé le fait que son mari l'avait abandonnée à l'un des moments les plus importants de sa carrière. Elle en serait profondément peinée, elle le savait, voire furieuse, mais pour l'instant, elle parvenait à refouler ces émotions.

— Il est introuvable, grommela Leila, le front plissé, contrariée pour Charlotte.

— Où sont les jumelles ?

— Kara les a ramenées chez vous.

Leila jouait avec les cheveux d'Annie, assise par terre entre ses jambes.

— Tu resplendis, ajouta-t-elle. Tu es rayonnante.

— Carrément, renchérit Lulu. Ne bougez pas. Je vais faire un Snap.

— Maintenant ? Dans un vestiaire ? Avec les chiottes en arrière-plan ?

— Ça fait vrai. Authentique. Souriez.

Charlotte avait les zygomatiques en feu, à force de sourire.

— Gratification instantanée !

La jeune femme s'installa près de Charlotte, sur un banc, lui tendit un iPad et lui montra les mentions Twitter, bourrées de superlatifs redondants.

— Regardez ce nouveau hashtag : #SlaughterMent. Ooooh, j'adore ce tweet : « Charlotte Walsh est ma Beyoncé ! » Et celui-ci est de Jasmine, l'actrice de la série avec les zombies, vous savez… En plus, vous avez un mème !

Un GIF légendé « Charlotte Walsh est mon totem » représentait Charlotte chevauchant un tigre. Il lui semblait impossible de se rappeler l'époque où elle consommait l'info autrement.

— Et vous avez été trollée.

Elle faillit s'étrangler devant un montage Photoshop de sa tête sur le corps d'un cochon.

@PatriotMan : Écoutez-la couiner, cette truie.

Elle continua de balayer l'écran.

@AmericaTheBrave1776 : Charlotte Walsh est une menace pour l'Amérique.

@ProudBoy20 : Le rôle de nos femmes est de rester au foyer et de faire des enfants. Charlotte Walsh n'est qu'une gauchiste de merde qui veut marginaliser les hommes. Ça suffit.

@ImperialDaddyHorseface : Charlotte Walsh hait les travailleurs de Pennsylvanie.

@DeplorableMac : La vérité éclatera bientôt et Charlotte Walsh sera démasquée.

— Ils pensent que je suis quoi ? s'interrogea-t-elle à voix haute.

Et que savent-ils exactement ?

— Ne montrez aucune émotion, recommanda Josh. Première règle face aux trolls.

— On ne peut pas vivre dans la CDTV, déclara Lulu en tapotant l'épaule de Charlotte.

— Dans quoi ?

— La crainte des tweets vicieux.

— Ce n'est pas un truc qui se dit.

— Maintenant, si, répliqua la jeune femme avec autorité.

Charlotte se replongea dans sa lecture.

— C'est mes pieds ?

Elle jeta un coup d'œil à ses chaussures, puis de nouveau à l'écran. Aucun doute, il s'agissait bien de ses pieds, légèrement tournés en dedans, et de ses chevilles osseuses dans les collants offerts par Roz. *Pourquoi tweeter une photo de mes godasses ?*

@Politibabe : C'est quoi ces pompes de nonne aux pieds de Charlotte Walsh ? Trop moches !

@MomsForPAPols : Même pas foutue de s'habiller correctement pour sa première apparition publique. On ne peut pas la prendre au sérieux.

@America4FREE : Coucou @CharlotteWalsh les vraies meufs savent courir en talons aiguilles.

@Jenny5 : Ma nouvelle super-héroïne @CharlotteWalsh n'a peur de personne dans ses chaussures de tueuse.

@FashionGurl : Bien vu, l'effet Redimensionner sur les chaussures de @CharlotteWalsh. À bas les talons !

@PinkPussyBrigade : Chaussée pour gagner @CharlotteWalsh

— Tout ça pour mes chaussures ? Rien à foutre de mes idées ? Aucune substance ?

Elle se tourna vers Josh, lorsque la reporter de *Teen Vogue* poussa les lourdes portes du gymnase.

— Excusez-moi, Charlotte…

Josh tenta de la chasser.

— Désolé, Carly, nous en avons fini avec les interviews pour aujourd'hui. Faites-moi un mail, on vous enverra des infos.

— Juste une question. Je viens de recevoir un texto de ma rédac' chef. Je dois interroger la candidate sur ses chaussures.

— Non, riposta Josh.

Charlotte se leva, prit une profonde inspiration, puis une deuxième, avant d'afficher son sourire le plus aimable.

— Pas de problème, Carly. Que voulez-vous savoir ?

— Est-ce un véritable message ?

— Quoi donc ?

— Que vous ayez choisi de porter des chaussures plates ?

— Un message ?

La dernière fois que j'ai porté des talons, tu n'étais même pas en âge de poster un tweet. Je mesure un mètre quatre-vingts en chaussures plates ; avec des talons, je suis monstrueuse. Je chausse du 43, fillette. J'ai trois mômes de moins de six ans. Je préférerais me crever les yeux avec des talons aiguilles plutôt que me trimballer perchée sur des crayons de couleur. Depuis que j'ai des gamines, j'ai des oignons. Les chaussures plates sont un calcul professionnel. Jusqu'à présent, j'étais la supérieure hiérarchique d'un certain nombre de mecs et c'était plus facile si je ne me donnais pas l'air plus intimidante que je ne le suis déjà.

Elle jeta un coup d'œil aux pieds de Carly, en bottines de daim grises à talons de huit centimètres et franges sur le côté.

— Tout le monde sur les réseaux sociaux se demande pourquoi vous ne portez pas de talons. S'agit-il d'un message féministe ?

Charlotte eut toutes les peines du monde à se retenir de pouffer. D'autres journalistes se massaient derrière Carly, téléphones et appareils photo à bout de bras, les urinoirs et les douches en arrière-plan de cette passionnante conversation sur les chaussures. *Respire. Trouve des phrases percutantes.* Charlotte sentit le déclic se produire dans son cerveau.

— J'ai pris la première paire de chaussures que j'ai trouvée dans mon placard ce matin. Pouvez-vous me dire ce que Ted Slaughter a aux pieds en ce moment ? Non ? Eh bien renseignez-vous. Je mettrais ma main au feu qu'il ne s'est pas réveillé ce matin en se disant qu'il devait porter des talons. Ou sinon, je l'applaudis. Je vous remercie. J'espère vous revoir très bientôt.

Souris. Souris encore. Salue-les de la main. Quitte la scène avec dignité.

Josh prit Annie dans ses bras et la tendit à Charlotte. La fillette envoya des baisers aux journalistes.

— Oooooh…, s'extasia-t-on en s'écartant pour céder le passage à Charlotte.

Une main derrière la tête soyeuse de sa fille, l'autre dans son petit dos trempé de sueur, elle s'éloigna en se protégeant derrière le bouclier de son enfant.

Ce fut Paul qui retrouva Max, couché par terre dans l'un des W.-C. de l'auditorium. Il envoya un texto à sa sœur :

Je viens de sauver la vie de ton mari.

Et pour se féliciter de sa bonne action, il éclusa une bouteille de whisky.

— Je suis malade. Les filles m'ont refilé leur gastro, chuchota Max des heures plus tard, allongé dans le lit aux côtés de Charlotte.

Comme elle culpabilisait de l'avoir soupçonné du pire, elle essayait de se racheter en le dorlotant. Elle caressait son front bouillant, elle lui avait préparé du fromage grillé avec des rondelles de saucisse, l'un de ses péchés mignons. Souvent, c'était quand il avait besoin d'elle qu'elle se montrait avec lui sous son meilleur jour.

— J'ai regardé ton discours sur YouTube. Tu peux gagner, Charlie-Bird, lui dit-il, les yeux à demi fermés.

Elle fut surprise par la satisfaction que lui procurèrent ces éloges. Avant de prendre la décision de se présenter, elle avait lu des études sur le narcissisme en politique. En général, la vocation politique allait de pair avec la soif de pouvoir, de prestige, de statut et d'autorité, le besoin d'être admiré, le désir de prouver sa supériorité. Aujourd'hui plus que jamais, Charlotte avait envie d'être admirée, principalement par l'homme qu'elle avait épousé.

— Le public était conquis. Tu as du charisme.

Elle referma les bras autour de ses propres épaules et se berça, les yeux fermés.

— Tu le penses sincèrement ?

— Bien sûr, ma chérie.

— Est-ce qu'il y a des points que je pourrais améliorer ?

Max ne répondit pas, et elle s'aperçut qu'il s'était endormi. En bas, Kara avait installé les filles devant *Vaiana*.

Que Dieu te bénisse, Kara.

— Où est Paul ?

— Au garage, sûrement.

— Qu'est-ce qu'il fait ?

— Je n'en sais rien. Il a dit qu'il voulait peut-être acheter une clim'.

Marty avait construit le garage pour abriter l'unique voiture familiale, une Buick de troisième main, des rigueurs de l'hiver pennsylvanien. Et il avait prévu assez de place pour y installer un punching-ball, sur lequel il avait initié sa fille au crochet du gauche.

— Ça pourra te servir, on ne sait jamais, disait-il. Rappelle-toi ce qu'a dit Tyson avant ce combat, en 84. « Ils ont tous un plan, jusqu'à ce qu'ils se prennent une droite, mais dès qu'ils en prennent une, fini, plus de plan. » On ne sait jamais, les plans ont vite fait de se casser la gueule.

Le garage se trouvait derrière la maison. Avant de la mettre en location, Kara y avait entreposé des meubles et des souvenirs de famille : des vieux trophées, des photos, des dessins d'enfant, des almanachs du lycée. Charlotte n'aurait pas été étonnée que son frère y planque son herbe ou ses cachetons, ou sa came du moment – à la fois loin de chez lui et facile d'accès.

En allant se coucher maintenant, elle éviterait peut-être d'avoir affaire à Paul, à moitié défoncé et persuadé qu'elle lui devait une gratification financière parce qu'il avait sauvé son mari. Elle embrassa Kara, lui disant qu'elle pouvait rentrer chez elle et lui souhaitant une bonne soirée.

Ses enfants occupés pour au moins un quart d'heure, elle se fit couler un bain chaud, avec de l'huile essentielle de lavande, puis elle s'installa dans la baignoire avec son téléphone, afin de lire la suite des commentaires qu'avait suscités son discours.

Dans le courant de l'heure où elle n'avait pas consulté un écran, l'équipe de Slaughter avait émis un communiqué stipulant qu'il maintenait ses déclarations quant au fait que Charlotte facilitait les avortements de ses salariées. « C'est ce que l'on nous a confié », affirmait sa directrice de campagne, Annabel Gest, la soixantaine, lentilles de contact vert émeraude et carré blond ressemblant à un casque d'astronaute. Elle prétendait en outre, avec le plus grand sérieux, que Charlotte était une hippie milliardaire venue de Californie pour leurrer les Pennsylvaniens et servir l'un des funestes desseins de la côte Ouest. Elle laissait les mots « côte Ouest » planer dans l'air comme un nuage de fumée, et les prononçait comme s'ils étaient synonymes de « flammes de l'enfer ».

Quelques politologues, professionnels ou amateurs, la félicitaient pour le courage et la pertinence de ses propos, mais toute analyse sérieuse était éclipsée par ses chaussures.

#Talongate : la candidate au Sénat qui refusait de porter des talons hauts

CARLY MEEKS

Sans doute avez-vous déjà entendu parler de Charlotte Walsh, la plus punk des cadres de la Silicon Valley, qui a ébranlé le patriarcat de la tech en offrant à ses salariées des avantages concrets et le temps de fonder une famille. Mais saviez-vous qu'elle se présentait au Sénat ?

Voici tout ce que vous devez savoir : ce matin, Charlotte Walsh a officiellement lancé sa campagne contre l'actuel sénateur de Pennsylvanie, Ted Slaughter. (Si vous ne le connaissez pas, c'est ce vieillard marié trois fois qui représentait déjà la Pennsylvanie au Sénat avant votre naissance. Ne loupez pas cette vidéo où il explique aux femmes comment se servir de leur vagin.)
En off, Charlotte Walsh est une femme chaleureuse et pleine d'esprit. Vous la trouveriez sympathique si vous la rencontriez au *Starbucks*, et il est fort probable qu'elle vous céderait sa place dans la queue si vous étiez pressé. Elle a de ravissantes taches de rousseur et une physionomie plaisante, très Julianne Moore, la muse de Tom Ford.
Ce matin, elle a annoncé sa candidature en ballerines Tory Burch, très chic. Or il se trouve que lesdites ballerines ne plaisent pas à tout le monde. Annabel Gest, la directrice de campagne de Slaughter, lui a reproché de s'adresser aux citoyens « en pantoufles », signe patent d'irrespect. « Qu'elle s'habille comme une adulte si elle veut qu'on la prenne au sérieux », a-t-elle dit.
L'éditorialiste conservateur Kris Krispman suppose pour sa part que Charlotte Walsh serait une lesbienne qui s'ignore. « Non que cela me dérange, a-t-il dit sur une chaîne câblée, mais j'aurais pensé que les femmes préféreraient porter une belle paire de talons, un jour si important de leur carrière. J'ai de la peine pour son mari. »
À l'issue de son allocution, Charlotte Walsh nous a fait part des raisons qui ont motivé ce choix vestimentaire. (Regardez la vidéo suivante et votez pour nous donner votre avis.) « J'ai pris la première paire de chaussures que j'ai trouvée dans mon placard ce matin. Pouvez-vous me dire ce que Ted Slaughter a aux pieds en ce moment ? Non ? Eh bien renseignez-vous. Je mettrais ma

main au feu qu'il ne s'est pas réveillé ce matin en se disant qu'il devait porter des talons. Ou sinon, je l'applaudis. »
Ce modèle de ballerines est déjà épuisé sur le site Tory Burch. Aux quatre coins du pays, des jeunes femmes postent des photos de leurs pieds confortablement chaussés, en soutien à Charlotte Walsh, sous les hashtags #TalonGate et #StyléeEnChaussuresPlates.

Si Charlotte s'était préparée à être fustigée pour ses idées politiques, voire certaines de ses positions personnelles, elle était à mille lieues de s'attendre à pareille réaction. Elle se laissa glisser sous l'eau, et retint sa respiration aussi longtemps qu'elle put, la douleur physique occultant les milliers de pensées qui se bousculaient dans son esprit.

Comme son téléphone sonnait avec insistance, sur le battant des toilettes, elle sortit de son bain, enfila le peignoir de Max et s'y essuya les mains avant de répondre.

Josh paraissait extatique.

— *Vanity Fair* a appelé. Ils veulent faire une séance photo avec votre famille. Ce sera Julia Schulz-Davies qui viendra. Exactement celle qu'il nous faut.

Comme Charlotte ne disait rien, il poursuivit sur un ton une octave plus haut.

— C'est carrément la classe, Charlotte. Qu'une lauréate du Pulitzer veuille faire le portrait d'une candidate au Sénat. Ça veut dire que la campagne a déjà un retentissement national, alors qu'elle n'a même pas commencé.

— Super, dit-elle en essayant de se concentrer, et en se demandant jusqu'où Julia Schulz-Davies irait fouiner dans son passé. Quand ?

— Le mois prochain. L'article paraîtra en juin.

— Ils veulent Max et les filles sur les photos ?

— Ils veulent toute la famille. Vous devez en parler à Max ?

Évidemment qu'elle devait en parler à Max, mais il ne refuserait pas. Elle écarta une mèche mouillée qui lui tombait devant les yeux.

— Il sera d'accord. C'est génial. Et à part ça, on en est où ? On aura bientôt les résultats des sondages ?

— Très certainement. FiveThirtyEight devrait pouvoir nous communiquer des chiffres d'ici à la fin de la semaine. Je pense qu'on aura une agréable surprise. En attendant, il faudra aller lécher le cul des riches. On est à court de pognon.

Chapitre 8

6 avril 2018
J - 214 avant les élections

Walsh (D)	**Slaughter (R)**	**Écart**
40	44	Slaughter + 4

Le truc, c'était de trouver quoi dire à quelqu'un qui avait déboursé 50 000 dollars pour dîner avec vous.

— Vous avez raison : on a énormément de préjugés contre les gens qui réussissent, dans notre pays.

Charlotte discutait avec l'un des cinq plus gros promoteurs immobiliers de l'est de la Pennsylvanie, lors d'un prestigieux repas offert en soutien par un chef étoilé. C'était dur de ne pas avoir l'impression d'être une poule de luxe, au milieu de ces vingt-cinq donateurs potentiels qu'elle devait caresser dans le sens du poil. Josh appelait ça du speed dating financier. Charlotte avait dirigé une entreprise plus prospère que n'importe lequel de ces types, mais elle était obligée de se prosterner à leurs pieds. Tous étaient blancs. Il n'y avait pas une seule femme. Et parce qu'ils lui signeraient des gros chèques en échange de cette soirée, elle souriait aimablement quand l'un lui disait qu'elle ferait une excellente ambassadrice pour la Suisse, qu'un autre lui expliquait en quoi il pouvait personnellement œuvrer pour la paix avec la Corée du Nord, et même quand on lui soutenait que le problème de l'Amérique, c'étaient « ces putains de Jaunes ». Charlotte donnait l'adresse mail de Leila et souriait en priant ses interlocuteurs de garder le contact. Pour 50 000 dollars, elle ne disait jamais non. Elle ne leur riait jamais au nez. Elle ne montrait jamais son mépris.

Elle ne manqua qu'une seule fois de s'énerver, quand un avocat octogénaire passablement éméché – le président du barreau, apprendrait-elle ultérieurement – lui mit une main aux fesses alors qu'ils attendaient au bar qu'on les serve. En lui glissant les doigts entre les cuisses, la voix pâteuse et l'haleine chargée, il lui chuchota à l'oreille :

— Si vous voulez, je peux vous aider à palper beaucoup d'argent.

Elle lui planta son coude entre les côtes, lui arrachant un grognement qui pouvait passer pour un accès de toux.

— Vous pouvez vous le mettre où je pense, votre pognon de merde, murmura-t-elle d'une voix à peine audible.

Elle lui aurait volontiers arraché les yeux et, si elle s'était écoutée, elle aurait révélé son attitude déplorable à tout le monde, mais, de crainte de jeter un caillou dans la mare jusque-là placide de cette salle remplie de testostérone, elle préféra s'éloigner sans rien dire de ce vieux dégueulasse à la peau cireuse et aux yeux chassieux, aux épaules affaissées et au crâne dégarni.

— T'aurais dû le faire foutre à la porte, ce connard ! s'indigna Leila, tandis qu'elles se lavaient les mains côte à côte, aux toilettes. On ne doit plus tolérer ce genre de choses. Balance-le, ce gros porc.

Charlotte était moins virulente. Oui, elle était écœurée, mais elle appartenait à une génération de femmes qui avait banalisé ce genre de comportement. De vingt ans sa cadette, Leila était prête à monter au créneau.

Charlotte chercha en vain des serviettes en papier, puis agita futilement les mains sous le sèche-mains.

— J'ai géré à ma façon. Quand ça t'arrivera, tu géreras comme tu voudras.

Elle était épuisée, après cette journée dans le sud de l'État, l'une des plus longues de sa vie. La matinée avait commencé dans une banlieue de Philadelphie, où Charlotte avait prévu de parler de la réforme pénitentiaire, mais les femmes du quartier avaient évoqué le sujet de la scolarité des jeunes filles dans le domaine des sciences et technologies, si bien qu'elle avait répondu à leurs questions.

— Les électrices de couleur peuvent faire pencher la balance, affirmait Josh. Une femme m'a dit que si quelqu'un comme Leila travaillait pour quelqu'un comme vous, alors c'est que vous étiez une belle personne.

Ils avaient ensuite eu rendez-vous avec l'Association des femmes musulmanes de l'université, où une jeune fille leur avait raconté qu'on lui avait arraché son foulard, dans le métro, et que des étudiants lui avaient craché dessus en la traitant de sale bougnoule.

Puis ils avaient rencontré le comité de rédaction du journal du campus, dont la présidente, une petite blonde pétillante avec des taches de rousseur, avait demandé à Charlotte :

— En tant que femme blanche hétéro cisgenre gagnant plus d'un million de dollars par an, que savez-vous des galères de l'immigré latino ?

Charlotte lui avait répondu que la question était sournoise, avant de lui servir un discours convenu, tout en se disant que cette fille sans doute armée des meilleures intentions ne s'était probablement jamais aventurée au-delà de la Quarante-troisième rue. *Je parie que tu viens du Connecticut. Ta mère donne des cours de Pilates et roule en Range Rover, ton père bosse pour un fonds spéculatif et tu as galoché une copine un soir où tu avais bu trop de grappa à une soirée de la Sigma Chi. Je lis en toi comme dans un livre ouvert.*

Elle entendit Leila murmurer discrètement :

— C'est beau d'être si *woke*.

À la mi-journée, ils avaient déjeuné à la caserne des pompiers – mortadelle et pain de mie. Puis Charlotte avait pris la pose au volant d'un camion rouge. Après quoi, ils avaient fait un tour sur un marché de petits producteurs locaux, où elle avait recueilli des doléances diverses et variées, de la piètre qualité du réseau de téléphonie mobile à la lenteur de la dépénalisation du cannabis récréatif. Dans l'après-midi, elle avait tourné une vidéo pour Facebook au zoo de Philadelphie, avec un girafon qui n'avait que trois pattes, qualifié par le *Philadelphia Enquirer* de « modèle d'équilibre que nous devrions tous chercher à atteindre ». Puis elle avait dégusté des *cheesesteaks*, d'abord chez *Pat's* et ensuite chez *Geno's*, de l'autre côté de la rue, afin de tenter de déterminer laquelle des deux enseignes rivales était la meilleure. Elle n'avait guère vu de différence entre les deux sandwichs, bourrés de fromage qui n'avait de fromage que le nom, d'oignons frits et de poivrons, aussi dégoulinants de graisse l'un que l'autre, et avait déclaré un match nul. « Diplomatie du *cheesesteak* », avait approuvé Josh.

Elle comprenait mieux, à présent, pourquoi et comment Ted Slaughter adaptait son baratin au gré de son public. Elle faisait la même chose, et elle n'en était pas très fière. La limite était si ténue, entre démagogie et langue de bois. Aux moins de trente ans, elle parlait légalisation du cannabis et effacement de la dette étudiante. Aux plus de cinquante, elle promettait l'élargissement de Medicare ; aux classes moyennes et défavorisées, des emplois et des formations professionnelles. Charlotte avait besoin de l'argent des plus riches autant que des voix des plus pauvres.

Ils quittèrent le gala par les cuisines.

— Toujours passer par les cuisines et serrer la main au personnel, y compris dans les restaus les plus huppés, recommanda Josh, se parlant à lui-même autant qu'à Charlotte, comme s'il révisait ses fondamentaux. Dès qu'on commence à snober les cuisines, on perd du terrain.

Ils mirent vingt minutes à faire le tour de l'immense cuisine. Les employés étaient contents de prendre quelques minutes de pause, loin de la chaleur des pianos et des éviers pleins à ras bord de verres à vin et de tasses à café. La plupart étaient latinos, quelques-uns chinois, pour la majorité des hommes.

Ils accueillirent Charlotte par des vivats.

— Ils me connaissent, chuchota-t-elle à Josh. Ils me connaissent mieux que les types en costard attablés dans la salle.

— La moitié sourient parce qu'ils ont peur d'être raccompagnés à la frontière, l'autre moitié parce que ce sont des gens qui se figurent que les politiciens peuvent changer leur vie. Ils croient encore au rêve américain. Personne ne rêve autant que ces gars. Ils ne sont pas blasés, eux. Dommage que seulement un sur deux ait une carte d'électeur. Souriez. Serrez des mains.

Ces hommes avaient des mains fortes, rêches, fripées par l'eau de vaisselle. Leurs sourires étaient larges et francs. Elle remercia chacun d'entre eux avec enthousiasme et sincérité.

Il était plus de minuit quand ils reprirent la route pour Elk Hollow, où ils n'arriveraient pas avant 3 heures. En règle générale, Charlotte tenait à dormir chez elle, pour être là le matin quand ses filles se réveillaient. Hélas, ce n'était pas toujours possible. La Pennsylvanie était vaste, il y avait cinq heures de route de Philadelphie à Pittsburgh.

Les fondateurs de Humanity lui avaient aimablement proposé de lui prêter le jet privé de l'entreprise, mais, quand elle en avait parlé à Josh, il l'avait regardée comme si elle désirait faire imprimer ses affiches sur de la peau de chiot.

De son sac, Leila retira un flacon de Purell et une pomme. Charlotte avait les mains gercées et crevassées à force d'en serrer des centaines et de se les désinfecter. Les politiciens en campagne contractaient neuf fois plus de pathologies hivernales que la moyenne. Longtemps après les élections, l'odeur du gel hydroalcoolique lui soulèverait le cœur. Un soir, dans la voiture, Leila avait voulu lui donner une boîte de Stilnox.

— Je n'en ai pas besoin, avait déclaré Charlotte.

— Tu as besoin de sommeil.

— Je déteste les cachets.

— Je te déteste quand tu manques de sommeil.

Comme Mary Poppins, Leila avait un sac magique, qui contenait des pansements, de l'Advil, du spray nasal, un chargeur solaire, une mini lampe torche, du chewing-gum.

— J'espère que je serai avec vous, s'il y a un tremblement de terre, avait dit Josh la première fois qu'il avait vu ce qu'il renfermait.

— Ne comptez pas sur moi, avait-elle rétorqué. Pour le moment, je suis là en renfort. S'il y a un tremblement de terre, ce sera chacun pour soi.

Charlotte envoya un texto à Max, qui ne répondit pas.

Elle s'endormit aux abords d'Allentown, les lumières de la route se fondant dans ses rêves.

Une société de nettoyage était venue la veille faire le ménage au rez-de-chaussée, mais on ne voyait pas la différence. Le samedi matin, jour de l'interview *Vanity Fair*, la maison avait de nouveau été dévastée par la tornade qu'étaient les trois filles : la moquette était jonchée de pièces de puzzle, tasses de dînette, extensions capillaires roses, et plumes violettes que le boa d'Annie laissait partout où il passait. Charlotte retapa les coussins du canapé et essuya les miettes sur la table basse du salon.

Julia Schulz-Davies arriverait dans une heure. Julia Schulz-Davies, qui avait remporté l'année précédente le prix Pulitzer pour son enquête sur les conditions de travail dans les usines de téléphones. Julia Schulz-Davies, qui avait osé interroger le président sur des chiffres de chômage erronés, lors d'un dîner à la Maison Blanche. Julia Schulz-Davies, qui avait été pendant deux ans correspondante de guerre en Afghanistan et avait raconté dans un best-seller comment elle avait manqué à trois reprises de sauter sur des engins explosifs, comment elle était tombée amoureuse d'un Marine et avait adopté un petit garçon afghan. Julia Schulz-Davies serait là d'une minute à l'autre et Max n'était toujours pas rentré de son jogging, alors qu'il était parti depuis déjà deux heures.

Charlotte bâilla et but une longue gorgée de café, tandis que Kara s'évertuait à effacer les cercles mauves sous ses yeux, au moyen d'un ustensile qui ressemblait à une éponge de mer et sentait la chaussette mouillée. La présence de sa belle-sœur l'ancrait dans le monde. Elle avait besoin de son énergie bienveillante autant que de son anticernes.

— Comment tu es venue ? lui demanda-t-elle en jetant un coup d'œil par la fenêtre, dans l'espoir de voir apparaître son mari.

— Paul m'a déposée. Il est allé se chercher un burrito. Il va arriver.

— Quand ?

— Arrête de faire cette tête, répliqua Kara, les mains sur les hanches. Ne t'inquiète pas, il se tiendra à carreau, aujourd'hui.

Charlotte avait longuement hésité, avant de décider d'inclure Paul dans l'interview, et, s'il n'avait tenu qu'à elle, elle s'en serait abstenue. Mais la journaliste souhaitait interroger toute la famille. Quelques jours plus tôt, Charlotte avait engagé son frère comme « conseiller spécial aux affaires locales », pour un salaire mensuel de 2 000 dollars, qu'elle lui verserait de sa poche, en croisant les doigts pour que cette somme suffise à l'empêcher de faire n'importe quoi.

— Tu sais qu'il ne boit plus que du jeudi au dimanche, maintenant, et il a levé le pied, ce week-end. Il est tout content. Il a mis une cravate.

— Je ne me fais pas de souci, mentit Charlotte.

La porte grinça, et Max entra dans la maison en petite foulée. Ses leggings de course aussi ridicules que moulants avaient le don d'agacer Charlotte. Son mari avait de la chance de pouvoir faire des joggings de deux heures.

— Où étais-tu ? demanda-t-elle.

— Parti courir, dit-il, du ton de celui qui répond à une question débile. J'ai battu mon record. Je t'ai envoyé mon MapMyRun. Je prends la douche la plus rapide de l'univers et je redescends dans dix minutes. On est large. Pas de panique.

Moins de cinq minutes plus tard, en effet, il se tenait devant la cuisinière, du bacon dans une poêle, des oignons dans une autre.

— Impossible d'être déçu, quelque part où on est accueilli par l'odeur du lard frit, dit-il, à personne en particulier.

À moins d'être vegan. Merde. Tu crois que la reporter est végétarienne ?

En entendant la sonnette, Annie courut ouvrir la porte, nue comme un ver. Passé un bref instant de surprise, face à des inconnus, elle tendit poliment sa petite main.

— A chanté de vous raconter, dit-elle à Julia Schulz-Davies.

Les jumelles éclatèrent de rire.

La journaliste était la plus petite des femmes que Charlotte avait jamais vues. Elle ne devait pas dépasser un mètre cinquante, mais Charlotte imaginait qu'elle prétendait mesurer un mètre cinquante-cinq. Elle avait des mouvements nerveux et saccadés, comme une mangouste prise au piège. Coiffée d'un carré noir très strict, elle portait un pantalon noir, un corsage de soie blanc et d'épaisses lunettes à monture d'écaille qui grossissaient ses yeux et lui donnaient l'air d'un personnage de manga.

— A chanté moi aussi, dit-elle en s'accroupissant devant la fillette.

Un quinquagénaire immense se tenait derrière elle, crinière de cheveux blancs et sourcils broussailleux, encombré d'une énorme sacoche, d'un trépied et d'un spot.

Ella présenta George Washington à la nouvelle venue.

— Vous voulez lui faire un bisou ? Sa barbe pique moins que vous croyez.

Et elle avança le lézard vers la bouche de la reporter, qui tapota poliment la tête de la bête, avec un léger mouvement de recul. Puis elle se redressa. Elle arrivait à l'épaule de Charlotte.

— Madame Walsh, ravie de vous rencontrer. Julia Schulz-Davies. Nous nous sommes brièvement parlé au téléphone. Voici Jackson Strait, qui fera des photos et quelques vidéos pour la parution en ligne. Hmmm, ça sent bon chez vous…

— Max prépare un petit déjeuner tardif pour tout le monde. Il s'est dit que vous auriez faim, après les quatre heures de route depuis New York.

— Ça fera une superbe image. Max aux fourneaux. Jackson, tu y vas ? Fais des photos et un bout de film. Vos filles sont ravissantes, dit-elle en pivotant face à Charlotte avec la vivacité d'une ballerine. Pas d'objection à ce qu'on les photographie ?

— Aucune, répondit Josh depuis le salon. Salut, Julia. Heureux de vous revoir.

Charlotte eut l'impression de voir passer une ombre sur le visage de la reporter, aussitôt supplantée par un sourire professionnel.

— Bonjour, Josh. Toujours aussi sympathique. Merci d'avoir organisé cette rencontre avec la candidate. Nous allons faire un beau portrait. Vous représentez un modèle pour beaucoup de femmes, madame Walsh.

— Appelez-moi Charlotte, je vous en prie. Asseyez-vous. Je vous présente Leila Kelly, ma chef d'état-major. Et ma belle-sœur Kara, que nous avons engagée comme coiffeuse et maquilleuse. Mon frère ne devrait pas tarder. Nous pourrons ensuite aller au local, si vous souhaitez rencontrer le reste de l'équipe.

Julia agita une main, traçant un huit de son index.

— Ce ne sera pas nécessaire. Il s'agit avant tout d'un portrait de vous. Vous êtes la première femme, en Pennsylvanie, à briguer un siège au Sénat. Du reste, ce que vous avez accompli chez Humanity intéresse beaucoup notre lectorat.

— Merci. C'était une expérience extrêmement enrichissante dont nous devrions pouvoir tirer parti pour la campagne.

D'un geste, Charlotte invita Julia à prendre place sur le canapé. La journaliste s'installa et plaça un petit magnétophone sur la table basse, puis elle retira un calepin bleu de son sac.

—J'aime bien prendre des notes, même si j'enregistre. Je ne fais pas confiance à la technologie.

Sceptique, elle tapota le minuscule micro de l'appareil avant de poursuivre :

—Je commencerai par la même question que tous mes confrères, et je vous la reposerai sûrement d'ici une heure, et à nouveau avant de vous quitter. Pourquoi vous présenter aux élections ? Vous êtes l'une des femmes les plus influentes du monde des affaires, tout du moins de la Silicon Valley. Vous avez trois enfants en bas âge. Pourquoi vous lancer dans cette compétition impitoyable ?

—Il est rare que l'on demande aux hommes pourquoi ils veulent faire de la politique, et on ne leur parle jamais de leurs enfants.

Un sourire étira les lèvres de la journaliste, qui attendait exactement ce genre de parade.

—Non, c'est vrai. Tenons-nous-en à la première question, alors. Pourquoi abandonner une belle carrière dans l'un des secteurs les plus innovants pour un rôle ingrat au sein d'une bureaucratie pesante à qui il faut des années pour mettre en place des mesures efficaces ?

Charlotte la trouvait sympathique.

—Vous avez une piètre opinion du gouvernement fédéral.

—Réaliste, je dirais.

À présent, elle pouvait lui servir le discours qu'elle avait préparé.

—Je me présente au Sénat parce que je peux faire mieux que celui qui occupe le siège actuellement. J'ai trois filles. J'aimerais qu'elles voient davantage de femmes décisionnaires.

—Mais vous avez déjà un rôle décisionnaire. Vous n'êtes certes pas P.-D.G ni présidente de Humanity, mais vous faites partie des cadres dirigeants. En fait, votre nom est plus connu que celui des fondateurs de l'entreprise. Votre livre a été un best-seller. Chaque fois qu'une place de P.-D.G est vacante, dans la Silicon Valley, on murmure votre nom.

Charlotte hocha la tête, avec un sourire qui se voulait modeste.

— Je suis fière de ce que j'ai accompli. Mais je peux faire encore mieux. Washington est une bureaucratie pesante, disiez-vous, où il est difficile de faire avancer les choses. J'arrive sans étiquette et je pense que c'est une bonne chose. Les Américains n'ont plus de notion de droite ni de gauche. La seule chose qui les intéresse, c'est de savoir qui fait partie de la classe des nantis, qui de celle des laissés-pour-compte. J'ai appartenu aux deux. Chez Humanity, nous employons plus de cent mille personnes dans le monde. Nous avons imaginé des moyens de rendre la vie meilleure à chacun de nos salariés, sans parler de nos clients ni des consommateurs. J'ai l'habitude d'agir, de trouver des solutions. J'ai des compétences à offrir au gouvernement.

Elle devenait de plus en plus douée pour dire beaucoup de choses sans rien dire de concret.

— Pourquoi la Pennsylvanie ?

— Je suis d'ici.

— Il y a plus de trente ans que vous vivez ailleurs.

— Je suis née et j'ai grandi dans la région. J'y ai des attaches. La Pennsylvanie a beaucoup plus besoin de moi que la Californie.

— Pourquoi ne pas plutôt y implanter une unité Humanity, qui créerait de l'emploi ?

— Le projet est à l'étude. Nous envisageons d'ouvrir un pôle technique à Pittsburgh et un service marketing à Philadelphie, au lieu de New York, comme il en a été question un temps. L'idée est dans les tuyaux depuis deux ans.

— Qui veut du bacon ? demanda Max en entrant dans la pièce avec un plat à bout de bras.

Julia leva le doigt, comme une écolière. Puis, son assiette sur les genoux, elle se tourna vers Max.

— Outre la cuisine, que faites-vous, en ce moment ?

Josh avait briefé Max quant à ce qu'il devait dire aux journalistes : il continuait de travailler pour Humanity en tant que consultant, tout en assumant à plein temps l'éducation de ses filles. Ce profil présentait l'avantage de ménager son ego et de coller au schéma traditionnel de l'homme. En gros, Max avait toujours un job.

— Je soutiens Charlotte. C'est ma priorité numéro un, en ce moment.

Il gratifia Julia d'un grand sourire.

— Ça paraît trop beau pour être vrai.

Charlotte se remémora que cette femme devait être charmée par son mari.

— C'est pourtant la vérité, dit-elle.

— Vous vous disputez, tous les deux ?

Julia était habile : elle savait quand flatter, quand susciter la sympathie, et quand désarçonner ses interlocuteurs par des questions auxquelles ils ne s'attendaient pas.

Celle-ci s'adressait à Max, mais ce fut Charlotte qui prit la parole, avec un petit rire gêné. S'aventurer sur ce terrain la troublait plus qu'elle ne l'aurait cru, et elle se demandait ce que Julia savait exactement de sa vie privée.

— Tous les couples se disputent. Nous avons trois enfants de moins de six ans. Ce n'est pas facile tous les jours. Nous avions tous les deux des postes très stressants. Nous venons de tout quitter pour démarrer une nouvelle vie à l'autre bout du pays. Il nous arrive de nous énerver, oui, mais ce n'est jamais bien méchant.

En vérité, au cours de la semaine qui venait de s'écouler, ils s'étaient disputés au sujet de la présence des filles à l'interview, ils s'étaient disputés au sujet d'un semi-marathon en Californie auquel Max souhaitait participer afin de se qualifier pour son stupide Ironman, et s'ils s'étaient disputés à deux reprises au sujet des raisons pour lesquelles ils ne pouvaient pas se permettre de prendre une femme de ménage ou une nounou. La maison bourdonnait en outre de nouvelles tensions dont Charlotte ne parvenait pas à déterminer la source, et elle n'avait pas le courage de s'asseoir en face de son mari pour discuter de tout ce qui la chiffonnait.

— Charlotte est un livre ouvert, intervint Josh. Ça fait partie de ses qualités. Elle n'a pas le filtre des politiciens.

Il jeta un regard éloquent en direction des filles, qui construisaient un château dans un coin avec des boîtes de pizza que Max gardait spécifiquement à cet effet. (« Écolo ! » avait commenté Julia.) Le message était clair : il aurait été maladroit de continuer à évoquer les relations de leurs parents devant elles. Une fois de plus, les filles de Charlotte lui servaient d'armure.

Paul frappa à la porte et entra sans attendre de réponse. Les cheveux peignés en arrière, derrière les oreilles, il portait un pull en jacquard de Max que Charlotte avait fait rétrécir au lavage, sur une chemise bleue très classique, cravate rouge nouée avec soin.

— La NRA est une organisation terroriste, était en train de dire Charlotte.

— Une organisation terroriste qui peut te rapporter des voix… Si tu veux t'y attaquer, oublie pas que tu dois d'abord être élue…

— De quel bord politique êtes-vous, Paul ? s'enquit Julia, une fois qu'il se fut installé dans un fauteuil.

— Je suis patriote.

À l'évidence, il s'agissait de quelque chose qu'il avait entendu à la télé ou dans un bar.

— Que signifie le patriotisme, de nos jours ?

Il se tortilla nerveusement sur son siège, comme un enfant incapable de se concentrer plus d'une minute.

— Qu'est-ce que vous voulez que j'en sache, moi ? répondit-il, ce qui fit rire Julia.

— Avez-vous voté pour Ted Slaughter ?

— Y avait rien de mieux.

— Voteriez-vous à nouveau pour lui si votre sœur ne se présentait pas ?

— Question débile, puisque ma frangine se présente.

— Touché, concéda Julia en souriant. Passons à la suivante : comment était votre sœur quand elle était petite ?

Paul se tourna vers Charlotte, comme pour quémander son assentiment. Elle acquiesça de la tête, avec un sourire encourageant.

— C'était une intello. Elle était douée.

D'ordinaire, il employait les expressions « madame Je-sais-tout », « cheftaine », parfois « petite conne ».

— Toujours en train de lire. N'empêche que c'était la meilleure tireuse du comté Lackawanna.

— Pardon ?

— Elle avait douze ans quand elle a tué son premier cerf. Un grand dix-huit cors. Du premier coup.

Charlotte n'était pas surprise, mais mal à l'aise. Tout était calculé, tout avait été répété, sous la direction de Josh. Elle devait séduire aussi les électeurs de Slaughter : les ruraux, les ouvriers, les paysans, les chasseurs.

— Il faudra qu'on vous voie avec un fusil, avait-il décrété.

— Ça n'a aucun sens, avait-elle objecté. Je suis pour le contrôle des armes à feu.

— Comme la plupart des gens sensés. Mais vous ne pourrez rien faire tant que vous n'aurez pas été élue. Obtenez d'abord des suffrages, ensuite vous réformerez les lois.

— C'est de la triche. On dupe les gens.

— Ils ne s'en souviendront pas, tant que leurs mômes ne se feront pas buter au lycée. Les électeurs de gauche se moqueront peut-être de vous, en vous imaginant à douze ans avec une Winchester, mais ça n'a pas d'importance ; ils voteront quand même pour vous. Les armes et l'avortement restent les sujets qui divisent le plus, en Pennsylvanie. Les ploucs vous regarderont en bavant. « Eh, c'te belle nana, elle a la même carabine que moi », avait dit Josh en imitant très mal l'accent du nord-est de la Pennsylvanie.

— Ce ne sont pas des crétins, avait rétorqué Charlotte, plus blessée par cette caricature qu'elle n'aurait pensé.

Accompagner son père à la chasse était l'une de ses activités préférées, enfant. Elle n'avait pas évoqué ces souvenirs depuis trente ans, et ils s'étaient estompés, comme s'il s'agissait de quelque chose qui était arrivé à quelqu'un d'autre il y avait très longtemps. Elle adorait marcher dans la forêt avec Marty, le suivre à travers les roseaux, dans les marécages, se frayer un passage dans les broussailles, entendre les brindilles crisser sous leurs pieds, enjamber les troncs d'arbre, pour arriver à la cabane d'affût avant 5 heures. Elle y allait parfois seule. C'était là qu'elle avait dévoré tous les tomes de *La Petite Maison dans la prairie* et tous les Nancy Drew. Elle admirait la patience des chasseurs et considérait la chasse comme une discipline sportive, à condition de respecter les règles et de manger ce que l'on tuait. Quand elle était petite, ses parents avaient toujours du gibier au congélateur.

Ce n'était pas la même chose d'avoir un fusil pour chasser et manger que de posséder une arme semi-automatique qui pouvait tuer une centaine de personnes en moins de temps qu'il n'en fallait pour le dire. Charlotte n'avait jamais compris pourquoi les politiques n'instauraient pas une législation qui fasse le distinguo entre ces deux concepts.

—Je ne dis pas que les gens de la campagne sont plus idiots que les gens de gauche. Tout le monde se base sur des critères superficiels. Les gauchistes vous colleront des étiquettes sans même s'en rendre compte : femme, diplômée d'une fac prestigieuse, féministe, pro-avortement. Ils partiront du principe, sans vérifier, que vous vous battrez pour la santé et l'éducation gratuites. Tout le monde est un peu simplet, quand il s'agit de s'identifier à un candidat.

Julia reporta son attention sur Charlotte.

—« La meilleure tireuse du comté de Lackawanna »..., répéta-t-elle avec un petit sourire. Je serais curieuse de voir ça...

Ils avaient aussi répété cette scène.

—Charlie peut vous montrer, dit Paul avec un geste en direction du jardin, très appliqué à jouer son rôle et à mériter ses 2 000 dollars. On a toujours des canettes pour s'entraîner. Venez... Vous avez déjà tiré, Julia ?

—Une ou deux fois.

Charlotte s'éclaircit la voix et fit mine de protester. Max détestait ce numéro, qui avait également fait l'objet d'une amère discussion :

—Comment on expliquera ça aux filles ? Elles ne sont pas en âge de parler du cycle de la vie et de la mort. Elles se souviendront juste que leur maman a tué Bambi.

—On leur donnera la même explication que mon père m'a donnée.

Dans le nord-est de la Pennsylvanie, la chasse faisait partie du quotidien. Les enfants portaient des gilets orange et des pantalons de camouflage dès qu'ils savaient marcher.

— Sûrement très convaincante, avait ricané Max.

— Parfaitement. Tes parents t'ont sans doute donné la même.

— Mes parents ne m'ont jamais rien expliqué. Mon oncle revenait avec un cerf crevé sur le toit de sa bagnole et le lendemain, on m'obligeait à aider à le dépecer. Ce n'est pas pour rien que j'ai quitté ce bled, Charlie. Je déteste la chasse.

Charlotte se leva et prit une veste kaki qui paraissait vieille, sale et usée – alors que Josh l'avait achetée la veille, une supercherie qui la remplissait de honte. Mais la Winchester de son père était bien réelle, une carabine simple et fonctionnelle, qui avait vécu. Charlotte s'entraînait depuis quelques jours. Elle avait été surprise de se rappeler automatiquement les gestes, et de retrouver ce calme et cette concentration que lui procuraient le contact de la crosse de bois ainsi que l'odeur âcre de l'ammoniaque et de la fumée.

— Filme, indiqua Julia au cameraman.

Max avait demandé à Leila de rester avec les filles à l'intérieur, mais Ella accourut dans le jardin.

— Maman, elle a un fusil ! Maman, elle va tirer ! criait-elle en sautillant sur place.

La journaliste évita les crottes de chien que Max avait oublié de ramasser. Charlotte se positionna en face des trois canettes de bière alignées sur une planche soutenue par deux parpaings. Elle écarta les pieds. Son objectif, toute la semaine, avait été d'abattre dix cibles en vingt coups. Aujourd'hui, elle n'avait besoin que d'en toucher une. De préférence la première, et ils pourraient retourner s'installer à l'intérieur pour parler du salaire minimum, de l'effacement de la dette étudiante et du congé parental payé.

Avec le recul, la crosse lui heurta violemment la joue. Elle aurait une marque. Sa faute. Elle aurait dû mieux la stabiliser avant de tirer. Elle avait loupé sa cible, de peu. Elle ferma les yeux et visualisa la canette, comme son père le lui avait appris, loin de se douter, à l'époque, qu'il lui enseignait une forme de méditation, un moyen de retrouver son sang-froid dans les situations critiques. Depuis qu'elle était adulte, elle recourait souvent à cette méthode. *J'avais oublié d'où ça venait...*

Elle le sentait dans ses entrailles, quand la cible était dans sa ligne de tir. La deuxième balle transperça la canette, d'où jaillit un jet de mousse. Paul se tourna vers la reporter.

— À vous.

Si Julia Schulz-Davies se doutait de la mise en scène, elle n'en montra rien. L'anecdote était croustillante. Les photos et les vidéos généreraient des clics.

— Une autre fois, peut-être.

— Allez, insista le frère de Charlotte. Essayez au moins un coup.

Julia prit la carabine, bon gré mal gré. Elle remonta ses manches, et Charlotte fut surprise par le tatouage qui lui recouvrait l'avant-bras, un aigle dessiné avec une grande finesse. La journaliste toucha trois canettes en quatre coups.

Puis, en regagnant le salon, elle glissa un bras sous celui de Charlotte.

— C'est toujours jouissif, non, de surprendre les gens ?

Chapitre 9

1er juin 2018
J - 158 avant les élections

Max et Charlotte essayaient de faire l'amour quand l'article fut mis en ligne. Ils avaient enlevé les vêtements stratégiques et se caressaient les parties stratégiques lorsqu'une alerte Google fit vibrer leurs téléphones, immédiatement suivie de textos de Leila, Josh et Roz. Coupés dans leur élan, ils consultèrent chacun leur écran.

« Tout pour être heureuse ? » s'interrogeait le titre au-dessus d'une photo de Max aux fourneaux, Charlotte à l'arrière-plan, l'air sévère, appuyée contre le frigo grisâtre, les filles jouant sur le plancher. La saturation avait été ajustée pour accentuer la teinte de son rouge à lèvres et le vert citron des éléments de cuisine en formica.

— Ils ont pris deux mille photos et c'est celle-là qu'ils ont choisie ?

La paupière gauche parcourue de tressaillements, Max lut tout haut quelques extraits choisis, sur un ton qui ne cachait rien de son irritation.

— « Elle rapporte le bacon à la maison, il le fait cuire – littéralement… Tandis qu'elle promet d'accomplir ce qu'aucune femme n'a jamais accompli en Pennsylvanie, il la couve d'un regard adorateur… Max Tanner est un homme unique, en cela qu'il ne semble pas dérangé par le fait que sa femme ait plus d'ambition que lui… » Non mais c'est quoi ce délire ?

— Qu'est-ce qui te chiffonne ?

Charlotte le savait pertinemment. Elle aurait mieux fait de ne pas réagir. Que disaient tous ces livres de conseil conjugal, qu'elle feuilletait régulièrement et furtivement dans les librairies, au chapitre des questions dont on ne voulait pas entendre la réponse mais que l'on ne pouvait pas s'empêcher de poser sans cesse à son conjoint ?

— Elle me fait passer pour une grosse fiotte, répondit Max. Tu as plus d'ambition que moi ? Qu'est-ce qu'elle sait de mes ambitions ? Je ne m'attendais pas à ça de sa part.

Sans doute y avait-il là un soupçon de vérité, supposait Charlotte. Max était responsable produit et ingénierie depuis déjà cinq ans, cinq ans pendant lesquels il n'avait pas évolué, préférant que les jeunes se décarcassent à sa place, tant que le mérite rejaillissait sur lui. Il était prêt à se retirer de la course, fatigué de viser toujours plus haut, prêt à laisser le soin à la nouvelle génération de changer le monde.

— Bienvenue en politique.

Avec un soupir exaspéré, il posa brutalement son téléphone sur la table de chevet.

— Je ne fais pas de politique. Je déteste la politique. Je n'ai rien à foutre là-dedans. Mais ce n'est pas comme si on m'avait laissé le choix.

Là-dessus, il se leva, ouvrit un tiroir de la commode, regarda à l'intérieur puis le referma d'un coup sec.

— Je n'ai plus de slip.

Il s'agissait clairement d'une accusation. S'il n'avait plus de sous-vêtements propres, c'était à cause des ambitions de sa femme.

Tu n'avais qu'à faire une machine. Se mordant l'intérieur de la joue, Charlotte se leva à son tour et ferma la porte de la chambre. Max se mit à quatre pattes pour regarder sous le lit, à la recherche du boxer dont il s'était si allégrement dépouillé un instant plus tôt.

— Si, tu avais le choix. On a toujours le choix.

Elle se rassit sur le lit, sa mauvaise foi planant dans l'atmosphère.

— Ah ouais ? Je ne m'en suis pas rendu compte.

Max prit son ordinateur et se replongea dans l'article. Charlotte alla terminer de le lire tranquillement aux toilettes. Quand elle revint, son mari agita un doigt furieux face à l'écran.

— T'as vu les commentaires ? Écoute ça : « Coucou Max Tanner, ça doit être dur pour vos gosses de grandir dans un foyer sans influence masculine. Bah, c'est pas grave. Votre femme assure. »

Avant qu'elle ne puisse l'en empêcher, il tapa une réponse : « Et si je te colle mon poing dans la gueule, je serai plus masculin ? »

— Punaise, Max, tu te rends compte que ton vrai nom apparaît ? Tu viens de menacer un troll de représailles violentes. Tu rentres dans leur jeu. Ces gens-là n'ont qu'un seul but : te provoquer. Efface ce message.

— Comment on fait ? demanda-t-il, penaud, conscient d'avoir commis une erreur. Tu crois qu'on peut supprimer un commentaire ?

Elle s'empara de l'ordinateur et le scruta une bonne minute avant de trouver la manipulation complexe permettant de faire disparaître ses propos.

Pourquoi cet article le met-il dans tous ses états? La journaliste avait dépeint Max comme un saint. Non que Charlotte n'apprécie pas les sacrifices de son mari. Elle lui était reconnaissante. Mais Julia Schulz-Davies avait forcé le trait. Et omis de préciser que, lorsque Charlotte était à la maison, c'était elle qui s'acquittait de toutes les tâches ménagères. On pardonnait à Max d'amener les filles en retard à l'école, d'avoir oublié leur jus de fruits ou leur culotte de rechange, parce qu'il était un adorable papa au foyer. Les mamans se bousculaient pour l'aider et s'apitoyaient sur le sort de ce pauvre homme que sa femme accablait du fardeau de l'éducation de leurs trois filles. *C'est trop facile. Tu passes pour un héros juste parce que tu t'occupes de tes mômes.*

— Tu peux râler autant que tu veux, mais que ça ne sorte pas d'entre ces quatre murs, dit-elle d'une voix glaciale.

— Je vais aller passer quelques jours en Californie. J'ai besoin d'un break.

Il brandissait cette menace constamment: « Je vais partir. Je vais retourner chez nous. »

— Tu es mignon, Max. Tu ne crois pas qu'on aurait tous besoin d'un break? Moi aussi, j'aimerais bien mettre la campagne en pause. Moi aussi, j'aimerais bien prendre des vacances, de temps en temps, et oublier que j'ai des enfants. Oublier que je suis une femme mariée.

Elle savait qu'elle regretterait ce qu'elle s'apprêtait à dire, mais elle ne put s'en empêcher.

— Remarque... Tu ne t'es pas gêné, toi, pour oublier tes enfants et ta femme...

Max s'engagea dans l'escalier d'un pas rageur, et elle se demanda s'il l'avait entendue.

—Le bacon ! La carabine ! La gamine à poil qui court partout ! Vous paraissez carrément authentique ! jubila Josh le lendemain autour d'un petit déjeuner.

« Carrément authentique »… C'est un compliment, ça ?

Il donna un coup de poing sur la table qui fit trembler les tasses de café.

—J'adore. C'est parfait. Ce genre de pub ne s'achète pas. Même en suçant.

Un instant, Charlotte crut qu'il allait l'embrasser sur la bouche, tant il était excité.

—Qu'en a pensé Max ? Je ne me lasse pas de cette photo de lui avec le bacon.

Elle esquissa un sourire forcé.

—Il n'a pas aimé.

—Ah bon ?

Leila fit signe à la serveuse de leur apporter du café.

—Tu m'étonnes…, dit-elle. C'est sûr que ça a dû faire mouiller les féministes, le papa super sexy qui reste à la maison avec les gosses pour faire la popote et le ménage pendant que maman part à la conquête du monde… Mais je comprends qu'il n'ait pas apprécié qu'on dise qu'il n'avait pas d'ambition. Ça vous aurait plu, à vous ?

Josh prit sa saucisse avec les doigts, en croqua un morceau et l'agita tel un sceptre en direction de Leila.

—Carrément ! Vous ne voulez pas m'épouser et me nourrir ? Je quitte mon job sur-le-champ.

—Vous n'êtes pas mon genre.

—Encore mieux ! On baiserait chacun avec qui on veut. Ma conception du couple idéal.

—Ça suffit ! intervint Charlotte en frappant la table du plat de la main. Qu'est-ce qu'on fait, maintenant ? On a eu un super article. Comment l'exploiter à notre avantage ? Aura-t-il une influence sur les électeurs de Pennsylvanie ?

L'article lui procurait une euphorie qui n'était pas sans lui rappeler les effets des pilules minceur d'une copine de fac qu'elles avaient prises pour se défoncer. Elle s'était sentie si forte et si intelligente, et elle avait tellement aimé cette sensation qu'elle s'était promis de ne jamais recommencer.

— 90 % des inscrits sur les listes ne le liront pas, mais beaucoup verront passer le titre sur Facebook et ils se diront : « Tiens, intéressant. Cette bonne femme est peut-être intéressante. » Le jour des élections, ils connaîtront au moins votre nom, et c'est la moitié de la bataille. Les gens filtrent ce qu'ils lisent en fonction de leurs idées politiques. Tous ceux qui liront l'article auraient voté pour vous de toute façon. Obligé, s'ils lisent un torchon libéral comme *Vanity Fair*.

— Rassurant, marmonna Charlotte.

— Mais peu importe. Mary Ann du *Today Show* a appelé. Elle vous veut la semaine prochaine sur le plateau de l'émission de 8 heures. La consécration suprême. Elle va vous adorer. Elle aurait aimé que Max soit là, mais j'ai dit qu'il n'était pas dispo.

— Max veut partir en Californie, la semaine prochaine.

— Hors de question. Ça la foutrait mal qu'il vous laisse là toute seule. Vous avez cinq meetings dans les trois semaines à venir auxquels il doit être présent. Il pourra éventuellement partir le mois prochain.

— Il sera dingue si je lui dis ça.

— Débrouillez-vous pour qu'il ne parte pas, répliqua Josh, toute euphorie soudain évaporée. Vous ne pouvez pas vous permettre de rater cette chance. Ne laissez pas votre mari tout foutre en l'air.

PITTSBURGH POST-GAZETTE

Pourquoi ce plafond de verre sur la Pennsylvanie ?
Tom Sullivan

Il reste peu de secteurs aux États-Unis que l'on puisse encore qualifier sans ironie de « typiquement masculins ». Étrangement, la sphère politique en fait pourtant toujours partie.
Laissons parler les chiffres… La Pennsylvanie n'a jamais élu de femme gouverneure ou sénatrice. Sur les dix-huit sièges dont l'État dispose à la Chambre des représentants, aucun n'a jamais été occupé par une femme. Le pourcentage de femmes dans notre corps législatif, sur deux cent cinquante-trois membres, est l'un des plus faibles du pays, et le plus faible des États du nord-est.
« Le Capitole de Pennsylvanie est un réseau de vieux copains, a déclaré Allison Latch, à propos de son choix de ne pas se présenter pour un second mandat. Pour le dire poliment, les hommes qui gouvernent l'État de Pennsylvanie ont le don de rabaisser les femmes, aussi haut placées soient-elles. Je serai plus utile aux citoyens de mon État en travaillant dans le secteur privé. En politique, j'ai souvent eu le sentiment que l'on me contredisait juste parce que j'étais une femme. » Et d'ajouter : « Dans notre État, ce n'est pas facile d'être une femme intelligente et de garder son calme, quand on entend la façon dont les citoyens et parfois même les politiciens traitent celles qui nourrissent des ambitions politiques. »
Et voilà que la cadre de la tech Charlotte Walsh revient dans sa petite ville natale du nord-est pour tenter de briser ce plafond de verre en devenant la première sénatrice de Pennsylvanie.

Ted Slaughter, le sénateur en place, lui reproche d'être mère de trois petites filles.
« Prendra-t-elle l'avion pour rentrer chez elle chaque fois qu'une de ses gamines aura le nez qui coule ? a-t-il raillé. Que penser d'une maman qui n'hésite pas à abandonner plusieurs jours de si jeunes enfants ? »
Slaughter voudrait faire passer Charlotte Walsh d'une part pour une législatrice incompétente car handicapée par ses enfants, de l'autre pour une mère indigne négligeant ses obligations familiales. Une stratégie qui a terni son image parmi les électrices des zones suburbaines, tant et si bien que l'écart entre les deux candidats se réduit maintenant à deux points.

Suite de l'article en page B8

Chapitre 10

8 juin 2018
J - 151 avant les élections

Walsh (D)	**Slaughter (R)**	**Écart**
41	43	Slaughter + 2

Chaque journée de campagne apportait son lot de bassesses.

En quittant les studios du *Today Show*, Charlotte fut assaillie par des manifestants brandissant des pancartes « Charlotte Walsh tue des enfants ». Sidérée, curieuse, elle s'approcha d'un homme au physique latino.

— Pourquoi êtes-vous là ? Votre message n'a aucun sens.

Il la dévisagea d'un regard vide.

— Ils ne parlent pas anglais, lui dit Josh en l'entraînant vers la voiture. Ils sont payés par Slaughter. Ils ne savent peut-être même pas ce qui est écrit sur leurs banderoles.

Le *Daily Dispatch* publia ensuite une série de photos sous le titre « La candidate au Sénat était une belle gosse dans sa jeunesse ».

— Personne ne m'avait encore jamais dit que j'étais une belle gosse, dit-elle à Leila avec un grognement.

D'une manière générale, on la décrivait en des termes que personne, à sa connaissance, n'avait jamais employés pour la qualifier : « une beauté », « adorable », « sexy ».

— Apprécie le caractère vaguement flatteur de la misogynie, répliqua Leila avec humour.

Sur l'une des photos, adolescente en maillot de bain relativement chaste, Charlotte faisait du ski nautique sur le lac Winola. Sur une autre, gobelet rouge à la main, appuyée contre un poteau téléphonique, elle fumait une cigarette avec une moue aguicheuse, en veste de treillis trop grande pour elle et béret noir, les lèvres fardées de marron, devant une salle de concert de Philadelphie où elle était allée voir les Smiths. Et la pièce de résistance la montrait en négligé gris perle, le mot « Ça » imprimé au pochoir sur la fine étoffe. En dernière année de lycée, avec deux camarades de classe, elle s'était déguisée en lapsus freudien, pour Halloween. Sur la photo, elle se tenait un peu derrière Jessica Kelly et Jenny DiGeorgio, mal à l'aise. En fait, elles n'étaient pas ses amies, mais Jessica et Jenny s'étaient dit qu'un « Moi » et un « Surmoi » ne leur suffiraient pas pour remporter le concours de déguisements.

Paul. Ces photos ne pouvaient provenir que de lui. Sans doute ce qu'il cherchait dans le garage, le soir du discours. *Combien l'ont-ils payé ?*

Il nia, quand elle parvint enfin à le joindre, mais Kara n'était pas convaincue de son innocence.

— Je creuserai, ma belle. S'il a touché de l'argent, je le saurai, tôt ou tard. Dès qu'il a du pognon, il fait un truc débile.

Pendant quinze ans, j'ai dirigé une entreprise multimillionnaire et mon abruti de frère arrive encore à m'humilier.

Prendre Paul à partie aurait été aussi vain que frapper Bob le chien parce qu'il avait mâchouillé ses chaussures ou Jack the Fat parce qu'il avait pissé dedans. Tous étaient trop idiots pour comprendre qu'ils avaient fait quelque chose de mal. La seule différence était que les animaux montraient du remords.

Josh était moins contrarié que Charlotte ne l'aurait pensé.

— Vous aviez une belle poitrine quand vous étiez gamine, dit-il en parcourant la galerie de clichés pour s'arrêter sur celui où elle était en bikini. Trouvez d'autres photos de vous quand vous étiez jeune et jolie. On va tourner ça à votre avantage. Dégottez-moi des photos de Halloween, de la fac, de vous avec le fusil de votre père. On fera un album, sur notre site Web. On va faire exploser le compteur des visites.

À New York, elle rencontra une jeune comédienne, la fameuse actrice de la série avec des zombies. Roz avait suggéré de l'engager dans l'équipe, pour séduire les jeunes. Jasmine Yates avait grandi à Conshohocken et elle était toujours inscrite sur les listes électorales de Pennsylvanie. Elle faisait du cinéma depuis l'âge de cinq ans. À l'adolescence, elle avait déjà suivi deux cures de désintoxication. Puis elle avait intégré Yale et s'était réinventée en chouchoute studieuse des États-Unis. L'année précédente, elle avait été nominée pour un Emmy et un Golden Globe.

Charlotte arriva en fin d'après-midi dans une ancienne raffinerie de sucre convertie en studios télé, dans le Queens. Pestant à cause du temps qu'elle perdait, elle patienta une heure dans la loge de l'artiste. Les murs étaient peints en jaune pastel, des coupures de presse et des clichés Instagram étaient punaisés sur un grand panneau de liège. « Le mood board de Jasmine », était-il inscrit au-dessus. Charlotte profita de ce temps mort pour relire le topo que Leila lui avait rédigé sur les quatre dernières saisons de la série.

— Prétendez que vous êtes une fan inconditionnelle, avait recommandé Josh.

— Parce que j'ai l'âge de regarder des romances paranormales pour ados ? avait rétorqué Charlotte avec un petit rire sarcastique.

— Détrompez-vous, l'audience compte un grand nombre de mères de famille ayant entre trente-cinq et cinquante ans qui ne baisent plus avec leur mari et se fantasment en otage d'un zombie de dix-neuf ans, avait répondu Josh platement. Je ne sais pas ce que vous avez dans votre historique Netflix.

Lorsqu'elle daigna enfin paraître, Jasmine s'était débarrassée des couches de maquillage qui lui donnaient l'air d'une morte-vivante. Elle avait les cheveux très courts, une coupe pas très jolie mais qui lui allait bien, et elle portait une petite robe blanche avec des empiècements transparents ne laissant voir que des parties inintéressantes de son anatomie. Aux yeux de Charlotte, il était évident que Jasmine se donnait beaucoup de mal pour paraître bien dans sa peau. La jeune femme lui posa les mains sur les épaules et la regarda droit dans les yeux.

— J'ai l'impression de vous connaître.

Charlotte se remémora les photos de son overdose d'héroïne, sur le siège passager d'une voiture de luxe, la tête à un angle impossible, la langue hors de sa bouche. L'épisode avait eu lieu cinq ans plus tôt. Jasmine s'était refait une santé.

— J'adore votre série, déclara Charlotte avec un sourire avenant.

Jasmine baissa les yeux, l'air d'insinuer que son « job » à la télé ne signifiait pas grand-chose comparé à l'activisme politique dans lequel elle était prête à s'engager.

— En quoi puis-je contribuer à votre campagne ? demanda-t-elle. Je peux vous accompagner en tournée ? J'ai 4,1 millions de followers sur Instagram.

Le nouveau cheval de bataille des nouveaux riches en guerre pour la justice sociale. Charlotte était consciente que cette forme de reconnaissance valait davantage que tous les Oscar. Lulu adorerait Jasmine. Charlotte imagina un avenir où les deux jeunes femmes deviendraient les meilleures amies du monde, puis elles auraient une brève relation amoureuse, à titre expérimental, et elles seraient ensuite témoin l'une de l'autre à leur premier mariage avec deux beaux gosses tous deux prénommés Tom.

— Je vous présenterai à Lulu, ma manager Instagram, si vous voulez. Nous vous demanderons de venir en Pennsylvanie, d'ici quelques semaines.

Jasmine changea subitement son fusil d'épaule.

— Je sais que mon look attire l'attention, dit-elle. Ça ne me dérange pas de l'exploiter, si c'est pour la bonne cause. Ça m'intéresse à fond de vous représenter auprès des jeunes. La première fois que j'ai voté, c'était comme une expérience extra-corporelle. Presque orgasmique. Tellement de sensations. Vous voyez ce que je veux dire ?

Charlotte fit un effort herculéen pour ne pas rire.

— Tout à fait.

— Je suis en train d'écrire une chanson là-dessus.

Jasmine se pencha vers elle, comme si elle s'apprêtait à lui confier un terrifiant secret.

— Prenons un selfie avant que vous partiez.

Et avant que Charlotte puisse protester, elle lui enlaça les épaules.

Charlotte redressa la tête, afin d'éviter l'effet double menton. Chaque fois qu'elle se regardait dans un miroir ou qu'elle se voyait en photo, elle était choquée de voir une femme de presque cinquante ans, et ce fut encore le cas quand elle vit ses yeux fatigués et ses bajoues, près du visage radieux de la jeune femme, sur l'écran du Smartphone. Jasmine ferma les yeux et tira la langue.

— Souriez, dit-elle.

L'équipe était attablée dans un *Burger King* entre New York et Scranton, après une semaine de campagne médiatique intensive.

— On devrait poster une photo sur Insta, suggéra Charlotte à Lulu, qui pianotait furieusement sur l'écran de son téléphone. Le glamour de la tournée…

Lulu leva à peine les yeux du verre d'eau glacée qu'elle sirotait à la paille.

— Vous venez de promettre des repas diététiques dans les cantines scolaires.

— Mais j'ai aussi promis aux salariés payés à l'heure, comme ceux qui bossent ici, de me battre pour l'augmentation du salaire minimum.

Lulu boudait depuis le début de la semaine car Josh lui avait reproché d'avoir utilisé *Allentown*, de Billy Joel, en bande-son d'un Snap.

« La chanson parle d'Allentown », avait-elle plaidé.

« Oui, elle raconte la fermeture des usines, l'avait-il rabrouée. C'est une chanson sur la misère et le désespoir qui règnent en Pennsylvanie. Écoutez les paroles, la prochaine fois. »

— 77 % des Pennsylvaniens mangent au fast-food au moins une fois par semaine, intervint-il. Mais 43 % en ont honte. Abstenons-nous. Sans transition… Il faut qu'on trouve un faire-valoir pour renflouer nos caisses.

— Vous voulez que je regarde si Oprah est dispo ? proposa Leila avec un demi-sourire.

— Elle ne l'est pas, répliqua Josh avec sérieux. Je me suis déjà renseigné. Je pensais à Nick Foles, le quarterback des Bears de Chicago.

— J'ai rencontré Jasmine, l'actrice de la série avec les zombies, qui me représentera auprès des jeunes. Et j'ai récolté un demi-million, cette semaine. Plutôt pas mal, non ?

Charlotte n'en était pas certaine. Josh mordit à pleines dents dans son Whopper. De la sauce orange tomba sur son pantalon kaki chiffonné.

— On est un peu justes. Il nous faut de la nouveauté pour attirer l'attention, et vite.

— Je peux compléter, chuchota-t-elle, presque à elle-même.

— Comment ? De votre poche ?

— S'il le faut.

— J'espère qu'on n'en sera pas réduit à cette extrémité. Que diriez-vous de Jimmy Buffet ? Vous seriez prête à jouer la fan qui connaît toutes ses chansons par cœur ?

Charlotte se cacha la tête entre les mains.

— J'en ai ras le bol de me faire passer pour quelqu'un que je ne suis pas.

Je n'arrête pas de retourner ma veste. C'est pathétique.

— Alors il ne fallait pas vous présenter, répliqua Josh sèchement. Vous plaisez aux femmes noires des zones urbaines et aux hommes blancs des zones rurales. Les électrons libres se rallient à notre camp pour la première fois en vingt ans.

Elle avait déjà entendu ce discours. Parfois, Josh concluait la journée sur un : « Vous avez parlé à des gens de couleur, aujourd'hui ? à des vieux Blancs ? à des moins de vingt-cinq ans ? Nickel, vous avez bien bossé ! »

Dans sa bouche, Charlotte voyait la viande et la laitue qu'il mastiquait.

— Je suis tout le temps en train de mentir.

— Je vous avais prévenue dès le départ. Mais vous ne mentez pas. Vous dites aux gens ce qu'ils ont envie d'entendre. Il y a une différence.

Elle avait l'impression d'être une poupée russe, révélant sans cesse une nouvelle version d'elle-même avec un nouveau visage.

Je suis une hypocrite. Je suis pétée de thunes et je fais semblant d'appartenir à la classe moyenne. J'ai peur de perdre mon couple et ma famille mais je fais comme si tout allait pour le mieux dans le meilleur des mondes. Je ne fais pas confiance au gouvernement mais je demande aux gens de me faire confiance et de m'élire au gouvernement. Moi-même, je ne me fais pas toujours confiance.

— Et nous devons faire plus de parades, poursuivit Josh. La Pennsylvanie adore les parades et Slaughter n'en fait plus depuis que les Pussy Brigade l'ont canardé de tampons imbibés de coca cerise.

Charlotte s'excusa et quitta la table pour se rendre aux toilettes, qu'elle trouva fermées, ce qui l'irrita.

— Il vous faut la clé.

Le jeune obèse qui leur avait servi leurs burgers la lui tendit, accrochée à une spatule. Son haleine empestait les frites et le rhum coca.

— Merci.

Il hocha la tête, et elle eut un mouvement de recul, croyant qu'il allait la renifler.

Le sol des sanitaires était jonché de serviettes en papier humides et chiffonnées, dont une tachée de sang. Le lavabo était rempli d'eau. Charlotte abaissa l'abattant et s'assit dessus, tête ballante entre les jambes. Quelqu'un frappa à la porte et secoua la poignée.

— Deux secondes, bougonna-t-elle.

— C'est moi. Je peux entrer ?

Leila secoua de nouveau la poignée. Charlotte tourna le verrou.

Les serviettes en papier adhéraient aux semelles des sandales rouges de Leila. Elle plia la jambe pour en décoller une, sans même une grimace, puis elle tendit un gobelet de café à Charlotte.

— Je suis crevée.

— Bois ça.

— Je crois que le café ne me fait plus d'effet.

— Tu veux que je te trouve du speed ?

— J'aimerais trop. Je n'en peux plus, Lei.

À cet instant, Charlotte était trop fatiguée pour quitter les toilettes d'un fast-food. Cinq mois de campagne lui paraissaient au-dessus de ses forces. Leila glissa un bras sous le sien et l'aida à se lever.

— Allez, courage, mama. Tu tiens le bon bout.

En arrivant chez elle, Charlotte trouva une ado renfrognée vautrée sur le canapé, occupée à gratter ses cicatrices d'acné en zappant de chaîne en chaîne et en jouant à Candy Crush sur son téléphone.

— Bonjour ! lança-t-elle en se débarrassant de ses chaussures et en posant son sac à main près des baskets à paillettes des jumelles.

Puis elle contempla la pagaille qui régnait dans le salon : une boîte à pizza vide sur la table basse, des maillots de bain d'enfants mouillés accrochés au dossier des chaises, une partie de dames inachevée et des billets de banque en papier coloré éparpillés sur le plancher.

— Qui êtes-vous ?

— Bailey, répondit la fille en levant les yeux au ciel, comme si son prénom était tatoué sur son front. La baby-sitter.

La cinquième Bailey que Charlotte rencontrait à Elk Hollow. Que s'était-il passé quinze ans plus tôt pour que tout le monde appelle sa fille Bailey ou Riley, des noms que Charlotte aurait volontiers donnés à un cocker plutôt qu'à une petite fille ?

Bailey scruta un instant l'écran de la télé, puis elle regarda Charlotte.

— C'est vous.

Charlotte mit une fraction de seconde avant de se reconnaître, sur une photo peu flatteuse. Se voir à la télévision, en version distordue d'elle-même, lui donnait toujours l'impression d'être prise au piège, acculée au fond d'une impasse. La photo était de si mauvaise qualité qu'elle avait le teint cadavérique, effrayant. « Charlotte Walsh se croit plus intelligente que vous », affirmait un sous-titre en lettres rouges rageuses. Une voix sinistre l'énonça, sur le ton de l'oraison funèbre. S'ensuivit une série de clichés : Charlotte recevant son diplôme (légende : « diplômée de l'Ivy League »), Charlotte à un gala pour le New York City Opera (légende : « élitiste »), Charlotte célébrant le mariage de deux employés (légende : « prêtresse gay »), puis un extrait d'une conférence TED où elle disait en riant : « Au fond, je suis une vraie nerd » et un enregistrement où elle s'exclamait : « Mais c'est idiot ! » (D'où sortait cette phrase ?) Le spot se terminait sur le message, en lettres écarlates : « Charlotte Walsh vous prend pour des idiots. » Il était financé par les patriotes pour la réélection de Ted Slaughter.

Il était encore tôt dans l'année pour une offensive par spots publicitaires. Josh pensait que Slaughter voulait pousser Charlotte à se retirer de la course en l'humiliant. Elle n'en revenait pas de la piètre qualité des vidéos politiques locales, d'autant qu'elles devaient coûter des centaines de milliers de dollars. N'importe quel âne pouvait faire mieux avec un iPhone et la première version d'Adobe Photoshop.

— Ça doit être trop chelou de se voir à la télé…, commenta Bayley. Mais vous faites moins peur en vrai, ajouta-t-elle en regardant le pantalon froissé de Charlotte, puis son visage.

— Merci. Oui, c'est très bizarre. Mes filles dorment ?

Charlotte s'abstint de demander où était Max. Cette ado n'avait pas besoin de savoir que son mari avait des occupations dont elle n'était pas au courant.

— Ouais. Ça fait au moins une heure. Je vous ai vue aussi sur Facebook cette semaine.

Prise d'une soudaine envie de sucre, Charlotte ouvrit le réfrigérateur, qui contenait un bocal de compote de pommes, du fromage en bâtonnets, six paquets de biscuits et de l'eau gazeuse. La poubelle débordait de boîtes de pizza et de barquettes d'un restau chinois.

— Ah bon ?

Elle ouvrit un paquet de cookies, se demandant quel était le tarif des baby-sitters pennsylvaniennes. À Atherton, elles prenaient 25 dollars de l'heure et il fallait leur payer l'aller et retour en Uber, plus un repas de choix. Depuis quand cette fille était-elle là ? Charlotte fouilla dans son sac, en espérant qu'elle aurait assez de liquide. Bailey gonfla sa lèvre inférieure pour souffler sur les mèches qui lui tombaient devant les yeux, tout en balayant du pouce l'écran de son iPhone à la coque zébrée.

— J'envoie un message à mon copain pour qu'il vienne me chercher. Cool ?

— Cool.

Le plancher de la chambre craqua. Charlotte alluma la lumière. Le lit n'était pas fait. Des vêtements sales traînaient par terre, sur le fauteuil, sur le bureau. Elle ramassa les chaussettes et les sous-vêtements qu'elle rencontra sur son chemin vers la salle de bains. Elle avait hâte de prendre une douche. Ses cheveux sentaient le fast-food.

Réveillé par le bruit de l'eau, Bob émergea de sous le lit. Elle l'attrapa par la peau du cou et lui donna une petite tape sur l'arrière-train pour le chasser de la pièce.

Elle entendit Max arriver dans la chambre, enlever ses chaussures, jeter sa chemise par terre, comme s'il était à l'hôtel. Puis il entra dans la salle de bains et, sans un mot, il souleva la lunette des toilettes.

— Salut ! cria-t-elle en essayant de paraître joviale.

— Salut, répondit-il sans tirer la chasse.

La plomberie était vétuste. Tirer la chasse privait la douche d'eau froide. Charlotte préféra penser qu'il ne s'agissait pas de négligence mais d'attention à son égard.

— C'était qui, la fille qui était sur le canapé, tout à l'heure ?

Comme il n'y avait plus de crème à raser, elle utilisa de l'après-shampoing pour se raser les jambes, jusqu'aux genoux seulement.

— Je t'ai envoyé un texto pour te dire que j'avais pris une baby-sitter.

— Je ne l'ai pas reçu.

— J'ai peut-être oublié d'appuyer sur « Envoi ». Désolé. Je pensais rentrer plus tôt. Les filles ont été sympas avec Bayley ?

— On dirait.

Tu ne me poses pas de questions sur ma semaine ? Sur New York ? Ni sur rien ? Oui, le Today Show *s'est très bien passé. Hoda*

Kotb sentait très bon, la menthe et le shampoing à la pomme. Tu m'as manqué. Parle-moi, je t'en supplie !

— Tu as de l'eau chaude ?

— Ça va. À ton avis, pourquoi toutes les ados de la ville s'appellent Bailey ?

— J'sais pas.

Une vague de tristesse submergea Charlotte. Normalement, Max adorait ce genre de jeux. Normalement, il aurait échafaudé une théorie complexe pour expliquer la profusion de Bailey à Elk Hollow, algorithmes à l'appui, étayés par des courbes météo, taux de naissance et phénomènes de pop culture.

— Je descends voir le chauffe-eau. Il déconnait encore ce matin. Au fait… il n'y a plus de PQ.

Pourquoi tu ne changes pas le rouleau ? Il y en a une réserve sous le lavabo, là où je range systématiquement le papier toilette quand je rentre des courses.

Charlotte essuya le savon qui lui coulait dans les yeux et se pencha hors de la cabine de douche pour quémander un bisou à Max, mais il était déjà parti. Elle resta longuement sous le jet, dans l'espoir de se laver de ses frustrations et contrariétés.

Sur la commode de la chambre, son téléphone vibra. Elle l'ignora, ferma le robinet et se sécha les cheveux. Mais en entendant une deuxième notification, elle ne put s'empêcher d'aller y jeter un coup d'œil.

Ce n'était pas son téléphone, mais celui de Max, qui venait de recevoir un texto d'une certaine Abby. Charlotte déverrouilla l'écran et fit défiler la conversation.

♥♥♥ Tu me manques. On se voit quand ? 😮

Très bientôt. Je vais venir en Californie. Hâte de te voir moi aussi. Plein de trucs à te dire.

Cool ! Tu as parlé de moi à C ?

Pas encore. Pas eu l'occaz. Elle n'a JAMAIS le temps.

Pas le temps pour toi ?

Surtout pour moi !

Triste…

Tu es gentille.

Vivement que tu sois là ! On va passer une bonne soirée !

Charlotte sentit une humiliation familière s'emparer d'elle. *Oh non, il ne peut pas me refaire ça. Pas maintenant.* Des souvenirs enfouis refirent surface. *Arrête. Ne rentre pas dans ce délire. Concentre-toi sur tes priorités.* Elle ferma les yeux et relut l'échange de messages.

Puis elle feuilleta son carnet d'adresses mental à la recherche d'une Abby dans la vie de Max. Andrea était son ancienne assistante. Abigail ? Non, Abigail, sa masseuse, vingt-sept ans, n'avait pas de téléphone portable. Abby… Abby… Qui était cette Abby ? Mais oui ! Mais bien sûr ! Une brillante ingénieure que Max avait débauchée de chez Apple deux ans plus tôt en lui offrant un poste dans l'équipe Intelligence Artificielle de Humanity. Charlotte ne l'avait vue qu'une fois et ne l'avait pas trouvée mémorable. Elle ne se rappelait même pas son visage. Pourquoi cette nana envoyait-elle des cœurs et des bisous à Max ? Pourquoi devaient-ils se voir et pourquoi y avait-il urgence ? *Ne sois pas bête. Tu connais les réponses à ces questions. Tu savais qu'il recommencerait.*

Non, il ne peut pas me faire ça. Pas maintenant.

Elle parcourut le répertoire de Max et mémorisa le numéro d'Abby, juste pour s'occuper l'esprit. Charlotte était douée pour retenir les chiffres. Elle avait gagné un concours, à l'école primaire, en récitant les vingt-trois premières décimales de pi. Max lui demandait parfois de les énoncer, en soirée ou aux mariages.

Toujours nue et mouillée, elle replaça le téléphone où elle l'avait trouvé, sur la commode, et s'assit sur le bord du lit, en proie à des émotions contradictoires : la colère, la tristesse, l'angoisse, la culpabilité, le doute, le blâme – toutes se livrant bataille pour prendre le dessus sur les autres.

Charlotte se releva, s'empara du téléphone et le jeta contre le mur. La rage. La rage l'emportait. Le rectangle noir rebondit sur la moquette.

Ressaisis-toi.

Refoulant tout sentiment, elle enfila un vieux sweat-shirt de l'université que Max avait laissé traîner sur une chaise. Son odeur la dégoûta autant qu'elle la réconforta. Elle descendit et sortit sur le seuil de la maison.

Ils étaient suffisamment loin des lumières de la ville pour que le ciel ressemble à la projection d'une voûte étoilée sur le plafond d'un planétarium. À la périphérie de son champ de vision, elle entrevit une lueur qui se déplaçait vers l'ouest – trop petite pour être un avion, sans doute un satellite. Charlotte avait longtemps ignoré que l'on pouvait voir les satellites à l'œil nu, jusqu'à cette randonnée à Yosemite avec Max. Il les lui avait montrés un à un, en lui indiquant le nom et la trajectoire de chacun : la station spatiale internationale, Tiangong 1, la station spatiale chinoise, la station russe Mir.

— Je les observais au télescope, quand j'étais petit, lui avait-il dit. Tu pouvais remplir un formulaire de commande et la NASA t'envoyait un kit qui retraçait leurs orbites. On n'avait pas encore Internet, à l'époque.

Touchée, Charlotte avait imaginé un petit garçon à la dent grise et au nez tordu, captivé par les cartes du ciel, épaté de voir des objets se trouvant aussi loin.

— Je ne savais pas, avait-elle chuchoté.

Il lui avait souri, de ce sourire qu'ont les hommes juste avant de coucher avec une femme.

— J'adore t'apprendre des choses que tu ne sais pas. Ça me valorise.

Abby valorise-t-elle mon mari ? Quand l'ai-je valorisé pour la dernière fois ?

Elle lui envoya un texto :

Oublié un truc au local. Je me dépêche. Ne m'attends pas.

Il le verrait en même temps que celui d'Abby.

Charlotte monta dans sa voiture et roula sans but à travers les rues du quartier.

Longtemps, ils n'avaient eu aucun secret. Ils ne se cachaient rien, ils savaient tout de la vie l'un de l'autre, presque trop. C'était l'un des aspects de leur couple qu'elle adorait, cette franchise parfois douloureuse découlant d'une profonde complicité. Puis ils avaient eu des enfants, et Max était devenu un mystère.

Où avait-il trouvé le temps et l'énergie de la tromper, la première fois ? Pour Charlotte, le sexe exigeait trop d'effort, que ce soit avec Max ou avec un autre. Ce n'était pas qu'elle n'avait jamais caressé l'idée d'avoir un amant, mais rien qu'y penser la fatiguait. Elle avait tant de choses à faire. Et voilà que Max avait trouvé le temps et l'énergie de récidiver.

Un animal, sans doute un chat, traversa la chaussée devant la voiture. Charlotte écrasa la pédale de frein, le cœur tambourinant. Lorsqu'il arrive un truc moche à quelqu'un, le cerveau cherche en quoi nous sommes différents, des raisons pour lesquelles ce truc moche ne pourrait pas nous arriver à nous. Quand elle avait découvert l'existence de Margaret, Charlotte avait pensé aux excuses que les gens trouveraient à Max.

Elle n'est jamais là.

Elle travaille tout le temps.

Elle se laisse aller.

Il paraît qu'ils ne baisent plus du tout, depuis la naissance des jumelles.

Elle était sa supérieure hiérarchique.

Comment justifierait-on sa deuxième incartade ? Si incartade il y avait. Si Abby représentait réellement une menace pour leur couple.

Elle ne pensait qu'aux élections.

Elle était trop ambitieuse.

Vous avez vu l'article de Vanity Fair *?*

Charlotte fut intérieurement parcourue d'un frisson. *J'ai été présomptueuse. J'ai visé trop haut. J'ai tout ce que je veux, je considère tout comme un dû. Je me suis construit la vie que je pensais mériter mais c'est trop.*

Elle avait besoin de parler à quelqu'un. Et il n'y avait qu'une seule personne qui la comprendrait : Roz. Roz, qui avait enduré les infidélités de Richard quand elle s'était lancée en politique. Charlotte lui vouait une confiance sans bornes. Roz ne répéterait jamais rien à la mauvaise personne susceptible de raconter accidentellement des trucs à la bonne personne qui publierait le scoop le lendemain sur *Politico*.

— Je ne te dérange pas, ce n'est pas trop tard ? demanda-t-elle à son amie, tout en sachant que Roz ne dormait jamais.

Une voix puissante retentit dans la voiture.

— Pas du tout ! Je regardais les épisodes de *This Is Us* que j'ai loupés. Chaque fois, cette série me fait pleurer comme une chatte en chaleur ! Tu as fait parler de toi, cette semaine, dis donc ! Je t'ai vu au *Today Show*, au *Morning Joe*, chez Maddow, chez Anderson, sans parler d'une poignée d'émissions qui n'existaient pas il y a cinq minutes. J'ai bien aimé celle avec le fils de Mia Farrow. Une chance pour lui, il a hérité du physique de sa mère. Impossible qu'il soit le gamin de Woody Allen. Tu m'as épatée, avec la carabine. Très Calamity Jane.

Un bref instant, Charlotte savoura le compliment.

— Tu m'as vue faire des brownies sans gluten et sans sucre avec Rachael Ray ?

— Ah non, j'ai raté ça. Je parie qu'ils étaient dégueulasses.

Charlotte se concentra pour que sa voix ne se brise pas.

— Il m'arrive un truc pas cool.

— Ah…

— Max…

— Raconte-moi tout, dit Roz, compatissante mais pas surprise.

— Il échange des textos avec une autre.

Prononcés à haute voix, les mots paraissaient puérils, ridicules. Échanger des textos…

Elle entendit Roz prendre une inspiration et mettre la télé en pause.

— Quel genre de textos ? Comment tu le sais ? Que sais-tu de « l'autre » ?

Charlotte expliqua comment elle avait malencontreusement consulté le téléphone de Max, ce qu'elle savait d'Abby, et, ce faisant, elle s'aperçut que ses soupçons n'étaient pas fondés sur grand-chose.

— Et rien ne t'avait mis la puce à l'oreille, jusque-là ?

— Je sais à peine qui elle est.

— Et il n'y avait que ces messages ?

Elle hésita un instant avant de bredouiller :

— Oui, je crois.

Tout à coup, il lui vint à l'esprit qu'elle avait peut-être tiré des conclusions hâtives. Obsédée par la première infidélité de Max, elle était peut-être trop suspicieuse.

À l'autre bout du fil, elle n'entendait que la respiration de Roz.

— Qu'est-ce que tu vas faire ?

— Je ne sais pas… Le mettre devant le fait accompli ? Hurler ? Lui crever les yeux ?

— À quoi ça t'avancerait ?

Charlotte se gara sur le bas-côté, incapable de se concentrer sur la route.

— À rien, dit-elle, une main sur le volant de cuir. À braquer Max encore plus. À semer un peu plus le bordel dans nos vies.

— À quoi veux-tu accorder la priorité, en ce moment ?

Son esprit bascula en mode gestion des tâches, contrôle des risques, neutralité des solutions.

— La campagne.

— Tu es sûre ?

— Je veux gagner.

— Alors ne dis rien à ton mari.

Une migraine pulsait aux tempes de Charlotte mais ses mains ne tremblaient plus. Ses pensées tournaient en boucle ; elle recensait les diverses occasions où Max aurait pu échanger des messages avec Abby, ou avec une autre. Était-il vraiment malade, le jour du discours ? Était-il vraiment allé courir, le matin de l'interview *Vanity Fair* ? S'entraînait-il réellement pour un Ironman ? Le moindre détail pouvait tout remettre en question, détricoter la trame des souvenirs, jeter le doute sur tout.

— Charlotte ? Tu es toujours là ?

— Oui.

— Tu as besoin de lui pour gagner. Tu le sais.

Charlotte garda le silence.

— Désolée, ma belle, mais ce n'est pas le moment pour que ton couple parte en sucette. Lui en parler ne servirait qu'à remuer le couteau dans la plaie.

Charlotte savait que son amie avait raison. Elle la remercia et rentra se coucher auprès dc Max.

Elle n'avait pas du tout envie de regarder ses mails. Elle n'avait qu'une hâte : s'écrouler dans son lit. Mais Charlotte était esclave de sa messagerie. Juste un coup d'œil vite fait, se dit-elle, et elle irait dormir.

Elle ne s'attendait pas à voir ce nom dans sa boîte de réception. Les mains tremblantes, elle ouvrit le message. Il contenait des liens vers des articles à propos de sa campagne électorale, suivis de cette seule phrase :

Vous mettez ma vie et la vôtre en péril.

Les Potins du jour
Rubrique viande fraîche

Cadre de la tech, mère de trois enfants et candidate au Sénat, Charlotte Walsh n'a pas souvent le loisir d'aller chez la manucure. Ce matin, elle hésite entre un vernis à ongles grenat ou bleu marine, dans un bar à ongles d'Altoona, baptisé non sans humour *Rubis sur l'Ongle*.

« Mes filles ne jurent que par le violet à paillettes, dit-elle. Ce qui serait un bon mélange des deux, non ? Un peu comme un tee-shirt avec un âne devant et un éléphant derrière. Parfois, je me dis que je ferais mieux de ne plus me vernir les ongles, mais on risquerait de me poser encore plus de questions… »

Finalement, elle opte pour un bordeaux nommé Impératrice Deluxe.

Charlotte Walsh parle très vite et saute d'une idée à une autre. Elle sait toutefois écouter avec beaucoup d'attention, sans interrompre son interlocuteur.

Installée dans un grand fauteuil de cuir noir, elle bavarde gaiement avec l'esthéticienne, Jen, une jeune femme d'origine coréenne, qui pendant quelques minutes semble lui faire des confidences à voix basse. Puis Charlotte Walsh se tourne vers moi et résume : « Elle vient de me dire que l'an dernier, elle a souscrit une assurance santé pour la première fois, mais que maintenant, elle ne peut plus payer ses cotisations. C'est terrible, j'entends cette histoire tous les jours. Voilà ce qui ne va pas dans notre pays. Voilà ce qu'il faut changer. »

Jen demande à Charlotte si elle souhaite une pédicure. Non. « Personne ne voit jamais mes orteils. »

À ses pieds, aujourd'hui, des Nike noir et rose. Suite à son premier discours, en mars, une page Instagram a été créée pour recenser les chaussures qu'elle porte chaque jour. Elle compte aujourd'hui plus de cent mille followers.
Une demi-heure plus tard, nous remontons tous dans le minivan familial de la candidate.
« Ne regardez pas le bordel, s'excuse-t-elle en s'installant au volant. Et ne vous asseyez pas derrière moi si vous ne voulez pas avoir des paillettes sur les fesses. »
À l'arrière du monospace Chevrolet bleu cobalt, six sièges, mais pas d'écran.
« Je préfère qu'on discute en voiture. Vous ne trouvez pas que c'est l'endroit idéal pour parler ? » dit-elle en mettant son clignotant, le regard dans le rétroviseur.
Charlotte Walsh se considère comme une championne de ce jeu de départ en vacances consistant à repérer une à une les lettres de l'alphabet, dans l'ordre, sur les panneaux de signalisation routière ou les enseignes.
« C'est comme ça que nos filles aînées ont appris à lire », affirme-t-elle.
« Elle a un œil de lynx, déclare Josh Pratt, son directeur de campagne, assis sur la banquette arrière. C'est toujours elle qui trouve le "x" et le "z". »
Quelque part entre Altoona et State College, Charlotte Walsh nous montre un « u », sur une flèche indiquant une ferme où l'on vend des œufs de dinde.
« Tu as déjà mangé des œufs de dinde ? demande-t-elle à son assistante, Leila Kelly, une lueur amusée dans les yeux. Pourquoi on ne mange pas d'œufs de dinde ? Ce n'est pas bon ? Ou ce n'est qu'un a priori ? »
Elle s'engage sur le chemin qui mène à la ferme.

« Ce n'est pas évident de lui imposer un planning », soupire Leila Kelly.
Charlotte Walsh, Josh Pratt et Leila Kelly passent en moyenne soixante-dix heures par semaine sur la route, car la candidate s'est promis de faire le tour des soixante-sept comtés de l'État. Charlotte Walsh a grandi en Pennsylvanie et elle y a fait ses études supérieures, dans l'une des universités de l'Ivy League, bien qu'elle ne s'en vante jamais. En septembre dernier, elle a pris un congé sabbatique et quitté la Silicon Valley pour se présenter aux élections sénatoriales de mi-mandat, face à Ted Slaughter, actuel sénateur de Pennsylvanie.
Nous nous garons devant l'exploitation agricole. Charlotte Walsh frappe à la porte et se présente à un couple d'éleveurs, Glenn et Joanne Wright.
Dix minutes plus tard, nous dégustons une omelette d'œufs de dinde au fromage de chèvre et à la ciboulette, tout en discutant du marché de la dinde.
« Je ne savais pas que les dindes commencent à pondre deux mois plus tard que les poules... », avoue Charlotte Walsh, avec un intérêt non feint, en acceptant une deuxième part d'omelette.
Puis elle embraie sur le manque de main-d'œuvre que connaît la Pennsylvanie en raison des nouvelles politiques d'immigration du président.
Avant de partir, Charlotte Walsh achète une douzaine d'œufs, pour 20 dollars.
« Je préparerai une frittata pour notre debrief de dimanche matin », déclare-t-elle. Après vingt ans dans la Silicon Valley, elle parle de « debrief » et non de « réunion ».
Sur l'Interstate 99, en direction de Williamsport, berceau du tournoi national de Little League, elle repère très

rapidement un « x » – « Deer X-ing » –, puis un « y » – « Year-Round Parking » – et un « z » – « No Passing Zone ».
« Bam ! J'ai gagné ! » s'écrie-t-elle en frappant joyeusement le volant.

Chapitre 11

30 juin 2018
J - 129 avant les élections

—Je te parie ce que tu veux que je mange plus de tartes que Slaughter, déclara Max, au volant, en marquant le rythme d'un morceau de Tom Petty que Charlotte adorait mais dont elle ne se rappelait jamais le titre.

Elle se força à sourire, tout en s'appliquant de l'anticernes.

—Je parie que papa, il mange plus de tartes que tout le monde! pépia Ella, sur la banquette arrière.

Josh avait insisté pour que Max et les filles soient présents au concours annuel du plus gros mangeur de tartes aux pommes de Wilkes-Barre. Invitée d'honneur, Charlotte devait présider la compétition et couronner la Reine des pépins de pomme de l'année. La saison de la cueillette ne débuterait pas avant trois mois, mais, à l'approche du 4 juillet, les pommes faisaient très Amérique, comme les feux d'artifice et la Budweiser. De loin le meilleur ambassadeur de la campagne électorale, Bob bavait, derrière la banquette arrière. Les Américains craquaient tous pour cet adorable bulldog à besoins spéciaux.

Max prit son téléphone et balaya l'écran.

— Les deux mains sur le volant, le sermonna Charlotte.

Depuis deux semaines, chaque fois qu'il consultait ce maudit appareil, elle se demandait s'il guettait un message d'Abby, mais elle n'avait aucun moyen de le savoir… Il avait changé son mot de passe. Elle s'en était aperçue la semaine précédente, en voulant regarder. Elle n'avait pas pu déverrouiller l'écran d'accueil.

Jour et nuit, chaque bip, chaque buzz, chaque clic de ce téléphone la narguait. *Dis-lui, nom de Dieu ! Dis-lui que tu sais. Tu es en train de devenir folle.* Maintenant qu'ils s'étaient réinstallés dans une certaine routine, le cerveau de Charlotte se ratatinait à la seule pensée d'évoquer ces textos ou d'expliquer pourquoi elle avait attendu si longtemps avant d'aborder le sujet.

Elle s'efforçait en outre de faire abstraction du mail qu'elle avait reçu. Elle l'avait supprimé, mais l'effacer de son esprit était plus difficile. *Je gère, tout est sous contrôle, je gère*, se répétait-elle tel un mantra.

— Slaughter ne sera pas là, dit-elle.

Elle trouvait hallucinant de n'avoir encore jamais rencontré Ted Slaughter en personne, mais, selon une règle tacite, deux candidats du même État se décochaient leurs flèches de loin et se croisaient le moins possible. Les équipes de campagne veillaient à éviter tout contact direct, hors débats officiels. Le prochain aurait lieu en octobre. La plupart des électeurs ne s'apercevraient pas avant septembre qu'une campagne électorale était en cours. Charlotte gratifia Max d'un sourire affecté.

— Je suis sûre que tu vas gagner, mon chéri.

— TARTE, TARTE, TARTE ! entonna Annie à pleins poumons, dans son siège-auto.

Pour coller au thème de la pomme, Charlotte était en blazer rouge et jean serré. Elle n'arrêtait pas de boutonner et de déboutonner sa veste.

— Lulu pourrait peut-être poster une story sur Instagram.

Malgré ses craintes de ne pas paraître assez viril, ou de passer pour un « mâle dominé » aux yeux de la presse et des réseaux sociaux, Max semblait apprécier que Lulu ait pris les rênes de son compte Instagram. Peut-être appréciait-il Lulu…

Peut-être qu'il la baise. Charlotte s'était inventé un nouveau jeu dangereux : est-ce qu'il la baiserait ? Elle se posait la question pour quasiment toutes les femmes à qui ils avaient affaire, et elle se faisait plus de mal chaque fois.

Peut-être que tu crèveras étouffé par les tartes.

Max éternua, et elle éprouva une petite joie malsaine à s'abstenir de lui dire « à tes souhaits ».

— Maman, pourquoi tu es l'invitée d'honneur, aujourd'hui ? demanda Ella.

Les filles se rendaient compte que leur mère était traitée partout comme un hôte de marque, voire comme une princesse, ce qui n'était pas pour leur déplaire. Avant, leur maman travaillait dans un bureau. Désormais, elle n'arrêtait pas de voyager et, partout, elle faisait des discours et on la prenait en photo. Très souvent, par conséquent, on les photographiait elles aussi. Annie et Ella adoraient être au centre de l'attention, contrairement à Rose, qui depuis toute petite préférait laisser la vedette à sa sœur jumelle. Sur les échographies, elle se cachait déjà derrière Ella. Sur les photos de campagne, Ella et Annie souriaient fièrement, en rajoutaient ou faisaient des grimaces, tandis que Rose tournait la tête ou contemplait le ciel rêveusement, l'air fragile et vulnérable. Chaque fois que Charlotte regardait ces clichés, elle s'interrogeait sur l'ampleur du traumatisme qu'elle infligeait à sa fille.

— Parce que je me présente au Sénat, ma puce, tu te souviens ?

— Quel Sénat ?

Charlotte essaya de reformuler des explications déjà maintes fois données.

— À la maison, c'est papa et maman qui commandent, on est d'accord ? C'est nous qui prenons les décisions et qui faisons les lois que vous devez toutes les trois respecter…

Ella hocha la tête.

— Toi, tu fais plus de lois que papa.

Max éclata de rire.

Parce que papa veut se faire passer pour le gentil. Du coup, c'est moi qui suis obligée d'être la méchante et ce n'est pas très agréable.

— À la maison, donc, c'est nous qui décidons des lois, mais il y a aussi des lois à respecter hors de la maison et, en Amérique, nous avons un président et des politiciens qui décident de ces lois. On les appelle les sénateurs. Je veux faire partie des gens qui font les lois.

— Parce que tu aimes trop les lois ! brailla Ella.

Elle pouffa, en décochant un coup de poing dans l'épaule de Rose, parce que sa sœur l'ignorait et qu'elle avait horreur que sa jumelle l'ignore.

— Peut-être, marmonna Charlotte.

— Bravo, murmura Max. Je ne sais pas si j'aurais su leur expliquer aussi bien.

Elle leva les yeux au ciel. *Tu ne te rends pas compte que c'est odieux d'être celui qui fait tout le temps la loi ?*

Ils furent accueillis sur le parking par un adolescent habillé en Johnny Pépin-de-Pomme, casserole sur la tête et pantalon à carreaux déchiré, qui les salua de grands gestes enthousiastes.

— Tu portes Annie ? demanda Charlotte à Max.
— D'acc'.

Il détacha la fillette de son siège-auto et la hissa sur ses épaules. Johnny donna des chapeaux-casseroles et des petits drapeaux américains aux jumelles, puis il les prit par la main et conduisit toute la famille dans le pré où se déroulaient les festivités. Entre un cochon à la broche et un stand de Tombe-à-l'eau, des gamins de tous âges essayaient d'attraper des pommes dans une grande bassine en plastique bleu, mains attachées dans le dos par un bandana rouge.

Lulu accourut à leur rencontre, aussi excitée qu'une enfant le matin de Noël, ses longues jambes et ses bras menus propulsant son buste d'insecte avec la force de manettes de flipper.

— C'est trop génial ! s'exclama-t-elle, avec cet accent que prennent les New-Yorkais quand ils quittent la ville pour jouer aux néoruraux. J'ai fait quelques lives Insta et de jolis Snaps avec les gens. Ils sont trop authentiques ! J'adore ! C'est blindé de monde, pour un concours de mangeurs de tartes, mais personne ne sait qu'il y a des élections sénatoriales à l'automne. On se croirait dans un film, avec des acteurs pas très beaux.

Lulu se tenait sur la pointe des pieds, et Charlotte aurait parié qu'elle avait fait de la danse classique, quand elle était petite, et que toutes les occasions étaient bonnes pour montrer qu'elle savait marcher en pointe. Elle portait une jupe en cuir qui lui arrivait aux chevilles, accoutrement qui aurait donné à n'importe qui d'autre une allure de sorcière de dessin animé branchée SM, mais sur elle, ça fonctionnait. Une légère pellicule de sueur ne la rendait que plus charmante.

— Bonjour Max !

Lulu observa son jean savamment délavé, acheté en l'état, puis elle brandit son téléphone.

— Souriez !

— Je suis prêt à engloutir des dizaines de tartes aux pommes, dit-il avec un sourire en coin.

Dès qu'une belle femme lui adressait la parole, il devenait idiot, encore plus quand Charlotte était là. Elle se fraya un passage dans la foule, se présentant à des gens qui n'avaient clairement pas la moindre idée de qui elle était ni de ce qu'elle faisait là. Aux regards qu'on lui jetait, elle avait l'impression de s'incruster à une fête où on ne l'avait pas conviée.

— Charlotte Walsh… candidate au Sénat, disait-elle poliment.

Une vague lueur s'allumait dans les yeux d'à peu près une personne sur cinq.

— Ah oui, vous tirez à la carabine !

— Je vous ai vue sur Facebook.

— La vidéo avec le girafon m'a fait pleurer.

— Vous avez un mari charmant. Oh, le voilà !

Une grappe de femmes du même âge qu'elle s'agglutina autour de Max pour une photo. Une rousse avec un trait de crayon à lèvres trop appuyé fit mine de lui mettre une main aux fesses. Il lui donna une petite tape sur le bras.

Il la baiserait ? s'interrogea Charlotte.

Quatre hommes délaissèrent le cochon à la broche pour venir lui demander quel était son programme en matière de création d'emplois. Rouvrirait-elle les usines ? Slaughter avait promis de ressusciter la métallurgie. Prenait-elle le même engagement ? Une phrase de George Packer, qu'elle avait lue dans un de ses articles sur Peter Thiel, lui trottait dans la tête : « Dans une techno-utopie, quelques milliers d'Américains auraient des voitures pilotées par des robots et vivraient jusqu'à cent cinquante ans, tandis que des millions d'autres perdraient leur emploi au profit d'ordinateurs plus intelligents qu'eux, et ne dépasseraient pas les soixante ans. »

Je ferai le maximum, était-elle censée répondre, ce que les électeurs désiraient entendre, même s'ils savaient que c'était un mensonge.

— Nous créerons des emplois en Pennsylvanie, disait-elle en les regardant droit dans les yeux.

Mais elle ne prononçait jamais le mot « usine », car il n'y aurait plus jamais d'usine en Pennsylvanie.

Le mieux que je puisse vous offrir, c'est un centre de distribution Amazon. J'aimerais pouvoir vous dire la vérité mais vous n'avez pas envie de l'entendre.

L'un des quatre types avait une croix gammée tatouée dans le cou. Charlotte vit Leila poser les yeux dessus, puis regarder ailleurs.

Une femme avec des lunettes et les cheveux jaunes, couleur citronnade en poudre, glissa un bras sous le sien et lui tapota la main. Elle sentait le parfum White Diamonds.

— Vous me plaisez bien, lui dit-elle. Vous faites très américaine. Vous êtes chrétienne ?

Avec un sourire, Charlotte acquiesça de la tête. Puis elle enleva son blazer, consciente des auréoles de sueur sur son haut en soie. Elle se serait volontiers attaché les cheveux, mais la queue-de-cheval ne passait pas bien, sur les photos et les vidéos. Le manque de sommeil la rattrapait. Les odeurs de hot-dogs, de soda et de gras lui soulevaient le cœur.

Un jeune aide de campagne la suivait en distribuant des tote bags « Walsh au Sénat » contenant des brochures et une casquette bleue « Walsh a des solutions ».

Une nuée de journalistes qui attendaient à l'ombre d'un manège rouillé s'attroupèrent autour d'elle.

— Allez-vous participer au concours ?

— Quel est votre record de mangeur de tartes ? Haha.

— Êtes-vous venue avec votre carabine ?

— Ted Slaughter prétend que vous vous croyez plus intelligente que la moyenne. Que répondez-vous à cela ?

Charlotte remarqua une jeune femme, pas très grande, n'ayant guère plus de vingt ans, qui se tenait un peu à l'écart de la mêlée, téléphone à bout de bras pour filmer le moindre de ses faits et gestes. Avec son jean et son débardeur noirs, et sa queue-de-cheval, elle se fondait délibérément dans la masse. Elle avait un physique ordinaire, pas de maquillage excepté un gloss à lèvres nude, et pour seul trait distinctif une tache de vin de la forme de la Floride au bas de sa joue droite. L'espionne numéro un de Slaughter avait déjà enregistré des heures de vidéo de Charlotte. Slaughter avait d'autres mouchards, bien sûr, et Josh ne les avait pas encore tous identifiés, mais celle-ci était présente plus souvent que les autres.

Charlotte sentit la présence de Josh dans son dos avant de le voir. Il puait le tabac froid. Les aides de campagne affichaient leurs vices comme des médailles d'honneur. Tous fumaient au moins un paquet par jour. À l'instar de Josh, ils se nourrissaient de Red Bull, de Big Mac et de Marlboro Red. Charlotte avait arrêté de fumer juste après l'université et n'avait pas touché une cigarette depuis l'enterrement de sa mère, mais, depuis qu'elle avait annoncé sa candidature, elle résistait chaque jour à l'envie d'en allumer une. Dans sa poche, elle prit un chewing-gum à la nicotine. Josh était suivi de trois de ses disciples, des jeunes hommes rondouillards en jean, blazer, cravate à motifs et baskets hors de prix. Le zèle dont ils rivalisaient pour plaire à Charlotte afin de plaire à Josh les rendait indispensables, même si elle n'arrêtait pas de les confondre. Elle ne savait jamais si c'était Mark, Jason et Tyler ou Matt, Jonathan et Tucker. L'un d'eux se plaça juste devant l'espionne, désinvolte, afin de l'empêcher de filmer.

Tout en écrasant un mégot de la pointe de ses Adidas vintage, Josh leva un bras pour réclamer l'attention des reporters.

— Pas plus d'une question chacun, annonça-t-il. Charlotte a ensuite d'autres engagements. Si j'ai bien compris, Max doit se gaver de tartes, du pain bénit pour les vautours, surtout ceux d'entre vous qui ont des caméras. Faisons vite, s'il vous plaît.

Une journaliste télé dotée d'une superbe poitrine et d'un nez disgracieux lui posa une main sur le coude.

— Quand vous verra-t-on sur les écrans ? roucoula-t-elle, d'une voix chargée de désir et d'ambition.

— Plutôt me crever un œil, Samantha, répliqua-t-il sans un regard pour son décolleté. Je ne recherche pas la célébrité. Mon rôle est de tout mettre en œuvre pour que Charlotte Walsh soit élue.

C'était ce qu'elle appréciait chez lui. Souvent, les directeurs de campagne aimaient passer à la télé. Josh ne recherchait pas les feux de la rampe. Il était un homme des tranchées.

— Parlons plutôt reconversion professionnelle, si vous le voulez bien. Grâce à Charlotte, les mineurs pourront devenir codeurs Web !

Carly Meeks, de *Teen Vogue*, se faufila hors de la foule. Elle portait une veste à rayures et un haut moulant « Résiste à la manipulation ».

— D'après *Vanity Fair*, vous seriez plus ambitieuse que votre mari. Pensez-vous que les hommes sont attirés par les ambitieuses ?

Mon mari la baiserait-il ? Charlotte jeta un coup d'œil en direction de Max, à l'autre bout de la pelouse, qui pianotait sur son téléphone. *À qui écrit-il ?*

— L'ambition est pour moi une qualité, que l'on soit un homme ou une femme. Excusez-moi, je reviens…

Il faisait lourd, l'air était moite ; Charlotte avait trop chaud, dans son pantalon trop serré. Elle glissa une main dans sa poche, à la recherche d'un autre chewing-gum qui lui donnerait un coup de boost, mais ne trouva qu'un emballage vide. Elle avait un paquet de réserve, dans la voiture. Elle aurait pu envoyer quelqu'un le chercher, mais elle avait besoin d'être seule un instant.

Alors qu'elle se dirigeait vers le parking, des bruits de bagarre lui parvinrent.

— Touche-moi pas, nom de Dieu ! Touche-moi pas, t'as compris ? Je me présente au Sénat. Fais gaffe, je me présente au Sénat, je suis quelqu'un d'important.

Oh non…

Un vigile maintenait la tête de son frère Paul contre le sol caillouteux du parking. Elle entendait ses dents grincer et sa mâchoire craquer. Le garde était balaise, son polo blanc était tendu à craquer sur des épaules carrées et son pantalon un poil trop court révélait quelques centimètres de mollet presque féminin. Quelques mètres plus loin, Charlotte reconnut Jimmy et Jeff, des copains de Paul. Téléphone en l'air, Jimmy filmait le spectacle. Jeff était plié en deux, les mains sur les genoux.

— Arrête tes conneries, mec, il se présente à la présidentielle.

À l'évidence, ils étaient tous les trois complètement défoncés. Heureusement, le parking était désert. Charlotte jeta un coup d'œil autour d'elle afin de s'assurer que personne ne filmait.

— Excusez-moi, monsieur l'agent, dit-elle d'un ton à la fois ferme et aimable.

Les vigiles adoraient qu'on les prenne pour des flics.

— Charlotte Walsh, invitée d'honneur au concours, reprit-elle. Je peux vous aider ?

Paul se dévissa le cou, à un angle douloureux, les pupilles dilatées, les veines de sa nuque saillantes.

— Charlie, dis-lui que je me présente à la présidentielle.

Elle lut dans son regard fixe qu'à cet instant, il était convaincu de ce qu'il disait. Et il entonna une version obscène de l'hymne national.

Elle entendit le « tap tap tap » de quelqu'un qui testait un micro. Elle n'avait guère plus de cinq minutes.

— Lâchez-le, s'il vous plaît.

— Impossible, m'dame, répliqua le garde d'une voix étrangement haut perchée. Je les ai surpris tous les trois à boire de l'alcool sur le parking. Celui-là fumait un joint.

Il devait se figurer qu'il œuvrait pour le bien de l'humanité. Jimmy se posta face à lui.

— On t'a déjà dit que tu parles comme une tapette ?

— Tais-toi, Jimmy, maugréa Charlotte en s'interposant. Je comprends, monsieur, mais laissez-le.

Impossible de dire qu'elle se présentait au Sénat, à présent, ou le dialogue aurait pris la tournure d'une scène tout droit sortie d'un film de Wes Anderson.

— Je m'occupe de la suite ; je travaille pour le cabinet du maire, dit-elle en exhibant une carte à l'air officiel, qui n'était rien de plus qu'un bon pour une barquette de frites et un verre de soda gratuits.

Aux mouvements des gros yeux globuleux du garde, elle voyait l'information cheminer dans son cerveau, comme s'il procédait à un calcul mental particulièrement difficile. Que penseraient de lui ces trois mecs s'il laissait une femme lui dicter ce qu'il avait à faire ? Mais si elle travaillait vraiment pour le maire, ne risquait-il pas de perdre son job du week-end ? Il aimait bien ce job. Il lui permettait de draguer les femmes. Il libéra Paul et se redressa.

— Vous vous occupez de lui ?

Rester polie. Lui montrer du respect.

— Je veille à ce qu'ils quittent les lieux, pour la sécurité des familles présentes ici aujourd'hui. Au nom de toute l'équipe municipale, je vous remercie infiniment.

L'armoire à glace la regarda encore un instant comme si elle lui jouait un mauvais tour, puis il finit par tourner les talons et s'éloigner. Paul s'était endormi. Charlotte lui donna un petit coup de pied. Jimmy et Jeff se tordaient de rire.

— Lève-toi ! Dépêche-toi ! dit-elle à son frère.

— Non mais quelle pédale… Tu lui as montré, à cette pédale, qui c'était le boss, Charlie. Non mais quel connard…

Jeff cracha son tabac à priser à deux centimètres des pieds de Charlotte. Elle le fusilla du regard.

— Barrez-vous d'ici avant que la police débarque. Portez-le jusqu'à votre bagnole et cassez-vous.

— Bien m'dame, opina Jeff avec un salut militaire.

— Roulez doucement, ajouta-t-elle. Pas la peine de vous faire choper pour conduite en état d'ivresse.

Tout à coup, elle songea à s'enfuir. *Et si je me cassais, moi aussi ?*

Mais elle regagna la foire. À la buvette, une femme coiffée d'un chapeau « Je suis une tarte » lui échangea son bon contre un cola sans marque. Elle se passa la canette glacée dans le cou. Des gouttes de condensation lui ruisselèrent dans le dos.

— Ça va, madame Walsh ?

Un cameraman MSNBC la dévisageait d'un air inquiet. L'incident l'avait sapée. *Je ne peux plus respirer. Que m'arrive-t-il ?*

— Ça va, je vous remercie. Quelle chaleur…

— Remettez votre veste, chuchota Lulu. Cachez ces taches de transpiration.

— C'est l'heure, dit Josh en prenant Charlotte par le coude pour l'entraîner vers l'estrade.

Elle avait la gorge nouée et ne se rappelait plus son texte.

— Dites n'importe quoi, murmura Josh. N'oubliez pas qu'il ne s'agit que de tartes. Et prononcez le nom de la ville comme les gens du cru : « Wix-Berry ».

Charlotte trébucha sur la première marche et entra sur scène en manquant de perdre l'équilibre.

Je n'ai pas envie d'être là.

Quand les jumelles étaient toutes petites et qu'elles pleuraient des heures et des heures toutes les nuits, malgré toutes les fois où Charlotte se levait pour les prendre dans ses bras et arpenter le jardin en les berçant, ou les promener en poussette dans la rue, elle rêvait que pour une journée, elle n'était plus leur mère, et elle redoutait d'être un monstre. À présent, elle aurait donné n'importe quoi pour abandonner la campagne une journée, une seule, et voir, à la fin de cette journée, si elle était toujours persuadée d'agir pour la bonne cause.

Max prit place à côté du maire de Wilkes-Barre, l'air sûr de lui et confiant, une bavette blanche nouée autour du cou, cinq tartes empilées devant lui comme un jeu de construction.

— TARTE, TARTE, TARTE ! MANGE ! MANGE ! MANGE ! scandait la foule.

Charlotte tapota le micro.

— Bonjour… Charlotte Walsh… candidate au Sénat.

Sa voix lui paraissait lointaine, comme si elle l'entendait depuis le fond d'une piscine.

— TARTE, TARTE, TARTE !

— J'ai grandi près d'ici, à Elk Hollow, dans la banlieue de Scranton.

— TARTE, TARTE, TARTE !

— J'espère être élue sénatrice car j'ai la conviction que les Pennsylvaniens méritent un avenir meilleur.

La chaleur ambiante pulsait devant ses yeux. Une goutte de sueur dégoulina le long de sa paupière.

— Annie Oakley, l'as de la gâchette ! beugla une voix masculine.

Un homme vêtu d'un tee-shirt « Oui au gaz de schiste » mima le geste de tirer au pistolet, en la visant. Derrière lui, elle crut apercevoir Paul. Puis elle le revit face contre terre sur le parking, les yeux exorbités. Elle l'entendit prononcer ces mots datant de près d'un an : *« Ici, tu sais, je peux te faciliter les choses. Ou bien je peux les compliquer. »* Une femme émergea des derniers rangs de la foule, une grande blonde au teint pâle et aux yeux bleu clair. Charlotte plissa les yeux. *Margaret ?* Non, ce n'était pas possible. Un courant électrique lui parcourut les jambes, le buste, puis lui serra la gorge. Les visages de la foule se brouillèrent. Elle chercha quelque chose où prendre appui mais elle était au centre de la scène et il n'y avait rien d'autre que le micro au creux de sa main. *Présenter le maire. C'est tout ce que tu as à faire.* Elle ouvrit la bouche, mais aucun son ne franchit ses lèvres. Sa tête lui paraissait lourde. Elle oscilla d'avant en arrière, en regardant Max. Il souriait gaiement, comme s'il était réellement content d'être là. Le soleil brillait derrière lui. Aveuglant. *J'ai besoin de toi*, pensa-t-elle. Elle le vit se lever et se précipiter vers elle, puis elle tomba sur les genoux et tout devint noir.

POLITICO.COM

Un malaise dû à une grossesse?

DAN SLADE

Charlotte Walsh, candidate au Sénat, a été victime d'un malaise, samedi matin, sur scène, alors qu'elle présentait un concours du plus gros mangeur de tartes aux pommes, à Wilkes-Barre, en Pennsylvanie. Cadre dirigeante chez Humanity, l'un des géants de la Silicon Valley, et autrice d'un best-seller acclamé par le *New York Times*, Charlotte Walsh a annoncé sa candidature en avril, contre le sénateur Ted Slaughter.

Les collaborateurs de celui-ci s'interrogent: Charlotte Walsh attendrait-elle un quatrième enfant?

« Elle est novice en politique. Elle n'est peut-être pas faite pour ça. Tout le monde n'a pas la carrure adéquate. Je compatis… Ça ne doit pas être facile tous les jours, avec trois enfants, plus un en route. Je me rappelle, ma femme aussi tombait souvent dans les pommes, au premier trimestre », confie Ted Slaughter.

Contactée à ce sujet, l'équipe de Mme Walsh n'a pas souhaité répondre à nos questions.

Affaire à suivre…

Chapitre 12

Walsh (D)	Slaughter (R)	Écart
42	41	Walsh + 1

C'était l'absurdité de la situation qui faisait le plus enrager Charlotte.

— Sauf immaculée conception, je ne risque pas d'être enceinte. Appelez-les, tout de suite. Réglez cette histoire.

Elle commença à se gratter les avant-bras et l'intérieur des poignets. Elle avait l'impression d'être couverte de puces.

— Appeler qui ? rétorqua Josh. Toute la presse ? Tout Twitter ? Arrêtez… Vous êtes vraiment sûre que vous n'êtes pas enceinte ?

— Rien dans ma vie n'a jamais été plus sûr.

Outre la faible probabilité statistique d'avoir un enfant à son âge, elle n'avait pas eu de rapport sexuel depuis plus de six mois.

Sur Internet, les vidéos se répandaient comme une traînée de poudre : ses genoux se dérobant, son corps s'effondrant sur la scène, la chute au ralenti, en accéléré, sur une musique de cirque, sur une chanson pop que Charlotte n'avait jamais entendue.

— Il faut que je vous montre quelque chose.

Josh ouvrit son ordinateur portable et afficha quatre tableaux Excel de pourcentages.

— Les derniers sondages vous donnent de l'avance. Vous avez conquis les femmes diplômées et les femmes non diplômées. Le problème reste les hommes blancs.

— On devrait faire imprimer ça sur un tee-shirt, suggéra Leila. Ou mieux, sur une casquette. « Le problème reste les hommes blancs. »

— Hein ? dit Josh, feignant de ne pas comprendre la plaisanterie. En fait, ils sont quand même moins coincés que je ne le craignais. On note un bond étonnant chez les hommes de plus de soixante ans sans diplôme. Ils voient en vous leur fille qui aurait réussi, ou une épouse dont ils seraient fiers. On s'en tape qu'ils s'intéressent à votre cerveau ou à votre vagin, tant qu'ils se rappellent votre nom en novembre. Vous progressez aussi chez les républicains modérés des banlieues de Philadelphie, sans perdre du terrain dans les régions ouvrières de l'ouest de l'État. Le problème, maintenant, c'est qu'une grossesse vous affaiblit, aux yeux des électeurs masculins.

— Mais je ne suis pas enceinte ! protesta Charlotte, exaspérée, en se grattant la jambe, juste au-dessus du genou.

— De toute façon, Josh, une grossesse n'est pas une maladie, intervint Leila. On est allées à Pékin et à São Paulo, avec Charlotte, quand elle attendait les jumelles, et elle était déjà enceinte de plus de six mois. Elle a mis au monde deux bébés de 3,8 kilos chacun, à l'issue de quarante-sept heures de travail, sans aucune drogue, dois-je ajouter. Qui est faible ?

Charlotte s'autorisa un sourire.

— J'aurais dû accepter les drogues. Pourquoi ai-je refusé les drogues ?

— Parce que tu es forte, répondit Leila.

Josh haussa les épaules.

— Les mecs ne voient pas les choses du même œil. Pour eux, les femmes enceintes sont des fleurs fragiles, pas des sénatrices. Aucune femme en cloque ne s'est jamais présentée au Congrès, et rares sont celles qui ont exercé une fonction politique alors qu'elles l'étaient.

— Qui raconte que j'attends un môme ? demanda Charlotte en parcourant les alertes Google.

— Tout le monde. C'est croustillant. Enceinte à quarante-sept ans de son quatrième enfant, elle succombe à un malaise en pleine campagne électorale. Je dévorerais ça. Vous êtes dans les tendances Twitter et l'article le plus lu sur les sites de CNN et de Fox News.

— Mais…

— Ne faites pas ça, l'interrompit Josh.

— Ne faites pas quoi ?

— Ne réagissez pas comme si vous étiez un individu lambda qu'on attaque. Ce n'est pas personnel, c'est politique. Et ce n'est que le début, le pire reste à venir. Vous allez rebondir, en pleine forme, joyeuse, heureuse, pétillante, et dire aux électeurs que vous n'êtes pas enceinte. Si c'est moi qui fais un communiqué de presse, tout le monde croira qu'on a quelque chose à cacher. Vous ne pouvez pas vous permettre d'être mystérieuse et évasive. Si on s'imagine que vous avez menti une fois, on pensera que vous mentez tout le temps. Mettez votre chemisier le plus moulant, trouvez une gaine, rentrez le ventre, et dans une heure, on fait un live. Le message doit provenir de vous.

Charlotte s'extirpa péniblement du canapé. Elle avait des courbatures partout, la peau douloureuse. Le médecin avait établi un vague diagnostic de surmenage et déshydratation. Or elle savait ce qui s'était passé – sa mère en avait bien assez souffert. Elle venait de faire sa première crise de panique.

Elle alla se regarder dans le miroir du couloir et éclata d'un rire féroce.

— Qu'est-ce qui vous fait rire ? demanda Josh.

— Ma tête. On dirait une morte.

Mais le plus drôle, c'est que je n'en ai rien à foutre qu'on s'imagine que je suis enceinte.

— Kara arrive. Elle va vous retaper. On mettra un filtre. Vous donnerez le change.

— Que voulez-vous que je dise ?

— Ne donnez surtout pas l'impression que vous n'avez pas du tout envie d'être enceinte. Vous passeriez pour une antimômes en colère.

— Je suis en colère.

— Non, pas aujourd'hui.

Très mère poule, Kara apporta du bouillon de poulet, un pack de Tropicana et du Gatorade.

— Je suis vraiment désolée pour ce qui s'est passé avec Paul, ma chérie. J'aurais dû mieux le tenir.

Charlotte balaya ses excuses d'un geste de la main.

— Kara… Tu sais que ce n'est pas normal. Il faut qu'il se fasse désintoxiquer. Ça ne peut plus durer. Dis-lui d'aller en désintox.

— Ça ne servirait à rien, Charlie. Chez moi, c'est pas comme chez toi : il ne suffit pas que je claque des doigts pour qu'on m'obéisse. Il ne m'écoute pas, il ne m'a jamais écoutée. Je ne peux pas l'obliger.

— Peut-être que je pourrais essayer de lui parler.

— Trois lardons, c'est déjà bien assez.

— Oh que oui.

— La télé va venir ?

— Non, on va faire la vidéo nous-mêmes et la diffuser en direct sur Facebook. Donne-moi juste l'air vivante.

Lorsque Kara eut terminé de la maquiller, Charlotte s'enferma dans sa chambre, en quête de quelques minutes de solitude. Un sanglot la secoua quand elle enfila son chemisier blanc le plus près du corps. Puis, du fond de l'armoire, elle sortit un carton qui contenait de vieux jouets et une gaine qu'elle avait portée presque un an après la naissance d'Annie. À force de manger des sandwichs et des hamburgers, elle avait pris du ventre. Elle le rentra, serra le corset amincissant comme un garrot et ferma les Velcro.

Max n'était toujours pas rentré de son jogging. Ils n'avaient eu qu'une conversation laconique.

— Bon sang, Charlie, pourquoi tu t'infliges ça ? Tu ne tiens plus debout. Tu as besoin de te reposer.

Elle ne l'avait écouté que d'une oreille distraite, en visionnant une vidéo de sa chute en marche arrière.

— Ça va, ne t'inquiète pas.

— Je vois bien que non. Tu es en train de craquer.

— Si tu allais courir ?

C'était ce qu'il avait fait.

Une partie d'elle pensait : *merci pour ton aide, mon vieux.* L'autre n'avait tout simplement pas envie de le voir.

Soigneusement mise en scène, la vidéo commençait par un plan de Charlotte tenant Annie dans ses bras, positionnée de telle sorte que l'on voie bien son ventre plat. Cette image véhiculait le message : « Je ne suis pas enceinte mais j'adore les enfants. » Jamais encore elle n'avait ainsi étalé sa vie familiale.

Elle avait l'impression d'être l'une de ces mères qui forcent leur petite fille à apprendre les claquettes et à se mettre des faux cils.

— Nous sommes déjà bien occupés, déclara-t-elle avec un petit rire guttural. Un nouveau bébé serait une bénédiction mais la famille est au complet.

Les jumelles gambadaient derrière elle en babillant. Charlotte émit un autre gloussement. *Je me déteste. Je ne me reconnais plus.*

— Une dernière chose..., dit-elle, s'écartant du script. Une grossesse n'est pas un handicap. J'ai conclu un marché de 50 millions de dollars avec le gouvernement chinois quand j'attendais mes jumelles. J'ai travaillé jusqu'aux premières contractions. Je connais des femmes enceintes qui en font davantage en une journée que certains hommes en un an.

C'était un paradoxe, ce besoin de s'afficher en guerrière amazone durant et après sa grossesse. Avec du recul, elle avait pris conscience qu'elle n'avait jamais été aussi forte de sa vie qu'à ce moment-là, mais sur le coup, avec deux nourrissons, elle était convaincue chaque jour qu'elle s'écroulerait avant le soir. Sa santé mentale, sa carrière et son couple en avaient pâti. Mais ce n'était pas le propos.

— Les remarques déplacées de Ted Slaughter au sujet de ma santé reproductive me font penser au genre de choses que mon grand-père sexiste aurait pu dire. Ne vous méprenez pas, j'avais beaucoup d'affection pour mon grand-père, mais il n'aurait certainement pas été à sa place au Sénat.

Chapitre 13

26 juin 2018
J - 103 avant les élections

Walsh (D)	**Slaughter (R)**	**Écart**
44	41	Walsh + 3

Charlotte se terrait dans les toilettes du QG de campagne lorsqu'elle entendit Leila sortir de ses gonds pour la première fois depuis neuf ans qu'elle la connaissait.

La matinée avait été abrutissante, à passer des appels téléphoniques à de potentiels généreux donateurs. Il aurait été plus facile et plus efficace d'enregistrer la voix de Charlotte quémandant de l'argent. Si elle avait été cliente chez Humanity, une équipe d'informaticiens lui aurait concocté un logiciel de reconnaissance vocale capable de produire de très courtoises sollicitations en son nom. Ces conversations étaient aussi chiantes qu'épuisantes. Les toilettes pour handicapés étaient le seul endroit à peu près tranquille qu'elle avait trouvé, et elle s'y était réfugiée pour dévorer une salade d'épinards défraîchis, carottes anémiques et fromage râpé. Sa barquette en équilibre sur les genoux, elle tentait de se changer les idées en lisant un article de *People* sur Reese Witherspoon et un kimono en jean, quand retentit la voix de Leila :

— Putain de sale raciste de merde !

Qu'avait encore fait Ted Slaughter ?

Leila ne haussait jamais le ton. Maintenir en toutes circonstances une façade de calme olympien constituait l'une de leurs qualités communes. Charlotte était sincère lorsqu'elle affirmait que Leila était la personne la plus forte qu'elle avait jamais rencontrée. Peu après qu'elle l'avait embauchée, Leila lui avait raconté que sa mère s'était fait agresser, alors qu'elle était enceinte de sept mois, au carrefour de Fairfax Avenue et Foothill Boulevard. Un gamin de quinze ans lui avait collé un flingue sur le ventre et lui avait donné un coup de pied dans le genou, tout ça pour 10 dollars et une carte de bus. Leila aurait riposté avec une telle véhémence, dans le ventre de sa mère, qu'elle lui avait insufflé le courage de poursuivre le petit voyou jusqu'au bout de la rue, de le terrasser et de récupérer son argent. Charlotte s'était montrée dubitative, et Leila avait ri.

— Les sœurs de ma mère ont été tabassées par des soldats qui les ont laissées pour mortes, alors qu'ils étaient censés les protéger. Son frère a été kidnappé et plus personne ne l'a jamais revu. Autant te dire que je savais pourquoi je n'avais pas le droit de me plaindre, quand j'étais petite, ni de pleurer quand on ne voulait pas m'acheter une paire de Nike ou une poupée.

Charlotte demeura un instant assise sur les toilettes, avant de se lever et de ranger son téléphone dans sa poche, parce qu'elle ne voulait pas qu'on sache qu'elle allait aux toilettes avec son portable. Puis elle rejoignit Leila, près du bureau d'un étudiant de l'université de Scranton qu'ils avaient pris en stage pour pister Slaughter les week-ends. À la façon dont il évitait de la regarder, en se grattant un point noir sur la joue, il était évident qu'il avait peur de Leila, laquelle ne semblait pas se rendre compte de l'emprise qu'elle exerçait sur lui.

— Que se passe-t-il ?

Charlotte prit une canette de Coca Light des mains de Leila et en but une gorgée. Depuis trois semaines, elle complétait ses besoins en café par du soda caféiné. Elle s'y était mise quand Max avait commencé à dormir au sous-sol.

— Tu bosses toute la nuit, s'était-il plaint. Je n'arrive pas à m'endormir quand tu tapes à l'ordinateur.

Du coup, sans lui, elle pouvait passer des nuits entières à lire des rapports d'orientation. Elle dormait environ trois heures par nuit. La plupart du temps, elle ne voyait même pas Max le matin. Il sortait courir pendant qu'elle habillait les filles et leur donnait leur petit déjeuner, puis il prenait le relais pour le restant de la journée. Il conduisait les jumelles au centre de loisirs, emmenait Annie au jardin public. Charlotte s'efforçait d'être de retour pour le bain et les histoires du soir. Tels des militaires, ils avaient chacun leur tour de garde, chacun leur poste, chacun leurs tâches.

Dans le regard de Leila, Charlotte lisait de la colère, de la peine et de l'inquiétude.

— Ted Slaughter m'a trouvé un surnom. Dis-lui, Michael.

Le pauvre Michael avait l'air d'un gamin attendant une fessée. Il cessa de gratter son point noir, posa la main droite sur sa jambe et pianota de l'index et du majeur sur sa cuisse, comme s'il jouait une gamme sur un piano. Quand il secoua la tête, ses cheveux châtain clair lui tombèrent devant les yeux, comme le pelage d'un chien de berger que personne ne brossait jamais.

— Non, je ne peux pas le dire à voix haute.

— Alors je vais le faire, moi. Ted Slaughter m'appelle « la servante djihadiste de Charlotte Walsh », quand il parle de moi à ses aides, à la presse, et parfois à ses électeurs. Mais le pire, c'est qu'il a laissé entendre à une soirée de levée de fonds que ma mère était terroriste.

Charlotte chercha Josh du regard, Josh qui aurait su que dire, Josh qui aurait su sortir une blague douteuse pour dédramatiser les écœurantes calomnies de Slaughter. Mais Josh était à l'autre bout de l'État, à Harrisburg, avec le gouverneur, dont il espérait obtenir le soutien officiel. Comme il traînait les pieds, Josh lui avait réclamé une entrevue, pour tenter de comprendre pourquoi. Cette hésitation les inquiétait. Le gouverneur se représenterait l'année suivante pour un nouveau mandat ; son silence pouvait signifier qu'il redoutait de s'allier à une possible perdante.

— Viens, on va faire un tour.

Charlotte prit Leila par le bras et l'entraîna hors du local, dans l'air lourd et moite de Scranton.

Leila donna un coup de pied dans une canette de soda au raisin abandonnée sur le trottoir. La rage lui déformait le visage, à juste titre.

— Djihadiste, tu te rends compte ? Il me traite de terroriste. Il traite ma mère de terroriste. Imagine qu'on s'en prenne à elle… Imagine qu'on annule son visa… Pauvre connard ! Sale raciste ! Pour lui, tous les gens de couleur sont des terroristes ou des gangsters. Je suis américaine. Ma mère est africaine. Ça fait de moi une Afro-Américaine, d'origine irlandaise, baptisée catholique. Je ne suis pas terroriste et je ne suis pas ta bonniche !

Leila éprouvait le besoin de prononcer ces mots à voix haute, car réfuter les calomnies de Slaughter, même si ce n'était qu'auprès de Charlotte, leur conférait plus de réalité et l'en rendait responsable, dans un monde qui avait cessé de considérer ce type comme responsable.

— Ta mère n'aura pas de problème. Elle a une carte de séjour. Elle est là depuis trente ans. Personne n'a jamais remis en cause son statut de résidente permanente.

— Putain de connard… Ma mère n'aura peut-être pas de problème, mais sa mère ? Et ses sœurs ?

Depuis dix ans, Leila reversait une grosse part de ses revenus à sa mère, qui essayait de faire venir sa famille de Khartoum à Oakland. Charlotte l'avait encouragée à s'adresser au service juridique de Humanity, qui l'aidait à se dépêtrer du cauchemar bureaucratique de la demande d'asile, un chemin de croix de plus en plus pavé d'embûches, depuis dix-huit mois.

— Des connards comme lui prennent des décisions pour des millions de personnes. Des connards qui pensent de moi : « Encore une petite pute noire… C'est elle le problème, c'est elle la menace. »

Devant la colère de Leila, qui ne faisait qu'enfler, Charlotte s'efforçait de se montrer calme et forte.

— Allons nous asseoir quelque part. J'ai besoin de sucre.

Charlotte garda le silence, tandis qu'elles se dirigeaient vers le *Mary's Kitchen*, le petit boui-boui où l'équipe allait souvent manger des burritos aux œufs et des frites au fromage, la nuit, vers 2 heures. La serveuse vint rapidement et Charlotte commanda une salade César et un sundae au brownie, qu'elles se partageraient. Le front contre la table en formica, Leila pestait entre ses dents.

Ce qui déstabilisait le plus Charlotte, c'était cet instinct protecteur que la réaction de Leila éveillait en elle, un sentiment qu'elle n'avait jamais éprouvé jusque-là que pour ses filles. Leila tourna la tête et posa la joue sur la main de Charlotte, comme un petit enfant.

— Ce mec est un abruti. J'ai presque envie d'abandonner. Ou de gerber. Ou les deux.

Charlotte lui caressa la tête, comme elle le faisait avec les jumelles quand elles étaient malades.

— C'est un idiot, je suis d'accord. Ça craint. Ça pue. Je te comprends.

Depuis six mois, dans un fichier texte de son téléphone, elle tenait la liste des insultes proférées à son encontre à la télévision, sur Internet et les réseaux sociaux. Le soir tard, seule à la table de la cuisine, ou dans la salle de bains, voire au lit, à présent que Max faisait chambre à part, elle les lisait à voix haute, forme malsaine d'autoflagellation verbale.

« Sorcière maléfique de la côte Ouest »

« Walsh la harpie »

« Grosse salope qui sait pas parler »

« Maman en chaleur »

« Un modèle pour les putes débiles »

« Vagin sur pattes aux dents longues »

« Satan de la Silicon Valley »

« Chienne »

« Cochonne artisanale avec du rouge à lèvres »

« Grosse bourge qui pue la merde »

« Petite teigne qui fait chier le monde »

Cette dernière formule émanait de Ted Slaughter en personne.

Et il y avait aussi des commentaires :

« Elle comprend que dalle à ce qu'elle fait. »

« Tu n'es pas digne d'être mère. »

« Ta mère aurait mieux fait de se faire avorter. »

« J'ai envie de lui couper les nichons et de l'envoyer à la chambre à gaz. »

« Tu brûleras en enfer. »

« J'étais avec elle au lycée. Elle trichait à tous les examens. C'est comme ça qu'elle a pu entrer dans une fac pour les fils à papa. »

« On devrait te retirer la garde de tes enfants. »

« Dieu te retirera tes enfants. »

Ce n'était pas le pire. Quelqu'un avait créé des GIF horribles de ses filles poignardées, à partir de photos prises sur le compte Instagram de Charlotte. Un groupe Reddit rassemblait les hommes qui voulaient lui montrer qui était le plus fort, certains par des moyens si répugnants qu'elle avait failli vomir, la seule et unique fois où elle avait jeté un coup d'œil à leurs publications. Elle recevait des photos de masturbation masculine, en général par mail, parfois par la poste. On lui avait également envoyé des enveloppes contenant des poils pubiens. Elle était devenue un écran sur lequel projeter sa rancœur et son désespoir.

Quand elle lisait ces insultes, quand elle était témoin sur le terrain de la haine dont certains étaient animés, quand elle déplorait les incivilités déversées sur Internet, elle se disait que l'Amérique avait peut-être le président qu'elle méritait.

Leila se redressa et essuya le mascara qui avait coulé sous ses yeux.

— Et merde ! tonna-t-elle en frappant la table.

Les quelques clients du restaurant se retournèrent – un couple de personnes âgées se partageant un croque-monsieur et une jeune maman qui essayait d'apprendre à son bambin comment se servir d'une fourchette.

— Parle plus doucement, chuchota Charlotte.

— Je ne peux pas. Je t'ai dit qu'un mec m'a craché dessus, l'autre jour, dans la rue ? Un mec qui avait à peu près ton âge.

Il m'avait vue en photo avec toi. Il m'a craché à la gueule, en me disant que c'était nous qui foutions la merde dans ce pays.

— Pourquoi tu ne me l'as pas dit ?

— Tu as d'autres chats à fouetter. Des fois, je me demande ce que je fous là, ou ce que tu fous là. Je ne m'attendais pas à ça.

— Moi non plus.

On leur servit la salade et la glace, qu'elles mangèrent en silence.

— J'ai l'habitude de noyer mon chagrin dans la bouffe et là, je viens de faire un délicieux plongeon, plaisanta Charlotte, dans l'espoir de faire sourire Leila.

Celle-ci tira sur une mèche qui s'était échappée des peignes en écaille de tortue retenant ses cheveux derrière ses oreilles. Lorsqu'elle la lâcha, la mèche remonta en tire-bouchonnant. Quand elle reprit la parole, elle avait retrouvé un semblant de son attitude professionnelle et déterminée.

— Je sais un truc. À propos de Slaughter. Quelque chose qui peut lui faire du mal.

Charlotte racla ce qui restait de chantilly dans la coupe à glace.

— Quelque chose que je ne sais pas ?

— Oui. Je ne t'en ai pas parlé parce que je me disais qu'on n'était pas comme ça. Qu'on n'était pas du genre à se rabaisser à ce genre de truc. Qu'on était des gens bien.

— On est des gens bien.

— C'est un ancien copain de fac qui me l'a dit. Il est producteur pour la chaîne d'info locale de Pittsburgh. Il l'a découvert pendant la dernière campagne de Slaughter, mais son boss n'a pas voulu l'exploiter. Je ne voulais pas te le dire, parce que je trouvais que c'était trop moche de faire un truc comme ça… Mais là, je crois qu'on n'a pas de scrupules à avoir.

Leila exposa ce qu'elle savait: Bonnie, l'actuelle femme de Ted Slaughter, avait subi un avortement, un an avant de l'épouser, il y avait de cela une dizaine d'années. L'enfant était de Slaughter, qui n'était pas encore divorcé de sa précédente épouse. Le médecin qui avait pratiqué l'interruption de grossesse, dans une clinique privée de Pittsburgh, n'avait pas souhaité répondre aux questions de l'ami de Leila, mais celui-ci avait recueilli le témoignage d'une infirmière qui lui avait indiqué que Ted Slaughter avait payé l'intervention au moyen d'un chèque à son nom.

—Comment se fait-il que la chaîne ait gardé le silence? demanda Charlotte en faisant signe à la serveuse de lui apporter l'addition.

—Mon pote pense que Slaughter a aidé la fille du directeur de la chaîne à entrer dans l'école privée la plus cotée de Pittsburgh.

Charlotte n'eut pas besoin de réfléchir longtemps.

—On ne peut pas faire ça.

Leila soutint son regard avec l'expression farouche et butée de quelqu'un qui ne se laisserait pas facilement dissuader de prendre sa revanche.

—Charlie, ce n'est pas seulement à cause de ce qu'il a dit de moi. Ted Slaughter est l'ennemi des femmes. Tu le sais. Il dit que la contraception est un produit de luxe. Il voudrait que les césariennes ne soient pas remboursées et que l'avortement soit illégal, même dans les cas de viol et d'inceste. Il a voté pour couper les vivres au planning familial. Des cliniques ont fermé partout dans le pays à cause des législations qu'il a défendues. Et c'est un sale menteur, un putain d'hypocrite. On peut le faire tomber.

Posant une main sur celle de Leila, Charlotte lui assura qu'elle avait toutes les raisons de vouloir la perte de Slaughter, avant de lui expliquer pourquoi elle ne pouvait pas se résoudre à cette manœuvre.

— Ce serait un coup bas pour sa femme. Qu'a-t-elle fait pour mériter pareille humiliation ?

— Pour commencer, elle s'est mariée avec une merde.

— Ce n'est pas sa faute, soupira Charlotte.

— C'est lui et son hypocrisie dégueulasse qu'on attaque. Il se la ramène, proclame les bonnes valeurs familiales et que la vie commence dès la conception, mais je parie qu'il l'a obligée à avorter juste pour ne pas se faire plumer encore plus par son ex. Il m'insulte. Il t'insulte. Il insulte les femmes tous les jours. Il mériterait encore pire. Tu sais comme moi que parfois, il faut se salir les mains pour se protéger.

Leila gardait les yeux rivés sur ceux de Charlotte, qui tourna la tête et regarda par la fenêtre, le temps de s'assurer que sa voix ne tremblerait pas.

— On n'a aucune preuve que l'enfant était de lui.

— Parce qu'on a besoin de preuves ? Qui a encore besoin de preuves ? Ils ont raconté que tu attendais un gosse ! Ils racontent que je suis terroriste !

Charlotte aurait traité d'opportuniste toute autre personne qui lui aurait suggéré cette stratégie, mais c'était la dernière chose qu'elle voulait penser de Leila. Elle préférait se concentrer sur les raisons qui l'empêchaient d'en arriver là. Avant tout, il s'agissait d'un coup bas, plus moche que tout ce qu'ils avaient pu envisager jusqu'à ce stade de la campagne. Ensuite, elle comprenait en quoi Bonnie Slaughter serait blessée, outre le fait qu'elle était l'épouse d'un homme qui avait bâti sa carrière sur le mouvement pro-vie. Charlotte se mettait aisément à sa place. Elle n'avait pas menti à Josh, lors de leur première entrevue, un an plus tôt, en lui disant qu'elle ne s'était jamais fait avorter. Mais ce qu'elle avait tu, c'est qu'elle était tombée enceinte, avant les jumelles. Elle était au lycée. L'enfant était de Jack. Elle ne lui avait jamais rien dit. Charlotte avait vu la vie de Paul et de Kara dérailler à cause d'une grossesse précoce. Cette décision difficile, elle l'avait prise toute seule.

En Pennsylvanie, une mineure ne pouvait pas avorter sans l'autorisation de ses parents. Alors elle avait tout raconté à son père, puisqu'elle ne pouvait pas se confier à une mère atteinte de maladie mentale. Ce souvenir comptait parmi les meilleurs qu'elle gardait de Marty.

Elle s'était confessée dans la vieille Buick, un jour où il était venu la chercher à l'entraînement de volley. Une chanson de Peter Cetera passait à la radio. Les paroles parlaient d'amour et de chevaliers servants. Des canettes de bière vides roulaient aux pieds de Charlotte, dans la voiture.

— Tu n'as pas à avoir honte, lui avait chuchoté son père tristement, mais sans amertume. C'est toute ta vie qui est en jeu.

Marty fumait un paquet de Camel par jour. Dans la boîte à gants, il avait pris un paquet neuf, l'avait ouvert et en avait retiré deux cigarettes, une pour lui et une pour sa fille.

— Ne dis rien à ta mère.

Elle s'était demandé s'il parlait de la cigarette ou de l'avortement.

— Tu feras de grandes choses, plus tard, avait-il déclaré en aspirant une bouffée de fumée, achevant sa phrase dans une quinte de toux.

Il avait pris un rendez-vous dans une clinique de Philadelphie, faute d'en trouver une à Scranton. Mais Charlotte avait fait une fausse couche quelques jours plus tard. Elle estimait être enceinte d'environ huit semaines. Ce qu'elle avait expulsé ressemblait à un gros caillot de sang. Elle avait pleuré, Marty l'avait tenue dans ses bras, et ils avaient partagé leur tristesse et leur soulagement. Puis ils n'avaient jamais reparlé de cet épisode. Parfois, Charlotte se disait que Marty Walsh aurait pu être féministe, s'il était né à une autre époque, et à un autre endroit. De cet incident, elle gardait un souvenir à la fois horrible et magique.

Et voilà qu'elle avait l'impression de trahir Leila.

— C'est Bonnie Slaughter qui se sentira visée. Si on fait ça, alors je ne vaux pas mieux que lui. On laisse tomber.

Leila croisa les bras sur la poitrine.

— Parlons-en à Josh.

La campagne électorale faisait ressortir les pires côtés de l'une et de l'autre.

— Non, tu n'es pas comme ça. Et n'oublie pas, c'est moi, ton boss, pas Josh.

Chapitre 14

10 août 2018
J - 88 avant les élections

Walsh (D)	**Slaughter (R)**	**Écart**
43	41	Walsh + 2

— Une vieille commère m'a offert une couverture de landau au crochet, ce matin, au supermarché. Le truc le plus moche que j'aie jamais vu, mais je n'ai pas eu le cœur de lui dire que tu n'étais pas enceinte et de refuser. Je l'ai mise dans le panier de Bob.

À quatre pattes, Max cherchait la télécommande sous le canapé.

— C'est dingue que les gens s'entêtent à croire cette histoire. Josh dit que la presse et le public ont la capacité de concentration d'un môme autiste. Les titres à la une changent toutes les heures, tous plus porno les uns que les autres, comme il dit, tous plus urgents, tous plus vite oubliés les uns que les autres, mais la grossesse d'une bonne femme de quarante-sept ans est restée gravée dans les esprits comme les paroles d'un jingle de pub pour une marque de bagnoles.

Charlotte dénicha la télécommande sous un coussin et la donna à Max.

— Il ne dit pas ça devant tout le monde, j'espère… La comparaison avec le môme autiste…

— Non, il ne le dit pas devant les autistes ni devant leurs parents.

Max leva les yeux au ciel.

— Je ne sais pas comment tu peux supporter ce mec.

— Les sondages nous donnent gagnants.

— C'est l'essentiel, répliqua-t-il, d'un ton de plus en plus sarcastique, en zappant de chaîne en chaîne.

Puis il s'arrêta sur un talk-show, s'étendit sur la moquette beige et posa la cheville droite sur le genou gauche, afin de s'étirer la cuisse.

— C'est important, oui, parfaitement.

Depuis quelques mois, Charlotte était encore plus accro aux sondages qu'à la caféine. Telle une héroïnomane en quête de sa dose, elle était sans cesse à l'affût de nouveaux chiffres. Si elle avait autrefois mesuré sa valeur à celle de l'action Humanity, elle l'évaluait maintenant à l'aune de sa cote de popularité et des points d'écart qui la séparaient de Ted Slaughter.

Max se tourna paresseusement sur le côté et continua de zapper.

— Oh punaise… Je n'en peux plus de ces conneries, se marmonna-t-il à lui-même.

— Moi non plus. Change de chaîne, soupira Charlotte en se laissant tomber lourdement sur le canapé.

Il s'agissait d'un nouveau spot de dénigrement des Amis de Ted Slaughter. La vidéo s'ouvrait sur une vue de San Francisco, sous un ciel radieux et ensoleillé. Puis la caméra plongeait sur une bande de zonards aux dreads crasseuses, qui jouaient du djembé en fumant des joints devant le pont du Golden Gate. « J'adore Charlotte Walsh, disait l'un d'eux. Vivement qu'elle soit élue et qu'on aille s'installer en Pennsylvanie. » Puis apparaissait une drag-queen noire qui devait mesurer un mètre quatre-vingt-dix et qui claquait des doigts en minaudant de manière stéréotypée : « Charlotte Walsh m'a dit que je pouvais utiliser vos toilettes. » Panoramique sur un groupe d'ouvriers latinos en chemise de flanelle rouge et casque de chantier orange, qui annonçaient : « Grâce à Charlotte Walsh, nous aurons bientôt des emplois en Pennsylvanie. » On se retrouvait ensuite en compagnie de deux femmes élégantes, devant l'Independance Hall de Philadelphie, l'une demandant à l'autre : « Savez-vous, ma chère, que la Californie est le seul État d'Amérique où on a le choix entre trois genres, sur le permis de conduire ? » « Ah bon ? Mais comment ça ? » s'offusquait l'autre avec une mine horrifiée. Et le clip s'achevait sur une violente collision entre deux voitures autopilotées et une voix menaçante qui déclarait : « Avec Charlotte Walsh, le pire de la Californie en Pennsylvanie. »

— Quelle drag-queen qui se respecte accepterait de tourner une merde pareille ? s'interrogea Max en éteignant la télé.

Sans lui répondre, Charlotte s'empara de son téléphone et appela Josh. Il décrocha à la première sonnerie. Elle ne s'embarrassa pas d'un bonjour.

— Ce dernier spot est écœurant.

Elle l'entendit allumer une cigarette.

— Ouais… Bof… Il joue sur la xénophobie rurale. Il a déjà dix mille vues sur YouTube. Notre nouveau clip à nous sera prêt d'ici à la semaine prochaine. J'ai un gros faible pour « Ted Slaughter tuera vos grands-mères ».

Charlotte vit Max froncer les sourcils, ce qui aurait dû lui indiquer de s'abstenir de rire, mais elle ne put s'en empêcher.

— C'est fin.

— Je ne plaisante qu'à moitié. À cause du dernier projet de loi qu'il a voté, deux millions de seniors, rien qu'en Pennsylvanie, se retrouvent exclus de Medicare. Il est littéralement en train d'assassiner nos grands-parents. Mais ne vous inquiétez pas, on a fait preuve de bon goût. Meilleur, en tout cas, que « Charlotte Walsh veut faire pisser les travelos dans vos chiottes ».

Elle s'esclaffa.

— Max se demande quelle drag-queen qui se respecte a accepté de faire ça.

— Tout le monde ne peut pas s'offrir des Jimmy Choo pointure 47.

Charlotte pouffa. Max se redressa et monta à l'étage. Il redescendit quand elle eut raccroché. Elle ouvrit son ordinateur. Le sien sur les genoux, il s'installa près d'elle sur le canapé.

— Ton chéri va bien ? demanda-t-il au bout d'un moment.

— Pardon ?

— Le jeune prodige. Ton nouveau meilleur ami. Le premier homme à qui tu parles le matin quand tu te réveilles et le dernier avec qui tu papotes avant de te coucher.

Tu te fiches de moi ? Comment va ta nouvelle maîtresse, ta chère Abby ?

Charlotte parvenait presque à faire abstraction d'Abby et de ses adorables messages, même si parfois, le souvenir se rappelait à elle, comme des relents de poisson pourri. Et elle avait aussi oublié le reste. Avant de répondre, néanmoins, elle dut se mordre la langue.

— C'est mon directeur de campagne, Max.

—Je plaisantais. Je n'ai plus le droit de rigoler ? Il n'y a plus que Josh qui te fait rire ?

—Arrête. Tu te comportes comme un gamin.

—Bien, chef.

Pendant les trente minutes suivantes, ils pianotèrent chacun sur leur ordinateur. Puis, ne pouvant résister à sa curiosité, Charlotte tenta de jeter un coup d'œil à l'écran de Max, mais il était orienté de telle façon qu'elle ne put voir ce qu'il faisait ou avec qui il communiquait. Ce fut lui qui reprit la parole.

—J'ai réservé mon vol pour aller au semi-marathon de Big Sur et à la réunion du troisième trimestre du CA d'ePay.

Après plus de dix ans de mariage, elle était toujours épatée par la fluidité de la transition entre tension et conversation anodine.

—Je pars lundi, comme on avait dit. On a une tonne de miles. J'ai eu les billets gratuits pour les jumelles.

—Tu emmènes les jumelles ?

Elle savait qu'il partirait en Californie, elle avait même envisagé de le rejoindre une semaine plus tard. Le sujet avait fait l'objet d'une discussion et d'une décision conjointe. Pourtant, elle sentait qu'elle ne pourrait pas s'empêcher de dire quelque chose dont elle se mordrait les doigts. Les mots lui échappèrent malgré elle.

—Les filles ne te gêneront pas pour voir ta chérie ?

Une incompréhension sincère se peignit sur le visage de Max.

—Hein ? Quelle chérie ? Tu parles de Margaret ? Encore ? Sérieux ? Je croyais que cette histoire était close. Elle travaille à l'autre bout du monde, maintenant. Je ne lui ai pas adressé la parole depuis au moins deux ans.

Charlotte aurait pu feindre d'avoir effectivement fait allusion à Margaret, s'en excuser, et mettre un terme à la conversation. Mais son subconscient n'en pouvait plus de repousser la confrontation et brûlait d'envie d'interroger Max sur la mystérieuse Abby.

— Non, je parle d'Abby. Tu vas voir Abby, en Californie, c'est ça ?

Et voilà. À présent, elle ne pouvait plus faire machine arrière.

Max se gratta la tête.

— Abby ?

— Oui. Abby.

Il plissa les yeux.

— Je..., bredouilla Charlotte.

Puis elle détourna le regard et s'absorba dans la contemplation des voitures qui passaient sur la route.

La forêt de son enfance avait été rasée pour construire une voie express, et les arbres qui la séparaient de la maison n'étaient pas encore très hauts ni très touffus, si bien que la nuit, la lueur des phares se projetait sur les murs du salon.

Durant ce bref instant de silence, elle se prépara à recevoir les aveux de son mari.

— J'ai vu ses textos.

— Ses textos ?

De mémoire, elle récita les messages, d'une voix aiguë et avec l'accent nasillard d'une Californienne.

— « Tu me manques... Tu as parlé de moi à C. ?... On va passer une bonne soirée... »

— Tu as fouiné dans mon téléphone ? Qu'est-ce que j'ai encore fait, bordel, pour que tu n'aies pas confiance en moi ? Qu'est-ce que tu es allée t'imaginer ?

Cette scène avait un air de rediffusion, et, même si elle commençait à douter de ce dont elle accusait Max, Charlotte connaissait sa réplique.

— Je sais tout.

Max se leva et posa les deux mains sur les épaules de Charlotte. Elle se crispa, et redressa la tête afin de le regarder dans les yeux.

— OK. Si tu sais tout, alors tu sais que j'ai aidé Abby à se faire embaucher chez ePay. Tu sais que je la trouve brillante et prometteuse. C'est pour ça que je l'ai recommandée à Travis, parce que ça me fait plaisir d'aider les jeunes qui méritent un coup de pouce, surtout les jeunes femmes. Pour me remercier, elle veut m'inviter à dîner chez elle, avec sa copine – la fille avec qui elle partage sa vie. Elle aurait bien aimé t'inviter aussi, mais je lui ai dit que tu ne serais sûrement pas dispo, parce que tu n'es jamais dispo et que je ne voulais pas t'accabler d'une obligation supplémentaire.

Sur le coup, Charlotte ne comprit pas, tant le scénario était différent de celui qu'elle échafaudait depuis des mois.

Il a pistonné Abby.

Abby vit avec une meuf.

Je me suis trompée. Sur toute la ligne. Je me suis trompée.

Avec un soupir las, Max s'écarta et se baissa pour ramasser son téléphone, qu'il lui tendit.

— Relis les messages. Mon nouveau mot de passe est ta date de naissance à l'envers. Tu peux regarder tout ce que tu veux. La campagne te rend parano. Tu souffres d'un complexe de persécution. Mais moi, je ne te veux pas de mal. Je fais partie des rares personnes qui te soutiennent.

Elle aurait voulu qu'il continue de l'engueuler, parce qu'elle le méritait. Mais il s'assit près d'elle et baissa la tête, le menton sur la poitrine.

— Charlie, Charlie, Charlie, chuchota-t-il, répétant son prénom dans un crescendo censé le calmer. J'ai fait tout ce que tu m'as demandé, non ? Je ne vois pas ce que je peux faire de plus.

Il s'exprimait d'une voix suppliante et désespérée que Charlotte ne lui avait jamais entendue, et qui lui fendit le cœur. Sans un mot, sans le toucher, elle s'assit à côté de lui. Parler l'aurait obligée à reconnaître qu'elle s'était trompée, et elle n'était pas prête à avouer ses torts, quand bien même elle se serait giflée d'avoir tiré des conclusions à mille lieues de la réalité. Elle se sentait encore plus fatiguée qu'elle ne l'était déjà, peut-être plus fatiguée qu'elle ne l'avait jamais été. Leurs relations ne s'arrangeaient pas. Depuis six mois, au contraire, elles ne cessaient de se dégrader. Rien d'étonnant, sans doute, et pourtant, Charlotte n'en faisait le constat que maintenant.

— Tu peux emmener les jumelles, mais Annie reste avec moi. Je te rejoindrai en fin de semaine. Je suis désolée. C'est dur, je sais. Des fois, j'ai l'impression d'être dans un mauvais rêve. Mais ce n'est que temporaire. La campagne ne durera pas éternellement.

Ses paroles sonnaient creux, faibles. Des pleurs retentirent au bout du couloir. Annie s'était réveillée et avait besoin d'aide pour se rendormir, d'un verre d'eau, d'un câlin, qu'on lui assure qu'il n'y avait pas de dragon caché dans l'armoire. Max se dirigea vers l'escalier et marmonna sans se retourner :

— Hélas, ce n'est pas un cauchemar. Ce serait trop beau. Les cauchemars ont une fin. C'est notre vie, Charlotte, et on est malheureux. On ne peut pas continuer comme ça.

Une vieille angoisse noua l'estomac de Charlotte.

Quelle autre option avons-nous ?

Chapitre 15

19 août 2018
J - 79 avant les élections

Charlotte n'avait jamais été mère d'un enfant unique. Que Max ait emmené les jumelles sur la côte Ouest présentait un point positif : elle avait Annie rien que pour elle, et Annie pouvait réclamer toute l'attention de sa maman. Le premier soir, le calme relatif de la maison lui parut assourdissant. L'absence de Max ne la dérangeait pas, elle avait l'habitude de se passer de lui. En revanche, celle des jumelles la mettait au supplice.

Leila organisa un roulement de baby-sitters pour garder Annie et, quand elles le pouvaient, elles l'emmenaient à certains événements. La fillette apprécia particulièrement la visite d'un élevage d'alpagas, à Lower Milford, où Charlotte rencontra des fabricants de laine et participa à une démonstration de feutrage. La semaine passa à la vitesse de l'éclair : dîners de collecte de dons à Philadelphie, soirée de levée de fonds au musée des Beaux-Arts, petit déjeuner pancakes dans le Delaware, journée d'inscription sur les listes électorales dans une auberge de jeunesse de Reading – où il s'avéra que beaucoup trop de monde croyait que s'inscrire sur les listes était la même chose que voter –, spectacle des résidents d'une maison de retraite de West Chester, inauguration d'une concession automobile, et une énième balade en tracteur à l'occasion du carnaval d'une bourgade.

Seuls les lieux changeaient, le blabla de Charlotte restait grosso modo le même. C'était cette répétition incessante qui l'usait le plus. Chez Humanity, chaque journée était différente, chaque journée apportait un nouveau défi – un jour, elle négociait un contrat avec le P.-D.G d'Apple ; le lendemain, elle discutait protectionnisme numérique avec le gouvernement chinois ; la semaine suivante, elle prenait part à un brainstorming avec les fondateurs de l'entreprise sur la place de Humanity dans l'Internet des objets. Chaque journée de campagne ressemblait à une scène du film *Un jour sans fin* : toujours le même baratin, toujours la même demande de soutien financier, toujours le même sourire sur les mêmes photos. Même les meilleurs jours, elle avait l'impression de courir sur place.

Annie resta bien sûr à la maison pour la visite au St. Mary's Hospital, près d'Altoona, où Charlotte devait prendre dans ses bras des bébés accros aux opioïdes. C'était ce qui était inscrit sur son planning : « 9 heures – CW tient dans ses bras des bébés accros aux opioïdes (presse et vidéo limitées) »

Initialement, elle avait l'intention de prononcer une allocution à propos de l'effet multiplicateur de la crise des opioïdes sur l'économie de la Pennsylvanie. Elle avait passé trois nuits blanches à potasser une analyse approfondie du doyen de la faculté d'économie de Harvard sur les milliards que coûtaient la surprescription et la surconsommation qui en découlait. Suite à quoi elle avait rédigé ce qu'elle considérait comme son discours politique le plus significatif. Mais Josh avait décrété que ce n'était pas une bonne idée : tous ces faits et tous ces chiffres seraient indigestes.

—Les électeurs préfèrent vous voir avec un bébé drogué dans les bras. Ça, ce sera bon pour votre image. La vidéo fera le tour de Facebook. À moins, bien sûr, que vous ne vouliez parler de votre mère – suicide aux opioïdes ?

Charlotte se détourna de lui, devant l'hôpital.

—Allez, on y va.

Les minuscules nourrissons au visage violacé qui se tortillaient dans ses bras en hurlant lui rappelèrent les premières semaines d'Annie, en réanimation néonatale. Ce service pour nouveau-nés dépendants avait été créé récemment, car en deux ans, le nombre de cas avait triplé. Comme dans un film de science-fiction, il y avait des couveuses partout, entre lesquelles on pouvait à peine circuler. Quelques mères se tenaient derrière des fenêtres grillagées, le regard vide et l'air hagard.

De vraies larmes coulèrent sur les joues de Charlotte, immortalisées par les caméras d'une chaîne locale. Elle tenait dans ses bras un petit Kevin aux pieds pas plus grands que son pouce, secoués de tremblements irrépressibles, qu'elle serrait au creux de sa main, comme elle le faisait avec Annie, pour l'apaiser. *Je suis désolée, petit chat. Tu mérites mieux qu'une vidéo.*

—Tu aurais dû faire ton discours quand même, lui dit Leila en lui frictionnant le dos, tandis qu'elle retouchait son mascara, sous la lumière blafarde des toilettes de l'hôpital. C'était un bon discours. Intelligent.

Avant le coucher du soleil, Charlotte parcourut encore trois cents kilomètres, récolta quelques centaines de milliers de dollars lors d'un apéro avec un réseau de jeunes entrepreneurs, et posa pour une photo avec le plus gros verrat de Pennsylvanie. *Je suis prête à tout pour plaire.*

— Superbe, la félicita Josh. Excellent pour votre image de marque.

— C'est ce que les Blancs défavorisés attendent de moi, dit-elle sans dissimuler son dégoût. Une photo où je tiens un gros porc par le cou.

— Ils la partageront tous sur Facebook, répliqua Josh en haussant les épaules.

Hormis à San Francisco, où le brouillard vous transperçait jusqu'aux os et jetait un voile gris sur toute la ville, le monde était sans conteste plus lumineux en Californie qu'en Pennsylvanie. Comme une photo instagrammée sur laquelle on aurait appliqué le filtre parfait, la vie sur la côte Ouest était plus nette et semblait plus radieuse.

Charlotte avait l'impression d'être séparée de ses enfants depuis des mois, alors qu'elle ne les avait quittées qu'un peu plus d'une semaine. Ils s'étaient vus tous les cinq sur FaceTime chaque soir, et, si les jumelles n'arrêtaient pas de babiller, intarissables sur les moindres détails de ce qu'elles avaient fait dans la journée, Max, lui, était peu loquace, si bien que Charlotte ne savait pas trop à quel accueil s'attendre, sur le parking de l'aéroport.

La batterie de son téléphone était tombée en rade dans l'avion, elle avait oublié la prise de son chargeur, et il y avait des mois qu'elle n'était pas restée aussi longtemps privée d'Internet. Elle était impatiente de se connecter, mais elle s'abstint de demander son téléphone à Max, quand il l'embrassa langoureusement. Prise au dépourvu, elle entrouvrit les lèvres et mêla sa langue à la sienne, abandonnée contre son torse, pour un baiser extravagant, le genre de baiser que l'on ne se donne que lorsque l'on se quitte. Puis il appuya son front contre le sien, une main sur sa taille, et elle demeura un instant blottie contre lui.

Elle désirait garder le souvenir de ces retrouvailles et de ce délicieux baiser.

— Beeerrrrkkk ! croassa Ella. Ils font des bisous avec la langue ! Trop dégoûtant !

— Contente de rentrer à la maison ? demanda Max, rompant le charme du moment.

Charlotte se garda de lui dire qu'ils n'habitaient plus en Californie. Tout du moins, elle ne s'y sentait plus chez elle. Max avait la peau qui pelait sur le front et sur le nez, à cause d'un coup de soleil, ainsi que des cercles blancs autour des yeux, comme un raton laveur inversé. Il paraissait reposé, en forme, heureux.

— Laisse-moi le temps d'arriver... Comment s'est passée la course, hier ?

Bien, elle le savait. Il avait posté des photos du semi-marathon sur Facebook : le soleil se levant sur le pont de Big Sur, la traversée de la forêt de séquoias, la devanture du *Nepenthe*, l'un de leurs restos préférés, avec vue sur les falaises de calcaire blanches surplombant les vagues indigo du Pacifique. Il ne lui en avait envoyé aucune à elle personnellement.

— Super. J'ai battu mon record. Je vais déchirer, pour l'Ironman ! Tu veux aller manger un morceau au *In-N-Out* ?

L'estomac de Charlotte gargouilla à l'évocation des burgers et des frites.

Dès qu'ils furent installés sur les banquettes de vinyle, autour d'une table en formica couverte de buns graisseux et d'une multitude de petits pots en papier de moutarde et de ketchup, les jumelles entreprirent de raconter dans les moindres détails tout ce qu'elles avaient fait depuis qu'elles avaient quitté leur mère et leur sœur.

Ce fut Max qui aborda le premier le sujet de la campagne.

— T'as vu ça, Bonnie Slaughter... C'est dingue, hein ?

Les oreilles de Charlotte se mirent à bourdonner et elle fut saisie de vertige. Les frites firent un double salto dans son ventre.

— Quoi donc ?

Elle n'avait pas besoin d'Internet pour savoir de quoi il était question, mais elle tendit la main vers le téléphone de Max, qui le lui donna, à contrecœur. L'avortement secret de la femme du sénateur pro-vie s'étalait à la une du site de CNN.

— Putain de merde.

— Charlie ?

La bonne humeur de Max commençait déjà à se dissiper.

— Il faut que je passe un appel.

Il leva les yeux au ciel.

— J'aurais mieux fait de me la fermer.

Charlotte brûlait de parler à Leila.

— Ce sera rapide, promis.

— Ce n'est jamais rapide. Ça ne peut pas attendre qu'on soit rentrés ? On est invités à un barbecue chez Travis, cet après-midi. Il y aura un château gonflable et un magicien. Les filles ont hyper envie d'y aller.

— Lucinda sera là ?

— Travis a une nouvelle copine, répondit Max avec un geste de la main désinvolte, comme s'il s'agissait d'un nouvel ordinateur. Le divorce a été prononcé le mois dernier. Lucinda est avec un scientifique ou un archéologue qui bosse à l'Academy of Science. Les filles se font une joie d'aller à cette fête. Tu ne peux pas convoquer une cellule de crise à la maison et je vais chez Travis avec Ella et Rose ?

Son chaleureux accueil depuis longtemps oublié, Max semblait avoir hâte de quitter son épouse.

Reste calme. Va dans son sens. L'essentiel, c'est d'avoir accès à un ordinateur et à un téléphone.

— OK, rentrons, dit-elle posément. Je passerai mes coups de fil de la maison et je te rejoindrai chez Travis.

Après avoir habité près d'un an la maison décrépite de ses parents, Charlotte avait l'impression, dans leur villa moderne et spacieuse, toute de bois blond, lignes géométriques, acier inoxydable rutilant et surfaces de verre immaculées, d'être dans un hôtel de luxe. En s'avançant dans l'immense cuisine ouverte, avec son piano de cuisson à huit brûleurs et son évier de ferme aussi grand qu'une baignoire, elle eut honte des sommes qu'ils avaient dépensées pour aménager cette maison, trop grande, trop sophistiquée, trop chère, qui avait fait l'objet d'un reportage photo de l'*Architectural Digest*, intitulé « Tech Titan ». Ils l'avaient payée 5 millions ; elle en valait désormais neuf – preuve criante s'il en était qu'il était facile pour les riches de devenir toujours plus riches. Un pan entier de baies vitrées donnait sur des oliveraies et des coteaux de vignes, pinot noir et cabernet. *Pourquoi être partie d'ici ? Parce que tout ça est irréel.* Max aimait le neuf, le clinquant. Charlotte avait l'impression d'être entrée chez quelqu'un par effraction. Tout était nickel, beaucoup trop bien rangé pour un père seul avec deux petites filles de cinq ans. Une femme de ménage était sans doute passée le matin même.

Pendant que son téléphone chargeait, elle composa de mémoire le numéro de Leila depuis le poste fixe.

— Pourquoi tu as fait ça ? lui demanda-t-elle sans préambule.

La trahison de Leila lui était presque plus douloureuse que l'infidélité de Max.

Silence écrasant. Elle déglutit. La brise marine fit frémir les stores en bambou du salon. À la fenêtre, le thermomètre indiquait une température idéale de 22 °C. Il faisait presque toujours une température idéale de 22 °C, dans la vallée, la mer se trouvant à seulement quelques kilomètres.

— Charlie…, bredouilla Leila. Oui. Je crois bien que j'en ai vaguement parlé à Josh, la semaine dernière. Je… Mais je lui ai juste dit ça comme ça. En passant… dans la conversation.

Leila essayait de formuler la chose différemment, dans l'espoir que Charlotte réagirait autrement.

— Je t'avais demandé de ne pas lui en parler.

Charlotte avait adopté le ton qu'elle utilisait pour réprimander ses filles, ce qu'elle détesta immédiatement.

— Je voulais son avis.

— Je t'avais demandé de ne pas lui en parler, répéta-t-elle.

— Josh a dit qu'il y avait des choses qu'il valait mieux que tu ne saches pas. Il pense que c'est mieux que tu sois capable de dire la vérité, dans le cas où on nous demanderait si nous sommes à l'origine de cette fuite.

— Tu m'as menti.

— Techniquement, non, je ne t'ai jamais menti. J'ai fait ça pour te protéger.

Ce n'était pas la première fois que Charlotte constatait son manque d'autorité sur ses jeunes collaborateurs. Souvent, Josh était son cerveau et le reste de l'équipe, son système nerveux. Souvent, elle avait l'impression de n'être qu'une bouche.

D'un côté, elle attendait que Leila implore son pardon. Une partie d'elle le souhaitait. Mais la voix à l'autre bout de la ligne reprenait de plus en plus d'assurance.

— J'ai fait ce qui me paraissait juste. Tu as vu le débat que ça a provoqué ? Enfin des années d'hypocrisie démasquées.

Pourquoi Leila refusait-elle de comprendre que ce n'était pas le problème ? Ses arguments ne justifiaient pas qu'elle ait agi dans le dos de Charlotte, qu'elle lui ait sciemment désobéi. Elle était en tort et elle aurait dû le reconnaître.

Charlotte s'avachit sur le canapé scandinave style années 1950, autant que le lui permettaient le dossier droit et l'assise rigide. Puis elle étendit les jambes sur l'ottomane et la repoussa de façon que seuls ses talons reposent sur le bord du coussin.

— Ce n'est pas personnel, Charlie, c'est politique.

— Inutile de me citer Josh.

Silence. Un bip signala à Charlotte qu'elle avait un deuxième appel. Comme elle était sur le poste fixe, elle n'avait pas le moyen de savoir qui la contactait sans se lever pour aller consulter l'écran du combiné de la cuisine. Elle devinait toutefois qu'il ne pouvait s'agir que de Josh.

Leila reprit enfin la parole, d'un ton glacial.

— Tu veux que je démissionne ? Je démissionne, si c'est ce que tu veux.

Charlotte l'imagina au QG de campagne, le visage buté, le regard défiant. Non, avait-elle envie de lui répondre. Non, elle ne pouvait pas se passer d'elle. Sa réussite, en tant que cadre et mère de famille, elle la devait en grande partie à Leila, sans qui sa vie aurait été extrêmement compliquée.

— Je ne sais pas. J'ai besoin de réfléchir.

Le téléphone bipa de nouveau. Elle l'ignora. Dans l'autre pièce, son portable sonna.

— Il faut que je te laisse. On en reparle.

Leila raccrocha sans un mot de plus. Charlotte alla chercher son téléphone et ne s'embarrassa pas de civilités.

— Oui, Josh ?

— Ne soyez pas fâchée contre Leila.

— Ne vous mêlez pas de ça.

« Fâchée » n'était pas le mot, de toute façon.

— Je m'évertue à vous dire de ne pas prendre ce genre de trucs personnellement. Laissez le cycle des news suivre son cours. On est dimanche. Profitez de la Californie avec votre famille, revenez lundi et on avisera. Ça vous fera du bien, Charlie. Évacuez la pression. Au moins, les culs-bénits vous lâcheront la grappe. Plus personne ne vous demandera si vous êtes enceinte. La campagne de Slaughter part en vrille.

Comme elle n'avait rien à dire à Josh, elle coupa court à la conversation et raccrocha, puis elle lut tous les articles qu'elle put trouver sur Bonnie Slaughter. À de rares exceptions près, tous étaient illustrés de photos datant d'au moins quinze ans. Depuis, Bonnie s'était métamorphosée. Aujourd'hui, elle portait des twin-sets, chemisiers roses très sages et escarpins plats, à mille lieues des jupes crayon, décolletés plongeants et talons aiguilles de ses vingt ans, quand elle collectait des fonds pour Slaughter, déjà sexagénaire et père de six enfants. Bonnie était alors une très belle femme, dont on imaginait le parfum capiteux, savant montage d'épices, de vanille et de cigarette au clou de girofle. Les journalistes avaient dû fouiller les archives en quête de photos où elle incarnait « le genre à se faire avorter ».

Ted Slaughter niait être au courant de la « procédure ». Il n'employait que ce terme-là, « procédure », et campait sur ses positions pro-vie. « C'est tellement mesquin. Je demeure convaincu que la vie commence dès la conception et doit être protégée par les femmes et les hommes vertueux de notre gouvernement, disait-il. Nous avons longuement discuté avec notre pasteur et Bonnie s'est engagée à expier ses fautes par la prière et les actions de bienfaisance. »

Son équipe avait rapidement rebondi, en exploitant le scandale comme une occasion de collecter des fonds, destinés à enrayer la machine diabolique qui s'était mise en branle contre le sénateur.

« Ensemble, nous pouvons lutter contre les forces du mal qui s'attaquent aux valeurs honnêtes et méritoires des travailleurs pennsylvaniens. Engagez-vous dès aujourd'hui en participant financièrement à notre campagne », disait l'e-mail envoyé aux fidèles de Slaughter.

Les chroniqueurs progressistes de MSNBC spéculaient bien sûr sur le fait que l'enfant était de Ted Slaughter. Le *Times* et le *Post* soulignaient l'un et l'autre l'incommensurable hypocrisie de la famille Slaughter quant aux droits des femmes. *Bustle* accusait Slaughter de jeter l'opprobre sur sa propre épouse. Les éditorialistes conservateurs vilipendaient Bonnie et dépeignaient Slaughter en victime d'une femme dépravée qui lui avait caché un passé sulfureux. Une vidéo montrait le couple se rendant à l'église, Bonnie en robe kaki très stricte, portant l'un de ses petits-fils en écharpe, tenant deux de ses filles par la main, ses enfants lui servant de bouclier pour tenir la presse à distance, une tactique que Charlotte ne connaissait que trop bien. Quelqu'un les avait également photographiés à l'intérieur de l'église, lui écoutant attentivement le prêche, face à l'autel ; elle les jambes croisées, des jambes musclées par le Pilates, posant sur son mari un regard noir. Charlotte imaginait une bulle de BD au-dessus de sa tête : « Tu me le paieras. »

Il était près de 16 heures quand elle parvint à s'arracher à son ordinateur et aux impitoyables commentaires des internautes qui traitaient Bonnie de menteuse, de traîtresse, de pute… ou qui parfois aussi louaient son héroïsme.

La fête aurait dû toucher à sa fin lorsque Charlotte arriva chez Travis, or l'un des cadres ePay commença à préparer des mai tais qui reboostèrent l'ambiance, et Travis glissa quelques billets au gars du château gonflable afin qu'il reste deux ou trois heures de plus et que les enfants fichent la paix aux adultes.

Charlotte échangea des bises polies avec les femmes, des embrassades contraintes avec les hommes, tout en traversant l'immense terrain de la propriété à la recherche de Max. Tout le monde avait un teint superbe, pas trop bronzé, juste le parfait hâle. Et tout le monde était mince. Le surpoids, dans la Silicon Valley, était regardé d'un œil plus sévère que l'addiction à la cocaïne ou la maltraitance animale. Tout le monde était vêtu de kaki ou d'ocre, jupes larges, chapeaux de paille ironiques et gros bijoux de bois brut – des looks qui se voulaient simples, confortables, dénués de tout signe de richesse ostentatoire, même s'ils coûtaient l'équivalent du loyer de l'Américain moyen.

Beaucoup, parmi ce groupe d'amis et de connaissances, avaient des arrangements de couple que personne n'osait critiquer de crainte de paraître coincé. Près du bar, par exemple, David et Tess Galagher, qui travaillaient respectivement chez Facebook et Google, étaient séparés depuis deux ans mais ils vivaient toujours sous le même toit, pour le bien-être de leurs triplés, alors que Tess entretenait une relation sérieuse avec un chirurgien cardiaque prénommé Jill.

Au brasero, occupée à faire griller des s'mores artisanaux, se trouvait la multientrepreneure Astrid Andrews, anciennement Andrew Andrews, jusqu'à sa chirurgie de transition, effectuée au printemps précédent avec le soutien sans faille de son épouse Anne, qui travaillait comme business developer chez Humanity. Mike et Sara Matthews pratiquaient l'amour libre et ne parlaient plus que de ça dès qu'ils avaient bu deux verres de vin. Blonde cuivrée, Sara faisait une tête de plus que son mari, d'origine asiatique, ORL, qui ne portait que des sarraus ou des shorts de course trop courts, en toute occasion. Ils se disaient « monagamistes », un mot qui écorchait les oreilles de Charlotte, quand elle avait bu deux verres de vin.

Des bribes de conversation lui parvenaient – déconnexions par commande, cryptomonnaies, licornes. Tous possédaient l'inébranlable certitude que l'argent et la technologie sauveraient le monde. Un petit groupe s'interrogeait sur les dividendes que l'on pouvait attendre dans les dix années à venir des milliards investis dans les technologies pour rallonger la vie humaine. Les sujets de discussion de ces gens tournaient autour des moyens de vaincre la mort. À Elk Hollow, les discussions tournaient souvent autour des moyens de payer une simple consultation chez le médecin. Il fallait être obscènement riche, pouvoir se payer le room-service tous les jours du reste de sa vie, pour penser que la vie était trop courte.

Au bar, deux hommes se demandaient avec exubérance s'il valait mieux acheter du terrain dans le Wyoming ou dans l'Idaho pour vivre en autonomie lorsque sonnerait la fin du monde civilisé. Une certaine catégorie de personnes, dans la Silicon Valley, se plaisaient à s'imaginer en hommes des bois survivalistes.

Charlotte calcula rapidement le montant des dons collectés auprès des invités de cette fête : au moins trois millions. Ils se disaient eux-mêmes « investisseurs providentiels », et elle ne prenait pas la peine de préciser que sa campagne ne leur rapporterait pas un sou. Ils le savaient, c'étaient des gens intelligents, mais ils se gargarisaient de l'adjectif « providentiel », qui leur donnait le sentiment d'être des bienfaiteurs de l'humanité. Ils étaient les nouveaux maîtres du monde libre, ceux par qui le changement se produisait. Et à cet instant, mai tai bio à la main, ces gens qui façonnaient l'univers étaient soûls.

Travis vint à la rencontre de Charlotte avec un grand cocktail rose, dans un verre ourlé de sel rose. Conscient de ne pas être bel homme, Travis compensait par une vitalité débordante. Pionnier de la pause méridienne sportive, il proposait trois fois par semaine des sorties à vélo de trente kilomètres à travers Menlo Park, qu'il guidait lui-même, prisées surtout par ses employés masculins.

— Charlotte ! s'exclama-t-il en lui passant un collier d'orchidées fraîches autour du cou. Comment te traite l'Ohio ? Est-ce vraiment aussi atroce que le prétend ton homme ?

De la pitié se lisait dans ses yeux. Que lui avait raconté Max ? Qu'elle lui faisait vivre l'enfer ? Que leur relation de couple était devenue un cauchemar ? *Souriez, Charlotte. Souriez tout le temps.* Ses joues tremblaient.

— La Pennsylvanie, rectifia-t-elle. La campagne se passe plutôt bien. C'est une expérience très enrichissante.

Une jeune Asiatique rejoignit Travis et lui enlaça la taille. Vêtue d'un ensemble qui ressemblait à un pyjama pour homme, elle ne devait pas avoir plus de vingt-cinq ans.

— Je suis curieux de savoir… Qu'allez-vous faire si tu gagnes ? poursuivit-il. Vous installer en Pennsylvanie ? Ou à Washington ? Perso, je ne supporte pas Washington. Si je dois y aller, je prends le JP et je n'y reste pas plus d'une journée.

Il y avait plus de six mois que Charlotte n'avait pas entendu l'abréviation JP pour jet privé – le genre de choses qui ne lui avait pas manqué une seule seconde.

— Je ferai des allers et retours, comme la plupart des sénateurs, répondit-elle, même si elle n'avait pas la moindre envie d'aborder ce sujet.

— Ouf… Pauvre Max… Il faudra que je trouve des prétextes pour l'inviter. C'est cool qu'il fasse partie du CA. On lance plusieurs nouvelles initiatives d'IA, des logiciels intelligents qui anticiperont comment tu as envie de dépenser ton argent ; ensuite on t'aide à le dépenser… avec ta tronche ! déclara Travis en affichant un de ces sourires sardoniques que seuls peuvent se permettre les hommes très riches ou très beaux.

Puis il attendit qu'elle rie, et elle émit le petit gloussement nécessaire pour clore la discussion rapidement.

— Tu connais Coco ? lui demanda Travis, avec un geste du bras en direction de la jeune Asiatique, renversant un peu de son cocktail sur le devant de sa chemise.

Beaucoup plus petite que Charlotte, Coco redressa le menton et battit des cils, derrière ses lunettes à monture transparente.

— Salut ! J'ai lu un post excellent, à propos de toi, sur Pussy Power. Continue, meuf. Je suis totalement conquise par le nouveau projet d'appli de Max.

Max et Travis étaient du genre à griffonner des dizaines d'idées d'applications ou de start-up sur des serviettes en papier, au petit déjeuner.

— Quelle nouvelle appli ?

— Celle qui permettra de faire des dons aux candidats via ePay, répondit Travis. Je devrais pouvoir la développer d'ici au mois prochain. Ça pourra te servir.

Charlotte n'était pas au courant.

— Je pense que ça changera vraiment la façon dont on fait la démocratie.

Est-ce que je lui dis que la démocratie n'est pas quelque chose qui se fait ?

Elle lui tapota l'épaule d'un air entendu.

— Je pense aussi. Tu sais où est Max ? Je ne le vois nulle part…

Travis lui tapa dans le dos, comme à un vieux copain.

— Avec Abby, au bord de la piscine. Ça me fait plaisir de te voir, Charlotte. Je voterai pour toi. J'ai donné un chèque à Max pour toi. Un gros.

Tu ne peux pas voter pour moi, crétin, tu habites en Californie. Mais je veux bien ton pognon.

— Vote de bonne heure et bourre les urnes, Trav.

Là-dessus, elle se dirigea vers la piscine, par les allées dallées qui serpentaient au travers d'un parterre de plantes grasses grand comme un demi-terrain de foot. Max était entouré de trois jeunes femmes, dont l'une avait la main posée sur son bras, en robe mexicaine brodée de fleurs et sandales huarache de cuir tressé.

Une autre approuvait tout ce qu'il disait avec de grands gestes aussi enthousiastes que débiles. Charlotte ne se rappelait plus depuis combien de temps Max ne l'avait pas captivée à ce point.

— Eh, Charlie, viens ! s'exclama-t-il en l'apercevant. Je voudrais te présenter Abby.

Il était soûl, les jambes légèrement écartées, dans la posture de l'homme parfaitement détendu et à l'aise dans une maison à 30 millions de dollars.

Avant que Charlotte comprenne ce qui lui arrivait, la fille en robe mexicaine se jeta à son cou, lui enfonçant les perles de ses gros bracelets bouddhistes dans les omoplates. Surprise par cette démonstration d'affection, elle s'écarta poliment, et remarqua qu'Abby louchait très légèrement, sans doute en raison des mai tais.

— Je me sens tellement redevable envers Max et toi ! Merci, merci, merci !

Charlotte prit le verre que Max avait à la main et lécha le sel sur le bord.

— Je suis contente que Max ait pu vous aider.

— Je te présente ma compagne, Tess, et ma sœur, Jeannine, qui vit à Omaha.

Abby et Tess étaient si mignonnes, si propres sur elles, qu'elles auraient pu jouer dans une pub pour tampons hygiéniques. Jeannine, en revanche, n'avait pas le même style. Ses bras fins et nerveux étaient tatoués de haut en bas et ses cheveux noirs semblaient ne pas avoir été lavés depuis plusieurs jours. Elle tenait Max par le bras, très naturellement. Jeannine était le genre de femme qui le faisait fantasmer. Charlotte avait trouvé dans son ordinateur des vidéos porno où des jeunes femmes pâles et hargneuses, à la toison fournie, se masturbaient en brandissant un doigt d'honneur. Elle s'en était inquiétée, et longtemps, trop longtemps, elle s'était demandé ce que signifiait le fait que son mari fétichise des femmes qui ne lui ressemblaient pas du tout.

Peu après avoir découvert ces vidéos ainsi qu'un site nommé Salopes Tatouées dans les favoris de l'ordinateur de Max, Charlotte s'était fait faire un minuscule tatouage, à Amsterdam, à l'occasion d'une conférence où son intervention sur l'avenir du cloud collaboratif lui avait valu une standing ovation. Max l'avait ensuite emmenée au restaurant, puis ils avaient bu de l'absinthe et ils s'étaient baladés le long des canaux, jusqu'au Red Light District où des femmes lasses s'exposaient en vitrine, la lumière crue des néons se réverbérant sur la cicatrice de leur césarienne.

Charlotte avait entraîné Max dans un salon de tatouage bien éclairé et s'était fait tatouer un petit colibri sur l'omoplate droite. « Colibri » était l'un des surnoms affectueux qu'il lui donnait. « Parce que ton cœur bat plus vite que celui des autres. » Le tatouage lui avait fait un mal de chien, une erreur de jeunesse à quarante ans. Max lui avait dit que c'était le truc le plus sexy qu'il avait jamais vu.

— Que faites-vous à Omaha, Jeannine ?

Celle-ci afficha un sourire qui révéla un espace entre ses deux dents de devant et lui adoucit le visage, la rendant tout à coup plus jolie.

—Je travaille dans un refuge animal. Je suis vétérinaire. Je fais surtout des stérilisations. J'ai lu votre livre. Deux fois. J'ai surligné pratiquement tout ce que vous disiez.

Un muscle tressaillit entre les épaules de Charlotte, et elle eut la très nette sensation d'être observée.

—Merci. C'est sympa.

Son téléphone lui signala la réception d'un SMS.

—Charlie est toujours pendue au téléphone, dit Max avec un clin d'œil. C'est quelqu'un de très important.

Abby leva les yeux au ciel, pour se moquer de lui, et non de Charlotte.

—Tout le monde le sait, Max. Charlotte est au top.

Charlotte retira son téléphone de sa poche. Un message de Leila : « Je fais ma lettre de démission ce soir. »

Ces mots lui firent l'effet d'une gifle, et Max dut s'en apercevoir, car il lui posa une main sur l'épaule. Les larmes lui montèrent aux yeux quand elle croisa son regard, et elle espéra qu'il avait compris qu'elle voulait rentrer. Tout de suite. Elle devait impérativement appeler Leila mais d'abord, il fallait qu'elle se ressaisisse.

Sur un petit salut de la tête poli, elle tourna les talons et s'éloigna. De grosses larmes chaudes coulèrent sur ses joues. Elle les essuya rageusement. Une blonde en jean, sweater et bottines noires à talons, se prenait en photo au milieu d'un massif de fleurs. Charlotte avait vaguement l'impression de l'avoir déjà vue, bien que dans un tout autre contexte.

Travis remuait les bras en essayant de chanter un morceau de rap old-school de Snoop Dog, qui parlait de fumer de la dope dans le sous-sol de sa mère.

Devant la maison, elle se retrouva nez à nez avec la blonde en bottines noires et, malgré la pénombre du crépuscule, elle distingua la tache de vin au bas de sa joue.

L'une des mouchardes de Ted Slaughter.

La première réaction de Charlotte fut de se demander comment elle avait fait pour s'introduire chez Travis, mais la question était ridicule : il n'y avait pas de vigile à l'entrée qui cochait les noms des invités sur une liste. Cette fille était arrivée là comme n'importe qui. Depuis combien de temps espionnait-elle Charlotte, son mari et ses filles ?

Max lui reprochait de devenir parano, mais la présence de cette jeune femme prouvait qu'elle avait de bonnes raisons de l'être. Ce n'étaient pas des selfies qu'elle faisait, dans le massif de fleurs. Elle prenait des photos de Max. Elle était payée pour chercher des moyens de nuire à Charlotte. Leurs regards se croisèrent, et la fille à la tache de vin esquissa un sourire en voyant les larmes sur les joues de Charlotte.

Chapitre 16

20 août 2018
J - 78 avant les élections

Le lendemain matin, Charlotte manqua le premier appel de Josh, et, quand son téléphone se remit à vibrer, elle se contenta de contempler une pile de livres, sur sa table de chevet, tous sélectionnés avec soin par Leila, tous portant un Post-it jaune sur lequel elle avait noté, de son écriture féminine, les raisons pour lesquelles Charlotte les apprécierait.

Kurt Vonnegut, Le Berceau du chat – un regard intéressant sur les aspects déshumanisants de la technologie.
Naomi Alderman, Le Pouvoir – une réalité alternative où les femmes ont pris le pouvoir. Obama adore !
Kirsten Gillibrand, Off the Sidelines: Speak Up, Be Fierce, and Change Your World – un aperçu de ce qui t'attend !
Ron Chernow, Grant – sur l'importance de la clairvoyance en politique.

Nora Ephron, J'ai un problème avec mon cou ! – parce que ça fait du bien de rire de temps en temps, et je sais que tu détestes les rides de ton décolleté !

Charlotte cligna des paupières afin de refouler ses larmes, puis elle prit son téléphone et l'emporta dans la salle de bains, pour ne pas réveiller Max. Là, elle s'assit sur le carrelage, la tête contre la baignoire de granit.

— Je vous avais dit que je prenais un jour de congé, aujourd'hui.

— Il n'y a pas de jour de congé. On a un problème.

Il était 9 heures sur la côte Est et Josh devait en être à son troisième café. Charlotte éprouvait déjà le besoin d'en boire juste un.

— Un problème plus grave que d'avoir divulgué dans mon dos une info que je ne voulais pas qu'on divulgue ?

— Regardez vos mails.

Josh poussa un interminable soupir, semblable au bruit d'un ballon qui se dégonfle.

— Une minute…

Elle cliqua sur le premier de ses messages, puis sur un lien qui la renvoya sur PennPolitics.com, qui titrait à la une : « Le mariage libre de la candidate au Sénat ».

L'article était accompagné d'une série de photos de Max bavardant et riant avec Abby, Tess et Jeannine. Charlotte se tenait un peu à l'écart, le regard lointain, les lèvres retroussées par un demi-sourire indulgent. Sur le dernier cliché, elle fixait l'objectif, les joues ruisselantes de larmes. Une « source » avait confié au reporter que Charlotte et son mari avaient depuis des années un arrangement de couple un peu particulier. « Tous deux ont régulièrement d'autres partenaires, une habitude très californienne », était-il précisé.

— OK, on sait maintenant pourquoi Tache-de-vin était là.

Charlotte avait appelé Josh dès qu'elle avait repéré la moucharde de Slaughter, et Travis avait courtoisement prié la jeune femme de prendre congé. Néanmoins, elle ne comprenait pas quel intérêt avait son rival à payer quelqu'un pour l'espionner à un barbecue entre voisins.

— Ils suivaient Max depuis qu'il avait pris l'avion, à Philadelphie. Mais là ? Ce sont des représailles à l'arrache, pour Bonnie. Je suis désolé. J'aurais dû le voir venir.

C'était la première fois que Josh lui présentait des excuses. Deux voix s'affrontaient dans la tête de Charlotte. *Ce que tu accompliras quand tu seras élue l'emportera sur les humiliations qu'on t'inflige maintenant*, assurait la première. Mais l'autre murmurait : *Laisse tout tomber. Ça va devenir de plus en plus moche.*

On avait également emprunté une photo sur le compte Instagram de Max, prise à l'arrivée du semi-marathon de Big Sur, où il arborait un grand sourire, entouré de coureuses brandissant leur médaille.

Le texte était rédigé comme un article de tabloïd, le genre de torchons à scandales vendus dans les aéroports et aux caisses des supermarchés : truffé de fautes de grammaire, de spéculations salaces, de propos attribués à des sources anonymes et de conclusions vaseuses.

— « Charlotte Walsh et Max Tanner ont fait un break, qui a permis à ce dernier de participer à une course qui avait lieu ce week-end à Big Sur. “Tanner est connu pour avoir des partenaires sportives dont il est très proche”, confie une source. “Ils sont tous les deux cadres dirigeants chez Humanity… Leur arrangement n'est pas très orthodoxe, mais ils y trouvent leur compte !” affirme un ami proche. En effet, ce genre de pratique est plutôt courant à San Francisco et dans la Silicon Valley. »

En écoutant Josh lire l'article à voix haute, Charlotte avait l'impression d'assister en direct à un accident de voiture.

Un jour, mes filles tomberont là-dessus. Qu'ai-je fait pour les exposer à ces horreurs ? Ne te leurre pas, pauvre conne. Tu sais très bien ce que tu as fait.

— Je gère, Charlie, déclara Josh d'une voix bienveillante. Profitez de cette journée avec votre famille. Faites comme si c'était un jour de congé.

— Je croyais qu'il n'y avait pas de jour de congé.

— Faites comme si, dit-il.

Et il raccrocha.

La colère de Charlotte avait besoin d'un bouc émissaire, et, manque de chance pour lui, Max était la seule personne de plus de six ans qu'elle avait sous la main. Elle regagna la chambre et lui arracha rageusement la couette.

— Tu étais obligé d'être aussi amical avec ces filles, hier, putain ? Tu étais obligé de flirter avec toutes les nanas, au semi-marathon ?

Il ramena les draps sur son torse.

— Bonjour, ma chérie. Punaise, Charlie, qu'est-ce qui te prend ?

Elle arpenta la chambre en se frottant l'œil gauche, comme pour en ôter une poussière douloureuse. Puis elle s'adossa contre la commode.

— PennPolitics raconte qu'on est un couple libre. Il y a des photos de toi en train de draguer.

Sur ces entrefaites, Ella cria du bas de l'escalier :

— Maman, vous êtes levés ?

Charlotte prit le ton de prof de yoga qu'elle employait avec ses filles.

— Qu'est-ce que tu veux, ma puce ?

— Je crois que le lait a un drôle de goût et j'arrive pas à attraper les céréales.

La voix de la fillette tremblait, signe qu'elle était à deux doigts du caprice.

— Une seconde, mon poussin. Maman va descendre te préparer un bon petit déjeuner. Ne touche pas le lait, Ella-Bella. J'arrive.

Max se leva et se campa face à Charlotte, aussi près d'elle qu'il le pouvait sans la toucher.

— Ne te défoule pas sur moi à cause de ta campagne de merde, dit-il. Je ne le mérite pas, Charlie. Je ne le mérite vraiment pas.

Et il ouvrit le dressing, aussi grand que leur chambre à Elk Hollow.

— Tant qu'on est là, je crois qu'on devrait aller voir Carol, ajouta-t-il en chaussant une paire de baskets jaunes.

Carol était la conseillère conjugale qui les avait aidés à recoller les morceaux de leur couple, après l'infidélité de Max. Ils l'avaient vue deux fois par semaine pendant quatre mois, à l'issue desquels Charlotte avait accepté que Max revienne dans le lit conjugal, même si elle n'avait jamais complètement cessé de lui en vouloir. Carol lui avait répété maintes fois que ce n'était pas à elle qu'il incombait de punir Max ou de le sanctionner. Elle devait seulement lui pardonner – ce que Charlotte se remémorait chaque jour. Et si elle ne supportait pas ces gens qui ne juraient que par des citations, elle avait néanmoins recopié une phrase de Desmond Tutu sur un bout de papier et, pendant un an, elle se l'était répétée presque chaque jour : « Le pardon est la grâce par laquelle nous permettons à autrui de se relever, de se relever avec dignité, et de prendre un nouveau départ. »

Carol les avait sauvés d'un premier naufrage. Peut-être pourrait-elle à nouveau les aider.

Max dévisageait Charlotte comme s'il voulait la transpercer du regard, et elle entendait les mots qui lui brûlaient les lèvres : « Laisse tomber la campagne. Je veux retrouver ma vie d'avant. »

— Je ne vois pas ce qu'on pourrait faire d'autre. Puisqu'on est là, allons la voir.

Il était à bout. Ils étaient l'un et l'autre à bout.

La thérapeute pouvait les recevoir le lendemain matin – son premier rendez-vous s'était décommandé. Charlotte repartirait dans l'après-midi pour la Pennsylvanie. Elle passa le dimanche à jouer aux petits chevaux avec ses filles et à éviter Internet.

— Comment va mon supercouple préféré ? s'exclama Carol en les accueillant, de sa voix chantante.

Sans doute disait-elle la même chose à tous ses patients. Son cabinet n'était pas très loin du siège de Humanity, si bien qu'elle gagnait une petite fortune à conseiller des couples similaires dans l'industrie de la tech, des gens nageant dans le privilège, dont les systèmes d'exploitation n'étaient plus compatibles. Elle avait aménagé son cabinet dans une ancienne grange, à l'arrière de sa maison.

— Il y avait des poules ici, avant, avait-elle expliqué la première fois que Charlotte et Max avaient pris place sur le canapé de velours violet. J'ai mis longtemps à me débarrasser de l'odeur.

Ce jour-là, elle leur avait en outre précisé qu'elle avait tout vu, des drames invraisemblables, même pour des films hollywoodiens, et pourtant bien réels : une femme qui avait mis le feu au lit conjugal avec son mari dedans ; un homme qui s'était fait passer pour mort afin de toucher une assurance-vie, faute d'avoir trouvé assez d'actionnaires pour financer sa start-up ; le P.-D.G d'une grosse entreprise multimédia parti changer de sexe en

Thaïlande sans en parler à son épouse. Plus rien ne la choquait. Elle avait développé une sensibilité unique pour cerner les fragiles ego se cachant sous l'argent et les titres de ses clients de la Silicon Valley.

Hawaïenne obèse dans un monde de Blancs sveltes, Carol était fière de ses différences et ne se lassait pas de clamer haut et fort combien elle aimait le corned-beef, ses maine coons, son petit mari juif Harry ; et l'amour. C'était brodé au point de croix sur un coussin : « J'aime l'amour ». Elle sentait le patchouli et l'orange, mêlés à l'odeur des chats et de la viande de porc.

— Si on est là, c'est que ça ne va pas très bien, dit Max avec un petit rire sarcastique.

— Oh, mon cher ami… Je croyais que je vous manquais !

L'humour de Carol amusa Max. Il l'aimait bien.

— Bon… Racontez-moi tout : ce grand changement, le déménagement à l'autre bout du pays, la campagne électorale ! Quel effet cela a sur votre couple ? Vous avez l'impression d'être dans cette série… avec Mr Big, vous savez… sauf que les rôles sont inversés.

Max s'éclaircit la voix et plissa les yeux. Charlotte ne le regardait pas, mais elle voyait leur reflet dans le miroir au-dessus de la cheminée de Carol : lui contre le dossier du canapé, les bras croisés sur son tee-shirt de running ; elle assise tout au bord des coussins, les lèvres pincées en un ovale serré. Les cheveux gras. Elle n'avait pas eu le temps de les laver, ce matin. Voilà à quoi ils ressemblaient quand ils tombaient le masque : un couple d'âge mûr pétri de ressentiment.

— Eh bien… La presse raconte qu'on a une relation libre et Max est malheureux.

— Si vous le laissiez dire lui-même ce qu'il ressent…

Carol était censée rester objective, mais Charlotte avait toujours eu l'impression que la thérapeute était de son côté.

Max se racla de nouveau la gorge.

— Effectivement, je ne suis pas heureux. Cette campagne nous bouffe la vie. Charlotte n'est plus la même.

— En quoi a-t-elle changé ?

— Les élections l'obsèdent. Elle ne pense qu'à ça. À gagner, coûte que coûte. Elle change de jour en jour. Elle fait et dit des choses qui ne lui ressemblent pas.

— Charlotte a toujours été une femme ambitieuse.

— Ce n'est plus de l'ambition. C'est de l'obsession. (Max fit face à Charlotte.) Tu es obsédée.

Il n'a pas tort.

— Charlotte, pourquoi vous présentez-vous au Sénat ?

Ce n'était pas facile de quitter le mode langue de bois, même dans le cabinet de Carol. Charlotte était désormais rodée pour calculer chacune de ses interactions.

— J'avais besoin d'un nouveau challenge intellectuel. J'aimerais améliorer la vie des gens. Je crois avoir pas mal de solutions à proposer au gouvernement.

Max ne put retenir un petit rire. Il se leva et arpenta la pièce, les mains enfoncées dans les poches de son jean. Il faisait cela souvent, lors de leurs rendez-vous avec Carol : marcher de long en large, s'allonger par terre sur le dos, se relever et se remettre à faire les cent pas.

— Elle se présente pour se venger de mon infidélité.

— Pas du tout !

N'y avait-il pas un peu de cela ?

Après sa liaison, j'éprouvais un besoin de nouveauté, de changement, de repartir de zéro, de mener une vie complètement différente de celle que je vivais le jour où mon mari en a baisé une autre.

—Mais si. Tu veux me punir. J'ai fait quelque chose d'impardonnable. J'en suis conscient. Et tu cherches à me le faire payer.

—N'importe quoi.

—Laissez-le parler, intervint Carol.

—J'ai détruit notre vie parfaite.

—En me trompant.

—Charlotte…, dit Carol.

—En te trompant, oui, soupira Max. Mais tu fiches de nouveau tout en l'air.

L'aquarium de Carol gargouilla, près du canapé, et Charlotte essaya de se calmer en observant les poissons colorés nageant entre les tours d'un château féerique.

—Je ne vois pas le rapport entre ma candidature et ton pénis dans une autre chatte, dit-elle.

Carol fronça les sourcils.

—J'ai l'impression que tu veux me faire payer. Je déteste la Pennsylvanie. J'ai toujours détesté cet endroit, tu le sais. J'en suis parti dès que j'ai pu, quand j'étais jeune. (Il s'exprimait à présent sur un ton à la fois énervé et vaincu.) Je ne pensais pas que la campagne serait aussi prenante. Pour être honnête, je ne pensais pas vraiment que tu avais des chances de gagner. Je pensais qu'on en rirait, d'ici quelque temps, quand notre vie aurait repris son cours normal.

Qu'est-ce qui lui fait dire que je ne gagnerai pas ?

—Merci de ta confiance.

—Je n'ai pas signé pour ce bordel.

Carol se pencha en avant, posant sur son bureau son énorme poitrine, dont la chair caramel tremblotait quand elle parlait.

—C'est intéressant, Max. Pour quoi pensiez-vous signer en épousant Charlotte ? Nous n'avons jamais abordé ce point.

— Je croyais qu'on était sur la même longueur d'onde.

— C'est-à-dire ?

— Qu'on était tous les deux prêts à s'investir à fond dans le boulot, pour gagner de l'argent, prendre notre retraite assez jeunes, voyager à travers le monde avec nos filles, créer peut-être une fondation, utiliser notre argent pour faire une bonne action, au lieu de se contenter de paroles en l'air, et partir vivre dans une hutte sur la plage à Madagascar.

— On dirait un ado gothique torturé, railla Charlotte.

Il la fusilla du regard.

— Va te faire foutre. J'ai envie de profiter de la vie. Je me fiche de ce qu'on pense de moi. Contrairement à toi. Je n'ai pas besoin de toujours progresser. Je veux juste vivre. On était d'accord sur ce point. On a longuement discuté de tout ça. Il n'a jamais été question que tu fasses de la politique.

Elle se remémora une conversation qu'ils avaient eue juste avant de se marier.

« Qu'est-ce que tu voudras faire quand tu seras grande ? » lui avait demandé Max.

Ils étaient allongés par terre dans la salle de bains d'une chambre d'hôtel, à New York, après avoir fait l'amour sur le siège en bambou de la douche. Charlotte s'était froissé un muscle de la hanche en crochetant sa jambe autour de celle de Max afin de le maintenir en elle, mais elle ne s'en était pas souciée avant qu'ils aient joui tous les deux.

« On n'est pas déjà grands ? » avait-elle répliqué, en louchant et en riant, puis en tirant sur les favoris trop longs de Max.

« On n'est vraiment adulte qu'à quarante-cinq ou cinquante ans. Pour l'instant, on s'entraîne. »

Ils avaient trente-cinq et trente-sept ans, et ils étaient à deux semaines de devenir mari et femme.

Elle lui avait retourné la question, d'une voix qu'elle espérait sexy.

« Et toi, qu'est-ce que tu voudras être ? »

« Riche, avait-il répondu sans hésiter. Et heureux. »

Elle avait fermé les yeux pour se concentrer.

« Moi, je veux être importante. Je veux que ma vie importe. »

Elle n'avait pas repensé à cette conversation depuis des années. Ils s'étaient dit tellement de choses, après l'amour, le genre de choses oubliées sitôt une culotte propre enfilée.

D'un mouvement de la tête, Carol l'invita à exprimer son point de vue. Mais Charlotte se sentait vidée. *Peut-être qu'on n'a plus les mêmes objectifs. Peut-être nos désirs sont-ils incompatibles. Son aventure n'était peut-être pas si grave... Voilà peut-être à quoi ressemble le début de la fin.*

— Je voulais que tu sois de nouveau impressionné par moi, dit-elle tout doucement, se surprenant elle-même. Je voulais te prouver que je vaux mieux qu'elle. Pas te punir.

— Qui, elle ?

Max paraissait sincèrement dérouté.

— Margaret.

Elle détestait prononcer ce prénom à voix haute.

— C'est ridicule. Margaret était une erreur.

— Une erreur qui a failli détruire notre couple.

— Nous ne sommes pas là pour parler du passé, dit Carol. Parlons du présent. Que va-t-il se passer, maintenant ?

Max s'empressa de prendre la parole.

— Je veux rester en Californie avec les filles. Je n'ai plus envie de répondre à des questions débiles, ni de sourire à des vieilles femmes déprimées ou de serrer la main à des pauvres types au chômage en leur promettant de les aider à retrouver un emploi. Je veux retrouver ma vie d'avant.

— Impossible, déclara Charlotte en regardant Carol, au lieu de s'adresser à son mari. J'ai besoin d'eux.

— Nous sommes ses accessoires.

— Non, j'ai besoin de ma famille.

Carol hocha la tête en clignant des yeux.

— Max, avez-vous l'impression d'être un accessoire ?

— Complètement.

Le mot resta en suspension dans l'atmosphère.

Nous sommes tous des pions sur l'échiquier de la campagne. Les élections ne sont qu'un spectacle grand public soigneusement chorégraphié, un opéra au fil duquel différents personnages entrent en scène et meurent à l'acte suivant.

Certes, Max et les filles étaient des faire-valoir, quand ils distribuaient des poignées de main et se faisaient photographier avec les électeurs à des petits déjeuners pancakes, des concours de beauté ou même, une fois, pour l'inauguration d'un centre commercial.

Charlotte regarda par la fenêtre, puis elle se tourna vers Max.

— Reste avec moi jusqu'aux élections. Je n'y arriverai pas sans toi. J'ai besoin de toi.

Cela faisait des mois qu'elle n'avait pas été aussi honnête avec son mari. Les larmes lui montèrent aux yeux.

— Que se passera-t-il si vous gagnez ? demanda Carol.

Depuis un an, Charlotte se focalisait sur cette unique journée de novembre et ne s'autorisait pas à envisager l'avenir au-delà de cette date.

— On trouvera une maison à Philadelphie. Je ferai des allers et retours. Je rentrerai autant que possible les soirs et les week-ends. Washington n'est qu'à deux heures de train. Nous trouverons une bonne école pour les filles. Publique ou privée.

— Et je me retrouverai seul avec trois mômes, soupira Max. Dans une ville où je ne connaîtrai personne et où je n'aurai pas de boulot.

— J'ai promis à Max de ne faire qu'un mandat, pas plus. Je ne suis pas une politicienne de métier.

Charlotte était sincère. Elle ne tiendrait pas indéfiniment à ce rythme frénétique.

— Ensuite, poursuivit-elle, nous pourrons vivre son rêve. Partir à Madagascar, s'il veut, dans une hutte sur la plage. Créer une fondation. Vendre nos actions Humanity et ne plus jamais travailler. Je veux juste tenter ma chance. C'est tout ce que je demande.

Sans s'en rendre compte, elle avait saisi la main de Max, qui demeurait inerte au creux de la sienne.

— Qu'en dites-vous ? demanda Carol en regardant Max.

Il ne répondit pas. Carol se tourna vers Charlotte.

— Et si vous perdez ?

Charlotte regarda ses mains.

— Je ne sais pas. On retournera chez Humanity. On reviendra vivre en Californie. On pourra peut-être voyager.

— Mais comment le vivrez-vous ?

— Comme un échec.

— Donc vous espérez gagner ?

— Évidemment.

Un long silence s'ensuivit, puis Max surprit Charlotte autant que Carol.

— OK, je reste en Pennsylvanie. Ça va aller.

L'avait-elle simplement usé ? Ou consentait-il à ce compromis parce qu'il était de nouveau rongé par la culpabilité de son infidélité ? *Y a-t-il une petite chance qu'il m'aime encore et qu'il veuille mon bonheur ?*

— Et si vous preniez des petites vacances juste tous les deux ? suggéra Carol. Sans les enfants, loin de la campagne électorale. Qu'en pensez-vous ?

Charlotte ne se rappelait même plus la dernière fois où ils avaient été seuls pendant plus de vingt-quatre heures. Cela ne s'était pas produit depuis la naissance des jumelles, c'était la seule chose dont elle était sûre. Mais où iraient-ils ? Avec toutes ces tensions, toute cette animosité… *Ai-je seulement envie de me retrouver seule avec mon mari ?*

— Pourquoi pas ? répondit-elle lentement. On pourrait aller passer un long week-end quelque part. À Madagascar par exemple ? dit-elle pour tenter de plaisanter.

Carol sourit, pas Max.

— Ce sera ma prescription. Ça vous fera du bien. Partez au grand air, dans la nature. Essayez de ne pas vous disputer. Riez. Baisez. Retrouvez le plaisir d'être ensemble.

Les hommes aiment-ils les ambitieuses?

Clare Ball

J'ai fréquenté l'an dernier un homme très *woke*. Il cuisinait mieux que moi. Il nettoyait les toilettes plus souvent. Il est parti en Combi Volkswagen à l'autre bout du pays participer à une manifestation féministe pour les droits de la femme. Il m'a même tricoté un *pussyhat*. Il avait un sweat-shirt « Not this pussy », avec un utérus et des trompes de Fallope qui ressemblaient à la créature d'*Alien*. Avec du recul, c'était peut-être un peu *too much*.

Et pourtant, quand j'ai accédé à un poste payé le double de son salaire, quand j'ai été nommée rédactrice en chef, il est devenu amer. Et il s'est tapé sa secrétaire.

C'est là que j'ai commencé à me demander : les hommes aiment-ils les femmes ambitieuses ? Ou font-ils juste semblant ?

À ce propos, je voudrais vous parler de la candidate au Sénat Charlotte Walsh, qui se présente en Pennsylvanie face au vieux croulant Ted Slaughter, ennemi des vagins de la Terre entière. Sans doute avez-vous lu, notamment dans un portrait publié par *Vanity Fair*, que Charlotte Walsh et son mari Max Tanner travaillaient tous les deux chez Humanity, et que, en tant que directrice des opérations, elle était sa supérieure hiérarchique. Tous deux ont quitté l'entreprise lorsqu'elle a décidé de se présenter aux élections, et il est devenu père au foyer.

Depuis, on chuchote dans la Silicon Valley ainsi que dans la petite ville de Pennsylvanie où ils résident que Charlotte Walsh et son époux ont des problèmes de couple. On prétend qu'ils auraient un « arrangement », une « relation libre », qui permettrait à monsieur d'apprécier la compagnie d'autres femmes, tant qu'il soutient son épouse en public. Vous avez déjà entendu cette histoire, non ? Il en irait prétendument de même pour toutes celles qui ont du pouvoir, que ce soit dans le monde des affaires ou en politique. Accords tacites, arrangements, tolérances. Les hommes puissants ne connaissent pas ce genre de choses. Ils ne connaissent que le mariage.

L'équipe de Charlotte Walsh a démenti la rumeur avec véhémence et Max Tanner lui-même s'est fendu d'un éditorial pour le *Washington Post*, en soutien à la candidature de sa femme. De façon concomitante, la cote de Charlotte Walsh a fait un bond auprès des femmes blanches et des femmes de couleur, touchées peut-être par les accusations personnelles dont elle a fait l'objet. En revanche, la popularité de la candidate s'est effritée chez les hommes blancs. Ce qui me ramène à ma question initiale : les hommes veulent-ils des ambitieuses pour partager leur vie et les représenter au gouvernement ? Charlotte Walsh est-elle en train de payer le prix de son ambition ?

Chapitre 17

13 septembre 2018
J - 54 avant les élections

Walsh (D)	**Slaughter (R)**	**Écart**
41	42	Slaughter + 1

Roz offrit non seulement son approbation mais aussi sa résidence secondaire dans les Adirondacks, lorsque Charlotte lui fit part de l'idée de Carol.

— Elle a raison. Fais un break. Ou tu vas péter un boulon. Il te reste encore deux mois de campagne et ce seront les plus durs. Le peuple va commencer à s'intéresser à toi. C'est la dernière ligne droite, le sprint final. Le débat est dans moins de trois semaines. Tu as besoin de vacances.

La résidence secondaire de Roz se trouvait à quatre heures de route d'Elk Hollow. Ils partirent un jeudi soir, pour être de retour le lundi matin. Max conduisait, Charlotte était absorbée dans son téléphone.

— Je n'aurai pas de réseau là-bas, s'excusa-t-elle. J'ai juste deux ou trois trucs à régler.

Elle avait annulé dix-sept manifestations, dont dix collectes de fonds. Initialement, l'idée de s'absenter deux jours l'avait fait paniquer. C'était Roz qui avait réussi à la convaincre.

— Tu n'es pas si importante. Le monde ne s'arrêtera pas de tourner si tu te déconnectes quelques jours.

Néanmoins, la dernière fois que Charlotte s'était accordé une journée de permission, Leila en avait profité pour communiquer un ragot croustillant à la presse et l'industrie des fake news avait annoncé que Charlotte et son mari étaient adeptes des relations libres. Rien de cataclysmique, certes, mais les deux incidents étaient indésirables, désagréables, et personnellement gênants. Les rumeurs sur le couple de Charlotte n'avaient quasiment pas fait bouger le curseur de l'opinion des électeurs, tout du moins selon les derniers sondages. Si les indécis étaient scandalisés par l'avortement de Bonnie Slaughter, ils l'étaient tout autant par les mœurs que l'on prêtait à Charlotte Walsh. Mais Facebook leur donnerait bientôt un autre scandale à se mettre sous la dent.

Charlotte était surtout peinée par le tour qu'avaient pris ses relations avec Leila. De retour à Scranton, elle avait trouvé la lettre de démission sur son bureau, et elle était partie à la recherche de sa plus proche collaboratrice, qui contemplait le fond d'un gobelet en polystyrène de café noir, assise sur un banc, dans un jardin public.

— Je ne l'accepte pas, avait-elle dit en déposant la boulette de papier sur les genoux de Leila.

Depuis, leurs rapports se limitaient à des considérations strictement professionnelles, et Charlotte n'avait pas reçu les excuses qu'elle estimait mériter. Leila faisait profil bas, elle se montrait plus consciencieuse que jamais, mais désormais sans amitié. Elles prenaient toutes les deux des pincettes pour se parler. Il n'y avait plus de complicité, et Charlotte était au martyre. Le plus douloureux était de savoir que Leila restait persuadée d'avoir bien agi.

Max explorait la bande FM.

— Fais ce que tu as à faire, dit-il.

Il écouta un moment un quizz, sur la National Public Radio. Puis il éteignit la radio.

Ils quittèrent les petites routes pour s'engager sur l'autoroute, puis quittèrent l'autoroute pour reprendre des petites routes, à cheval sur l'État de New York, la Pennsylvanie et le New Jersey.

— Je ne suis jamais allée au chalet de Roz, dit Charlotte, une fois convaincue qu'elle n'avait plus du tout de réseau. J'ai vu des photos, mais elle ne m'y a jamais invitée. Je crois qu'il appartient à la famille de Richard depuis plus de cent ans.

Instinctivement, Charlotte se retournait toutes les cinq minutes pour jeter un coup d'œil aux filles, dont l'absence la surprenait chaque fois.

— Mmmm-hmm…, dit Max.

Il ne s'était pas rasé, ce matin, ni la veille. Elle avait toujours aimé quand il était mal rasé, même si sa barbe de trois jours lui picotait les joues. Elle avait envie de le toucher, pour briser la glace, de poser une main sur sa cuisse, voire de déboutonner sa braguette, comme elle l'avait fait quand ils étaient allés au lac Tahoe, il y avait bien longtemps. Elle avait aussi envie de l'insulter, de le gifler, de lui griffer les bras, de le faire souffrir autant qu'il l'avait fait souffrir ces deux dernières années. Mais elle garda le silence.

Les montagnes étaient de plus en plus hautes. Les érables et les peupliers formaient une voûte au-dessus des vieilles routes de campagne. Un peu plus haut encore, les feuillages avaient déjà revêtu leurs couleurs d'automne, çà et là.

Ils traversèrent une petite ville où il n'y avait qu'une épicerie, une poste et une station-service, à la sortie de laquelle ils s'engagèrent sur une piste caillouteuse qui avait grand besoin d'être refaite. Ils cahotèrent sur une dizaine de kilomètres, dépassèrent trois ou quatre intersections où se dressaient les boîtes aux lettres de villégiatures cachées. Et enfin, ils parvinrent au chemin où un vieux panneau vert indiquait leur destination : « camp Waters ».

— On dirait un petit lotissement, non ? dit Max quand ils aperçurent quatre chalets de bois aux volets verts, avec des panneaux solaires sur le toit.

Charlotte prit les sacs en plastique posés sur la banquette arrière, qui contenaient principalement du vin.

— Elle a dit que la clé était dans le fumoir. Tu vas la chercher ? Pendant que je décharge les courses.

Quelqu'un était récemment venu tondre la pelouse, au travers de laquelle une allée bien nette menait jusqu'à la porte. Tout autour des chalets se dressait une forêt dense et sombre. Les brindilles et les feuilles mortes crissaient agréablement sous leurs pas.

La poignée de l'un des sacs en plastique se déchira.

— Et merde.

Deux bouteilles s'en échappèrent. L'une se brisa sur les racines d'un arbre, l'autre tomba sur les pieds de Charlotte. Elle se baissa pour ramasser les provisions, en veillant à ne pas se couper.

— Attends, je vais t'aider.

Max s'agenouilla à côté d'elle. Son visage paraissait plus jeune, plus doux, dans la lumière tamisée de la fin de journée. Elle lui déposa un baiser sur la joue. Surpris, il eut un mouvement de recul.

— Pardon.

N'était-ce pas ridicule de s'excuser d'embrasser son mari ?

Il se pencha vers elle et lui fit un bisou sur les lèvres. Comme s'il se sentait obligé.

— Attention ! la prévint-il, trop tard.

Elle avait posé la main sur un éclat de verre et un filet de sang coulait le long de sa paume. Sans un mot, elle comprima la coupure.

— On ramassera plus tard. Viens…

— Ça risque d'attirer les animaux.

Il lui tendit la clé.

— Tu saignes. Rentre et passe-toi la main sous l'eau. J'arrive.

Meublé de bric et de broc, l'intérieur du chalet ne ressemblait en rien à l'élégante demeure historique où habitait Roz, dans le Maryland. Tout semblait provenir d'un magasin de seconde main : le canapé en tissu écossais, le fauteuil orange, l'étagère rouge à la peinture écaillée. Le plancher craquait. Des jeux de société étaient empilés sur une table basse sculptée en forme d'ours. Une tête d'élan empaillée, au pelage élimé, trônait au-dessus de la cheminée en pierre, où on avait laissé du bois carbonisé et des morceaux de papier journal brûlés. Le lieu était imprégné d'une odeur de renfermé, de poussière, de fumée et de chamallows. Charlotte était tellement étonnée qu'elle ne remarqua pas les gouttes de sang qui tombaient sur le sol de bois brut. L'eau de l'évier était glaciale. Quand le saignement se résorba, elle ouvrit les tiroirs en quête d'une trousse à pharmacie, mais ne trouva que des dominos, un vieil annuaire, un tire-bouchon, une brosse pour chien et de l'antimoustique.

— Tu peux aller voir dans la salle de bains s'il y a une trousse à pharmacie ? cria-t-elle à Max, qui venait de franchir la porte avec leur valise.

Elle l'entendit fouiller dans les placards. Puis éclater de rire. D'un rire sincère.

— Rosalind a prêté le chalet à ses enfants ?

Charlotte secoua la tête, en tenant sa main enveloppée dans une serviette en papier.

— Non. Il n'y a qu'elle qui est venue là cet été, pour écrire son bouquin. Il paraît qu'elle a dit à ses fils d'aller se faire foutre, qu'ils n'avaient qu'à se louer une baraque à la mer.

Au début de l'année, après avoir critiqué le président, sur le plateau d'une émission matinale, Roz avait signé un contrat à sept chiffres pour écrire ses mémoires. « Si je ne raconte pas moi-même mon histoire, quelqu'un racontera n'importe quoi à ma place, avait-elle dit à Charlotte. Je préfère me donner le beau rôle. »

— Rosalind fume de l'herbe ? demanda Max.

— Quoi ?

Il rejoignit Charlotte dans la cuisine, avec un mégot de joint entre le pouce et l'index.

— Il a l'air frais. Il était dans le tiroir de la table de chevet. Sur la bible.

— Non ?! Elle a peut-être le glaucome...

Charlotte essaya d'imaginer son amie assise devant le chalet, contemplant la forêt en fumant un pétard.

— Ou peut-être qu'elle aime planer, dit Max en riant. Tu imagines Rosalind Waters défoncée ? Tu crois qu'elle parle encore plus fort ? À moins que ça ne la calme, et qu'elle gribouille sur des livres de coloriage pour adultes.

Charlotte réfléchit un instant.

— Je parie qu'elle est super drôle.

— Peut-être qu'elle n'arrête pas de glousser.

— Pas sûr que Rosalind sache glousser. Ou alors elle devient hyper autoritaire. Tu sais, du genre de ceux qui veulent complètement réagencer ton appart', quand ils sont défoncés.

Sourire aux lèvres, Charlotte s'appuya sur la table de la cuisine, avec sa main blessée.

— Aïe ! Merde. Il me faut absolument un pansement.

Max laissa le joint sur le comptoir et disparut dans la salle de bains, d'où il revint bientôt avec une bande de gaze et un rouleau de sparadrap. Quand il eut terminé de la panser, Charlotte crut qu'il allait lui faire un bisou sur la main, comme il le faisait avec les filles, mais il partit dans la chambre défaire la valise.

Elle déballa les provisions, puis nettoya la grille du barbecue. Elle avait acheté deux belles entrecôtes, à déguster avec le vin.

— Max ! appela-t-elle. Tu peux venir allumer le barbecue ? Je vais préparer une salade.

— J'arrive.

— On fait un feu de cheminée ?

— Il vaut mieux, je pense.

Il sortit chercher du bois, qu'il disposa dans l'âtre d'une main experte. Max était fier de savoir faire du feu. Et Charlotte avait oublié combien elle aimait le regarder faire quelque chose qu'il aimait. Elle raccorda son téléphone à une petite enceinte, sur le comptoir de la cuisine, et, parmi ses musiques téléchargées, elle sélectionna un album de Charlie Parker.

— Ça fait un bail que je n'ai pas écouté ça.

— Ouais, moi aussi.

Elle déboucha une bouteille de vin. Son verre était vide quand *April in Paris* se termina. *Je m'autorise plus de deux verres, ce soir. J'essaie d'être zen et de m'autoriser plus de deux verres.*

Max s'affairait auprès du barbecue, la porte ouverte afin qu'ils puissent se voir et se parler. Sauf qu'ils n'avaient rien à se dire. Comment en étaient-ils arrivés là ? Des débuts de phrases se formaient dans la tête de Charlotte, mais elles s'interrompaient avant de franchir ses lèvres. Elle sortit rejoindre Max, hésita à lui enlacer la taille. Puis elle se ravisa et retourna dans la cuisine laver les épinards et émincer les oignons nouveaux, avec un deuxième verre de vin.

— Roz a un Trivial Pursuit, dit-elle enfin avec un geste en direction des jeux de société. Il a l'air vieux. Ça doit être une édition des années 1980.

— Ah ouais ? demanda Max en retournant la viande.

— On pourra faire une partie, après manger.

Le verre de Max était vide. Elle le lui remplit.

— Pourquoi pas. Les steaks seront prêts dans deux minutes. Passe-moi des assiettes.

Ils s'attablèrent face à face. Charlotte aurait préféré entendre la voix de Max, plutôt que des bruits de mastication.

— La cuisson est parfaite.

— Merci, dit-il en remplissant les verres.

Tant de politesse était presque pire que des engueulades ou de la mauvaise humeur. Quand ils se disputaient ou se faisaient la tête, au moins, ils étaient concernés par quelque chose – à tort, peut-être, mais concernés. Là, ils étaient comme des étrangers.

— Tu as fait mariner la viande ?

— Non, je l'ai juste salée et poivrée.

— Elle est vraiment délicieuse.

— Merci.

La conversation ne décollait pas du ras des pâquerettes. Quand ce chalet avait-il été construit ? Roz avait-elle bien avancé ses mémoires, cet été ? Tu crois qu'on téléphone pour prendre des nouvelles des filles ? Charlotte n'en pouvait plus de se forcer à parler et sourire. Et Max était sans doute dans le même cas. Peut-être devaient-ils trouver une excuse pour ne plus être obligés de parler et cesser de jouer un rôle ? Elle pensa au reste du week-end qui les attendait, au milieu de nulle part, et la tension lui noua les épaules et les cervicales.

Max débarrassa la table et apporta les assiettes dans l'évier.

—Si on fumait ce joint? suggéra-t-il.

—Oui, c'est ça...

—Je suis sérieux.

—Pourquoi?

—Pourquoi pas? Ça pourrait être rigolo. Ça nous détendra.

Furtivement, Charlotte se demanda si elle devrait se soumettre à des tests de dépistage de drogue, en cas de victoire aux élections. Elle n'aimait pas fumer devant les autres, si bien qu'en général, elle s'abstenait de tirer sur les joints qui circulaient. Mais elle gardait un bon souvenir des deux ou trois fois où elle avait fumé avec Max.

—On la fait, alors, cette partie de Trivial Pursuit? dit-il en prenant le mégot sur le comptoir.

—Allez! acquiesça-t-elle, en s'efforçant de manifester le même enthousiasme que lui.

Autrefois, ils raffolaient des quizz. Les questionnaires de culture générale étaient presque leur activité favorite. Charlotte était la championne incontestée du Trivial Pursuit, mais Max la talonnait. Elle était forte en sport et en histoire, il était incollable en sciences et en géographie. Tous les deux étaient nuls en pop culture. Jeunes mariés, ils avaient passé des heures à jouer, n'utilisant parfois que les cartes, pour s'occuper durant les longs voyages en avion ou les nuits sans sommeil. « J'ai envie de te baiser le cerveau, avait déclaré Max un jour où elle avait gagné une partie. Tu es la femme la plus intelligente que je connaisse et ça me fait bander. » Elle y repensait souvent, parce qu'on ne lui avait jamais rien dit d'aussi obscène, et qu'elle aimait la façon dont ces mots sonnaient dans la bouche de Max.

—J'installe le plateau.

Max fouilla dans les tiroirs à la recherche d'un briquet. Il trouva un Bic vert et s'assit près de Charlotte sur le canapé, cuisse contre cuisse. Elle eut l'impression de faire un bond dans le temps, de se retrouver sur le canapé au sous-sol de la maison de ses parents, sur le point de se laisser toucher par un garçon pour la première fois.

—Ça fait des lustres que je n'ai pas fumé…, dit Max en contemplant le mégot pincé entre son pouce et son index.

Presque toutes leurs connaissances avaient pourtant investi dans une forme de cannabis récréatif.

—Je l'allume! décréta Charlotte.

Soudain, elle avait hâte de voir comment la soirée allait se dérouler. Elle ramena ses pieds sous ses fesses, comme une enfant, et alluma le briquet.

—On dirait une gamine, quand tu t'assois comme ça.

Le compliment la toucha, mais elle ne le releva pas. Elle enflamma l'extrémité du joint, puis le porta à ses lèvres. Elle n'avait jamais su fumer de manière sexy, même la cigarette. Elle aspira une grande bouffée, la retint dans ses poumons, puis pinça les lèvres pour souffler la fumée. Une quinte de toux la secoua. Max lui tendit une bouteille d'eau gazeuse. Elle en but une gorgée, et une image lui vint à l'esprit: celle d'un couple pas tout jeune, pas très heureux, fumant de l'herbe en se faisant passer une bouteille d'eau gazeuse. Elle tira une deuxième latte, et le cliché se dissipa.

—Vas-y-mollo, lui dit Max en lui prenant le pétard. On commence la partie?

Charlotte n'était pas préparée à ce que tous ses muscles et toutes ses pensées se relâchent aussi subitement, à ce que sa liste mentale de trucs à faire se volatilise soudain comme par magie. Elle avait oublié ce que c'était que lâcher prise. Elle n'était pas vraiment défoncée, juste moins anxieuse que d'habitude. La pelote qui lui nouait l'estomac commençait enfin à se dénouer. Les gens normaux étaient peut-être toujours dans cet état. Max se leva et lui tendit la main, l'invitant à quitter le canapé pour s'installer autour de la table.

— Je vais marquer des points avec les questions sur *Drôles de dames*.

— Mais je sais tout sur l'Irangate.

— On va voir ça.

Il ajouta une bûche dans l'âtre et remonta les manches de sa vieille chemise en flanelle, puis il secoua le dé au creux de sa main gauche, un peu plus longtemps que nécessaire. Son alliance brillait de reflets orangés, dans la lumière du feu de bois. Et de tendres souvenirs s'emparèrent de Charlotte. Ils avaient choisi cet anneau ensemble, dans une petite bijouterie en Uruguay. Le cuivre faisait vulgaire sur certains hommes. Max le portait avec classe.

— Tu devrais me demander ma main, avait-il plaisanté quand elle avait acheté la bague, une semaine avant le mariage.

Quelques mois plus tôt, il lui avait fait une demande en mariage digne d'un film, au Grand Canyon.

— N'ouvre surtout pas les yeux, lui avait-il dit sur le parking, alors qu'il les lui cachait déjà de ses mains.

— Ne me pousse pas dans un précipice…

— Pourquoi ferais-je une chose pareille ? Je ne suis pas encore bénéficiaire de tes contrats d'assurance-vie.

Et il l'avait guidée sur un chemin de terre à travers des hordes de touristes étrangers.

— C'est bon. Tu peux ouvrir les yeux.

— Oh punaise ! Hein ? Waouh !

Devant l'immensité du paysage, Charlotte en avait eu le souffle coupé. Pour la première fois de sa vie, elle était impressionnée par quelque chose d'autre qu'elle-même. Quand elle s'était retournée, Max avait un genou à terre et un solitaire d'émeraude au creux de la main.

Il l'avait amenée tout au bord du monde, en lui tenant la main afin qu'elle ne tombe pas.

— Si je te fais une demande, elle sera plus classe que la tienne, avait-elle plaisanté lorsqu'ils avaient acheté l'anneau de cuivre.

La compétition amicale était au centre de leur relation. C'était leur mode de communication, de séduction, leur version des préliminaires.

Ils avaient été aussi surpris l'un que l'autre quand elle s'était agenouillée sur le carrelage douteux de la petite échoppe de Las Piedras.

— Maxwell Tanner, promets-tu de m'aimer, de m'honorer, me chérir et m'obéir jusqu'à la fin de nos jours ?

Il s'était agenouillé en face d'elle.

— Je croyais qu'on rayait le verbe « obéir » de nos vœux.

— J'aimerais le garder.

Il avait passé l'anneau à son doigt.

— Comme tu voudras.

Cette bague était la première chose qu'Annie avait touchée, quand elle avait tendu le bras hors de la couveuse, en réanimation néonatale. Les infirmières avaient dit que les prématurés ne voyaient pas grand-chose, mais qu'ils aimaient ce qui brillait. De sa petite main minuscule, elle s'était cramponnée à la bague de son père.

Charlotte se demanda si Max s'en souvenait, quand il triturait nerveusement son alliance. Ou bien si elle était devenue une partie de lui-même à laquelle il ne pensait plus.

— Je la sens bien, cette partie, dit-il.

Et notre avenir ? Comment le sens-tu ?

Ils jouèrent pendant deux heures. Charlotte était en tête et, un moment, elle envisagea de faire exprès de perdre. Puis Max la devança.

— Depuis quand sais-tu autant de choses sur *Drôles de dames* ?

— J'étais amoureux de Sabrina quand j'étais gamin.

Charlotte arqua des sourcils étonnés.

— Ah bon ? Jill et Kelly étaient plus jolies.

— Mais Sabrina était plus intelligente.

— C'était la moins sexy.

— Je trouve sexy les femmes intelligentes. Ce n'est pas nouveau.

Il me fait du charme ?

Elle voulut rallumer le pétard, mais la molette du briquet était coincée, ce qui lui provoqua un fou rire.

— Tu ne ris plus assez, lui dit Max quand elle eut retrouvé son souffle, en la regardant comme s'il la reconnaissait enfin.

Puis il prit le briquet, et l'alluma aisément. Charlotte se sentit rougir, en se penchant au-dessus de la flamme qu'il lui offrait. Elle ne répondit pas.

— Sérieux, Charlie. On ne se marre plus jamais. J'ai envie de rire avec toi. J'ai envie d'avoir des fous rires tous les jours, comme avant.

Fais-le rire. Dis un truc drôle. Avant c'était facile.

Charlotte avait les joues en feu.

— Elle est bonne, cette herbe.

Elle prit son verre de vin et le porta à ses lèvres, sans remarquer qu'il était vide. Max lui tendit la bouteille et elle but une gorgée au goulot.

— J'ai fait un rêve érotique sur Ronald Reagan.

Il s'esclaffa. Elle pouffa. Leurs deux rires mêlés les surprirent agréablement.

— Ronnie jeune ou Ronnie vieux ?

L'espace d'une seconde, elle se prélassa dans cette version d'elle-même qui était encore une révélation pour son mari.

— Vieux. Soixante-dix ans, deuxième mandat. Au début de mon rêve, il faisait un discours.

— L'accident de *Challenger* ou l'Empire du mal ?

— Ni l'un ni l'autre. « M. Gorbatchev, abattez ce mur. »

— Un classique, dit Max avec un mouvement de la tête amusé.

— Après le discours, je me retrouvais seule avec lui en voiture, dans le cortège officiel.

— C'était hot ?

— Nancy Reagan était une petite veinarde.

Charlotte tira une dernière fois sur le joint et jeta le filtre dans son verre, où il ne restait qu'un fond de lie.

— Cochonne.

Max lui caressa la cuisse. Elle l'enlaça.

— On devrait finir la partie, lui chuchota-t-elle à l'oreille, en lui mordillant le lobe.

— Je te fais grâce de ma brillante victoire. On dira qu'on a fait match nul.

— C'est pas rigolo.

— J'ai une meilleure idée.

Il tira la chaise de Charlotte loin de la table, déboutonna son jean et lui embrassa le ventre, agrippé à ses cuisses. Elle sentait ses ongles à travers le denim. Ils étaient longs. Il faudrait qu'elle lui dise de les couper. *Tu ne peux pas savourer l'instant présent ?* Elle cambra le bassin, il lui descendit son pantalon sur les chevilles et se pencha au-dessus d'elle pour lui lécher le nombril.

Max grimpait devant elle, explorant de ses larges mains le relief en quête de prises, les muscles de son dos se contractant et s'étirant tandis qu'il s'élevait le long de la paroi. Soudain, la roche s'effritait sous les doigts de Charlotte et elle se retrouvait suspendue au-dessus du vide, les pieds ballants dans le néant. Sa corde s'effilochait. Elle ouvrait la bouche pour appeler Max à l'aide mais aucun son ne franchissait ses lèvres. Au bout d'un moment, il finissait quand même par tourner la tête, et lâchait prise.

Ils tombèrent tous les deux.

Comme d'habitude, Charlotte se réveilla de bonne heure, mais cette fois, c'était le cauchemar qui l'avait brusquement tirée du sommeil, et non l'appel de Josh. Elle avait l'impression que sa bouche était pleine de coton, sec et salé. Derrière la fenêtre, les rayons du soleil filtraient au travers des arbres et lui tombaient directement dans les yeux, l'aveuglant. Max et elle étaient couchés par terre dans le salon du chalet, sur une couverture au crochet, nus. Max ronflait, sur le ventre, offrant le spectacle de ses fesses blanches grêlées. Elle l'observa un instant. Il souleva une paupière, et lui passa un bras autour de la taille.

— Salut.

— Salut.

— Si on ouvrait un hôtel…

— Un quoi ?

— Un bed and breakfast, dit-il, une lueur dans le regard. Quand tout ça sera fini. On ouvrira un hôtel ici. Le genre d'endroit où les gens viennent se sevrer de la technologie et les vieux couples raviver leur libido. On enfermera les téléphones de tout le monde dans des casiers cadenassés et on forcera les maris et les femmes à se parler et à prendre de la drogue. Les filles grandiront dans les montagnes et ne porteront plus de chaussures.

— Quand ce sera fini ?

Charlotte sentait le souffle de Max dans son cou.

— Oui, quand la campagne sera terminée.

Il est sûr que je ne vais pas gagner.

Elle garda le silence. Et ferma les yeux quand il lui glissa une main entre les cuisses.

Oh oui, oui, oui.

Charlotte se sentait bien, mais elle ne pouvait pas s'empêcher de penser aux élections, tant et si bien qu'elle trouva un prétexte pour se rendre au village – acheter du pain et du fromage. Roz lui avait dit qu'on captait du haut d'une petite colline derrière le bureau de poste.

En moins de vingt-quatre heures, elle avait reçu plus de cent mails, auxquels elle parvint à jeter un coup d'œil en une dizaine de minutes. Jusqu'à ce qu'un objet, en majuscules, lui crève les yeux : « Il faut qu'on parle. »

Les mains moites, elle ouvrit le message. Il était bref.

Je viens de recevoir un appel d'un journaliste. Il sait des choses. Vous allez être obligée de le dire à Max.

Charlotte relut plusieurs fois le mail de Margaret. Elle le ferma et le rouvrit une demi-douzaine de fois, espérant davantage de précisions. Elle avait du mal à respirer.

Je suis foutue. La campagne est foutue.

Imbécile, idiote… Comment ai-je pu être aussi bête ?

Elle éteignit son téléphone, comme pour empêcher le passé d'affecter l'avenir.

En baissant les yeux, elle s'aperçut qu'elle avait les mains jointes en prière.

Max n'était pas croyant et n'avait jamais compris pourquoi elle l'était. Aucun de leurs amis en Californie n'admettait croire en Dieu. Ils se moquaient de ceux qui croyaient, les simples d'esprit, les idiots, les ignorants. Personne ne prononçait jamais le nom de Dieu sans un mouvement de sourcils éloquent. Pour la campagne, Josh encourageait Charlotte à émailler ses discours d'une ou deux citations bibliques, de préférence tirées des Psaumes, mais elle devait au maximum éviter d'évoquer Jésus et la religion.

Dans les circonstances, elle s'autorisa à prier, à prier et à pleurer, à gros sanglots désespérés. Puis elle ferma les yeux, très fort, et s'adressa à Dieu, en une supplique qu'elle répéta encore et encore :

— S'il vous plaît, faites que mes erreurs ne détruisent pas ma famille.

Chapitre 18

Margaret avait raison. Elle avait vu juste dès le début. Leur secret n'en resterait plus un très longtemps. Et lorsqu'il éclaterait au grand jour, il dévasterait leur vie à toutes les deux, comme elle l'avait prévu dans son mail du mois de juin.

Charlotte fit défiler son répertoire jusqu'au contact intitulé « XYZ », le numéro de Margaret à Singapour. Quelle heure était-il, là-bas ? Elle fit le calcul. Minuit.

Elle écouta un long moment cette drôle de tonalité monocorde que l'on entend lorsqu'on appelle l'étranger depuis un portable américain. Personne ne répondit.

Elle redescendit au village, acheta une bouteille de vin bon marché, avec un bouchon vissé, et un paquet de Parliament Light. Puis elle remonta se garer en haut de la colline, laissa ses chaussures à l'arrière de la voiture et s'allongea dans l'herbe.

Elle devait prévenir Max. Elle devait prévenir Josh. Il faudrait aussi en parler aux filles. C'était pour elles, initialement, qu'elle avait pris cette décision. Elle déboucha la bouteille et en but une gorgée. Le vin avait un goût de confiture, mais l'alcool atténua un peu sa gueule de bois. En contemplant les feuillages, elle déverrouilla le compartiment de son esprit qu'elle avait soigneusement cadenassé, et s'autorisa à revisiter sa seule et unique entrevue avec Margaret.

Elle la revoyait très nettement, assise en face d'elle dans le café choisi pour son anonymat, l'un de ces établissements sans caractère censés évoquer une brasserie de Paris ou de Rome, avec des fauteuils en osier et des garçons en gilet noir.

Obsédée par un besoin irrationnel de rencontrer la maîtresse de son mari, elle lui avait téléphoné, sur son poste professionnel, un mois après avoir découvert le pot aux roses, et lui avait froidement donné rendez-vous le lendemain après-midi, sachant que Margaret, terrifiée, n'oserait pas refuser.

Charlotte était arrivée avec quinze minutes de retard, délibérément – il était hors de question qu'elle poireaute. Margaret était assise comme une enfant tout au bord de sa chaise, en jean et chemisier à fleurs. Menue, elle avait les yeux écartés, la peau blanche et les traits délicats, les cheveux d'un blond presque platine, les lèvres pulpeuses – un genre de beauté préraphaélite. Charlotte l'avait un instant observée de loin, en se posant deux questions : *Qu'a-t-elle que je n'ai pas ? De quoi Max manquait-il pour aller chercher ailleurs ?* Margaret avait l'air fragile, ce qui devait attirer certains hommes, comme les enfants sont attirés par les oiseaux blessés. La beauté et la fragilité... Deux choses que Charlotte n'avait jamais possédées. Presque satisfaite de ces éléments de réponse, elle avait failli tourner les talons, mais Margaret l'avait aperçue et lui avait adressé un petit signe de la main, si bien qu'elle n'avait pas eu d'autre choix que la rejoindre.

Margaret sirotait délicatement un verre d'eau, le léger tremblement de ses mains créant des ondes à la surface du liquide. Elle semblait avoir froid, alors qu'il faisait chaud. Charlotte se sentait comme une géante dominant ce petit bout de femme.

— Je suis désolée…, avait murmuré Margaret au-dessus de son verre, sans regarder Charlotte. Je suis sincèrement désolée. Ne me licenciez pas, s'il vous plaît. J'ai besoin de travailler.

Pour avoir interrogé Google et jeté un coup d'œil aux fichiers des ressources humaines, Charlotte savait que Margaret avait trente-neuf ans, qu'elle n'avait pas d'enfant et n'avait jamais été mariée.

— Pardon ?

Elle s'était pas attendue à cette humilité, qui l'avait mise mal à l'aise. Elle n'avait pas prévu que cette femme pourrait considérer qu'elle était en mesure de lui accorder des faveurs ou, inversement, d'user de son pouvoir pour se venger.

— Je n'ai pas l'intention de vous virer.

Un serveur avait commencé gaiement à leur énumérer les plats du jour. Charlotte l'avait interrompu d'un geste de la main.

— Juste deux verres de vin rouge, la cuvée de la maison, s'il vous plaît. Et l'addition. Je suis pressée.

Il était reparti d'un pas alerte.

Peu importait que Margaret ait envie de vin ou non. Commander pour quelqu'un était une manière d'affirmer sa supériorité. Peut-être Max avait-il confié à sa maîtresse que son épouse était autoritaire. Peut-être était-ce ainsi qu'il l'avait séduite. *Tu es tout le contraire de ma femme qui veut toujours tout régenter.* Sous la table, Charlotte triturait nerveusement une serviette en papier. Margaret gardait les yeux baissés.

— J'ai toujours eu beaucoup de respect pour vous.

Charlotte avait eu un petit rire amer.

— C'est pour ça que tu t'es tapé mon mari ?

Elle avait vu que Margaret était choquée par sa façon de parler, et elle en avait éprouvé un certain plaisir.

— Tu voulais être comparée à moi ? avait-elle ajouté.

— Non, avait bredouillé Margaret en affrontant enfin son regard. Je me sentais seule. Mais c'était une erreur, je le reconnais. Je mérite tout ce que vous m'avez dit.

— Absolument.

— Arrêtez, je vous en supplie, avait imploré Margaret d'une petite voix désespérée.

Le garçon avait apporté les verres, et une boîte à cigares renfermant la note, qu'il avait posée en équilibre précaire sur le bord de la table. Charlotte avait bu une gorgée de vin, aigre-doux, pas très bon. Il lui avait brûlé l'œsophage mais la sensation lui avait paru presque agréable. Margaret avait poussé son verre au centre de la table.

— Vous auriez préféré du blanc ?

Elle avait secoué la tête, et Charlotte avait regardé son ventre, saisie d'un étrange pressentiment. Il ressortait un peu, pour une femme aussi mince. Son sang n'avait fait qu'un tour, lorsque Margaret lui avait confessé ce qu'elle avait deviné.

— Je suis enceinte.

— Pardon ? avait dit Charlotte, qui avait pourtant très bien entendu.

En reposant son verre, d'un geste trop brusque, elle l'avait fait tomber et renversé. Le serveur était accouru avec une poignée de serviettes en papier et s'était empressé d'éponger le vin avant qu'il leur dégouline sur les jambes. Charlotte lui avait arraché les serviettes des mains et en avait jeté la moitié quasiment à la figure de Margaret.

— C'est bon, merci, avait-elle dit sèchement au garçon.

— Je suis enceinte, avait répété Margaret. De Max, avait-elle précisé inutilement.

Charlotte avait des fourmis aux pieds, aux mains, l'impression d'être tout entière paralysée. Qu'avait-elle attendu de cette rencontre ? Une manière de tourner la page, peut-être. Mais sûrement pas une telle nouvelle. Comment Max avait-il pu être aussi débile ? Pour coucher avec une employée, déjà, sans protection par-dessus le marché. Cette inconscience remettait tout en question au sujet de l'homme qu'elle avait épousé.

— Je veux garder le bébé.

— Qu'en pense Max ? avait articulé Charlotte à grand-peine.

— Il n'est pas au courant. Je ne le lui ai pas encore dit. Si je veux un enfant, c'est maintenant ou jamais.

Le désarroi de Margaret était palpable, et Charlotte s'était revue huit ans plus tôt, quand les FIV échouaient les unes après les autres. Elle avait choisi ses mots avec soin.

— La décision n'appartient qu'à vous.

N'est-ce pas imprudent de lui parler sans avocat ?

Instantanément, elle s'était représenté cet enfant : les cheveux blonds de Margaret et les yeux bleus malicieux de Max, les yeux bleus malicieux d'Annie… Cet enfant ressemblerait à ses filles.

— J'ai trois filles, vous savez. Nous avons trois filles. La dernière n'a que quelques mois. Qu'allons-nous leur dire ? Vous voudrez qu'il reconnaisse l'enfant ? Qu'on le prenne les week-ends ?

Elle avait posé ces questions à elle-même autant qu'à Margaret, qui regardait de nouveau ses mains.

— Non, je n'attends rien de vous.

— Vous avez l'intention de rester ici, pour élever cet enfant ?

— Je n'ai nulle part où aller. Je n'ai pas de famille. Mes parents sont décédés. Je n'ai personne. Je pourrais déménager, mais je ne peux même pas retourner chez moi… Je n'ai plus de chez-moi, et j'ai besoin de mon emploi.

Charlotte s'était efforcée de démêler l'enchevêtrement de ses émotions : la colère, la peur, un brin de compassion.

— Pourquoi me l'avoir dit ?

— Vous auriez pu l'apprendre.

— Comment ?

— Je ne sais pas… Vous auriez pu… consulter mon dossier médical…, avait bredouillé Margaret, en s'adressant à la table.

— C'est illégal. Humanity n'est pas Big Brother.

— J'ai plus ou moins fait une croix sur la protection des données.

Des larmes avaient coulé le long de ses joues. Charlotte avait eu envie de la réduire en charpie et, en même temps, de la prendre dans ses bras. Mais surtout, elle avait eu envie de trouver une solution, ou mieux, un moyen de faire comme s'il ne s'était jamais rien passé. Dans sa tête, les rouages s'étaient mis en branle. Et un plan avait commencé à se former. Oui, il était possible de se débarrasser du problème, ou tout du moins de Margaret. Car si Margaret restait là, Charlotte ne pourrait pas faire abstraction de son existence et celle-ci finirait par la miner. Max avait toujours gardé des séquelles de son enfance sans père. Il n'abandonnerait jamais un enfant. Margaret et son bébé occuperaient toujours une place dans sa vie, dans leur vie. Sans cesse, ils rappelleraient à Charlotte que son mari l'avait trompée. Les filles en pâtiraient. Elles ne méritaient pas d'être traumatisées jusqu'à la fin de leurs jours par l'erreur de leur père, Charlotte ne le tolérerait pas. *Je n'ai pas assez de force pour affronter cette situation. Elle me brisera. Elle nous brisera tous. Margaret et son môme ne peuvent pas rester là.* Toutes ces pensées s'étaient bousculées dans son esprit.

Elle avait posé les deux mains à plat sur la table. Un rayon de soleil s'était réverbéré sur son alliance.

— Et si je vous mutais à un nouveau poste ? Londres, Singapour, Tokyo… Votre enfant grandirait là-bas. Max ne se douterait jamais de rien.

Mon salut passe-t-il par le châtiment de Max ? Suis-je prête à bannir son enfant à l'autre bout du monde et à le lui cacher ? Suis-je à ce point cruelle ?

Elle avait vu à l'expression de Margaret que sa proposition l'avait choquée, mais qu'il n'était pas exclu pour autant qu'elle l'accepte.

Charlotte avait eu l'impression de bâtir un château de cartes, mais elle avait continué sur sa lancée, de plus en plus convaincue que cette solution était la meilleure, qu'elle était la seule solution viable.

— Ce serait mieux pour tout le monde. Un nouveau départ. Je vous confierai un bon poste – lancement de nouveaux projets de cloud marketing et analytique en Asie. Nous avons besoin de compétences comme les vôtres. Vous avez mené votre mission en Amérique du Sud avec brio.

Elle n'en était pas revenue pas d'être en train de flatter cette femme. Car elle était bel et bien en train de la flatter. Pour preuve, les compliments la faisaient rougir.

— Je ne sais pas quoi dire. Cet arrangement vous conviendrait ?

— Toute cette histoire ne me convient pas du tout. Mais j'apprendrai à vivre avec.

À cet instant, Charlotte en avait été persuadée. Oui, ce serait dur de savoir que Max avait un enfant sur un autre continent. Mais Charlotte savait surmonter les épreuves difficiles. Et s'il s'agissait de sauver son couple et de protéger sa famille, le jeu en valait la chandelle.

— Vous allez rester avec lui ? avait demandé Margaret.

S'imaginait-elle qu'elle allait le quitter ? Avait-elle espoir qu'il se mette en ménage avec elle, qu'il ne voie ses trois filles que le week-end ?

— Je ne veux pas de lui, avait-elle dit avant que Charlotte ne réponde. Ce n'est pas ce que je cherche. Je désire seulement cet enfant. Que nous soyons heureux tous les deux. C'est tout, je vous le jure.

Margaret avait posé une main protectrice sur son ventre. Dès que le fœtus commençait à remuer, Charlotte s'en souvenait très bien, vous étiez à l'écoute de chacun de ses coups de pied ou de poing, du moindre de ses mouvements, attentive à chacune des étapes du développement de cette nouvelle vie.

— Je vous fais confiance, avait-elle dit tristement. Je compte sur vous pour que cette conversation reste strictement entre nous.

— Je ne parle plus à Max.

— Moi non plus, en ce moment.

Incapable de rester là plus longtemps, elle s'était levée brusquement et avait déposé deux billets de 20 dollars sur la table.

— J'attends votre réponse d'ici à vendredi, avait-elle dit, comme si elles avaient été en train de conclure un marché, ce qui était un peu le cas.

Elles s'en étaient accommodées l'une et l'autre. Margaret avait mis au monde un petit garçon en parfaite santé. C'était Leila qui était restée en contact avec elle et avait veillé à ce qu'elle ne manque de rien, à ce qu'elle prenne un long congé maternité et s'épanouisse dans ses nouvelles fonctions professionnelles. Margaret vivait bien.

Charlotte ne s'était jamais demandé si elle avait fait le bon choix, ni si elle referait le même. Aujourd'hui, elle se rendait compte qu'elle avait considéré Margaret comme un problème à régler, et non comme celle qui chamboulerait leur vie. Mais à l'époque, elle ignorait qu'elle se présenterait aux élections, elle n'imaginait pas qu'on lirait dans sa vie comme dans un livre ouvert, dont chaque chapitre serait matière à la discréditer. Néanmoins, la culpabilité l'avait toujours rongée. Pas plus tard que la semaine précédente, son cœur s'était serré lorsqu'elle avait vu la joie dans les yeux de Max observant Annie qui tentait de nouer ses lacets. *Tu as un autre enfant quelque part*, avait-elle pensé. *En ce moment, il apprend sûrement quelque chose, mais tu n'es pas là pour le voir.*

Charlotte pouvait se remettre en question autant qu'elle voulait, le mal était fait et elle devait à présent gérer la situation. Tout avouer à Max ? Tout raconter à son directeur de campagne ?

Elle appela Josh, et, en moins de deux minutes, elle lui confia le plus laid de ses secrets.

— Vous m'avez menti, cracha-t-il, aussi furieux que sidéré. La première fois qu'on s'est rencontrés, vous m'avez menti.

— Je sais.

Elle espérait paraître sincèrement contrite.

— Vous êtes une sacrée bonne menteuse.

— Je sais.

— Et il va falloir continuer à mentir, déclara-t-il d'un ton clinique.

Espérait-elle sa sympathie ? Les enjeux étaient aussi gros pour lui que pour elle.

— Vous devez passer le cap du débat. Si on passe le cap du débat, on a peut-être une chance. Ce sera la première fois et le seul moment où la majorité des électeurs s'intéresseront à la campagne. Je m'occupe de Margaret. Surtout, pas un mot à Max. Ne pensez même pas à lui dire quoi que ce soit, pour l'instant.

Chapitre 19

1er octobre 2018
J - 36 avant les élections

Walsh (D)	Slaughter (R)	Écart
43	40	Walsh + 3

Ted Slaughter fit une entrée grandiose sur le plateau du débat. Lorsque Charlotte voulut lui serrer la main, il se jeta au sol et effectua une série de trente-sept pompes.

— À vous ! lui lança-t-il en se redressant.

Que suis-je censée répondre ?

— Vous êtes adorable, lui dit-elle avec un clin d'œil à la caméra.

Tout au long du débat, Slaughter s'agrippa au micro comme s'il voulait l'étrangler, ses doigts marbrés de taches de vieillesse vibrant sous l'effort, un poing calé sur l'autre. Quand il affirmait quelque chose, que ce soit à propos de l'inexpérience de Charlotte en politique ou des prouesses qu'il avait lui-même accomplies pour réduire les impôts, il serrait l'appareil encore plus fort, imprimant à sa voix des accents de commentateur de catch.

Les débats entre candidats au Sénat ne ressemblaient à rien d'autre. À la différence des campagnes présidentielles, aucune règle ne définissait le nombre de fois où les rivaux étaient tenus de s'affronter. Seule une infime proportion d'électeurs les regardaient. La plupart des gens se contentaient d'un récapitulatif, le lendemain, ou d'extraits rediffusés sur les chaînes locales. À l'ère des réseaux sociaux, les petits moments pouvaient revêtir une dimension cruciale – d'où les pompes, d'où le clin d'œil. Charlotte n'avait personnellement jamais aimé écouter les débats politiques, pas même pour les présidentielles. Elle les trouvait ostentatoires et prétentieux. Les électeurs partageaient son avis. Selon un récent sondage, ils étaient nombreux à penser que les candidats dépensaient plus d'énergie à se quereller qu'à résoudre concrètement les problèmes de la nation.

Néanmoins, le débat avait lieu juste un mois avant les élections, raison pour laquelle il était extrêmement important.

Charlotte devait jouer le jeu. Josh avait téléphoné à Margaret. Il lui avait dicté les réponses à fournir si elle était interrogée par un reporter et lui avait recommandé de disparaître, de quitter son adresse habituelle à Singapour et de prendre des vacances prolongées, qui lui seraient intégralement remboursées. Il avait tout géré, afin que Charlotte puisse prendre part au débat.

Enfin face à celui qui pendant plus d'un an avait été sa némésis, elle éprouvait le sentiment de rencontrer un personnage d'un livre qu'elle n'avait pas particulièrement aimé. Slaughter l'adversaire mythique lui semblait complètement déconnecté de ce vieil homme en chair et en os debout à un mètre cinquante d'elle sur le plateau. De près, il avait un air reptilien, avec sa peau tannée, presque écailleuse, les lèvres fines et les dents blanchies artificiellement, à tel point que sous les lumières des studios, elles paraissaient presque violettes. Ses cheveux teints d'un noir de jais, plaqués sur son crâne, ne dissimulaient que piètrement sa calvitie.

Charlotte était vêtue d'un élégant chemisier de soie blanche, d'une veste bleu marine et d'un pantalon ample bleu marine avec une fine ceinture dorée. Elle avait l'impression de ressembler à Katharine Hepburn.

Le débat en lui-même durait un peu moins de quatre-vingt-dix minutes. Sous les projecteurs de télévision, il faisait aussi chaud que sous un soleil de plomb par une journée sans vent. Charlotte sentait la sueur ruisseler le long de ses jambes. Les éclairages se reflétaient sur les visages au premier rang, dont celui de Bonnie Slaughter, coiffée d'une tresse, en tailleur rose très strict, petit drapeau américain épinglé à son revers droit, collier de perles autour du cou. Les proches de Charlotte étaient assis de l'autre côté de la salle : son équipe du comté d'Allegheny, Leila, Josh et Lulu, qui articula : « J'adore votre pantalon ! », les deux pouces levés. Max lui souriait avec enthousiasme, au premier rang, entre les jumelles, Annie sur les genoux. Il était de bonne humeur depuis leur escapade au chalet, voire impliqué. Pour la première fois depuis longtemps, Charlotte se sentait soutenue par son mari.

Ce soir, tu pourras lui dire. Tu dois lui dire.

Kara était censée les accompagner mais elle leur avait fait faux bond à la dernière minute.

— Ton bon à rien de frère a encore disparu. Cette fois, c'est la dernière, avait-elle dit à Charlotte la veille au soir.

— Ne t'en fais pas, lui avait répondu Charlotte. S'il n'est pas revenu demain, on appellera la police.

Je n'ai pas le temps pour ces conneries.

Slaughter avait refusé trois modérateurs : une femme noire, une femme blanche et un ancien footballeur noir devenu présentateur sur une chaîne locale. Puis il avait fini par accepter ce dernier. Ned Nolton avait une bite, un palmarès sportif, Slaughter ne trouverait pas mieux. Il fallait le reconnaître, Ned Nolton était aussi un honnête homme et un journaliste sérieux, qui n'avait pas de favori et semblait plus excité d'être là que n'importe qui dans le public ou sur le plateau.

Au lycée, Charlotte avait été membre du club de débat, mais celui-ci ne répondait pas aux mêmes règles : il n'y avait pas de cadre, pas de temps de parole, pas de thème, pas de plan ni de contre-plan. Il s'agissait d'une performance, d'une joute physique et mentale, d'un échange de vannes, d'une suite d'attaques et de contre-attaques, d'esquives et de feintes. La tactique de Slaughter semblait consister à interrompre Charlotte dès qu'elle ouvrait la bouche. La contre-stratégie de Charlotte était de lever les yeux au ciel et d'affecter une attitude blasée. Elle détesta chaque seconde de cette mascarade. Slaughter passait quinze minutes à la démolir, puis, dès que les caméras cessaient de tourner, il faisait comme si elle n'existait pas.

Pendant les coupures pub, des maquilleuses s'empressaient de les recoiffer et de retoucher leur maquillage. Slaughter ajustait sa cravate. À un moment, il enleva sa veste et pria l'un de ses assistants de lui en apporter une autre, identique. Durant une autre pause, il fit monter sa femme sur scène pour l'embrasser. Et il profita de la dernière pour réciter un passage du poème *Gunga Din*, de Rudyard Kipling, en ne s'adressant à personne en particulier.

Charlotte restait derrière son pupitre et relisait ses notes. Josh venait la rejoindre. Tel Mickey Godmill auprès de Rocky Balboa, il lui chuchotait des conseils, des encouragements et des félicitations, inhabituelles de sa part. « Excellente réponse à la question sur les emplois. » « Vous l'avez amené exactement sur le terrain où vous souhaitiez l'entraîner. » En le voyant échanger un regard complice avec Annabel Gest, la directrice de campagne de Slaughter, encore très belle femme pour une sexagénaire, Charlotte lui demanda à voix basse :

— Il y a eu quelque chose entre vous ?

Il acquiesça discrètement de la tête.

— Caucus de l'Iowa, il y a dix ans. Ne prenez pas cet air étonné. J'ai un complexe d'Œdipe et on a sympathisé à cause de notre mépris commun pour le communisme.

Sur certains sujets, Slaughter paraissait détaché (la cybersécurité), ou très vague (le choix scolaire). Sur d'autres (l'avortement, les armes à feu), il s'emballait et se lançait dans d'interminables diatribes. Charlotte se concentrait sur l'espace entre son nez et sa lèvre inférieure, et l'imaginait avec une moustache en guidon de vélo, qui frétillait en rythme.

À la fin du débat, il lui serra la main avec une telle vigueur qu'elle en eut une marque rouge, le lendemain. Il ne se départait jamais de son sourire plastique. Charlotte voyait la sueur lui dégouliner le long des tempes et tracer des sillons dans son épaisse couche de fond de teint.

— Vous êtes une bonne candidate, lui dit-il, avant de baisser la voix. Mais sinon, vous êtes une petite pute sans cœur et je plains votre mari.

Ted Slaughter était un pro, néanmoins, il avait tellement l'habitude des débats qu'il était arrogant et bien trop sûr de lui, au point d'en oublier les règles les plus élémentaires. Ou alors, la faute incombait à ses collaborateurs, qui auraient dû déjà vérifier que son micro était éteint. Car Ted Slaughter venait de traiter Charlotte de petite pute devant le monde entier.

Le sénateur dément avoir insulté sa rivale

Associated Press

Le sénateur de Pennsylvanie Ted Slaughter a crûment insulté son adversaire Charlotte Walsh, à l'issue de leur premier et unique débat, hier soir à Pittsburgh. Au moment où les deux candidats échangeaient une poignée de main, Ted Slaughter a traité Charlotte Walsh de « petite pute sans cœur », alors qu'il était encore équipé d'un micro sans fil fixé à son revers. « Je n'ai jamais dit ça ! s'est-il aussitôt défendu, interrogé en coulisses par nos confrères. Vous avez mal entendu. Le microphone a déformé mes paroles. »

Qu'a-t-il dit, alors ? Selon lui, quelque chose de personnel, entre Charlotte Walsh et lui.

Josh Pratt, le directeur de campagne de Charlotte Walsh, a immédiatement réagi : « M. Slaughter a montré son vrai visage, à l'issue d'un débat que nous avons trouvé courtois et mesuré, sur les questions concrètes qui préoccupent les Pennsylvaniens. Nous sommes atterrés par ce degré d'incivilité et cette misogynie rampante. »

Cette campagne électorale qui captive désormais tout le pays a déjà coûté 150 millions de dollars, sans compter les sommes investies par les comités d'action et les organisations politiques à but non lucratif – un montant jamais atteint, pour des élections de mi-mandat comme on n'en avait encore jamais vu.

Retransmis en direct sur les chaînes CBS locales, ainsi que sur Facebook, à la demande de Charlotte Walsh, le débat a enregistré un spectaculaire record d'audience, sans doute en raison de la carrière dans la Silicon Valley de Charlotte Walsh, de l'intérêt médiatique suscité par l'un et l'autre candidats, et de l'atmosphère au vitriol qui règne sur cette campagne… *(Affaire à suivre)*

Fil de discussion Twitter
@officialCharlotteWalsh : THREAD

1/x Pas de quoi en faire une montagne. Pas la pire insulte faite aux femmes.
2/x La liste de toutes les insultes qu'on m'a adressées depuis le début de la campagne. Cliquez ici pour les découvrir.
3/x Toutes ces insultes ont été proférées par des hommes qui ne me connaissent pas, qui ne m'ont jamais vue, et qui préfèrent garder l'anonymat.
4/x La plupart des hommes ne traitent jamais les femmes de putes.
5/x Je ne gaspillerai pas de salive à conseiller à Ted Slaughter d'apprendre à gérer son agressivité.
6/x Ras-le-bol d'expliquer aux hommes ce qu'on peut dire et ce qu'on ne peut pas dire à une femme.
7/x Slaughter s'applique à donner de la Pennsylvanie une image de plus en plus misogyne.
8/x J'ai manqué de repartie. Je le regrette.
9/x Un mal pour un bien : que les femmes ne se gênent plus pour dire qu'elles en ont marre de vos insultes mesquines.
10/x Pourquoi devrais-je faire attention à ce que je dis alors que les hommes politiques n'ont aucun filtre ?
11/x En fait, cet incident est ridicule et on ne devrait même pas en parler.
12/x J'espère que ce que vous lirez de plus important aujourd'hui ne sera pas un tweet.

Chapitre 20

11 octobre 2018
J - 26 avant les élections

Walsh (D)	**Slaughter (R)**	**Écart**
41	41	Égalité

— Comment se fait-il que la cote de Slaughter n'ait pas dégringolé alors qu'il m'a traitée de pute ?

Charlotte marchait de long en large dans la cuisine, téléphone à l'oreille, s'acharnant à trouver une logique où il n'y en avait pas.

— Pour que la cote d'un politicien dégringole, aujourd'hui, il faut au moins qu'on le trouve au lit avec une fille morte ou un garçon vivant, répondit Josh d'un ton mesuré. Vous devriez le savoir, maintenant.

C'était de l'humour et ce n'en était pas. Charlotte tapa du pied, en réaction à ces mots.

— Mais il m'a traitée de pute !

— Charlotte, je vous ai laissée vous défouler sur Twitter hier soir. Ça suffit, maintenant.

Il commençait à s'impatienter.

— OK, je sais, ce n'est pas personnel. Redites-moi que le cycle des news tourne trop vite pour s'arrêter à ce genre de broutille.

Au cours de la semaine précédente, deux ouragans avaient ravagé le sud des États-Unis ; des milliers de personnes n'avaient plus de maison, des millions de foyers étaient privés d'électricité. Un nationaliste blanc s'était harnaché de quatorze kilos de dynamite et, pendant soixante-douze heures, il avait tenu en otage une école primaire afro-américaine de Chicago, avant qu'un sniper de la police lui loge une balle dans la tempe et délivre plus de trois cents bambins. Dans le Milwaukee, un homme s'était malencontreusement retrouvé enfermé toute une nuit dans la chambre froide d'une brasserie, où il avait bu jusqu'au coma éthylique. Le monde avait d'autres chats à fouetter. Il s'effondrait chaque jour et se reconstituait chaque nuit, pour apporter de l'eau à l'insatiable moulin des infos.

— Bref. J'ai une autre mauvaise nouvelle à vous annoncer. Il va falloir dire à Max qu'il a un môme de Margaret.

— Qui a pondu l'article ?

Charlotte observait les mouvements de sa bouche dans le reflet de la fenêtre, en s'appliquant à conserver un regard impassible.

— Walt Jones, du *Times*. Il a des preuves : une copie de l'acte de naissance du gamin. Il laisse planer le doute sur l'identité du père. Quelqu'un chez Humanity lui a dit que Margaret a reconnu avoir eu une aventure avec Max, avant de s'expatrier à Singapour. Une autre source, proche de Margaret, affirme avec certitude que l'enfant est de Max.

— J'ai combien de temps ?

— Le journal paraît dans moins de vingt-quatre heures.

Elle avait besoin de caféine. Elle délaya une cuillerée de Nescafé dans une tasse d'eau et la passa au micro-ondes, dont les parois éclaboussées de sauce tomate lui évoquèrent une scène de crime.

— Je vous rappelle, chuchota-t-elle à Josh.

Deux minutes plus tard, elle sortit dans le jardin avec un mug « San Francisco ville des amoureux », ironiquement acheté par Max des années avant qu'ils soient en couple, et s'installa dans une chaise longue branlante. Bob la rejoignit en trottinant sur ses pattes courtaudes et entreprit de longer la barrière en la reniflant, à la recherche d'un endroit où s'accroupir. Charlotte avait oublié de prendre un sac en plastique. Les crottes de chien attendraient. Une belle matinée d'automne commençait, avec un ciel d'un magnifique bleu pastel, propre à vous rappeler des petites joies ou à vous donner envie de maudire les gens heureux. *Il ne devrait pas faire aussi beau. Il devrait faire un temps gris et pluvieux.* Elle renversa la tête en arrière et ferma les yeux. Le vieux transat craqua sous son poids. Ses fesses touchaient presque le sol.

Elle n'aurait su dire depuis combien de temps elle était là quand elle entendit Max frapper aux carreaux de la fenêtre de la cuisine, en lui montrant sa boisson protéinée, pour lui demander si elle en voulait une. Elle lui fit signe que non et, quand elle voulut se lever, ses jambes se dérobèrent, si bien qu'elle se rassit et ferma de nouveau les yeux.

Une ombre passa devant le soleil. Max se tenait près d'elle. *Non. Va-t'en. Pas maintenant. Je ne suis pas prête.*

— Charlie ?

Elle lui saisit la main et l'attira à elle pour l'embrasser. Une larme lui échappa.

— Il faut que je te dise quelque chose.

Elle avait répété la conversation mentalement, en essayant d'imaginer les différents tours qu'elle était susceptible de prendre. Aucun scénario n'était moins difficile qu'un autre.

— Ça va ?

— Où sont les filles ?

— Qu'est-ce qui t'arrive ? Tu m'inquiètes.

— Où sont-elles ?

— Dans leur chambre.

— Elles dorment encore ?

— Non, elles sont réveillées.

— Leila les prendra pour la matinée.

Charlotte avait l'air hystérique. Max lui saisit les épaules et scruta son regard. Dans ses yeux, elle lisait de l'amour, un amour sincère. Suffisamment ?

— J'ai fait quelque chose d'horrible. Il faut que je te le dise. Mais je ne veux pas que les filles soient là.

— Dis-moi. Qu'est-ce que tu as fait ? Ce n'est pas si grave que ça.

Tu n'imagines même pas.

— S'il te plaît, lève-les et prépare-leur le petit déjeuner. Je vais envoyer un texto à Leila pour qu'elle vienne les chercher.

Les trente minutes suivantes passèrent en un éclair.

— Je veux que vous emportiez chacune un déguisement de fée.

Charlotte entendit Leila expliquer joyeusement aux filles qu'elles étaient invitées chez leur tante Kara pour un goûter très chic, où il était vivement recommandé de venir costumé.

Dieu la bénisse, pensa Charlotte.

Pendant que les fillettes cherchaient leurs ailes et leurs robes brillantes, Leila lui prépara un autre café.

— Qu'est-ce que tu vas lui dire ? demanda-t-elle à voix basse.

Dès l'instant où Charlotte l'avait appelée, en panique, toute distance avait disparu, tout entre elles semblait redevenu comme avant.

— La vérité.

Leila se mordit la lèvre inférieure et saisit la main de Charlotte, qu'elle serra entre les siennes.

— Je suis désolée… Si tu as besoin de quoi que ce soit, je suis là.

Enfin, Max et Charlotte se retrouvèrent seuls, assis côte à côte sur le canapé. L'interlude depuis leur dernière conversation n'avait rien fait pour tranquilliser Max.

— Punaise, Charlie, que se passe-t-il ?

— Je suis désolée, désolée.

Les mots sonnaient faux, car Charlotte n'éprouvait toujours aucun remords. En expédiant la maîtresse de Max de l'autre côté de l'océan, elle était persuadée d'avoir agi pour le bien de sa famille, et pour celui de Margaret. Tout le monde y avait trouvé son compte, sauf Max, le dindon de la farce. Elle était navrée pour le mal qu'elle allait lui faire. Mais surtout, elle était navrée d'avoir été démasquée.

Différentes variantes de différents mensonges lui étaient passées par la tête. Pouvait-elle s'en tirer en prétendant que c'était Margaret qui avait eu cette idée et qu'elle n'avait fait que l'aider ? Était-elle obligée d'avouer toute la vérité ?

— J'aurais dû te le dire depuis longtemps.

Il se rétracta quand elle tendit une main vers lui pour le toucher.

— Me dire quoi ?

— Margaret a un fils.

L'incompréhension plissa le front de Max et il cligna des yeux, comme un enfant décontenancé.

— Margaret a un petit garçon, poursuivit Charlotte. Il a environ un an. C'est le tien. *(Ce n'est pas l'entière vérité.)* Je le savais, je ne te l'ai pas dit, et je lui ai demandé de ne rien te dire.

(Ce n'est toujours pas l'entière vérité.) Je l'ai aidée à se faire muter dans une autre agence et je lui ai envoyé de l'argent pour qu'ils soient à l'aise.

Ce n'est pas mal comme ça ? Est-il nécessaire de lui dire que c'était une idée de Margaret ?

— Et maintenant, l'histoire risque d'éclater au grand jour, dès demain.

Les traits de Max se tordirent et son visage prit des formes qu'elle ne lui avait jamais vues et qu'elle n'aurait pas cru possibles. Son regard se voila de rage. À cet instant, il la haïssait, elle en était sûre.

— C'est mon fils ?

— Oui.

— C'est mon fils ? (Sa voix grimpa dans les aigus, alors qu'il se levait et contournait le canapé.) Comment tu as pu me faire ça ? Comment tu as pu me le cacher ? Quel genre de personne es-tu ? Quel genre de monstre ?

Le ton lourd de ressentiment, il se pencha par-dessus le dossier pour la regarder droit dans les yeux. Une lueur féroce luisait dans les siens, comme s'il voulait la frapper.

— Ah, tu m'as bien puni, dit-il amèrement. Tu as joué la victime. J'ai fait tout ce que tu voulais. Tout. Et depuis tout ce temps, tu me manipules comme une marionnette, tu tires toutes les ficelles. Tu manipules tout le monde, pour parvenir à tes fins. Tu es une grande malade, Charlotte. Tu es une sociopathe.

Tu ne peux t'en prendre qu'à toi-même. Si tu n'avais pas baisé Margaret, on n'en serait pas là.

— Ce n'est pas moi qui ai créé le problème. J'ai juste essayé de trouver une solution.

— Une solution. Une solution ? Va te faire foutre, avec tes solutions. Madame Solution. J'ai détesté ce bouquin de merde.

Tu le savais ? Je l'ai trouvé nul de la première à la dernière page. Le titre est nul. La photo de toi sur la couverture est nulle. Je déteste la gueule hautaine que tu fais sur cette photo. J'avais honte. J'étais gêné quand il est sorti. Quel genre d'homme épouse une bonne femme convaincue de pouvoir sauver le monde ? C'est à ce moment-là que j'ai commencé à avoir envie de me taper d'autres nanas. Je ne te l'avais jamais dit, hein ? C'est à ce moment-là que je me suis aperçu que tu te croyais supérieure au monde entier. C'est à ce moment-là que j'ai commencé à te mépriser.

Il lui disait des choses qu'il n'avait encore jamais dites. Durant des mois de thérapie, ni l'un ni l'autre n'avait été honnête. Ils avaient passé des heures sur le canapé violet de Carol à se dire ce qu'ils pensaient que l'autre voulait entendre. Les paroles qui leur semblaient spontanées et sincères sur le coup n'étaient que des demi-vérités.

— Tu savais très bien comment j'étais quand tu m'as épousée.

— Je t'ai épousée parce que tu me faisais de la peine.

Cette phrase fut pour Charlotte comme un coup de poignard au cœur, dont elle ne se remettrait peut-être jamais. Ils gardèrent un instant le silence.

— Je ne voulais pas dire ça.

— Si.

— Non.

— Peu importe. Je le savais. Je l'ai toujours su.

— Ce n'est pas vrai. J'ai envie de te faire mal. Physiquement. J'ai envie de t'étrangler. Il faut que je me casse d'ici ou je vais t'étrangler.

— Qu'est-ce qu'on va faire ?

— On ? On ne va rien faire du tout. Appelle ton directeur de campagne. Il trouvera un moyen de tourner ça à ton avantage. Ça fera peut-être monter ta cote. Toutes les femmes qui ont toujours voulu se venger de leur mec se convertiront en évangélistes de Charlotte Walsh.

— Qu'est-ce qu'on va devenir ?

— Je me casse.

— Tu retournes en Californie ?

— Je commence par me casser de cette baraque.

— Ne pars pas, dit-elle platement, sans conviction, sachant que toute parole serait vaine.

Il pivota sur ses talons et se posta juste devant elle, l'haleine chaude et chargée. Il ne s'était pas encore brossé les dents.

— Et tu pensais faire campagne sans que personne découvre la vérité ? Tu es idiote ou quoi ? Évidemment, tu es si sûre de toi que tu n'as pas jugé utile de me prévenir avant de jeter toute ta famille dans l'œil de l'ouragan… Et le week-end où on est partis tous les deux, tu as continué à me mener en bateau. Plus jamais de secret entre nous. Ne plus jamais rien se cacher… En fait, tu voulais que moi, je n'aie plus de secrets, que moi, je ne te cache rien. Toi, en revanche, tu pouvais garder tes secrets.

Charlotte était à court de repartie, car Max avait raison sur toute la ligne. Si elle ne s'était pas lancée dans cette campagne, certaines choses auraient pu rester enterrées à jamais.

— Tu ne mérites pas de savoir ce que je vais faire maintenant, tonna-t-il, de plus en plus furieux. Mais je te le dis quand même : j'ai l'intention de voir mon fils et je le verrai. Je m'en bats les couilles, des conséquences sur ta campagne. C'est ma vie, je n'ai rien choisi de toute cette merde mais maintenant, je décide par moi-même.

Charlotte avait envie de pleurer, de le supplier de rester, mais ses instincts plus rationnels prirent le dessus, notamment son instinct de survie, celui-là même qui était à l'origine de cette situation, et qui lui dictait à présent de rendre les coups, de faire mal, de manipuler.

— Réfléchis bien avant d'agir sur un coup de tête. Tu serais prêt à perdre tes filles pour gagner un fils ?

C'était cruel. Elle aurait voulu retirer cette phrase. Mais il était trop tard. Ce qui était dit était dit, elle ne pouvait pas l'effacer, pas plus que Max ne pouvait retirer qu'il l'avait épousée par pitié. Sa froideur et son machiavélisme firent mouche, et elle vit, pour la première fois, que son mari avait peur d'elle, réellement.

— OK, pars te calmer. Rentre en Californie, si tu veux. Je me débrouillerai.

Non. Ce n'est pas ce que je veux. Je veux que tu continues à me fustiger. Frappe-moi, si tu en éprouves le besoin, et ensuite, tu me serreras dans tes bras. Je veux que tu me pardonnes.

Sans un mot de plus, Max monta à l'étage. Elle l'entendit ouvrir et fermer brutalement des tiroirs. Puis il redescendit et s'en alla, sans la regarder.

Dans la salle de bains, elle s'aspergea le visage d'eau fraîche, puis elle fit le tour de la chambre des filles et s'allongea sur le lit d'Ella. Elle avait le visage enfoui dans un Snoopy en peluche malodorant lorsque Josh arriva enfin.

— Où est parti Max ? Je ne veux pas d'impondérables, dans cette situation.

Charlotte se tourna sur le côté.

— Laissez-le se calmer.

S'était-elle endormie ? Elle n'aurait su le dire. La fatigue faisait désormais partie intégrante de sa personne, comme un bras ou une jambe.

Josh jeta par terre tous les animaux en peluche et s'assit près d'elle sur le lit.

— Le seul moyen de s'en sortir la tête haute, c'est d'affirmer que vous n'étiez au courant de rien. Que Max l'a payée pour qu'elle ne dise rien. Personne ne se doutera que c'est vous qui avez caché la vérité à Max. On ne pourra pas vous traiter de menteuse.

Encore des mensonges pour couvrir des mensonges.

— On ne peut pas faire ça.

— Alors vous pouvez tirer un trait sur les élections.

Josh semblait avoir dormi tout habillé. Blafard, il avait d'énormes poches sous les yeux et le regard vitreux de la gueule de bois.

— Charlotte ? bredouilla-t-il, comme s'il venait de se faire renverser par un bus.

— Oui ?

Il triturait un éléphant en peluche amputé d'une défense.

— Vous poursuivez la campagne ? Je peux tout arrêter. Vous pouvez tout arrêter. Ce sera quand même moche, mais je vous assure que ce sera plus facile.

Josh se frotta l'œil de l'index. Charlotte voyait le rose de sa paupière.

— Ce n'est pas à moi de vous dire ce que vous avez à faire, ajouta-t-il. Je vous suis jusqu'au bout quoi qu'il advienne. Mais si vous ne voulez pas aller plus loin, ce n'est pas moi qui vous jetterai la pierre.

C'étaient les mots les plus humains qui aient jamais franchi ses lèvres.

Alors que tout s'écroulait autour de Charlotte, elle avait besoin de cette campagne plus que jamais, de l'investissement total qu'elle lui réclamait, y compris des épreuves qu'elle lui infligeait. Car c'était la seule chose, depuis un an, outre ses enfants, qui donnait un sens à sa vie. Sa stratégie de guérison, depuis tout ce temps, consistait à fuir la tristesse, à travailler toujours plus, toujours plus vite, toujours plus dur, pour ne pas se laisser rattraper par son mal-être. Comment aurait-elle pu tout laisser tomber maintenant ?

— Je continue, dit-elle.

Car que se passerait-il si elle se retirait de la course à ce stade ? On rirait de la femme d'affaires qui avait voulu se mesurer aux grands hommes de Washington. Sa chute serait au mieux une farce, au pire une tragédie. On l'oublierait, peut-être : une femme parmi tant d'autres, malheureuse en ménage, à l'approche de la cinquantaine, qui cherchait dans les bouquins de développement personnel réinvention, nouveaux départs, amour de soi.

— OK, acquiesça Josh d'une voix résignée. On vous donne pour perdante, à cause de vos galères personnelles et de vos problèmes de couple. C'est mieux, pour une femme, d'être en position d'outsider. On s'attache plus facilement aux outsiders, croyez-le ou non. Le bordel de votre vie privée vous rend attachante. Félicitations. Vous êtes la guerrière nouvellement couronnée princesse des Blanches de la classe moyenne qui trouvent que leur mari est un salaud.

Ces analyses épuisaient Charlotte.

— Je ferai tout ce que vous me direz de faire.

Elle essaya d'imaginer différents scénarios, avant de se rendre à l'évidence : elle n'avait pas la moindre idée de ce qui allait s'ensuivre.

— Il faut qu'on prenne les devants. Ce serait bien de faire une interview avec une femme. Ce sont les femmes qui vous jugeront, sur ce coup. Les hommes s'en branlent, de ces histoires. Ils ne votent pas avec leur cœur. Oprah Winfrey, Diane Sawyer, Erika Cabot. Je regarde qui on peut avoir. Peut-être pas Oprah, elle n'a jamais été mariée. Sawyer était trop heureuse avec Nichols.

Cabot pourrait faire l'affaire, la veuve éprise de son nouveau fiancé, mère de deux beaux garçons.

Josh s'éclaircit la voix.

— Il va falloir briefer l'équipe. On a besoin de tout le monde derrière nous. Il ne faut pas qu'ils tombent des nues, qu'ils aient l'impression que la presse en sait plus qu'eux, même si c'est le cas. Je convoque une réunion au QG d'ici une heure. On pourrait éventuellement faire un Skype avec ceux qui ne peuvent pas venir, mais j'ai peur qu'on nous enregistre. Évidemment, il y aura toujours des risques de fuite… Mais on n'a pas le choix.

Josh était une élégante machine, assis sur le lit d'Ella, à planifier les quarante-huit heures à venir. Quand il eut terminé, Charlotte et lui échangèrent un regard gêné, en prenant conscience qu'ils étaient vautrés sur un lit d'enfant.

— Vous vous rappelez, je vous ai dit que j'avais dirigé une campagne en Ukraine, il y a quelques années ?

Josh soutenait son double menton sur ses deux index placés en triangle.

Charlotte hocha la tête, se résignant à l'écouter, puisqu'il paraissait clair qu'il désirait lui raconter cette histoire, lui qui ne parlait que rarement de ses précédentes campagnes ou de sa vie privée. Il n'avait jamais mentionné de femme ou de mari, de copine ou de copain, et elle le soupçonnait d'être très seul.

— Il a gagné ? Votre candidat ?

— Elle. C'était une femme, l'une des premières à se présenter, dans cette région du monde. Oui, elle a gagné. Elle était formidable. Brillante. Elle ne se laissait pas marcher sur les pieds par les types du parti nationaliste, tous des grosses brutes misogynes, certains des criminels.

— Bravo.

Charlotte pensait que Josh voulait dresser un parallèle entre cette femme et elle, pour lui prouver qu'elle avait des chances de gagner.

— Oui et non, dit-il sombrement. Le lendemain du jour où elle a fêté sa victoire, son rival, un gros connard issu d'une famille de mafieux, a attaché une barre de dynamite autour du ventre de son chat et il a balancé le chat chez elle. La maison a pris feu. Elle a réussi à s'enfuir. Personne de sa famille n'a été blessé, heureusement. Enfin, à part le chat.

— C'est horrible. Pourquoi me racontez-vous ça ?

Josh avait le regard lointain, comme s'il ne savait pas lui-même pourquoi il se remémorait ce terrible épisode.

— Ça pue, la politique, partout. Pas seulement ici. (Il s'interrompit et prit le Snoopy malodorant entre ses mains.) Dites-vous que ça pourrait être pire. On pourrait faire sauter votre chat et mettre le feu à votre baraque.

Là-dessus, il se leva et, sans regarder Charlotte, il posa la peluche devant elle sur lit, puis il quitta la chambre et redescendit.

Leila revint de chez Kara sans les filles et s'empressa de préparer un petit déjeuner, pendant que Charlotte se douchait et essayait de donner du volume à ses cheveux, pour finir par les attacher, encore à moitié mouillés.

— Comment ça s'est passé ?

Charlotte cligna des paupières, en secouant la tête.

— Je ne peux même pas en parler.

Deux heures plus tard, quarante assistants de campagne étaient rassemblés au QG. Certains n'avaient pas l'air bien réveillés, d'autres semblaient ne pas s'être couchés de la nuit. Au cours des deux heures qui venaient de s'écouler, Josh avait bu six mugs de café noir.

Charlotte se leva et alla se placer à l'avant de la salle.

— Ce que j'ai à vous dire est confidentiel et je vous le dis en off. Nous pratiquerons une politique de tolérance zéro pour les fuites.

Josh et elle avaient décidé dans la voiture qu'il jouerait le rôle du méchant, tandis qu'elle en appellerait à la sympathie de ses collaborateurs. Elle raconta une version adaptée de l'histoire, bricolée par Josh pour que son image soit le moins possible écornée. Max l'avait trompée. Avec une employée de Humanity. Qui était tombée enceinte. Il s'était confié à Charlotte. Ensemble, ils avaient pris la décision d'aider matériellement cette femme qui désirait cet enfant. Elle avait demandé à être mutée en Asie. « Cette femme » sans nom et « cet enfant » paraissaient moins réels, moins encombrants.

Max et Charlotte avaient donc accepté de contribuer financièrement à l'éducation de cet enfant, car c'était le meilleur moyen de les aider. Charlotte marqua une pause après avoir prononcé « le meilleur moyen », car la formule était devenue sa marque de fabrique, et elle avait pris l'habitude qu'on l'applaudisse, quand elle évoquait son éthique. Cette fois, elle n'eut droit qu'à un silence de plomb. En guise de conclusion, elle s'excusa d'avoir placé ses collaborateurs dans une telle position, et affirma demeurer convaincue que sa victoire n'était pas compromise.

Son porte-parole dans les comtés de l'ouest, Erik Oliver, fut le seul à ne pas pouvoir se contenir.

— Putain… Je le savais, murmura-t-il, assez fort pour qu'elle l'entende.

Personne ne quitta le QG. Tous se mirent au travail. Charlotte resta aussi, au cas où l'on aurait voulu lui poser des questions. Mais personne n'en avait. Alors elle sortit se promener et finit par s'asseoir sur un banc, dans un square, à deux rues du local. Il faisait froid pour un mois d'octobre et elle n'avait pas de veste ni de pull, mais la chair de poule lui permettait d'oublier quelque peu ses bouffées d'angoisse, l'anxiété qui lui rongeait la gorge, le ventre et les ongles. Au centre du jardin public se dressait la statue d'un mineur de fond, coiffé d'un casque cabossé, pic sur l'épaule, godillots couverts de fiente de pigeon, les yeux brillants d'espoir.

Josh la rejoignit vingt minutes plus tard.

— Je viens d'avoir Margaret au téléphone, l'informa-t-il. Elle est toujours au milieu de nulle part et elle y restera jusqu'après les élections. La presse n'obtiendra rien d'elle.

Charlotte poussa un petit soupir de soulagement, puis laissa Josh lui exposer la logistique de gestion de la crise.

— Erika Cabot peut vous interviewer demain sur NBC, dans le cadre d'un bulletin spécial. On a besoin de Max. J'ai promis que vous seriez là tous les deux.

— Pas sûr qu'il acceptera.

— Essayez de le convaincre. Dites-lui que sinon, il ne reverra plus jamais ses filles.

Charlotte fut parcourue d'un frisson : elle avait eu exactement la même idée.

Quel monstre suis-je devenue ?

Chapitre 21

Max pouvait être déjà dans un avion pour San Francisco mais Charlotte en doutait. Malgré ses défauts, il était un bon père, et il ne serait pas parti sans dire au revoir à ses filles.

Elle se coiffa d'une casquette de base-ball trouvée par terre dans la voiture, et se l'enfonça sur les yeux avant de pousser la porte du *O'Puddy's*. Avec son pantalon de tailleur et sa chemise blanche, elle ne risquait pas de passer pour une habituée. Linda, la serveuse rousse qui lui offrait des sodas quand elle était petite, émit un sifflement en apercevant Charlotte, qui plissait les yeux pour scruter la salle à travers la fumée. Depuis dix ans, il était interdit de fumer dans les bars de Pennsylvanie, mais certains établissements se moquaient de la loi.

— Eh, regardez qui est là ! s'exclama-t-elle d'une voix éraillée. Salut, ma belle !

Quarante ans plus tôt, Linda avait été la barmaid préférée du père de Charlotte. Peut-être plus. Mince comme un fil, les sourcils tracés au crayon et les paupières fardées de bleu, elle était vêtue d'un corsage violet à lacets d'où pendouillait la chair de ses bras, comme de la pâte à gâteau débordant du moule, et d'un jean taille haute qui comprimait son ventre flasque.

— Assieds-toi, ma belle. Qu'est-ce que je te sers ?

L'odeur de moquette imbibée de bière rance soulevait le cœur de Charlotte.

— Rien, je te remercie.

Elle parcourut le bar du regard. Max n'était pas là. Au fond de la salle, trois gars jouaient aux dominos. À la table d'à côté, un type dormait, la tête sur les bras. Personne ne se préoccupait de lui. Un écran fixé dans un angle diffusait un tournoi de golf, quelque part sous un climat tropical, peut-être à Hawaï. Une deuxième télé était allumée sur une chaîne d'info. Un présentateur au visage orange remuait les lèvres avec un rictus haineux, qui paraissait grotesque sans le son. Les mots « Amérique en crise » défilaient au bas de l'image. *Quand l'Amérique n'est-elle pas en crise, ces dernières années ?* Un facteur était installé au bout du comptoir, son chariot de courrier à côté de lui. *How Do You Like Me Now?* de Toby Keith, passait sur le juke-box. « *Do you still think I'm crazy standing here today?* » « *Crois-tu que je sois dingue d'être toujours là aujourd'hui ?* »

— Bois un verre, ma belle, insista Linda. C'est l'heure de l'apéro quelque part dans le monde.

À Elk Hollow, il était 14 heures. Par politesse, Charlotte s'installa sur un tabouret.

— Un whisky coca, alors, s'il te plaît.

— Ah, voilà ! Avec une cerise, comme au bon vieux temps ?

— Allez... Comme au bon vieux temps...

— Eh, Walsh ! l'interpella un homme assis à sa gauche.

Il pouvait avoir aussi bien cinquante ans que quatre-vingts, avec son nez et ses joues couperosés. Sans doute avait-il à peu près l'âge que Marty aurait eu, c'est-à-dire... soixante-dix ans ? soixante et onze ? Il devait peser près de cent cinquante kilos, les cheveux coupés en brosse, probablement un ancien militaire.

Sa paupière droite lui tombait sur l'œil et lui donnait l'air malade ou idiot, mais Charlotte voyait qu'il n'était ni l'un ni l'autre.

— Tu n'as pas de meeting, aujourd'hui ?

Le gars avec qui il bavardait étala ses coudes sur le bar et se pencha pour mieux la regarder.

— C'est vous qui vous présentez pour être gouverneur...

— Ta gueule, Mick, elle se présente au Sénat.

Mick porta son verre à ses lèvres. Il avait les mains qui tremblaient.

— Quelle différence ? dit-il en haussant les épaules. D'toute façon, c'est pas elle qui paiera mon hypothèque.

— Je t'offre un verre ?

— Je vous remercie, j'en ai déjà un.

Et elle voulait le finir le plus vite possible. De la main, elle interpella Linda.

— Dis-moi, tu n'aurais pas vu Max ?

La serveuse inclina la tête sur le côté, à la recherche de l'information adéquate dans les méandres de son cerveau.

— Pas cette semaine. Je l'ai vu la semaine dernière. Il est passé boire une bière, la semaine dernière, il me semble.

— Et aujourd'hui, tu ne l'as pas vu ?

Linda réfléchit à nouveau.

— Non, je ne crois pas, ma belle. Je suis là depuis 11 heures. Je pense que je l'aurais vu, s'il était passé.

— Je pense aussi.

Charlotte avala une trop grosse gorgée. L'alcool lui brûla les yeux. Encore deux goulées et le verre serait vidé.

— Peut-être que Paul l'a vu.

— Je vais l'appeler.

Elle ne le ferait pas, elle le savait. Quand elle avait eu Kara au téléphone, dans la matinée, Paul n'était pas encore rentré de sa soirée de la veille. Il avait juste envoyé un message à sa femme pour lui confirmer qu'il était vivant.

La confusion plissa le front de Linda.

— Mais il est là… Tu n'as qu'à lui demander.

Et elle pointa un ongle turquoise vers le fond de la salle. Charlotte se retourna. Le type qui dormait sur la table… Comment avait-elle fait pour ne pas reconnaître le cou maigre et les cheveux noirs clairsemés de son frère ?

Le type au nez rouge et à la coupe en brosse la regardait en souriant, comme s'il voulait lui dire quelque chose. Il n'était pas soûl, mais il avait les yeux larmoyants et vitreux.

— On est pour toi, mon petit. Tu nous trouveras des nouveaux jobs. On croit en toi.

Il lui manquait une incisive, à gauche.

— Ça fait trente ans que je vote pour Slaughter, mais tu m'as convaincue. J'ai confiance en toi. Tu nous feras pas le coup de la reconversion professionnelle. Non mais pour qui on nous prend ? Ils croient que je vais apprendre à installer des panneaux solaires pour ces connards de bobos ? J'ai des compétences. J'en ai pas besoin d'autres.

Charlotte aurait voulu répondre quelque chose de puissant, de profond, mais les mots ne venaient pas. La foi que cet homme plaçait en elle l'emplissait de terreur. Elle ne pourrait jamais lui offrir d'emploi correspondant à ses qualifications. Au mieux, elle pourrait inciter les entreprises d'e-commerce à ouvrir des plates-formes de distribution en Pennsylvanie, semer peut-être les graines d'une Silicon Valley dans la Rust Belt, mais quel intérêt pour cet homme ? Elle vendait des espoirs irréalisables. Elle but une gorgée de whisky, des picotements dans la main, et s'étonna de voir déjà le fond de son verre. Linda le lui prit et la resservit avant qu'elle puisse protester.

— Merci, bredouilla-t-elle, avec une humilité sincère, se sentant bête de n'avoir rien d'autre à dire. Je ferai de mon mieux.

Depuis des mois, c'était peut-être la première conversation improvisée qu'elle avait avec un électeur.

— Tu feras de grandes choses, mon petit. Je n'ai pas eu de filles. Que des fils, des bons à rien. Ils ont tous fichu le camp d'ici. Ils ont eu raison. Vaut mieux partir, quand on est jeune. Mais si j'avais eu une fille, j'aurais aimé qu'elle soit comme toi. Aussi intelligente, et qu'elle fasse quelque chose de sa vie. Ton papa aurait été fier. De là où il est, je parie qu'il se dit qu'il t'a donné une bonne éducation.

Attendrie par l'évocation de son père, et par le whisky, Charlotte éprouvait une réelle affection pour cet homme. Et elle maudissait les larmes qui tremblaient dans ses yeux. Elle avait cru que la campagne serait une thérapie, or celle-ci ne faisait que réveiller des émotions depuis longtemps enfouies.

— Merci. Je dois y aller. Mais merci. J'apprécie.

Elle saisit les deux mains de l'homme et se pencha vers lui pour lui faire la bise. Il avait les joues rêches et il sentait le tabac froid. L'odeur de son après-rasage lui resta sur la peau.

— Je ferai de mon mieux, promit-elle, en regardant le paquet de Newport posé sur le comptoir. Je peux vous en demander une ou deux pour la route ?

Il lui donna le paquet tout entier.

— J'ai l'impression que t'en as pas seulement besoin de deux.

Charlotte se leva, et se dirigea vers son frère. *Je vais le réveiller. Lui dire qu'il doit se faire désintoxiquer.* Il tourna la tête sur le côté et lâcha un gros rot. Un sourire de bébé soulagé lui étira les lèvres.

En fait, est-ce à moi de lui dire ce genre de choses ? Est-ce mon rôle ?

— Tu veilleras à ce qu'il rentre à bon port, s'il te plaît ? lança-t-elle à Linda.

Et elle s'en alla.

En regagnant sa voiture, elle jeta un coup d'œil à son téléphone, et vit qu'elle avait manqué quatre appels de Roz.

— Où es-tu ?

— Je cherche Max. (Charlotte remarqua que sa voix était bizarre, lointaine.) Et toi ?

— En voiture, direction Elk Hollow.

— Qui t'a prévenue ?

Charlotte n'aurait jamais imaginé, vingt ans plus tôt, le soulagement que lui procurerait le soutien de celle qui était alors son mentor.

— D'abord Leila, ensuite Josh. Ça va ? Tu tiens le coup ? s'enquit Roz, avec juste la bonne dose d'empathie.

— Non, ça ne va pas du tout.

— Je m'en doutais un peu.

— Qu'est-ce qu'ils t'ont dit ?

— Tout. Ils ont pensé que ce serait plus facile pour eux que pour toi. Ils voulaient mon avis.

— J'ai du mal à croire que Josh puisse avoir besoin de l'avis de qui que ce soit.

— Il ne me l'a pas demandé.

— Où es-tu exactement ?

— Pas loin de Philadelphie. À Plymouth Meeting. J'ai toujours trouvé ce nom ridicule.

— Merci les quakers.

— Ils ont fait plein de trucs bien, mais on leur doit quelques trucs nuls. L'Amérique se porterait sûrement mieux si on les avait écoutés. Qu'est-ce que tu vas dire à Max ?

La voix puissante de Roz résonnait dans les enceintes de la voiture.

— Je ne sais pas. Le supplier de rester avec moi jusqu'aux élections ? Tu crois que je dois poursuivre la campagne ?

— Ce n'est pas à moi de répondre à cette question.

— Que ferais-tu à ma place ?

— Je continuerais.

Roz garda le silence un instant. Charlotte l'entendit mettre son clignotant et tourner le volant. Puis elle reprit la parole, sautant du coq à l'âne.

— Je t'ai dit que je n'avais pas encore écrit le premier chapitre de mes mémoires ?

— C'est pourtant par là que tu aurais dû commencer, non ? Par le début ?

— Mais comme je ne savais pas quoi dire, je me suis réservé le début pour la fin. Maintenant que j'ai noirci quatre cents pages, je pense à une phrase d'ouverture du genre : « Je parie que vous ignorez certaines choses à mon sujet. »

— Ça ne vaut pas « Je m'appelle Ismaël », mais ce n'est pas mal.

— Ou bien : « C'était le pire des temps, vraiment le pire des temps. » (Le rire sonore de Roz retentit dans la voiture.) Mon livre parle de regrets. Il m'aura fallu vingt ans de thérapie, trente-sept chapitres, deux éditeurs différents et un nouveau prête-plume pour que j'en prenne conscience. Mon livre parle des routes que je n'ai pas empruntées, parce que je ne pouvais pas me le permettre.

Charlotte enviait la capacité d'introspection de son amie.

— Tu as fait une belle carrière. Tu as été gouverneure, représentante du Congrès, ambassadrice aux Nations Unies.

— J'aurais pu faire mieux.

Au carrefour de Bear Cove, Charlotte aperçut la voiture de Max, juste avant la barrière où la route se muait en chemin de terre. Elle se gara derrière et alluma une Newport.

—Je l'ai trouvé.

—Tu es prête ?

—Je n'ai pas le choix.

Avant de couper la communication, Charlotte avait une dernière question. Les regrets de Roz étaient forcément liés à Richard, avec qui elle était toujours restée, malgré ses infidélités.

—Pourquoi ne pas avoir divorcé ? Avec tout ce que Richard t'a fait subir. Tu aurais pu le quitter, quand tu étais au Congrès.

—Tu veux savoir la vérité ?

—Évidemment.

Roz inspira et expira plusieurs fois.

—Richard a épousé sa meilleure amie lesbienne.

Charlotte mit un instant à relier les pointillés, puis elle eut l'impression qu'une trappe venait de s'ouvrir sous ses pieds. Roz était lesbienne. C'était à la fois simple et terriblement difficile à comprendre, au bout de tant d'années d'amitié avec quelqu'un dont elle croyait tout savoir.

—Roz...

Sidérée, elle ne trouvait pas ses mots. Et une vague de remords la submergea à la pensée de tout ce qu'elle aurait pu faire pour aider son amie, si celle-ci s'était confiée plus tôt.

—Charlie, écoute-moi. S'il te plaît, écoute-moi. Dans l'ensemble, on a été heureux. On a eu tous les deux ce qu'on voulait : des enfants, la stabilité, le respect de nos pairs. L'époque était différente.

Charlotte calcula le nombre d'années pendant lesquelles Roz avait gardé ce secret. N'avait-elle pas su gagner sa confiance ? Son cœur se serra.

—Je ne savais pas…, murmura-t-elle, décontenancée par le tour qu'avait pris la conversation.

—Comment tu aurais pu savoir, ma belle ? Personne ne l'a jamais su. J'étais une excellente politicienne. Tu es seulement la troisième personne à savoir. J'ai écrit des chapitres entiers là-dessus, que j'ai enfermés dans un tiroir. Je n'ai pas encore décidé s'ils verront le jour.

Charlotte ne savait que trop bien combien un secret pouvait peser lourd, et elle n'osait imaginer le poids de celui de Roz.

—J'aurais des tas de choses à te raconter, autour d'une ou deux bouteilles de pinard, après les élections. Mais pour l'instant, la priorité, c'est toi.

Roz avait retrouvé sa voix pétulante, et Charlotte imaginait son sourire.

—Va parler à ton mari. Ça vaut le coup de sauver ton couple. Le mien aussi valait le coup d'être préservé. Personne ne peut juger les relations des autres. C'est bien trop compliqué. Les rapports humains sont bien trop compliqués. Ce qui n'empêche pas que les politiciens doivent être clairs et nets, surtout les politiciennes. Parle à Max, et on se rappelle.

Il y avait trois kilomètres de montée jusqu'au lac et à la grotte de Bear Cove, puis encore presque deux kilomètres particulièrement escarpés jusqu'à l'endroit préféré de Max, un petit étang formé par une source souterraine. Il restait persuadé d'être le seul à le connaître, outre Charlotte et les filles désormais, qui adoraient attraper des petites tortues dans l'eau cristalline, se barbouiller le visage de boue et jouer à être des oursons.

Charlotte était à bout de souffle quand elle parvint au premier lac, mais l'air vif l'avait dégrisée. Elle frissonna, dans son chemisier trop fin, trempé de sueur. Les sentiers des Poconos étaient moins abrupts et moins rocailleux que les chemins de la côte Ouest où ils avaient l'habitude de randonner, mais il fallait quand même grimper dans les rochers sur trois cents mètres pour atteindre le coin favori de Max.

Elle entrevit d'abord ses genoux, qui dépassaient des hautes herbes. Il avait les yeux fermés. Sa poitrine se soulevait et retombait à un rythme régulier. Une flasque de Jameson à moitié vide gisait à côté de son pied gauche, une autre à portée de sa main droite. Le sol était humide et dégageait une odeur nauséabonde d'eau croupie. Sans un mot, Charlotte s'assit près de son mari. Une famille de cloportes s'affairait entre ses jambes. Elle changea de position et chassa les bestioles d'une pichenette. Max et elle demeurèrent ainsi cinq minutes, dans un silence pesant, douloureux et nécessaire. Ce fut elle qui le rompit enfin.

— C'est vrai que tu m'as épousée parce que je te faisais pitié ?

Il ne répondit pas tout de suite, puis il ignora la question.

— Tu t'es remise à fumer ?

— Non.

— Donne-m'en une.

Elle retira le paquet chiffonné de sa poche, y prit deux cigarettes, alluma la première avec sa dernière allumette, puis la seconde avec le bout rouge de la première.

— La cigarette me manquait.

— Moi aussi.

— C'était cool de fumer. Pourquoi on a arrêté ?

— On a grandi. Fumer tue.

De nouveau le silence s'installa. Un nuage passa devant le soleil et l'ombre tomba sur le visage de Max.

— Non, je ne t'ai pas épousée parce que tu me faisais pitié.

— Alors pourquoi tu l'as dit ?

— Pourquoi dit-on ce genre de choses ? J'étais furieux. Je voulais te faire mal. Je sais que toi, c'est ce que tu penses. Je te connais mieux que tu crois.

— Pourquoi, alors ?

— Pourquoi quoi ?

— Pourquoi tu t'es marié avec moi ?

— Tu étais la fille la plus intelligente et la plus capable que j'avais jamais rencontrée. Tu étais ma meilleure amie. Je ne voulais pas d'une femme comme ma mère, qui ne pouvait pas se passer d'un homme dans sa vie. Je savais que tu voudrais toujours préserver ton indépendance. Tu me faisais rire. Tu me rendais heureux. Je savais qu'avec toi, je ne m'ennuierais jamais.

— Je t'attirais ? demanda Charlotte.

La question lui parut ridicule et superficielle.

— J'ai toujours été attiré par toi. On avait une vie sexuelle épanouie. Mais ce n'est pas pour ça que je t'ai épousée.

Max n'était pas soûl, mais il n'était pas non plus totalement clair. Son élocution était ralentie.

— Tu peux t'asseoir et me regarder ?

— Non.

Elle croisa les bras sur sa poitrine et les referma autour de ses épaules.

— Très mature.

— Non, je ne peux pas m'asseoir. Je me suis bloqué le dos en montant.

Il ne s'était pas bloqué le dos depuis au moins dix ans. La dernière fois, c'était en faisant du deltaplane. Avaient-ils atteint l'âge où quelques kilomètres de grimpette pouvaient les mettre physiquement HS ?

— Tu m'en aurais parlé un jour, de mon fils ?

Son fils. Il a un fils. Un petit garçon à des milliers de kilomètres qui a des gènes de lui.

À cette pensée, le poids de ce qu'elle avait fait lui écrasa le cœur. Elle garda le silence. La vérité, c'était qu'elle avait espéré ne jamais avoir à lui en parler. Elle pensait pouvoir garder le secret jusqu'à la fin de leur vie, et elle faisait confiance à Margaret. C'était présomptueux et cruel. Elle n'en prenait conscience que maintenant.

—Je voulais le faire.

—Non, ce n'est pas vrai.

Il y avait quelque chose de réconfortant dans cette accusation – la preuve que son mari la connaissait vraiment très bien.

—Tu as raison. Non, je n'en avais pas l'intention. Je voulais régler le problème en l'occultant.

—Mais tu savais que tu avais fait quelque chose de très moche.

—Je savais que c'était horrible pour toi. Mais je me disais que c'était mieux pour moi et pour les filles. Pour les filles, surtout. Je n'aurais pas supporté qu'elles grandissent en sachant qu'elles avaient un demi-frère, surtout Annie, qui a presque le même âge que lui. Ce genre de choses peut traumatiser les enfants pour le reste de leur vie.

—Il va falloir leur dire, maintenant.

—Je sais, et ça me fend le cœur. Je te déteste encore pour ce que tu as fait. Je te déteste encore pour beaucoup de choses.

Charlotte renversa la tête en arrière et observa le ciel. Elle avait l'impression d'avoir vieilli de vingt ans en vingt jours.

—Tu veux qu'on divorce ?

Max ôta son bras de devant ses yeux et tourna la tête vers elle.

—Je ne sais pas. Et toi ?

—Je ne sais pas non plus.

Puis ils ne dirent plus rien ni l'un ni l'autre. Charlotte dévissa le bouchon de la flasque et but une longue gorgée de whisky.

— Je poursuis la campagne.

— Tu m'étonnes…, dit Max amèrement.

— Je ne peux pas la poursuivre sans toi.

Qu'attendait-elle de lui ? Qu'il reste à ses côtés, qu'il sourie en hochant la tête, et qu'il couvre ses mensonges.

— Et si je ne suis pas d'accord ? Tu me prives de mes filles ? Tu leur montes la tête pour qu'elles me détestent ?

Il était devenu un homme brisé, dépouillé de son ego, de sa force, de ses mécanismes de défense. À cause d'elle.

— Je n'aurais pas dû dire ça.

— Non, tu n'aurais pas dû.

— Je ne le pensais pas.

— Si. À partir de maintenant, il faut me dire la vérité. Il faut que tu sois franche.

— Je le pensais.

Il se redressa, avec une grimace, en appui sur un coude, et s'empara de la bouteille.

— Je sais que tu es capable de m'empêcher de voir les filles. Et que tu pourrais légalement mettre ta menace à exécution, pour que je te mange dans la main. Madame Solution a trouvé une solution. Tu te sers de mes enfants, tu menaces de me les prendre.

— On n'est pas obligés d'en arriver là. Je t'aime.

C'était la vérité. Elle l'aimait toujours, malgré tout le chagrin qu'il lui avait causé depuis deux ans, malgré le fait qu'il pouvait encore l'empêcher d'atteindre le but qu'elle espérait si ardemment atteindre.

— Et toi, tu m'aimes ?

— Peu importe. La seule chose qui compte, c'est que tu aies un mari jusqu'au bout de la campagne.

— Tu es d'accord ?

— Je n'ai pas encore décidé.

Charlotte se redressa. Elle avait les jambes ankylosées. Afin de s'étirer l'arrière des cuisses, elle plia les genoux et laissa tomber sa tête vers ses pieds, bras ballants.

— On est censés faire une interview ensemble, demain matin, dit-elle en ôtant une feuille morte du torse de Max.

— Ma décision sera prise d'ici là.

Chapitre 22

12 octobre 2018
J - 25 avant les élections

Erika Cabot était une dure.

Charlotte l'avait rencontrée l'été précédent, à la conférence Women Are the Future, où elles étaient toutes deux intervenues. Après quoi, elles avaient décidé de passer la soirée ensemble – ou ce qui constituait une soirée pour deux femmes actives et mères de famille, presque quinquagénaires, qui d'ordinaire préféraient se coucher à 22 heures. Elles avaient choisi un petit bar à l'éclairage tamisé, avec des banquettes rouges et des serveurs charmants, probablement des mannequins ou des poètes, qui prenaient gracieusement la pose, verres en main, avant de les poser sur la table. Elles pensaient boire un verre de vin mais, finalement, Erika avait commandé un bourbon, Charlotte un 7 & 7, et elles avaient ensuite repris deux tournées, plus un fondant au chocolat pas très fondant qu'elles s'étaient partagé.

Dix ans plus tôt, alors qu'Erika venait de décrocher la place de première femme présentatrice du journal du soir sur une chaîne de télé, son mari était mort dans un accident de voiture, en état d'ébriété. Il s'était assoupi au volant, et sa Range Rover s'était déportée sur la voie opposée. L'adolescente qui arrivait en face avait fait une embardée pour l'éviter, et la voiture avait fini dans le fossé, la jeune conductrice et sa passagère grièvement blessées. John Cabot avait percuté un arbre de plein fouet, il était mort sur le coup. Les parents des adolescentes avaient intenté un procès à la famille Cabot, et obtenu des dommages et intérêts d'un montant à sept chiffres, non divulgué.

John Cabot n'était pas alcoolique. Il ne lui arrivait pas souvent de conduire en état d'ivresse. Il avait juste commis une imprudence. Erika l'aimait à la folie. Ils avaient deux fils. Lorsque le monde s'était écroulé, elle avait pris une disponibilité professionnelle pour les élever. Et, alors qu'elle vivait le plus grand drame de sa vie, la presse avait traîné son mari dans la boue, le qualifiant de danger public, et on l'avait elle-même accusée d'être complice de l'irresponsabilité de son époux. Chaque détail de sa vie conjugale et professionnelle avait été scruté à la loupe. Quelques années plus tard, on lui avait diagnostiqué un cancer du sein au stade quatre et elle avait subi une double mastectomie. Son livre, *Reconstruite*, caracolait toujours en tête des ventes. En plus du journal du soir, Erika présentait désormais un talk-show matinal qui battait des records d'audience. Depuis un an, elle était fiancée à un violoncelliste ayant la moitié de son âge. Erika savait ce qu'était l'amour, le vrai, et le chagrin, le vrai, mais surtout, elle savait en quoi la vie privée d'une femme pouvait handicaper sa vie professionnelle.

Avec la promesse d'une interview exclusive, Erika avait accepté de se déplacer en compagnie de son équipe jusqu'à Elk Hollow. Elle ne serait pas tendre, avait-elle prévenu. Elle ne ferait preuve d'aucune indulgence envers Charlotte, mais elle la laisserait raconter sa version des faits.

Charlotte avait envoyé un texto à Max, en lui demandant d'être à la maison à 8 heures le lendemain matin. Elle s'était gardée de dire à Josh et à Leila qu'il n'était pas exclu qu'il ne vienne pas. Au cas où, elle était déterminée à faire l'interview seule.

Chaque recoin de la cuisine et du salon était occupé par un assistant de campagne penché sur un ordinateur portable. Leila avait commandé le dîner pour tout le monde, des pizzas avec trop de fromage, qui brûla le palais de Charlotte.

— Pourquoi avoir caché cet enfant ? lui demanda Roz, pour une énième simulation de l'interview.

— Je voulais protéger cette femme et son enfant. À sa place, j'aurais aimé qu'on fasse preuve de courtoisie.

— Ce n'est pas assez bon !

— Alors pose-moi une autre question !

La patience s'amenuisait, la tension couvait. Charlotte n'en pouvait plus de répondre sans cesse aux dix mêmes questions.

— Je suis fatiguée.

— Je vais faire du café, déclara Josh.

Et il entreprit de fouiller dans les placards à la recherche de filtres.

— Il faut qu'elle dorme, plaida Leila. Elle sait ce qu'elle a à dire. Si elle manque de sommeil, par contre, c'est sûr qu'elle sera minable. Laissons-la se reposer.

Rosalind accompagna Charlotte à l'étage et s'assit sur le bord du lit, deux verres de vin rouge dans une main, un paquet de Marlboro dans l'autre. Elle tendit un verre et une cigarette à Charlotte, puis en alluma une, sans se soucier d'ouvrir une fenêtre.

— Quelle merde…

— Roz ?

Charlotte avait tant de questions à lui poser. Allait-elle faire son coming out ? Pourquoi avoir gardé son secret si longtemps ? Parce qu'elle ne lui faisait pas confiance ?

— Pas maintenant, dit son amie. Il faut qu'on se mette d'accord sur ce que tu devras dire demain.

L'assistante d'Erika Cabot portait une chemise blanche impeccablement repassée et des lunettes noires purement décoratives. Une équipe de onze personnes était arrivée à l'aube pour monter un plateau miniature dans le salon, ce qui avait nécessité de sortir la moitié des meubles dans le jardin. La chaîne avait envoyé une coiffeuse et une maquilleuse. Kara gardait les filles.

Charlotte se sentait ridicule, en robe mauve, coupe droite très chaste, étoffe très chic mais qui grattait, petit drapeau américain épinglé sur le cœur.

— Je sais que ce n'est pas vous, mais on s'en fiche, commenta Josh. Il faut que vous ayez l'air d'une bonne épouse contrite à 110 %, si on veut que l'interview serve à quelque chose. Maquillage gentil, coiffure gentille, pastel et perles. Faites ressortir la Bonnie Slaughter qui est en vous.

Charlotte interrogea Roz du regard, qui approuva de la tête. C'était bizarre d'avoir tout ce monde dans sa chambre.

— Il a raison. Il sera question de ton couple. Tu joues le rôle de l'épouse. En costume d'épouse.

Pour l'instant, Charlotte n'avait toujours pas de mari.

— Où est Max ? demanda enfin Josh. S'il ne vient pas, il faut que je le sache.

Ce n'est pas impossible…

— Il va arriver, répondit-elle.

— Il ne devrait pas tarder, renchérit Roz, en jetant un regard entendu à Charlotte.

Dans le miroir, Charlotte vit une lueur d'espoir s'allumer au fond de ses yeux, lorsque la porte d'entrée claqua. Mais ce fut la voix de Leila qui retentit dans l'escalier :

— J'ai acheté des bagels !

Sur le seuil de la chambre, elle s'immobilisa et examina la tenue de Charlotte.

— On dirait Laura Bush.

— Leila, vous ne nous aidez pas, lui lança Josh.

Elle haussa les épaules.

— C'est vrai, on ne dirait pas Charlotte Walsh.

— C'est justement l'idée. Elle doit ressembler à quelqu'un d'autre, pour cinq putains de minutes. Ou sinon, ça risque de lui coûter cher.

— Vous croyez que la presse sera dupe ? demanda Charlotte.

— La presse voit ce qu'on lui montre, rétorqua Josh. Où est votre mari ?

— Au téléphone, dans sa voiture, répondit Leila, avec le plus grand naturel. Juste là dans l'allée. Il termine son appel et il arrive.

Charlotte s'efforça de dissimuler sa surprise. Il était 7 heures. À qui téléphonait-il, à cette heure-ci ? Margaret ? À Singapour, il était 19 heures. Avait-il déjà parlé à son fils ? La porte claqua de nouveau. Elle lissa sa robe sur ses hanches.

— On descend ?

Elle entendait Erika, dans le salon, avec son accent new-yorkais et son franc-parler :

— J'ai l'air d'un chat crevé, ce matin. Heureusement que tu es là, Jenny. Fais-moi une gueule présentable, s'il te plaît, avant de maquiller Walsh.

Des projecteurs étaient branchés aux quatre coins de la pièce, trois chaises disposées devant la cheminée, une d'un côté, deux de l'autre, des photos de famille exposées sur le manteau, dont une photo de mariage, le voile de Charlotte soulevé par une bourrasque, Max riant aux éclats, la bouche si grande ouverte que l'on voyait ses molaires. Josh avait dû faire un tirage et l'encadrer dans la nuit, mais on avait l'impression qu'elle avait toujours été là. Il y avait également une photo prise dans le courant de l'été sur la côte du New Jersey, que Lulu avait postée sur le compte Instagram : Max, Charlotte et leurs trois filles tous en pantalon beige et chemise blanche, avec des sourires indiquant qu'ils étaient parfaitement conscients que leur accoutrement était un peu excessif.

— Charlotte Walsh, comment vas-tu, ma poule ?

À l'écran, Erika Cabot cultivait une insouciance raffinée et sophistiquée. En off, elle avait un langage plus familier, ce que Charlotte appréciait énormément. Elle n'eut pas besoin de se forcer à sourire.

— Disons que ça pourrait aller mieux.

— J'adore tes perles. On aura le même collier. On dirait un collier pour chien-chien à mémère. Ouaffff !

Erika éclata d'un rire profond et rauque, en tripotant son rang de perles et en aboyant. Puis elle regarda Charlotte droit dans les yeux.

— Putain, quelle horreur, je déteste les perles, maugréa-t-elle. C'est Max, dehors, dans la voiture ?

— On a une meilleure réception, à l'extérieur.

— Il a dormi ici ?

Charlotte regarda un instant par la fenêtre, rassemblant toute sa volonté pour ne pas trahir son humiliation.

— Bien sûr.

— T'es pas obligée de mentir, hors caméra. J'ai vraiment les boules pour toi. Je te soutenais. Je te soutiens. Je n'ose pas imaginer dans quel état tu dois être. J'espère qu'il a des remords, ce salaud.

Ce salaud était le mari de Charlotte. Josh avait raconté l'aventure de Max à Erika, en lui donnant le mauvais rôle.

— Il s'en veut beaucoup, bien sûr. C'est très difficile pour nous deux.

Charlotte aurait donné n'importe quoi pour s'asseoir par terre en tailleur avec Erika et lui confier l'horreur qu'elle avait vécue, la douleur qu'elle éprouvait encore, et la terreur que lui inspirait l'avenir. Mais, même si elles avaient déjà bu quelques verres ensemble, même si Charlotte avait l'impression de pouvoir faire confiance à cette femme qui avait traversé tant d'épreuves beaucoup plus difficiles que les siennes, elle savait qu'elle ne pouvait pas se permettre de lui avouer la vérité. Personne, outre ses proches, ne devait connaître la vérité. Furtivement, elle songea que Roz avait vécu ainsi toute sa vie.

— Je suis si fatiguée, dit-elle, en guise d'un brin de franchise.

Elle lut de la sympathie dans les yeux bleu clair d'Erika.

— Je sais. Crois-moi, je sais…

— Le mariage est pour bientôt ? s'enquit Charlotte pour changer de sujet.

— Le mois prochain. On va faire simple. J'ai passé l'âge des robes blanches et tout le tralala. On fait ça chez moi à Sagaponack. Juste mes fils, sa famille et une quinzaine de musicos de la Philharmonie. Et le soir, grosse fiesta avec les amis. À la bonne franquette.

— Comme nous… Enfin, sans la Philharmonie.

— Vous vous êtes mariés à Palm Desert, c'est ça ?

— Je vois que tu es bien renseignée.

Erika ne quittait pas Charlotte du regard, l'expression empreinte de pitié.

— Mes équipes font du bon boulot. Bref… Y a-t-il des sujets que tu ne veux pas aborder ? Des questions auxquelles tu n'as pas envie de répondre ?

— Toutes ! répondit Charlotte en riant. Tu ne voudrais pas te contenter de me demander quelle équipe j'aimerais voir gagner les World Series ? Le tournoi est peut-être déjà passé, remarque…

Erika éclata de rire et, de nouveau, Charlotte regretta qu'elles ne soient pas seulement deux amies bavardant en buvant des cocktails.

— Je ne sais même pas qui est sélectionné, mais j'imagine que je suis censée soutenir les Phillies.

— Sans doute.

La porte d'entrée s'ouvrit en grinçant, et Max s'avança dans le salon, rasé de près, en chemise bleue fraîchement repassée, veste bleu marine et pantalon kaki, drapeau américain épinglé sur le cœur.

— Erika, je suppose…, dit-il avec un sourire charmeur. Ma femme m'a beaucoup parlé de vous. J'espère que vous serez plus sobres, aujourd'hui.

C'est lui qui devrait faire de la politique.

— Ravie de faire votre connaissance. Dommage que ce soit dans ces circonstances.

— Enchanté. Tout à fait.

Max afficha un air penaud.

— J'étais juste en train de demander à Charlotte s'il y avait des sujets que vous préférez éviter.

— Vous êtes là pour faire votre boulot. Nous souhaitons simplement dire la vérité.

Il s'exprimait comme s'il avait été coaché.

— Vos filles sont au courant ?

Charlotte regarda Max.

— Non, dit-elle. Il faut qu'on trouve le moment opportun pour leur en parler. Tout est allé si vite. Elles sont encore si jeunes. Comme tu imagines, ce ne sera pas facile à expliquer.

Une petite femme s'approcha de Charlotte, pinceau en main.

— Madame Walsh, vous êtes prête pour le coiffage et le maquillage ?

— Oui.

Il fallut une heure pour lui faire un brushing photogénique, lui appliquer du fond de teint et de l'eye-liner en abondance, pendant qu'Erika bavardait avec Roz, pas du tout maquillée, en sweat-shirt noir à capuche.

— J'ai cinq minutes pour dire deux mots à Max ?

Charlotte s'excusa et sortit rejoindre son mari devant la maison, où il téléphonait. En la voyant, il abrégea la communication.

— On dirait Martha Stewart.

— Leila a dit Laura Bush.

— Aussi.

— Je n'étais pas sûre que tu viendrais.

— Moi non plus. Jusqu'à ce que Roz vienne me voir, hier soir tard, au motel.

— Tu as vu Roz hier soir ? s'étonna Charlotte.

— Je pensais que tu étais au courant.

— Non.

— On a bu quelques verres et fumé des cigares cubains. Elle est persuasive. Elle aurait dû se présenter aux présidentielles, ou vendre des forfaits de téléphonie.

— Qu'est-ce qu'elle t'a dit ?

— En résumé ?

— On n'a pas beaucoup de temps.

— Elle m'a dit de me comporter comme se comportent les épouses de politiques depuis la nuit des temps, c'est-à-dire de souffrir en silence, d'être élégant, de sourire gracieusement, rester docilement assis à côté de toi, te tenir la main et mentir.

—Elle ne t'a pas dit que ça, j'imagine.

—Tu m'as demandé la version abrégée.

—Tu sais ce que tu vas dire ?

—Je dirai ce que tu veux que je dise, répondit-il en la regardant dans les yeux. C'est moi qui ai fichu la merde. Tu en as rajouté une couche. Une bonne couche. Mais là, je te laisse gérer comme tu veux. Je te dois ça.

Et nous, qu'est-ce qu'on fait maintenant ? Tu vas me quitter ?

—Merci.

—Allez, les enfants, la fête va commencer ! annonça Josh, dans l'encadrement de la porte. Vous êtes superbe, Max. On dirait un jeune républicain.

—Je le déteste, marmonna Max entre ses dents.

—Il faut le pratiquer pour l'apprécier.

—Je voudrais présenter des excuses aux électeurs de Pennsylvanie, déclara Charlotte face à la caméra, en guise de préambule.

—Qu'avez-vous donc à vous faire pardonner ?

Erika Cabot se pencha vers le couple. Les téléspectateurs n'en avaient pas conscience mais il y avait une caméra derrière Charlotte qui filmait le visage d'Erika, attentif et inquisiteur. Il y en avait une aussi derrière Erika, à laquelle Charlotte adressait ses réponses.

—Je tiens à m'excuser de n'avoir pas été tout à fait franche à propos de ma vie privée. Il y a un peu plus de deux ans, mon mari et moi-même avons traversé une période difficile. Que l'on soit un homme ou une femme, tout le monde sait que les relations conjugales peuvent être compliquées et éprouvantes. Nous avons connu un passage à vide, nous nous sommes brièvement séparés. Dans l'intérêt de nos petites filles, nous avions décidé de taire cet épisode.

— Combien de temps a duré la séparation ? demanda Erika, la tête inclinée sur le côté.

— Deux mois. Pas très longtemps.

— Et pendant ces deux mois, vous avez vécu chacun de votre côté ?

— Oui.

— Avez-vous eu des aventures ?

— J'ai beaucoup de mal à en parler.

Une boîte à mouchoirs argentée avait été stratégiquement placée sur la table basse près de Charlotte.

— Je comprends, dit Erika, comme elle le disait très régulièrement dans chacune de ses interviews.

L'empathie dont elle faisait montre à l'écran contribuait pour une grande part à son talent et à son succès. Elle prit l'un des verres d'eau qui se trouvaient sur la table et le donna à Charlotte.

— Durant notre séparation, Max a rencontré une autre femme. Qui est tombée enceinte. Elle a eu un enfant.

Charlotte retira un mouchoir de la boîte. Ses larmes étaient réelles. On lui avait promis que le mascara ne coulerait pas. Erika lui posa une main sur le genou.

— J'ai commis une erreur, enchaîna Max, une énorme erreur, que je regretterai toute ma vie. J'étais censé faire un travail sur moi… J'ai été égoïste et irresponsable.

Erika hocha la tête, mais elle gardait les yeux rivés sur Charlotte.

— Vous n'en avez jamais parlé à personne ?

— À un ou deux proches seulement. Je voulais préserver ma famille.

Charlotte soutenait le regard d'Erika, et donc celui du téléspectateur.

— Qu'est-il advenu de cette femme et de son enfant ?

— Naturellement, j'ai proposé de contribuer à l'éducation de l'enfant, déclara Max. Nous avons pris cette décision d'un commun accord, Charlotte et moi. Nous participons financièrement à son éducation.

— Avez-vous rencontré cet enfant ? L'un ou l'autre ?

Une grimace déforma les traits de Max.

— Nous avons laissé le soin à la mère de décider si elle souhaitait ou non que je sois présent dans la vie de l'enfant.

— Vous-même, l'auriez-vous souhaité ?

— Je souhaite ce que souhaitent ma famille et toutes les personnes concernées.

De dessous sa chaise, Erika exhiba un exemplaire de *Vanity Fair.*

— « Tout pour être heureuse »… Cet article était-il un mensonge ?

Roz avait préparé Charlotte à ce genre de feinte. Cette réplique serait la plus honnête de l'interview.

— Non. Je pourrais tout avoir pour être heureuse, c'est vrai. Mais être comblée n'est pas toujours facile. Le trop peut être pire que le pas assez. Il faut savoir le gérer. Il y a parfois des accrocs et des incidents de parcours.

Erika ne fit rien pour dissimuler son sourire.

— Pourquoi révéler cette histoire maintenant ?

Il s'agissait du signal indiquant qu'elle devait revenir au script de Josh.

— Je ne veux rien cacher aux électeurs. Je ne supporte plus la langue de bois des politiciens. Je ne voulais pas que quelqu'un tente de raconter mon histoire, notre histoire, et raconte n'importe quoi.

— Pourquoi ne pas en avoir parlé plus tôt ?

— Je pensais sincèrement que ce n'était pas important. Je me rends compte à présent que ça l'est.

Charlotte et Roz avaient longuement répété la veille au soir et pourtant, chaque question lui faisait l'effet d'un coup de poignard dans le cœur.

— En quoi votre campagne en sera-t-elle affectée ? Pensez-vous que les électeurs attachent de l'importance à ce genre de choses ?

Ils ne devraient pas. Cette histoire ne change rien à la façon dont j'exercerai mon rôle. C'est absurde que je sois obligée de prétendre qu'ils ont le droit d'y attacher de l'importance.

— Les électeurs doivent avoir le sentiment qu'ils peuvent me faire confiance, et je ferai tout pour leur inspirer cette confiance. La presse a émis toutes sortes de spéculations sur mon couple. Les journalistes peuvent être extrêmement vicieux, surtout envers les femmes.

Charlotte marqua une longue pause, afin que le public et Erika saisissent qu'elle faisait allusion à la façon dont le nom de celle-ci avait été sali.

— Je suis là pour vous dire que ma candidature est solide. Et que mon couple est solide.

« Avant de mentir, dis quelque chose de vrai. »

— Nous gagnerons les élections et j'accomplirai des changements concrets pour la Pennsylvanie.

— J'ai commis une faute impardonnable, enchaîna Max, d'un ton grave, triste et sincère. Mais l'erreur était partagée entre deux adultes consentants et elle n'a pas eu de répercussion sur Humanity ni sur le travail de mon épouse. Chaque jour, je suis impressionné par l'éthique de ma femme et par sa volonté de rendre meilleure la vie de tous ceux qu'elle rencontre. Personne d'autre que moi ne doit porter le blâme de mes fautes.

L'interview terminée, Charlotte et Max partirent ensemble chercher les filles. Des auréoles de sueur s'étalaient sur le crêpe mauve de la robe que Charlotte ne remettrait jamais. Elle aurait dû se changer, mais elle avait l'esprit et le corps complètement engourdis. Ils roulèrent cinq minutes en silence avant qu'elle prenne la parole.

— Tu téléphonais à qui ?

— Quand ?

— Avant l'interview ?

— Aux filles.

— Qu'est-ce qu'on va leur dire ?

— On appellera Carol, ou un pédopsy. Pour avoir l'avis d'un pro.

— Bonne idée.

Max se fendit d'un sourire ironique.

— Nos enfances pourries font de nous des cas intéressants.

— Tout dépend de ce qu'on entend par « intéressant ». Peut-être qu'une de nos filles deviendra romancière à succès, et qu'une autre dira que c'est notre faute si elle finit en taule ou sur la chaise électrique. Tu as appelé Margaret ?

— Non. Pas encore. J'aimerais qu'on l'appelle tous les deux.

Ils retombèrent dans le silence. Charlotte contemplait le ciel gris. Elle avait maintes fois tenté d'imaginer ce moment, mais aucun des scénarios ne se déroulait dans un tel calme.

— Charlie, dit enfin Max.

Elle se tourna vers lui, décelant de la résignation dans sa voix.

— Max.

— Je reste jusqu'aux élections. Ensuite, je crois qu'il faut qu'on fasse un break.

L'interview passa à la télé à 20 heures. Internet réagit dans les cinq minutes.

La candidate au Sénat révèle la liaison clandestine de son mari
Charlotte Walsh au centre d'un triangle amoureux
Le mari de la businesswoman cachait un enfant illégitime

À 22 heures paraissaient en ligne les sentences des chroniqueurs, éditorialistes, militants du parti, blogueurs, et d'une poignée de vrais journalistes. Certains s'interrogeaient sur la responsabilité de Charlotte dans le fait que son mari avait eu un enfant avec une autre.

Quelques-uns prenaient sa défense.

Qu'on ne se mêle pas de la vie privée de Charlotte Walsh
La franchise sans fard de la candidate au Sénat
Comment peut-on attaquer une femme soucieuse de préserver sa famille ?
Sa faute à lui n'est pas sa faute à elle

Charlotte et son équipe étaient réunis dans le salon. À 23 heures, Slaughter émit un bref communiqué : « Nous sommes de tout cœur avec la famille de Charlotte Walsh, dans cette épreuve difficile. Pour le bien-être de ses proches, la candidate devrait peut-être envisager de se retirer de la campagne. »

— Pauvre connard, grommela Leila. On dirait que tu as perdu quelqu'un.

— C'est ça, dit Josh. Il sous-entend qu'elle a perdu la partie. Mais j'ai une bonne nouvelle.

— Ah oui ?

— Vous avez récolté plus de dons de moins de 50 dollars en cinq heures que depuis deux mois.

— Comment ça se fait ?

— Les gens éprouvent de l'affection pour les faibles et les opprimés. Plus on vous attaquera, plus vos partisans se mobiliseront. Peut-être qu'on a aimé votre honnêteté. Peut-être qu'on n'aime pas voir une femme calomniée par la presse. Jusqu'à présent, les petits donateurs ne pensaient pas que vous aviez besoin d'eux, avec tout le pognon que vous avez. Mais tout le monde a envie de se sentir utile. Vous êtes plus aimable en loser ? Je n'en sais rien. Mais tout est bon à prendre. On se servira de cet argent pour occuper le terrain pendant les deux prochaines semaines, et pour diffuser des spots sur les télés et les ordinateurs.

— C'est incroyable…, marmonna Leila.

— Mais non. Vous avez repris de l'avance dans les sondages, déclara Josh. Pas grand-chose mais de l'avance. Ne jamais sous-estimer le pouvoir d'un bon coup d'éclat.

La semaine suivante, des strip-teaseuses assaillirent Max, devant l'école des jumelles, sans doute mandatées par les sbires de Slaughter. Quand il sortit de sa voiture, elles se jetèrent sur lui, tentant de l'enlacer et de coller leurs poitrines contre lui. Puis elles le firent prisonnier au centre d'une ronde. Des téléphones filmaient et photographiaient. Max poussa une jeune femme brutalement et remonta dans sa voiture, dont il verrouilla les portières. Dans l'heure suivante, une vidéo circulait où on le voyait jeter à terre une femme à moitié nue.

Le lendemain, un camarade de classe des jumelles leur répéta que son papa lui avait dit qu'il voulait casser la gueule de leur maman. Le soir même, Charlotte n'hésita pas une seule seconde à réserver quatre billets d'avion pour la Californie.

— Tu es sûre ? s'enquit Max. Josh avait dit que tu aurais besoin de nous pour Halloween. Pour qu'on participe en famille à une chasse aux bonbons ou à une parade.

— Je me débrouillerai avec Josh. Partez.

Il valait mieux. Des camionnettes de télé étaient garées tout le long de la route devant chez eux, leurs paraboles cachant le soleil. Des manifestants se rassemblaient régulièrement dans la rue pour crier : « Marre des fake news ! » et « À bas les médias ! » Elle avait du mal à savoir si ces gens-là étaient pour ou contre elle, mais elle était contente que ses enfants ne soient pas là.

Aucun institut de sondage fiable ne donna plus de chiffre jusqu'à la fin de la semaine. Josh mit en place une stratégie qu'il appelait « Balancer de la merde contre le mur et prier ».

— Soit vous vous terrez, soit vous faites comme si de rien n'était, dit-il. Soit le spectacle continue, soit il est annulé. Vous n'avez rien à vous reprocher, continuez comme si de rien n'était. Les électeurs se fient à vous. Vous êtes le baromètre.

Elle fit une apparition à la foire agricole du comté de Warren, où l'on se vantait de préparer la meilleure queue de bœuf braisée de tout l'État de Pennsylvanie. D'énormes marmites bouillonnaient sur des barbecues de dimensions industrielles. Charlotte mangea de la queue de bœuf préparée de sept manières différentes. Elle se répandit en éloges devant une série de bœufs sculptés dans une demi-tonne de beurre, et elle répondit aux questions que l'on avait préalablement soumises à Josh.

— Comportez-vous comme si le sujet tabou ne vous gênait pas le moins du monde, lui avait-il recommandé.

Charlotte sourit avec humilité lorsque Carly Meeks lui demanda si elle avait l'impression d'être un modèle pour les femmes qui avaient traversé des crises conjugales.

— Moi qui croyais que je n'aurais à donner mon avis que sur la sauce barbecue…

Carly brandit son téléphone.

— Vous pouvez répéter ? Je filme…

— Pensez-vous sincèrement que ça amusera les lectrices de *Teen Vogue* ?

Charlotte se couvrit le front de sa main, puis elle s'efforça de feindre l'enthousiasme afin de répéter sa plaisanterie.

— J'ai été embauchée au *Washington Post*, grâce aux papiers que j'ai faits sur vous. Je voulais vous remercier.

— Je vous en prie, Carly. Vous pouvez filmer.

Charlotte afficha un sourire qu'elle voulait sérieux, en espérant qu'il n'avait pas l'air d'un rictus.

— Je ne cherche pas à être un modèle. Je suis une épouse et une mère soucieuse du bien-être de sa famille, et j'espère bientôt devenir sénatrice et œuvrer pour le bien-être de la Pennsylvanie.

Pas besoin de chercher à paraître intelligente ou à prouver que je suis capable d'instaurer des politiques qui changeront peut-être quelque chose à la vie des gens. Pour le moment, mon seul message est le suivant : « Aimez-moi, pardonnez-moi, graciez-moi. »

Elle se sentait vulnérable, exposée à tous les vents. On lui collait des étiquettes de modèle, de garce, de victime, mais chaque jour, elle se sentait surtout de plus en plus ridicule.

Josh ouvrit son ordinateur et lui montra le nouveau spot télé.

Celui-ci s'ouvrait sur un diaporama en noir et blanc de paysages industriels postapocalyptiques – les vieilles usines abandonnées à la périphérie de Elk Hollow. Suivait une photo de Paul, l'air épuisé, abattu.

— J'ai postulé pour vingt-trois emplois, cette année. Je n'ai reçu aucune réponse. Je n'arriverai jamais à trouver un boulot.

— Quand avez-vous filmé ça ?

— La semaine dernière.

— Mon frère ne m'a jamais dit qu'il cherchait du travail.

— Vous lui avez posé la question ? Regardez...

Jack et Emily Seligson apparurent sur le plan suivant.

— À cause de Ted Slaughter, nous n'avons pas les moyens de payer la chimiothérapie de ma femme, disait Jack.

Et les témoignages s'enchaînaient.

Une femme qui tenait dans ses bras un nourrisson en pleurs, avec qui Charlotte avait échangé quelques mots, à un meeting : « Je n'ai même pas de quoi nourrir mon enfant. »

Un homme juché sur un tabouret de bar : « Je suis au chômage depuis cinq ans. Je ne touche plus d'allocations. J'ai perdu ma maison. Je vis un cauchemar éveillé. »

Puis s'affichait à l'écran : « La Pennsylvanie de Ted Slaughter ? Un cauchemar éveillé. »

Venait ensuite la pièce de résistance, des images du vieux sénateur assoupi au Sénat.

Fondu sur Charlotte au volant de son minivan, et gros plan sur l'emblème Chevrolet, subtil clin d'œil au fait qu'elle avait une voiture américaine. Puis on la voyait descendre du monospace, discuter avec les électeurs, prendre des notes. Et le spot se concluait sur sa voix qui disait : « Ted Slaughter ne vous écoute pas. Je vous écoute. Je trouverai des solutions. »

Cette vidéo rythmée, criante de manipulation, avait coûté la modique somme de 30 000 dollars.

— On dirait de la propagande nazie, murmura Leila.

—La propagande est la seule chose que les nazis savaient faire, répliqua Josh avec le plus grand sérieux.

—C'est de l'exploitation, bougonna Charlotte.

—Une campagne, c'est de l'exploitation.

—Mon frère était d'accord ? Jack était d'accord ?

—Vous plaisantez? Votre frère était fou de joie. Il pense qu'il va devenir célèbre. Quant à Jack, avec la somme qu'on lui a versée, il n'aura plus besoin de servir des frites pendant au moins un an. Et Emily a rendez-vous la semaine prochaine à la Mayo Clinic. Et je voulais vous dire un truc... Slaughter a fait un petit infarctus, la semaine dernière. Il n'a rien dit à personne, même pas à son équipe. On a des images de lui à l'hosto. Il a une tête de cadavre. Ne me demandez pas qui a fait cette vidéo. Vous n'avez pas besoin de le savoir et il vaut mieux que vous ne le sachiez pas. Je vous laisse décider si on la met en ligne ou non.

La voix qui sortit de la bouche de Charlotte ne lui appartenait pas.

—Allez-y.

Sa cote de popularité chuta, puis remonta, et dégringola de nouveau. Ils investirent un million de dollars dans un spot digital en réponse à la contre-attaque de Slaughter. Durant la dernière semaine d'octobre, ils diffusèrent plus de cent heures de publicité négative.

Pour détourner l'attention, ils cédèrent le devant de la scène à des personnalités connues. Jasmine, l'actrice zombie, quadrilla tous les quartiers de Philadelphie et de Pittsburgh. Grâce à elle, cinq mille jeunes s'inscrivirent sur les listes électorales, ce qui leur valut un petit quart d'heure de gloire.

Ils firent appel à Harrison Oglethorpe, une rock-star populaire qui chantait des chansons sur la classe ouvrière, sur lesquelles on dansait dans les mariages sans se rendre compte qu'il était question de pauvreté. Harrison était né et avait grandi dans les banlieues sud de Philadelphie, il avait à présent la soixantaine et remplissait toujours des stades. Il accepta de donner un concert impromptu pour Charlotte. Annoncée seulement vingt-quatre heures à l'avance, cette prestation rassembla vingt mille personnes et rapporta 5 millions de dollars.

Avant le concert, Harrison et Charlotte prirent un verre au *12 Steps Down*, sur Christian Street, un bar choisi pour sa clientèle jeune et modeste. Lulu posta sur Instagram une photo où ils trinquaient avec chacun une pinte de bière.

— Ça ne vous dérange pas qu'on vous associe à moi ? demanda Charlotte au rocker.

— Vous savez, j'ai sept enfants de cinq lits différents et j'ai fait une overdose d'héroïne au Parthénon, lui dit-il avec ce sourire que des femmes de dix-huit à soixante-dix ans affichaient sur les murs de leur chambre ou en fond d'écran de leur iPhone. Alors ce n'est pas moi qui vous jugerai. Personne ne peut juger personne. La vie des autres, on s'en fiche.

Le lendemain, *US Weekly* publiait la photo et titrait : « La candidate au Sénat se venge de son mari volage avec une star du rock ».

— Décidément, je foire tout, dit-elle à Josh lors de leur conversation téléphonique matinale.

Il éclata d'un rire sincère avant de répondre.

— Ne vous en faites pas : au point où on en est, il ne reste plus grand-chose à foirer.

Chapitre 23

Le jour des élections

Walsh (D)	Slaughter (R)	Écart
43	43	Égalité

Ted Slaughter prononça un discours d'une heure, au petit matin, à Prosperity, Pennsylvanie. Son plus grand regret, déclara-t-il, était que Charlotte Walsh ne soit pas un homme, auquel cas il l'aurait provoqué en duel au pistolet, à la Hamilton-Burr.

Elle vit un extrait de son allocution au journal local, et fut tentée de regarder le reste en ligne, puis elle se ravisa : elle avait mieux à faire qu'écouter les élucubrations d'un vieillard sénile, aigri et hargneux.

Une légère pluie les inquiéta, en début de matinée. Josh répétait depuis des mois que les gens renonçaient facilement à aller voter s'il faisait mauvais ou s'il y avait des promos au supermarché. « Ce n'est pas qu'ils n'ont pas envie de voter, mais ils préfèrent acheter des packs de Fanta à prix cassé », avait-il expliqué. Heureusement, vers 10 heures, le ciel se découvrit.

— On y va quand tu veux ! Je suis prêt ! cria Max du bas de l'escalier.

Charlotte se brossa les cheveux une dernière fois et se remit du déodorant. D'ici quelques minutes, dans son ancienne école primaire, elle voterait pour elle-même au Sénat des États-Unis.

Max et les filles étaient revenus le dimanche soir, alors que Charlotte avait dit à son mari que sa présence n'était pas nécessaire le jour des élections. Il tenait à être là, et elle lui en était reconnaissante.

Pour l'occasion, elle avait choisi un tailleur pantalon fuchsia et des baskets noires. *Et merde. Je m'habille en rose. Je suis une femme. Je suis en colère, je suis féministe et tant pis, maintenant, pour ceux à qui ça ne plaira pas.* À la dernière minute, elle avait mis le tee-shirt de Kara – « C'est fatigant de toujours déchirer. Je sais de quoi je parle. ». En descendant, elle découvrit ses trois filles en ensemble pantalon fuchsia. Trop mignonnes, parce que c'était une surprise – contre toute attente, une surprise touchante.

— Vous allez me faire pleurer et mon mascara va couler.

Elle embrassa Annie, en souriant à Max. La fillette était chaussée de bottes en caoutchouc jaune que Kara lui avait achetées. Elle avait complété sa tenue par un tutu rose, et personne ne lui avait dit de l'enlever.

— C'est toi qui leur as acheté ces ensembles ? demanda Charlotte à Max.

— Roz et Leila m'ont aidé.

Charlotte avait mis plus de dix ans à le comprendre, mais l'amour n'était pas la somme des petits instants comme celui-ci, qui vous privaient de voix et vous donnaient envie de remercier le bon Dieu pour la personne qu'il avait placée sur votre chemin. L'amour, c'était la totalité des moments qui n'avaient rien de merveilleux, les crises surmontées ensemble, et le couple que vous deveniez ensuite.

Savoure cet instant de bonheur familial, si fragile.

Annie actionna le levier de l'urne pour que sa maman y glisse son bulletin. Charlotte avait imaginé la scène tant de fois qu'elle eut l'impression de revivre un souvenir.

Josh la prit ensuite au dépourvu en lui disant de profiter du reste de la journée.

— C'est l'une des choses que j'aime chez vous, Walsh, lui dit-il. Vous ne vous arrêtez jamais. Reposez-vous. En général, le jour des élections, je conseille au candidat d'aller faire un jogging, d'aller au ciné, de baiser, ou bien de penser à baiser et de faire la sieste à la place. Relaxez-vous et soyez ce soir à Philadelphie à 20 heures. On a des gars qui font du porte-à-porte et des bus qui conduisent les électeurs aux bureaux de vote. Il n'y a plus grand-chose que vous puissiez faire, maintenant.

La semaine précédente, elle avait quadrillé l'État plus de vingt fois, pour aller à la rencontre des électeurs là où ils vivaient, travaillaient, mangeaient, se faisaient couper les cheveux, dans les squares où ils emmenaient leurs enfants jouer. Elle avait battu le pavé sans relâche, de gymnases en snack-bars, d'usines en salons de coiffure en passant par les centres commerciaux. On la reconnaissait, à présent. Son arrivée suscitait parfois des acclamations spontanées et enthousiastes. La majeure partie des campagnes sénatoriales passe totalement inaperçue pour les travailleurs qui triment toute la semaine. Ils ne commencent à s'y intéresser que les tout derniers jours. C'est à ce moment-là qu'il faut occuper le terrain et frapper aux portes. Et c'était ce que Charlotte avait fait, quinze heures par jour, pour pouvoir se dire ensuite qu'elle s'était vraiment donné les moyens de gagner. Elle devait être sûre d'avoir mis toutes les chances de son côté. Sa devise pour cette dernière ligne droite était simple : « Sois humaine. » Elle improvisait, sans se soucier des scripts de Josh. Elle racontait comment Kara avait enfin réussi à convaincre Paul de se faire désintoxiquer de l'alcool et des médicaments. Elle évoquait même sa mère, et elle avait parlé de son infertilité à une femme qui s'était endettée pour cinq FIV infructueuses. Elle avait décrété qu'elle ne monterait plus sur un cheval ni sur un tracteur. « En vérité, j'ai peur des chevaux, avait-elle avoué, et je prends un traitement contre les allergies, donc il vaut mieux que j'évite de conduire des engins agricoles. »

Et voilà que la campagne était terminée. Il était temps.

Sa liberté la déroutait. En rentrant du bureau de vote, elle enleva ses chaussures et sa veste, et s'allongea sur son lit dans l'idée de fermer les yeux quelques précieuses minutes. Moulue, les paupières lourdes, elle se tourna sur le côté. Jack the Fat ronronnait au-dessus de sa tête, sur l'oreiller.

Elle dormit cinq heures et se réveilla lorsque Max lui posa une main sur la hanche.

— Il faut qu'on y aille, lui dit-il gentiment.

— Et si on restait là ?

— On louperait la fête.

— Ou la défaite. Tes bagages sont prêts ?

Il avait prévu de repartir le lendemain en Californie.

— Oui, répondit-il en fermant les yeux et en se passant une main dans les cheveux.

Ils demeurèrent un délicieux instant immobiles et silencieux, allongés face à face, puis il lui souleva le menton.

— Reviens avec moi en Californie.

« Ça te changera la vie. »

À 21 heures, Rosalind monta sur l'estrade de la petite salle de réception du Logan Hotel et entonna un slogan :

— La victoire ! La victoire !

Puis un autre :

— Des solutions ! Des solutions ! Des solutions !

Et les chants s'animèrent d'une vie propre.

— Le vieux schnock dehors ! Le vieux schnock dehors !

— On mérite mieux !

Sur une recommandation de Roz, seuls les membres de l'équipe et les gros donateurs avaient été conviés aux festivités du soir, modestes. « Ma chérie, avait-elle dit, on n'organise pas un mariage si on n'est pas sûr que la fiancée dira oui. »

Dans la rue de l'hôtel, la police dispersa un groupe de jeunes femmes qui faisaient brûler une effigie de Ted Slaughter. En voyant les uniformes approcher, elles coururent jusqu'à la Swann Fountain, sur Logan Circle, jetèrent la marionnette dans l'eau et prirent la fuite par la Dix-neuvième Rue. Les policiers ne les poursuivirent pas. Vingt rues plus loin, un cortège de plus de cent personnes coiffées de cagoules blanches défilèrent sur Broad Street avec une bannière proclamant : « Charlotte Walsh brûlera en enfer. »

— J'ai envie de vomir, marmonna Charlotte en s'asseyant sur le canapé d'une suite de l'hôtel, huit étages au-dessus de la salle de réception.

— C'est les nerfs, lui dit Max.

— Tu es peut-être enceinte, suggéra Leila avec un sourire ironique. Si on faisait courir le bruit que tu es enceinte ?

Dans quinze jours, Leila retournerait chez elle à Oakland et créerait un comité exploratoire en vue de présenter sa candidature à l'Assemblée de l'État de Californie. La semaine précédente, elle avait remis sa deuxième lettre de démission. Charlotte l'avait acceptée.

Perdre Leila serait plus dur que toutes les épreuves endurées pendant cette année de campagne, mais elle devrait s'y résigner, pour le salut de leur amitié et la santé mentale de Leila.

Les journalistes avaient pronostiqué une participation record pour ces élections de mi-mandat dans le chaos politique où le pays était plongé depuis deux ans. La peur, la dépression et la colère pousseraient les gens à se mobiliser autant que pour élire un nouveau président. « Ces élections seront épiques, prédisait-on. Car il s'agit d'un combat pour l'âme de l'Amérique. » Le dimanche matin avant les élections, le *Washington Post* avait titré à la une : « La Fin de l'apathie ». L'article commençait par une anecdote, à propos d'une serveuse de cinquante ans, à Tampa, qui n'avait jamais voté de sa vie pour une élection de mi-mandat, mais pouvait désormais citer les noms de tous les candidats de son État qui s'étaient présentés au Sénat, à la Chambre des représentants et à toutes les fonctions politiques régionales, avec autant d'aisance que lorsqu'elle énumérait les plats du jour de son restaurant.

Pour l'instant, la participation était moyenne. Les membres du Congrès ne seraient jamais sexy.

Charlotte et Josh se tenaient tous les deux dans un coin de la pièce, Josh fumant une Marlboro provocante. Charlotte avait du mal à imaginer que désormais, il n'aurait plus de raison de l'appeler tous les matins. Elle n'entendrait peut-être plus jamais le son de sa voix. L'intimité qui s'était établie entre eux serait abolie et il entamerait un nouveau cycle avec quelqu'un d'autre, peut-être dès le lendemain. C'était un peu puéril, mais elle se demandait si elle lui manquerait.

— Je savais que ce serait chaud. Mais je ne m'attendais pas à ce que ça le soit au point de me serrer les couilles.

— Dans combien de temps on aura les résultats ?

— D'une minute à l'autre, ou bien dans plusieurs heures. Certains sites de sondage nous donnent perdants dans des comtés qu'on croyait acquis. À mon avis, c'est à cause des abstentions.

Scranton et Philadelphie étaient indubitablement pour Charlotte. Dans les banlieues de Philadelphie, l'écart était infime. Dans certaines régions rurales, Slaughter avait pris une claque comme jamais. À Pittsburgh, les bureaux de vote n'étaient pas encore fermés et il était impossible de prédire pour qui voterait la Ville de l'acier. L'ouest de l'État s'était révélé de plus en plus démocrate, aux deux dernières élections, mais pour l'instant, aucun des deux candidats n'émergeait clairement.

— Les démocrates ont déjà remporté au moins quatre sièges : New York, la Virginie, le New Jersey et le New Hampshire, annonça Leila, scotchée à la télé.

— Quels sont les pronostics pour la Pennsylvanie ? s'enquit Charlotte.

— Toujours dur à dire. C'est hyper chaud.

Charlotte se tourna vers Josh.

— Je ne vous ai jamais demandé pourquoi vous faites ce métier. La première fois qu'on s'est rencontrés, vous m'avez demandé pourquoi je me présentais. Mais moi, je ne vous ai jamais demandé pourquoi vous avez accepté de travailler pour moi…

Il mit tellement de temps à répondre qu'elle crut qu'il voulait éluder la question.

— J'aime l'argent, dit-il enfin.

Dans son genre, Josh était souvent plus honnête qu'elle, et ses paroles ne contenaient aucune ironie. Il tira une dernière bouffée sur sa cigarette et la jeta dans une canette de Coca Light. Le mégot s'éteignit dans un faible crépitement.

— Et j'aime les gens intègres, ajouta-t-il.

Des larmes brûlèrent les yeux de Charlotte. Mais elle n'osa pas embrasser Josh devant Max. *J'ai besoin d'être seule.* Elle s'excusa et se rendit aux toilettes.

— Maman, je veux aller avec toi, réclama Annie.

La fillette était surexcitée, avec tous les cookies et tous les brownies qu'elle avait engloutis au buffet offert par l'hôtel, et à la fois fatiguée par tout ce monde et toute cette frénésie. Ella lisait à voix haute tous les chiffres qui apparaissaient à l'écran, avec une concentration intense, même si elle ne comprenait pas à quoi ils correspondaient. Rose tourbillonnait dans un coin, contente que personne ne la regarde.

Charlotte n'avait pas envie de s'occuper de ses enfants, pour le moment, mais elle n'avait pas vraiment le choix.

— OK, viens, ma puce.

— Tu as le droit de me regarder faire pipi.

— Oui, ma chérie.

Charlotte ferma la porte de la salle de bains et se regarda dans le miroir, tandis qu'Annie se perchait gaiement sur les toilettes avec un album pour enfants, l'histoire d'un crocodile doté de la parole qui se liait d'amitié avec un chasseur australien. Annie adorait s'asseoir sur les W.-C. des grands. Elle se tiendrait tranquille pendant au moins une dizaine de minutes.

Du bout des doigts, Charlotte palpa la peau sous ses yeux. L'emploi du temps effréné, les critiques sans pitié et les déboires personnels l'avaient physiquement marquée. Qui était cette femme qui la dévisageait ? Elle paraissait épuisée, vieillie de dix ans. En un mois, elle venait de perdre sept kilos, alors qu'elle se nourrissait de pizzas et de donuts mal cuits, mais, au lieu de s'en réjouir, elle aurait préféré se voir avec ses quelques kilos en trop. Ses cernes étaient permanents, de plus en plus creusés.

Ce serait peut-être mieux que je ne gagne pas. Peut-être que je peux me rendre utile en faisant autre chose que de la politique. Ma famille serait sûrement plus heureuse en Californie. Peut-être que tout ça n'était qu'une gigantesque perte de temps et d'argent. À présent qu'elle n'avait plus aucune prise sur la situation, elle parvenait à la mettre en perspective. Le monde n'avait peut-être pas besoin d'elle ni de ses solutions. Elle avait été présomptueuse et condescendante. Il était fréquent d'entrevoir le spectre des vies que l'on aurait pu avoir. Elle aurait au moins tenté sa chance. Vécu une expérience qu'elle ne regretterait pas. Non. Au fond de sa poche, elle sentit le carré de papier que Roz lui avait glissé dans la main, plus tôt dans la soirée, une citation relevée sur Facebook, qui lui avait plu : « Les changements que je redoute m'ouvrent souvent de nouveaux horizons. » Charlotte aussi aimait bien cette maxime.

Elle tapa du poing sur le bord du lavabo, si brutalement qu'elle en aurait un bleu, puis elle s'y agrippa, de toutes ses forces, à s'en faire blanchir les jointures. Elle pouvait lire tous les bouts de papier avec toutes les pensées positives qu'elle voulait, mais à quoi bon essayer de se persuader que l'échec pouvait déboucher sur des opportunités ? Elle restait convaincue de pouvoir faire mieux que Slaughter. Elle désirait siéger au Sénat. En dépit de tout ce que cette campagne lui avait coûté, elle voulait gagner.

— Et après ? lança-t-elle à son reflet dans le miroir, d'une voix lasse et interrogative.

— Après, je m'essuie.

Annie la ramena à la réalité. Sa fille avait réellement fait pipi comme une grande. Elle s'accroupit devant elle et lui fit un bisou sur les lèvres, puis elle déroula une longueur de papier toilette et la lui donna.

— C'est très bien, ma chérie, je suis fière de toi.

Je suis heureuse d'être là maintenant.

Certains instants de l'année qui venait de s'écouler l'avaient emplie de la même joie. La fois où Rosie, qui nourrissait pour le fromage la même passion que la plupart des petites filles vouaient aux poneys, avait construit un château de mozzarella dont Walt Disney n'aurait pas eu à rougir. Les chorégraphies impromptues d'Annie chaque fois qu'une caméra se mettait à tourner. Les longues journées en famille dans le van, à sillonner la Pennsylvanie, à découvrir les paysages, à s'arrêter à chaque site historique, chaque panorama de bord de route, et poser pour la photo. La fois où Ella avait vidé sa tirelire et demandé à Charlotte d'acheter du lait pour un immigré équatorien avec un petit bébé. Celle où une femme avait timidement abordé Charlotte pour lui expliquer que si elle achetait des petits pots pour ses enfants, elle ne pouvait pas se payer le bus pour aller travailler. Ella écoutait la conversation. Elle écoutait toujours les conversations. Elle avait proposé son argent de poche de toute une année pour que cette femme puisse nourrir ses enfants. Les filles se souviendraient-elles de tout ça ? Ou ne retiendraient-elles de cette année que ce demi-frère à l'autre bout du monde ? Elles avaient accueilli la nouvelle sans trop de réactions. Peut-être n'en saisissaient-elles pas toutes les implications.

Charlotte souleva Annie du siège des toilettes et s'assit avec elle dans la baignoire vide. Max entra sans frapper. Il prit Annie dans ses bras et la déposa gentiment hors de la salle de bains, en lui disant d'aller rejoindre ses sœurs. Puis il s'assit dans la baignoire en face de Charlotte, lui saisit le pied et lui en massa la plante des pouces. Elle gémit de plaisir. Elle n'avait pas envie de parler, elle avait trop parlé. Elle préférait savourer le contact de ses mains sur ses pieds et oublier le reste du monde cinq minutes. Elle s'était radoucie envers son mari, après avoir été si dure avec lui, ces dernières années.

— Je suis fier de toi. Je ne veux pas que tu penses le contraire. Jamais.

Elle observa son visage. Il avait plus de cheveux blancs que six mois auparavant, et les rides qui lui barraient le front quand il était contrarié ne disparaissaient plus lorsqu'il était détendu. L'homme qui l'avait convaincue de courir le risque de chambouler leur vie, le plus fervent de ses supporters, le père épuisé, le cadre au bord du burn-out, le gentil mari, le mari infidèle, celui qui avait commis une erreur et cherché par tous les moyens à se racheter, l'amour de sa vie.

Il la regarda dans les yeux.

— Josh a les résultats.

— Pourquoi tu ne me l'as pas dit tout de suite ?

— Pour profiter de ces quelques dernières minutes.

— Alors ?

— Il attend que tu sois là pour les annoncer.

Charlotte ferma les yeux. Certains instants définissent le cours de votre vie. Celui-ci en était un.

Elle scruta le visage de son mari, en essayant d'imaginer la suite. Trop de possibilités.

— Tu es prête ?

— Je suis prête.

C'était la vérité. D'une certaine manière, pour la première fois de son existence, l'incertitude de l'avenir avait quelque chose d'exaltant.

Elle se redressa, expira tout l'air qu'elle avait en elle, et tendit la main à Max pour l'aider à sortir de la baignoire.

La main de son mari au creux de la sienne, elle se sentait forte. Il exerça une pression sur ses doigts, si fort qu'elle sentit ses jointures craquer, et ils quittèrent la salle de bains afin de savoir si elle avait gagné.

Note de l'autrice

Je parie que vous vous posez mille questions, après avoir tourné la dernière page de ce récit. Charlotte a-t-elle gagné ? Ou perdu ? Restera-t-elle avec Max ? Ou poursuivra-t-elle son chemin sans lui ?

En vérité, j'ai écrit six fins différentes et passé de nombreuses nuits blanches à me demander que faire de Charlotte. J'ai pris du plaisir à envisager toutes les possibilités. Chaque destin imaginé pour Charlotte était une forme de méditation, et une sorte de privilège. Tant et si bien que je me suis dit que j'allais offrir ce cadeau aux lecteurs : la chance d'explorer les possibles, d'en discuter avec leurs amis, d'autres lecteurs, et avec moi.

En cette période très politisée, tout est interprété comme un message. Si Charlotte avait gagné, on m'aurait prêté une intention ; si elle avait perdu, on m'en aurait prêté une autre. Or tel n'était pas mon propos. Je désirais seulement raconter l'histoire d'une femme ambitieuse, et montrer ce que nous coûtent souvent nos ambitions. Je voulais parler de la façon dont les médias traitent les femmes, et de la façon dont les femmes se traitent entre elles. Je souhaitais souligner combien il est encore difficile pour les femmes de faire de la politique, alors que nous savons tous qu'elles devraient être plus nombreuses au gouvernement.

Chaque jour, la terre continue de trembler violemment sous nos pieds. J'aimerais que cette fin ouverte véhicule ce message, et que ce roman reflète l'incertitude de notre avenir. Rien n'est sûr. Quoi que prédisent les sondages, rien ne nous permet de présager de demain. L'incertitude est déstabilisante, dans la vraie vie autant que dans la fiction, et je conçois que cet épilogue puisse vous dérouter. J'espère qu'il suscitera le dialogue, davantage qu'une fin bien carrée.

Je suis optimiste pour Charlotte et son avenir, qu'elle devienne sénatrice ou non. Je suis optimiste pour notre avenir à tous. Mais je suis curieuse de connaître votre avis.

ＲＥＭＥＲＣＩＥＭＥＮＴＳ

Je n'avais pas l'intention d'écrire un roman, cette année. J'étais enceinte, fatiguée, et je pensais faire un break dont j'avais grand besoin. Mais parfois, quand on est écrivain, on n'a pas le choix… Après les élections de 2016, après avoir pris part à la Marche des femmes en 2017 à Washington, après avoir entendu, en 2018, les témoignages de centaines de militantes, j'ai éprouvé le besoin d'aborder à travers la fiction le sujet de la femme en politique. Merci à toutes celles qui descendent dans la rue, qui prennent la parole, qui se présentent aux élections, et qui n'ont pas peur d'exprimer leurs opinions dans la presse, en cette période où le monde tremble violemment sous nos pieds.
Merci à toi, Christine Pride, de m'avoir bousculée et motivée plus qu'aucun éditeur ne l'avait jamais fait. C'est une chance inouïe pour moi que la fabuleuse Heather Jackson ait eu la bonne idée de nous présenter l'une à l'autre. Alexandra Machinist, mon agent, m'a répété des dizaines et des dizaines de fois que je pouvais terminer ce bouquin avant d'accoucher. Alexandra, je ne veux plus écrire de livre sans toi. On ira bientôt au Japon, promis.
Merci à tout le monde chez Simon & Schuster, notamment Samantha O'Hara, Elizabeth Breeden, Anduriña Panezo, et vous tous qui avez contribué à la publication de ce roman.
Certains de mes amis les plus chers sont aussi mes premiers lecteurs et je les remercie pour leur regard incroyablement aiguisé. Un grand merci à toi, Tim Kelly, inépuisable, qui as lu chaque version du manuscrit et n'as jamais eu peur de souligner mes âneries.
Merci aussi à Glynnis MacNicol, Laura Forman, Emily Foote, Sara Chadwick, Ursula Rouse, Leslie Feingerts, Ivy Givens, Amy Benziger, Jen Doll, Carolyn Murnick et Kate Olson,

la Loud Library Lady. Merci à tous les bookstagrammeurs et bookstagrammeuses, et merci aux infatigables libraires qui aident les lecteurs à trouver mes romans – c'est grâce à vous qu'on me lit !

Enfin et surtout, merci à toi, Nick Aster, le plus suédois des papas américains, de m'avoir déchargée d'au moins la moitié du fardeau de notre bébé hurleur pour que je puisse écrire ce roman et faire la sieste de temps en temps. Tu es l'un des meilleurs relecteurs-correcteurs que je connaisse ; et en plus, tu sais exactement quand j'ai envie de fromage. Tu continues de donner du sens à ma vie.

Achevé d'imprimer en février 2022
par Aubin Imprimeur à Ligugé
N° d'impression 2110.0199
Dépôt légal, mars 2022
Imprimé en France
38122330-1